www.tredition.de

© 2018 Paul Wernherr

Verlag und Druck: tredition GmbH, Hamburg
ISBN
Paperback: 978-3-7469-4642-9
Hardcover: 978-3-7469-4643-6
e-Book: 978-3-7469-4644-3

Das Werk, einschließlich seiner Teile, ist urheberrechtlich geschützt. Jede Verwertung ist ohne Zustimmung des Verlages und des Autors unzulässig. Dies gilt insbesondere für die elektronische oder sonstige Vervielfältigung, Übersetzung, Verbreitung und öffentliche Zugänglichmachung.

Paul Wernherr

MEIN LIEBER HERR GESANGSVEREIN

Roman

Als ich vor über dreißig Jahren zum ersten Mal an der Übungsstunde eines Chores teilnahm, hatte ich nicht geglaubt, wie viel Freude es bereiten kann, mit Menschen unterschiedlichsten Alters, Herkunft und Gesellschaftsschicht gemeinsam zu singen. Und weil hier so viele unterschiedliche Menschen sich in einem gemeinsamen Ziel verbinden, ist dieses Vereinsleben ebenso bunt und abwechslungsreich. Durch die Arbeit im Verein und im Umgang mit den Vereinsmitgliedern habe ich sehr viel „für´s Leben" gelernt.

> *Dieses Buch widme ich Allen, die Freude am Chorgesang haben, besonders aber den Sängerinnen und Sängern des kleinen Chores im Südwesten Deutschlands, mit denen ich eine lange, intensiv-schöne Zeit verbringen und singen durfte.*

Ich danke meiner Frau Christa für Ihre Unterstützung und Geduld.

KAPITEL 1

„Stopp!" Der Dirigent winkte ab. „Meine lieben Tenöre!" Die Ironie war nicht zu überhören. Offensichtlich schon etwas genervt, wandte er sich an die links vor ihm sitzenden Männer, die bei dieser Ansprache den Kopf etwas hoben und gleichzeitig die Hand, mit der sie das Notenblatt hielten, senkten. „Liebe Tenöre! Wie oft haben wir das jetzt geprobt? Ihr müsst euch an dieser Stelle vollkommen zurücknehmen. Ich dirigiere es doch auch so. Das Stück lebt schließlich auch von seiner Dynamik. So langsam müsste es doch klappen! Also noch mal – alle ! …*in heilger Kraft!*"
In diesem Moment ging die Tür auf und ein etwas abgehetzt wirkender Mann trat ein. „Entschuldigung," rief er halblaut in Richtung Dirigent, nickte den Anwesenden, die im Halbkreis um das Klavier saßen zu und setzte sich auf den freien Stuhl, der am rechten Beginn der zweiten Reihe stand.
„Schön, Wolfgang, dass du noch kommst!" erwiderte der Dirigent und schlug gleich darauf einen Akkord auf dem Klavier an. „Also, alle – *in heilger Kraft …!*"
Die siebzehn Männer hoben wieder das Notenblatt. Das Stück, das sie erneut, zwar mit spürbarer Hingabe, aber teils doch sehr angestrengt sangen, stammte aus Mozarts Zauberflöte, die ‚Weihe des Gesangs' und sie probten für den in zwei Tagen stattfindenden Festakt, zu Ehren des sechzigsten Geburtstages des Bürgermeisters ihrer Gemeinde.

Wolfgang Freidank. Mitsänger im zweiten Tenor, suchte noch die passenden Noten, doch da er die wesentlichen Passagen des Liedes schon leidlich beherrschte, sang er gleichzeitig – wenn auch zurückhaltend – diesen Teil mit. Dabei orientierte er sich hörend an seinem rechts neben ihm sitzenden Sängerkameraden. Dieser war – wie er - seit vielen Jahren Mitglied des Männergesangvereins Eintracht Dengenheim und mit einer soliden Stimme und gutem Gehör ausgestattet.

Sie brachten das Lied zu Ende. Ihr Dirigent schaute in die Runde. „Nun, das ging ja einigermaßen. Wenn wir das am Donnerstag auch so hinkriegen, dann bin ich zufrieden. Es ist ja nicht nur der Bürgermeister, für den wir singen, es sind bestimmt auch noch Sänger aus dem Umkreis anwesend. Aber wenn ihr das so macht, wie eben, dann ist das achtbar. Wir wollen auch noch zwei leichtere Lieder aus unserem Repertoire dazu nehmen, dann wird es schon eine akzeptable Vorstellung. Fritz, bitte gib doch die Noten dazu aus."

Fritz Brunner war der Notenwart des Vereins. Er hatte, wie jedes Mal, vom Dirigenten vor der Chorstunde die Titel der zu probenden Lieder bekommen und ließ den sortierten Packen jetzt durch die Reihen gehen. Wolfgang nutzte die kleine Pause um seinem Nebenmann leise zu erklären, weshalb er zu spät gekommen war.

„He Ulli, unheimlich viel zu tun, jetzt in der Reisezeit. Da kommst du nicht pünktlich aus dem Betrieb und…" er beugte sich näher an seinen Nachbarn: „…ich hatte den ganzen Tag fast nichts gegessen. Und mit leerem Magen singt es sich auch nicht so gut!" Der Angesprochene rümpfte die Nase und lehnte sich zurück. „Aber jetzt, jetzt hast du gegessen! …Knoblauch ?" „Du, kann sein. Meine Frau probiert gerade neue Rezepte aus. Schlimm ?" Ehe der Angesprochene antworten konnte, klatschte vorne der Dirigent in die Hände. „Hat jeder die Noten? Gut ! Wir beginnen mit: *Schon die Abendglocken…* "

Die Chorstunde verlief fortan reibungslos, die beiden ausgesuchten Lieder stellten keine nennenswerten Probleme für die meist erfahrenen Sänger dar und Jeder freute sich über die geschmeidigen und wohlbekannten Harmonien.

„So Leute, das war's! Wir treffen uns hier am Donnerstag um halb Fünf und singen nochmals alle drei Stücke durch!"
Dieter Hartung, der Dirigent klappte den Klavierdeckel herunter. Er war schon Mitte sechzig und Lehrer im Ruhestand. Seit mehr als fünfzehn Jahren bekleidete er hier das Amt des Dirigenten. Damals bestand der Männerchor Eintracht Dengenheim 1895 noch aus mehr als fünfunddreißig Männern und sein Vorgänger war damals überraschend beruflich versetzt worden. Aber schon da hatten Männerchöre nicht mehr überall den großen Zulauf und Nachwuchs war immer schwieriger zu gewinnen. Trotzdem hatte man eine ganze Zeit noch der rückläufigen Bewegung getrotzt und sich sowohl im Gemeindeleben wie auch bei verschiedensten Musik- und Gesangsveranstaltungen durchaus erfolgreich und positiv präsentiert.

Jetzt aber schien es so, als ob das Leistungsvermögen der Sänger immer stärker nachließ. Proben wie heute, bei denen auch mal auch etwas Neueres erarbeiten wollte, zeigten ihm dies mit erschreckender Deutlichkeit. Dazu kam, dass er selbst auch mit gesundheitlichen Problemen zu kämpfen hatte und daher mitunter sogar an Rücktritt dachte.

Wolfgang und Ulli standen jetzt neben ihm. „Du gehst doch noch mit in die Bahnschänke?"

Das Lokal lag nur wenige Gehminuten vom Übungsraum entfernt. Dort traf man sich meist noch nach der Chorstunde und nicht selten wurde diese dort mit einigen Liedern verlängert!
Dieter Hartung überlegte kurz. „Eigentlich habe ich meiner Anne heute versprochen, gleich heimzukommen. Aber für ein Bier wird's bestimmt noch reichen– bei der Wärme und nach der Mühe!" Er bückte sich nach seiner Tasche. „Und vielleicht sollten wir Drei mal kurz dabei etwas besprechen!"

Wolfgang war vor etwas mehr als zwei Jahren zum Vorsitzenden des Vereins gewählt worden und Ulli hatte seit über 30 Jahren die Position des Schatzmeisters inne. Er war ein überzeugter Männerchorsänger und die Arbeit im Verein war, neben der Arbeit im Garten, sein ausgeprägtes Hobby.

Die drei Männer verließen den Probenraum, der sich im Anbau der örtlichen Schule befand, überquerten die Straße und schlenderten in Richtung Ortsmitte.
„Was wolltest du mit uns besprechen?" fragte Ulli, nachdem sie einige Meter gegangen waren.
„Wir müssen über die Zukunft des Vereins reden. Nicht nur die heutige Probe gibt mir zu denken!" Dieter sagte das mit ziemlich ernster Stimme.
„Uns fehlt halt der Nachwuchs!" warf Wolfgang ein.

Sie hatten die Bahnschänke, ein im Ort beliebtes Bier- und Speiselokal, erreicht. Wolfgang hielt die Tür auf und ließ den beiden Sängerkameraden den Vortritt. Sie steuerten am großen Tresen vorbei in den hinteren Teil des Restaurants, der zu einem geräumigen Nebenzimmer führte. Dort hatte bereits ein großer Teil der Sänger, die wie jeden Dienstag gleich unmittelbar nach der Probe ihr Stammlokal aufgesucht hatten, Platz genommen. In der Ecke war noch ein Tisch völlig frei und die Drei setzten sich.
„Der Sommer meint es in diesem Jahr besonders gut." kommentierte Dirigent Hartung die bereits schon halbleeren Gläser auf den Nachbartischen. „Die Getränkehersteller freut es."
„Aber mein Garten trocknet langsam aus!" Ulli hatte einen recht großen

sorgfältig angelegten Zier- und Gemüsegarten rund um das Einfamilienhaus, das er von seinen Eltern geerbt und später umgebaut hatte.

„Wie unser Chor", Dieter Hartung nahm den Faden wieder auf. „nur dass hier kein Regen und kein Bewässern hilft".

„Von den jungen Männern will halt keiner mehr singen!" Wolfgang hatte bereits seit Beginn seiner Amtszeit einige Versuche unternommen, aktive Sänger für den Verein zu gewinnen, leider ohne den gewünschten Erfolg.

„Weil wir ja auch nur die alten Männerchorlieder präsentieren." befand Dieter kritisch. „Wenn ich euch etwas Neues vorlege, dann landet das nach zwei Proben wieder in der hinteren Ablage".

Ein junges Mädchen in weißer Bistroschürze kam an den Tisch. „Was darf ich den Herren bringen?"
Wolfgang drehte sich halb um. „Eine neue Serviererin? Wo ist denn Guildo heute?"
„Ich vertrete ihn für die nächsten zwei Wochen. Guildo musste zu seiner kranken Mutter nach Hamburg." Sie lächelte freundlich: „Was darf´s denn sein?"
Wolfgang bestellte ein großes Bier und die beiden anderen nickten der Bedienung zu: „Das Gleiche".
„Kommt sofort!" Sie ging an den Nebentisch.

„Also! Wegen neuer Lieder!" Ulli beugte sich zu Dieter Hartung. „Ich kann kein Englisch und ich habe in meinem Leben noch nie Englisch gesungen. Und den meisten von uns geht's doch genauso."

Im Bemühen, das Repertoire etwas zeitgemäßer zu gestalten, hatte der Dirigent mehrmals vorgeschlagen, modernere Lieder einzuüben, sogar mit Songs der Beatles hatte er es versucht. Allerdings kamen die meist älteren Sänger nicht gut damit zurecht.

Ulli fuhr fort: „Da kann man sich nicht so einfach umstellen. Wir sind alle ein bisschen noch in der Tradition der Männerchöre. Und mal ganz ehrlich, so ein gestandener deutscher Männerchor ist doch auch ein richtiger Genuss für die Ohren! Was meinst du Wolfgang?"
Der Angesprochene zögerte. „Natürlich, das ist schon etwas Wunderbares. Und ich hatte bei meinen Werbeversuchen nicht unbedingt den Eindruck, dass es mir gelungen wäre, einige junge Männer zum Mitsingen zu bewegen, wenn ich Ihnen gesagt hätte, das wir auch einige Rocksongs im

Repertoire haben. Die haben eben zum Teil ganz andere Interessen und wollen nicht jeden Dienstagabend im Kreise meist viel älterer Menschen verbringen. Und selbst wenn es gelänge, drei oder vier neue Sänger gewinnen, wäre das nur ein klitzekleiner Aufschub. Wir brauchen wahrscheinlich eine ganz neue Lösung!"

Die Bedienung brachte das Bier. „Zum Wohl die Herren".
Ulli hob das Glas: „ Ein Prost auf den Verein!"

Als die Gläser wieder auf dem Tisch standen, waren sie schon fast zur Hälfte geleert. Wolfgang wiederholte: „Eine neue Lösung brauchen wir, das stimmt. Nur, wie sieht die aus?"
Dieter Hartung fasste die Beiden am Arm. „ Wir sollten überlegen, ob wir nicht vielleicht mit der Liedertafel Steinstadt eine Chorgemeinschaft eingehen sollten!"

Steinstadt war die Nachbargemeinde, hatte etwa dreimal so viele Einwohner wie Dengenheim und lag elf Kilometer entfernt. Der dortige Männergesangverein war ebenfalls um einiges größer und hatte auch im weiten Umkreis immer noch ein sehr gutes Renommee.

Ulli nahm das Bierglas in die Hand, lehnte sich zurück und schaute für einen Moment den Dirigenten prüfend an. Dann ging sein Blick zu Wolfgang und schließlich in die gesamte Runde des Raumes. Ohne zu trinken stellte er sein Glas wieder ab.

„Das würde bedeuten, dass wir nur noch ein Anhängsel der Liedertafel wären. Früher waren wir einmal der führende Männerchor in der Region und bei jedem Preissingen lagen wir vor denen."
„Ja früher ! Und heute? Was wäre aber denn die Alternative? Als Dirigent sehe ich in Kürze keinen anderen Ausweg, wenn wir weiter singen wollen ohne uns lächerlich zu machen."
Er wandte sich Wolfgang zu: „Was ich dich schon vorher fragen wollte: hast du Knoblauch gegessen?"
„Riecht man das immer noch?"
„Ja, aber das ist ja eigentlich Nebensache. Sag, wie denkst du über eine Fusion?"
„Um ehrlich zu sein, ist mir der Gedanke auch schon gekommen. Das würde aber auch bedeuten, dass vermutlich die Hälfte der Sänger nicht mitmachen wollte oder könnte.

Die Bedienung kam wieder an den Tisch. „Darf ich noch etwas bringen?"
„Ja gerne, Bitte noch mal drei Bier." Bevor sie weiterging, fragte Wolfgang: „Wie heißen sie eigentlich?"
„Ich bin die Miriam May. Aber sagen sie einfach Miriam." Das klang fröhlich. „Und jetzt bring ich Ihnen gleich das Bier!"
Die Diskussion wurde fortgesetzt. Wolfgang gab zu bedenken, dass manche der älteren Sänger, ähnlich wie Ulli Vorbehalte gegen den Nachbarverein haben würden und möglicherweise schon aus reiner Sturheit nicht mitgingen. Für andere könnte es zum Problem werden, für jede Chorstunde in das elf Kilometer entfernte Probelokal zu kommen.

Dieter wandte ein, dass man aber dann weiter aktiver Chorsänger in einem Männerchor bleiben würde und gegebenenfalls auch Einfluss im neuen „Großverein" nehmen könnte. Aber Ulli meinte, dass dies nur ganz bedingt möglich sei und bei einem Anschluss an den Nachbarchor vieles von der gewohnten Harmonie im jetzigen Vereinsleben verloren ginge.

Wolfgang stand auf. „Ich muss mal."

Die beiden anderen debattierten weiter.
Als Wolfgang zurückkam, sah Dieter auf die Uhr. „Es ist schon später, als ich dachte. Anne wird sich schon Gedanken machen. Na, sie kennt mich lange genug und weiß, dass manche Dienstagabende etwas länger werden. Trotzdem, ich glaube, es ist Zeit. Wir sollten die Tage aber unbedingt darüber reden."
Er ging an den Tresen, zahlte und verließ mit einem lauten „Guten Abend allerseits" das Nebenzimmer. Ulli schaute Wolfgang an. „Was machen wir? Ich glaube der Dieter meint es ziemlich ernst."
„Du, es ist ziemlich ernst! Wenn wir so weitermachen, wie bisher, dann treffen wir uns nur noch auf ein Bier."
„Und singen vielleicht nach dem dritten Glas eines der alten Lieder. So wie die jetzt!"

Dabei deutete er mit einer Kopfbewegung auf einen der nächsten Tische, an dem gerade eine kleine Runde ein Trinklied anstimmte. Prompt fiel die gesamte Männerschar in den Gesang ein. Miriam, die Bedienung, blieb an der Tür stehen, lächelte bei der inbrünstig vorgetragenen Darbietung und als der Schlussakkord verklungen war, klatschte sie. „ Das klingt ja viel besser als der Gesang der Fußballmannschaft hier am Sonntag!".
„Dafür schießen wir aber auch keine Tore!" Fritz Brunner, der in der

Nähe der Tür saß, hob fröhlich sein Glas.

„Die Fußballer aber leider auch nicht!" antwortete ein Sänger vom Nachbartisch in die Runde und alle lachten. Tatsächlich waren die Spieler des SC Dengenheim in dieser Saison nicht sehr erfolgreich gewesen und hatten mit dem letzten Spiel am Sonntag nur einen Platz auf den hintersten Rängen der Tabelle erreicht.

„Aber sie haben keine Nachwuchssorgen!" Ulli lag das Gespräch von vorhin schwer auf der Seele.

„Wir steigen zwar nicht ab, aber wir sterben aus!"

Wolfgang legte ihm die Hand auf die Schulter. „Ist er arg schlimm?"

„Wer ? der Kummer um den Verein ?" „Nein, ich meine der Knoblauchgeruch!"

…

Die Veranstaltung am Donnerstag zum sechzigsten Geburtstag des Bürgermeisters ging dann auch für die Sänger einigermaßen glimpflich über die Bühne. Glücklicherweise hatte die Programmregie sie ziemlich an den Anfang, gleich nach der Festrede des Landrates und des Vertreters des Gesamtgemeinderates gesetzt. Das zahlreich erschienene Publikum war zu diesem Zeitpunkt noch einigermaßen ruhig und konzentriert, ebenso wie die Sänger.

Bei manchen Einsätzen hatten einige Choristen zwar etwas Probleme und bei einigen der höheren Passagen strapazierten die Tenöre hörbar ihre Stimmbänder, aber der Jubilar und die Festgäste spendeten wohltuenden Applaus.

Es folgten noch einige Ansprachen der örtlichen Würdenträger und nachdem der Musikverein die offizielle Feier musikalisch beendete, wandte man sich dem kalten Buffet zu.

Man begrüßte gute und weniger gute Bekannte und manche lobten sogar den Chorvortrag.

„Früher wart ihr aber schon Einige mehr!" Ein Blasmusiker prostete einem Sänger zu. „Aber das mit dem Nachwuchs ist so eine Sache. Auch bei uns im Verein."

Man erinnerte sich an frühere Feste und wie herrlich doch die alten Zeiten waren. Manche Anekdote sorgte für Heiterkeit und so verging die Zeit ziemlich rasch. Der Festsaal leerte sich allmählich und am Ende waren nur noch einige Tische besetzt, an denen fast ausschließlich Mitglieder der

Eintracht saßen.

„ Der harte Kern." bemerkte Ulli und stieß dem Dirigenten, der neben ihm saß, leicht gegen die Rippen. „Komm, stimm' noch eins an! So jung kommen wir doch nicht mehr zusammen!" Dieter überlegte nur ganz kurz. Mit einem Handzeichen rief er in die Runde: „Männer! Das Feierabendlied !"

Er summte vier Töne, die Sänger nahmen die Töne je nach ihrer Stimmlage auf, und auf das Handzeichen des Dirigenten begannen sie das angekündigte Lied. Töne und Text waren für alle in jahrelanger Übung gewohnt und als man geendet hatte, nickten sich die Männer zu, als wollten sie sagen: „So macht das Freude".

Wolfgang ergriff kurz das Wort. Er erinnerte daran, dass das Bedienungspersonal jetzt aber wohl auch gerne Feierabend hätte und man einen wirklich schönen Abend verbracht habe.

„Wenn am schönsten ist, soll man aufhören! Wir sehen uns alle am Dienstag in der Chorprobe!

Er stand auf, schob seinen Stuhl näher an den Tisch, doch bevor er sich dem Ausgang zuwandte, neigte er sich zu Ulli. „ Hast du am Samstagnachmittag Zeit? So um drei ? Ulli blickte ihn fragend an: „ Schon, aber weshalb?"

Wolfgang beugte sich an Ihm vorbei: „Dieter, kannst du am Samstag um drei Uhr zu mir kommen?"

„Ich habe nichts vor". Sein Blick ging zu Ulli. Der zuckte etwas unsicher mit den Schultern.

„Also, dann", sagte Wolfgang, „ ihr kommt am Samstag. Dann reden wir bei Kaffee und Kuchen mal über den Chor und wie es weitergehen soll!"

Und laut über alle Köpfe hinweg : „ Gute Nacht ! Und: Schön haben wir heute wieder gesungen!"

...

Es wurde eine lange Sitzung. Da sich der Sommer auch weiterhin von seiner besten Seite zeigte, saßen sie auf dem Balkon von Wolfgangs Wohnung, seine Frau Dagmar bewirtete das Trio mit Kaffee und selbstgebackenem Kuchen.

„So, ich hoffe, ihr kommt zurecht. Wolfgang, wenn ihr was braucht, du weißt ja wo du es finden kannst. Macht es gut und viel Spaß!"

Sie hatte vor, jetzt mit ihrer Tochter Beate zu einer Arbeitskollegin, die heute ihren fünfzigsten Geburtstag feierte, zu fahren.

„Wir haben" begann Wolfgang, nachdem sie alle Kuchen auf dem Teller und Kaffee in der Tasse hatten, „uns am Dienstag wegen unserer weiteren Vereinsentwicklung unterhalten. Dieter hat einen Vorschlag gemacht, den ich für sehr nachdenkenswert halte. Weil ich aber die Bedenken von dir Ulli auch verstehen kann, habe ich einen Gedanken, der mir schon seit einiger Zeit durch den Kopf geht nochmals aufgegriffen. Ich will das heute mit euch in Ausführlichkeit besprechen. Und ich denke, wir sollten so rasch als möglich die Sänger einbeziehen und nicht mehr lange einfach so wie bisher weitermachen."

Die beiden anderen Männer schauten erwartungsvoll. Keiner machte den Versuch, am Kuchen zu naschen oder einen Schluck zu trinken.

„Also, ich denke an folgende Alternative…"

Es wurde wirklich eine lange Sitzung. Lebhafte Debatten, hitzig vorgetragene Meinungen und die nicht immer objektiven Argumente flogen hin und her.

Und so saßen die Männer auch noch im warmen Abendwind auf dem Balkon, als Dagmar mit ihrer Tochter wieder zurückkehrte. Zwischenzeitlich hatte allerdings das Kaffeegeschirr den Biergläsern Platz gemacht.
„Hallo ihr Drei! Das nenne ich Arbeitseifer! Oder habt ihr das Thema gewechselt?" Man fragte zurück, ob es denn schön gewesen sei und Dagmar erzählte kurz von der Geburtstagsfeier. „Wir sind auch soeben mit unserem Thema durch. Komm setz dich doch noch zu uns und wir nehmen alle noch einen kleinen „Gute -Nacht -Trunk".

KAPITEL 2

Die Chorstunde am Dienstag begann wie immer. Allmählich trafen die Männer ein, ließen sich von Fritz Brunner die Noten geben und setzten sich auf die gewohnten Stühle.

Als es Zeit war, anzufangen, erhob sich Dieter Hartung.
„Liebe Sänger, ihr alle wisst und erlebt, dass unser Kreis in den letzten Jahren immer kleiner wird und es nicht immer einfach ist, zu den jeweiligen Aufführungen mit der erforderlichen Anzahl in allen Stimmlagen aufzutreten. Bei schwierigen Stücken, wenn sich dann noch die einzelnen Stimmen teilen oder wenn besonders starke Sänger mal fehlen, liefern wir nur noch ein schwaches Klangbild. Unser Vorstand, unser Schatzmeister und ich haben uns deshalb Gedanken gemacht, was man tun kann, damit unser Chor auch eine Zukunft hat."

Er wies in Richtung Tenöre: „Wolfgang, bitte erkläre du uns, welchen Ausweg wir vorschlagen."

Der Angesprochene erhob sich, ging nach vorne, legte die linke Hand auf das Klavier und schaute in die Runde. Er fühlte sich im Augenblick wie ein Politiker, der seinen Wählern erklären muss, weshalb nicht alle Wahlversprechen eingehalten werden können.

„Also, wie Dieter schon richtig sagte, befinden wir uns seit geraumer Zeit in einer schwierigen Lage. Von denjenigen, die noch den harten Kern bilden, sind schon einige lange im Rentenalter, Gott sei Dank zwar noch bei guter Gesundheit. Ich mit meinen sechsundvierzig Jahren zähle sogar zu den Jüngsten. Wir haben zwar den letzten Auftritt bei Bürgermeisters Geburtstag einigermaßen gemeistert, aber was wäre gewesen, wenn zum Beispiel ihr, Gerhard und Fritz im ersten Tenor, oder du Wilhelm im zweiten Bass gefehlt hättet. Dann hätten wir nur drei leichte Lieder, die jeder im Ort schon x-mal gehört hat, vorgetragen, uns gewundert, dass alle die tolle Blaskapelle loben und uns gegenseitig nur mitleidig angesehen. Was uns fehlt, ist Nachwuchs!"

Er machte jetzt eine kleine Pause und forschte in den Gesichtern vor ihm. Er konnte spüren, dass bis jetzt jeder zustimmte. Ulli erwiderte seinen Blick. Er kannte den jetzt kommenden Vorschlag und ahnte, dass dieser sehr geteilt aufgenommen werde würde.

Wolfgang fuhr fort: „Ihr wisst, dass wir seit langem immer wieder versuchen, neue Sänger zu gewinnen. Den letzten Neuzugang hatten wir mit dir Günther, und das ist auch schon über zwei Jahre her! Wenn wir weiter darauf warten, dass der eine oder andere zu uns kommt, dann singen wir in nicht mehr allzu weiter Zukunft nur noch bei Beerdigungen! Und zwar bei unseren eigenen!"

Wolfgang erschrak jetzt selbst. Er sah die betretenen Mienen und ihm war nicht wohl, dass er dieses drastische Argument so unverblümt in den Raum geworfen hatte. Rasch redete er weiter.

„Wenn wir weiter singen wollen, sollten wir überlegen, ob wir uns nicht unserem Nachbarverein, der Liedertafel Steinstadt anzuschließen."

Er schaute sich um. Stumm saßen die Kameraden da, teils sichtlich verunsichert, teils auch irgendwie trotzig. Gerhard Krieger, ein rüstiger Endsechziger aus dem zweiten Bass, stand auf.

„Ich bin fast vierzig Jahre im Verein. Ich habe viele schöne Stunden erlebt und gehofft, dass ich noch einige Jahre hier so mitsingen und mitmachen darf. Wenn wir in eine Chorgemeinschaft wechseln, dann weiß ich, dass ich das aus verschiedenen Gründen nicht mitmachen kann. Ich bin dafür, dass wir hier im Ort unseren Verein weiterführen!"

„Aber so wie wir jetzt aufgestellt sind, werden wir uns bald lächerlich machen!"

Friedrich Fröhlich, er war der Schriftführer des Vereins, hatte sich erhoben. „Ich würde selbstverständlich viel lieber hier in unserem Verein singen, aber ich befürchte auch, dass unsere Schar immer rascher schrumpft und nichts mehr bleibt, als ein Haufen älterer Männer, die sich gegenseitig zum Geburtstag oder in der Schänke die alten Lieder vorsingen."

Lange Jahre arbeitete er als Angestellter in der örtlichen Gemeindeverwaltung. Jetzt war er seit drei Monaten pensioniert. Bereits sein Vater war Sänger in dem Verein und dieser hatte ihn schon in jungen Jahren bewogen, in den Männerchor eingetreten. Sein Wort hatte Gewicht.

„Wenn wir uns aber der Liedertafel Steinstadt anschließen, dann könnten wir dauerhaft in einem ordentlichen Chor mit vernünftigem Programm singen."

Beifälliges Gemurmel unterstützte diese kurze Ansprache.

„Aber wir müssten dann unsere Eigenständigkeit aufgeben!" Mit diesem Zwischenruf eines alten Sängers begann eine heftige Debatte untereinander, jeder redete mit jedem und gab seine Meinung und seine Bedenken kund. Manche waren sachlich, andere mehr gefühlsbetont und je länger diese Diskussion andauerte, desto emotionaler wurde sie.

„Sänger!" inmitten des heftigen Stimmengewirres, meldete sich jetzt Walter Höfer zu Wort. Walter Höfer saß in der dritten Reihe als erster Bass und galt als einer der stimmführenden Sänger des Chores. Von Beruf selbständiger Metzgermeister und als Gemeinderatsmitglied war er im gesellschaftlichen Leben des Ortes fest verankert. Immer wenn er in den Vereinsversammlungen das Wort an die Mitglieder richtete, begann er seine Ausführung mit der sehr kräftig und betont gesprochenen Ansprache: „Sänger!"

Bei dieser Anrede verstummten die Männer und drehten sich zu dem Redner.

„Wir haben jetzt lange diskutiert und argumentiert. Jeder hat seine Gründe, dafür oder dagegen zu sein. Ich bin dafür dass wir abstimmen, dann sehen wir, welche Meinung überwiegt. Also, wer ist dafür, dass wir …?"

In diesem Moment schlug Dieter Hartung auf dem Klavier zu einem kräftigen C-Dur-Akkord an. Jetzt flogen die Blicke zum Dirigenten.

„Walter, danke für Deinen Vorschlag. Aber unser Vorstand war wohl noch nicht ganz mit seinem Vortrag zu ende. Und bevor wir abstimmen, sollten wir vielleicht hören, was er noch zu sagen hat. Es gibt eventuell noch eine andere Lösung!"

Wolfgang befeuchtete sich mit der Zunge die Lippen.

„Es gibt noch einen anderen Weg, wie wir möglicherweise in Zukunft bestehen können."

Pause.

Wie schon zu Beginn der Ansprache suchte er den Blickkontakt der Anwesenden und als er bei Ulli angelangt war, blickte dieser zu Boden.

„Wenn wir eigenständig bleiben wollen, brauchen wir mehr singende Mitglieder. Und wenn wir keine geeigneten Männer gewinnen können, versuchen wir es… eben mit Frauen!"

Es war jetzt mucksmäuschenstill. Wie es schien, musste jeder diesen Vorschlag erst mal auf sich wirken lassen. Ulli schaute vom Boden auf und blickte sich um, Dieter Hartung war aufgestanden und blickte gespannt auf die vor ihm sitzenden Männer. Wolfgang hielt den Kopf gesenkt und schielte unter den Augenbrauen auf die Anwesenden.

„Wie ? – Wir singen zusammen ... mit F r a u e n?" Walter Höfer fasste sich als erster.

„Ja ! Wir gründen einen gemischten Chor!" Ulli erhob sich und machte einen Schritt auf Wolfgang zu.

„Ich habe von der Idee ja schon vorher gehört und mir Gedanken darüber gemacht. Und je länger ich darüber nachdenke, desto interessanter und machbarer erscheint sie mir!"

Dieter verließ jetzt den Platz am Klavier und stellte sich neben die Beiden. „Leute, ich halte diesen Vorschlag für sehr überlegenswert. Wir behalten weiterhin unsere Selbständigkeit, und bleiben damit aktiver Teil des kulturellen Lebens von Dengenheim!"

Wolfgang ergänzte, dass bei dieser Lösung kein Sänger aus seinem gewohnten Rhythmus käme und somit für die jetzigen Mitglieder ziemlich alles beim Alten bliebe.

„Also auch unser Treffen nach der Chorstunde in der Bahnschänke!" Ulli sagte das mit einem breiten Lächeln.

Dieter führte noch einen weiteren Gesichtspunkt ins Feld. „Vielleicht sind ja hübsche Sängerinnen ein zusätzlicher Grund für den einen oder anderen jungen Mann ebenfalls unserem Verein beizutreten."

Wieder meldete sich Walter zu Wort: „Wie ich sehe, habt ihr euch ja schon ganz konkret über diese Lösung Gedanken gemacht. Und wie soll das Ganze praktisch ablaufen?

Natürlich hatten die Drei sich am letzten Samstag in der langen Sitzung auf dem Balkon auch schon mit der praktischen Durchführung beschäftigt. Dieter hatte als Dirigent sogar schon eine erste Auswahl der passenden Chorliteratur zusammengestellt.

Wolfgang beschrieb, was man bereits vorbereitet hatte. „Wir haben ein Inserat entworfen, das wollen wir in unserer Gemeindepresse aufgeben."

Er las laut den Text vor:

> *Sängerinnen gesucht! Haben sie Freude am schönen Gesang?*
> *Dann machen sie bei uns mit.*
>
> **Wir proben einmal in der Woche –**
> **im Gemeinschaftsraum der Grundschule Dengenheim.**
> **Wenn sie Lust haben, dann kommen sie zu einer unverbindlichen**
> **„Schnupperprobe" am Dienstag- 14. 08. / 20.00 Uhr -**
> **Wir freuen uns, wenn sie kommen.**
> **Der Vorstand Männergesangverein Eintracht Dengenheim**

„Und - wir haben auch schon mal – zunächst ganz vertraulich – einige Frauen angesprochen und um ihre Meinung gefragt."

Dieser Satz löste endgültig die bis dahin noch weitgehend verstummten Münder. Jeder der Sänger gab seine erste Meinung zu diesem neuen Vorschlag ab, und wie die Drei feststellen konnten, war diese meist sehr skeptisch und nicht immer wohlwollend.

Es war wieder Walter Höfer, der sich nach einiger Zeit erhob und sich mitten in den lebhaften Wortmeldungen, wieder an die Versammlung wandte: „Sänger!" Er stützte sich jetzt leicht auf die Schultern seines Vordermannes. „Sänger! Ich habe viele Jahre begeistert im Männerchor gesungen und das, was ich jetzt gehört habe, tut mir weh. Aber wenn ich mir es recht überlege, käme es auf einen Versuch an. Friedrich, was meinst du?"

Der Angesprochene schaute auf. „Ich bin Deiner Meinung. Ein Versuch ist es wert!"
Walter Höfer schaute auf Wolfgang: „Wir sollten jetzt abstimmen!".

Die Abstimmung ging reibungslos über die Bühne.
Den meisten der vierzehn Männern, die für den Vorschlag stimmten, merkte man deutlich an, dass es ihnen nicht ganz leicht viel, doch sie hoben tapfer die Hand.
Wolfgang nahm sich vor, mit den drei Kameraden, die dagegen waren, nochmals ein persönliches Gespräch zu führen, zumal sie in der Diskussion geäußert hatten, dass sie im Falle einer Umbildung in einen gemischten

Chor, den Verein verlassen würden. Er erläuterte jetzt noch mal, was man bisher geplant hatte und betonte, dass es sich um einen Versuch handele.

Als alles schon fürs erste geklärt schien, hob plötzlich Friedrich die Hand: „Ich würde noch gerne wissen, mit welchen der Frauen im Ort ihr schon über das Mitsingen gesprochen habt?"

Ulli blickte Wolfgang und Dieter an.

„Nun, wir haben vereinbart, dass wir erst dann etwas sagen, wenn wir alles geregelt haben". Wolfgang überlegte einen Moment.
„Also, meine Frau hat eine ganz ordentliche Altstimme und früher auch im Schulchor gesungen. Die würde ganz gerne mitmachen."
Es trat eine kleine Pause ein.
Jetzt beugte sich Friedrich vor, bevor er aber etwas sagen konnte, kam ein Zwischenruf aus der dritten Reihe: „Ja und wer will sonst noch mitmachen?" Fritz, der Notenwart war aufgestanden.

Ulli sprang bei. „Meine Schwägerin interessiert sich dafür und auch eine Arbeitskollegin von mir hat eine gute Stimme!"
Wieder entstand eine Pause.
Ulli ergänzte: „ Und wenn das Inserat erscheint, dann wird es bestimmt noch ein ganze Reihe von Frauen geben, die das mit uns probieren wollen."
Unruhiges Gemurmel kam auf.

Walter Höfer hob die Hand: „ All zu viele Meldungen sind das aber nicht gerade." Er schaute sich um. Dann räusperte er sich. „Aber wir haben mehrheitlich zugestimmt."
Jetzt stand er auf. „Sänger!" Man spürte, wie er seinem Wort Nachdruck geben wollte. „Sänger! Wir haben mehrheitlich zugestimmt. Wolfgang und Dieter haben uns erklärt, wie das laufen soll. Jetzt sollten wir auch gemeinsam die Sache angehen."

Friedrich drehte sich ihm zu. Impulsiv klatschte er Beifall und einige der Männer taten es ihm gleich.
Wolfgang spürte, wie jetzt die Anspannung etwas nachließ.
„Kommt", sagte er laut. „Lasst uns in die Bahnschänke gehen, wir haben uns jetzt ein Bier verdient! Unsere heutige Chorprobe ist damit beendet!"

Wolfgang, Ulli und Dieter ließen sich Zeit. Als alle anderen den kleinen Saal verlassen hatten, gaben sie sich die Hand.

„Die erste Hürde ist genommen" Ulli klopfte Wolfgang auf die Schulter. Dieser schaute die beiden an.

„Ihr habt mir wirklich toll geholfen und ich hätte nicht gedacht, dass der Höfer Walter so rasch in den Versuch einwilligt.

Sie gingen nach draußen, Wolfgang schloss die Tür ab und wollte den beiden folgen. Da blieb Dieter stehen und drehte sich um: „Warte, ich habe jetzt meine Noten vergessen."

Wolfgang schloss die Tür wieder auf. Dieter ging an ihm vorbei zum Klavier. Der Umschlag lag links neben dem Tisch, auf dem sonst die Notenhefte lagen. Er bückte sich und hob ihn auf.

„Ich wollte sie mir zuhause nochmals ansehen." Als er an Wolfgang vorbei ging, bemerkte dieser, dass Dieters Arm leicht zitterte. „Was ist mit dir? Du ja ganz blass!" Dieter stützte sich am Klavier ab. „ Ich hab mich wohl zu schnell gebückt. Für einen Moment ist mir ganz schwindlig!"

Er atmete tief durch. „Ich denke, es geht schon wieder. In letzter Zeit passiert mir das häufiger. Man ist halt nicht mehr der Jüngste! Wahrscheinlich macht mir doch die Hitze zu schaffen. "

Er wischte sich über die Stirne.

„Vielleicht ist es besser, wenn ich gleich nach Hause gehe und mich etwas hinlege. Oder soll ich doch noch argumentativen Beistand in der Bahnschänke leisten?"

„Das ist wirklich nicht nötig." beruhigte ihn Wolfgang. „Wir kommen für den Rest schon klar – und Danke nochmals für deine Unterstützung heute Abend.". Dieter gab Wolfgang und Ulli die Hand.

„Also dann, Gute Nacht !" Er wandte sich zum Gehen. „Vielleicht spendiert ihr aus der Kameradschaftskasse heute Abend noch jedem ein Bier!" Etwas müde lächelte er und ging.

Wolfgang und Ulli schauten ihm nach: „Es geht mir jetzt fast die unserem Dieter, "sagte Wolfgang.

„Ich schwitze auch ganz schön und weiß nicht, ob ich es wegen der Hitze oder wegen der Aufregung ist." Dabei schloss er erneut die Tür des Probenraumes ab. Dann folgten die Beiden den anderen zum Lokal

Im Nebenraum der Bahnschänke herrschte bereits lebhafte Diskussion. Wolfgang setzte sich an den freien Platz eines größeren Tisches, an dem bereits einige Sänger Platz genommen hatten. „
Fritz Brunner, der neben ihm saß, legte den Arm um ihn. „Mensch, Wolfgang, meinst du wirklich, dass das der richtige Weg ist?"
„Wir müssen es einfach aus probieren und wenn du mitmachst, geht's schon nicht schief". Und jetzt hab hier noch etwas zu sagen." Er zog dabei das Bierglas seines Nachbarn näher zu sich. „Hast du davon schon getrunken?"
Fritz Brunner rollte mit den Augen. „Bist du am Verdursten?" Wolfgang lachte. Er stand auf, klopfte an das Glas und schob es Fritz wieder zurück.

„Unser Dieter musste schon nach Hause, aber er hat vorgeschlagen, dass das erste Bier heute Abend aus der Kameradschaftskasse gezahlt wird! Seid ihr einverstanden?" Zustimmender Applaus am Tisch.
„Das ist aktive Bestechung!" Friedrich, der schräg gegenüber saß, hob sein Glas. „Aber ich nehme sie an!"
„Irrtum mein lieber Friedrich „– Wolfgang beugte sich über den Tisch. „ Aktive Bestechung wäre es, wenn wir vorher ein Bier ausgegeben hätten, jetzt ist es lediglich ein freiwillige Zuwendung." Die Männer am Tisch lachten.

„ Bitte auch Bier Miriam" Er hatte sich bereits nach der Bedienung, die am Nebentisch stand umgedreht. „Das ist eine Hitze! Keinen Ton gesungen und trotzdem eine trockene Kehle".

…

Im Hauptberuf war Wolfgang Freidank Werkstattmeister eines großen Kfz-Betriebes. Sommerzeit ist Reisezeit und das bedeutete für ihn zusätzlichen Arbeitseinsatz, weil viele Kunden gerade jetzt noch vor längeren Reisen oder nach dem Urlaub ihr Auto in die Werkstatt brachten. Außerdem war durch die Ferientage auch der Personalstand kleiner als üblich.

Er war schon seit etlichen Jahren in dem Betrieb und da das Firmengelände am Ortsrand von Dengenheim lag, hatte er keine große Anfahrtszeit, um zur Arbeit zu kommen. Meist nahm er, auch auf Anraten seiner Frau, das Fahrrad. Nur bei schlechter Witterung benutzte er das Auto.

Als er sein Büro betrat, lag schon ein Stapel Formulare für die angemeldeten Fahrzeuge auf seinem Schreibtisch und der erste Kunde fuhr gerade auf den Hof. Er öffnete das einzige Fenster im Raum, um mit der Morgenfrische etwas Kühle in die abgestandene, muffige Büroluft zu bringen.
„Guten Morgen, Herr Freidank." Der Kunde trat vor seinen Schreibtisch.

Wolfgang kannte den Stammkunden und grüßte zurück. „Wie geht's Herr Krämer? Urlaub schon zu Ende?" Es war ein regulärer Kundendienst und Wolfgang klärte sehr routiniert den Vorgang. „Um zwei Uhr können sie ihr Fahrzeug wieder abholen."

Der nächste Kunde stand schon wartend vor dem Büro und nach kurzer Zeit waren bereits mehrere Personen im Vorraum, die ihren PKW in die Werkstatt bringen wollten

Kurz nach 9.00 Uhr – der erste Ansturm war vorüber - stand er auf und schloss seine Bürotür.
Dann griff er zum Telefon. „ Hallo Dieter, Wolfgang hier. Ich wollte nur wissen, wie es dir geht."
„Alles okay. Schon zuhause war ich wieder ganz in Ordnung. Ich meine, der Kreislauf spielt bei der Hitze etwas verrückt. Das geht ja auch schon den Jüngeren so. Sag mal, wie war s denn gestern noch in der Bahnschänke?

Wolfgang berichtete kurz. „ … und das mit dem Freibier kam wirklich gut an! Du, aber ich hab noch den ganzen Hof voller Autos. Ich ruf heut Abend noch mal an. Grüß´ Anne von mir !"

Er legte den Hörer auf die Gabel. Es klopfte und er öffnete die Bürotür wieder. „Entschuldigung, jetzt geht's weiter.- Was kann ich für sie tun?

Er besprach gerade mit dem Kunden den Umfang der geplanten Reparatur, als das Telefon klingelte.
„ Hallo, störe ich?" Es war der Schriftführer Friedrich Fröhlich.
„ Es geht schon! – Was ist denn los?"
„ Ich habe heute Morgen gleich unser Inserat aufgegeben. Kostet aber zweiundzwanzig Mark!
„Und wann erscheint es?" „In der morgigen Ausgabe!"

„Dann ist das doch prima. Die Rechnung bekommt Ulli. Friedrich, ich danke dir. Ich werde mich später mal melden. Tschüss !

Er legte auf und wandte sich wieder dem Kunden zu. „Ich denke, ihr Wagen wird gegen vier Uhr fertig sein! Vielleicht rufen sie vorher noch mal kurz an."

Wieder klingelte das Telefon. Jetzt war es Dagmar. „Was gibt es?"

„Du, heute Morgen, bevor ich ins Büro ging ich noch zu Fleischer Höfer. Margret, seine Frau hat bereits von ihrem Mann erfahren, dass künftig im Verein auch Frauen mit singen sollten. Sie überlegt jetzt, ob das etwas für sie wäre, ist aber unsicher. Vielleicht hat sie Sorge, sich zu blamieren. Ich habe ihr gesagt, dass ich auch mitmache, aber so recht überzeugt hat sie das wohl nicht. Es waren noch zwei Frauen im Laden, die haben interessiert zugehört. Ich wollte dir das nur sagen, damit du siehst, dass es schon in der Gemeinde herumgeht! Lass dich jetzt weiter nicht stören!".

Er lehnte sich etwas zurück. Gut, dachte er, wenn die Leute darüber reden, dann kommt die Sache in Schwung.

Am nächsten Morgen fischte er, noch vor dem Frühstück die Gemeindezeitung aus dem Briefkasten.

Im Stehen trank er seinen Kaffee und biss in ein Marmeladenbrot. Mit der freien Hand blätterte er in der in dem Regionalblatt. Da war es. Das Inserat für die Sängerinnensuche fand er gut platziert im Mittelteil. „Das sieht gut aus. Jetzt bin ich auf die Wirkung gespannt!"

„Dagmar – schau, das Inserat ist im Gemeindeboten."

Seine Frau steckte den Kopf aus der Badezimmertür: „Ich muss es ja nicht mehr lesen. Ich kenne es ja schon!" Sie lachte und schloss die Tür. Kurz darauf erschien sie wieder, klopfte an die Tür des Kinderzimmers: „Beate, beeil Dich, ich fahr in zehn Minuten!"

Wolfgang stopfte die Zeitung in seine Aktentasche. „Und ich bin dann schon weg. Wahrscheinlich wird es heute etwas später. Man könnte meinen, jeder bringt sein Auto zur Werkstatt. Und einer der Elektriker hat sich auch noch krank gemeldet! Sommergrippe!"

Er hauchte Dagmar einen Kuss auf die Wange. "Tschüss ! Tschüss Beate, bis heute Abend. Macht´s gut!"

Er zog die Tür hinter sich zu, ging in den Keller, holte sein Fahrrad und kurz darauf war er auf der Straße, wo ihn die noch kühle Sommermorgenbrise auf dem Weg in den Betrieb begleitete.

Der Arbeitstag verlief weniger stressig, als gedacht. Der als krank gemeldete Kfz-Elektriker war doch am Arbeitsplatz erschienen und die eingehenden Wartungs- und Reparaturaufträge waren relativ problemlos.

Zwar klingelte immer zwischendurch das Telefon und es waren nicht immer rein dienstliche Anrufe.

Ulli meldete sich, als er das Inserat gelesen hatte und berichtete, dass er in seiner Firma schon darauf angesprochen worden sei.

Auch Schriftführer Friedrich Fröhlich rief an. „Ich finde, die Anzeige ist gut sichtbar und wird bestimmt von Vielen gesehen! " freute er sich.

„Ja und du wirst sehen, das eine Reihe von Mädels kommen wird, nicht nur die Omas! Dieter hat ja für den Probenabend etwas vorbereitet. Wir werden sehen, wie es wird." Der Optimismus bei Wolfgang nahm weiter zu.

Einer Kundin, die nur mal wegen ihrer defekten Hupe nachsehen lassen wollte, erzählte er kurzweg von seiner Vereinsplanung und als sie ihm sagte, dass sie zwar nicht hier sondern in Steinstadt wohne, aber ihre Tochter hier in den Nähe arbeite und sie gerne bei ihr nachfragen wolle, da grinste er breit und war sich sicher, dass der neue Weg der völlig richtige war. Es wird bestimmt ein voller Erfolg, sagte er zu sich selbst. Er rief in der Pause den Dirigenten an. Auch Dieter hatte das Inserat gesehen und fand es an günstiger Stelle. „Ich bin gespannt, wie viele interessierte Damen am Dienstag kommen." Er berichtete, dass er sich, trotz der anhaltenden Hitze, wieder wohl fühle und weiter am „Damenprogramm mit Herrenbegleitung" arbeite.

Vergnügt rieb sich Wolfgang die Hände, wischte sich mit der Hand die feuchte Stirn und schenkte sich ein Glas lauwarmes Mineralwasser aus der Flasche, die unter seinem Schreibtisch stand, ein, als der Firmeninhaber, Herr Bläser, das Büro betrat. Er hielt eine Hand mit dem Gemeindeboten hoch: „Ich hab's gesehen. Da bin ich mal gespannt, wie viele sich da wohl melden werden. Wenn meine Frau singen könnte, dann…, aber sie hat ja ohnehin kaum Zeit und wenn es mal reicht, dann geht sie lieber joggen."

Er setzte sich vor Wolfgangs Schreibtisch. „Mensch, diese Hitze ist ja kaum zum Aushalten aber wenigstens ist heute mal nicht so ein Rummel wie in den zwei letzten Wochen."

Wolfgang nickte und sein Chef blätterte im Gemeindeboten. „Wirklich gut, das mit dem Inserat. Da mussten sie sich wohl energisch durchsetzen, wie?"

„Ganz so schlimm war es nicht". Wolfgang erzählte kurz die Vorgeschichte. „Und unser Dirigent und unser Schatzmeister haben auch ganz gut mitgemacht."

„Ihr Inserat hat mich auf eine Idee gebracht" übernahm Herr Bläser wieder das Wort. „Wir haben in diesem Jahr doch unser dreißigjähriges Firmenjubiläum. Und im Oktober gibt es hier einen Sonntag der offenen Tür." Wolfgang nickte, die Planung war ihm bekannt. „Könnte da nicht ihr Chor, bereits in neuer Formation, ein wenig die musikalische Begleitung übernehmen? Das käme sicher gut an!

„Und…" Herr Bläser machte eine Pause. „…ich würde mich auch mit einem angemessenen Betrag für die Kameradschaftskasse erkenntlich zeigen!" Er lehnte sich etwas zurück.

„Nun, ich weiß nicht, ob bis dahin…" Wolfgang überlegte.

„Muss ja nicht jetzt entschieden werden. Es sind ja noch fast zehn Wochen bis dahin." Herr Bläser stand auf. „Bis dahin wissen sie mehr und die Hitze wird bestimmt auch vorbei sein". Er hob die Hand, nickte und ging aus dem Werkstatt-Büro zum Hof. Das Gemeindeblatt ließ er auf dem Schreibtisch liegen. Wolfgang nahm es in die Hand, schaute nochmals auf die Seite mit dem Inserat, als wäre es ein schönes Bild, nickte für sich und warf es dann, wenn auch zögernd, in den Papierkorb unter dem Tisch.

In den kommenden Tagen ertappte er sich oftmals, dass er mit den Gedanken immer bei der Frage war, wie viele Frauen sich melden würden. Es gab auch verschiedene Rückmeldungen. Dagmar erzählte ihm, von Gespräch mit einigen Frauen, die sich über die Hintergründe für diese Aktion erkundigt hatten. Allerdings machten wohl einige der Damen schon die Einschränkung, dass man wenig Zeit habe oder keine Stimme oder ausgerechnet am Dienstag etwas anderes, Unaufschiebbares vorhabe. Er rief am Abend einige Sänger an, um zu erfahren, was sie bisher gehört hätten. Auch hier waren die Antworten ähnlich. Vielleicht lief es doch nicht so glatt. Nun man würde am Dienstag mehr wissen. Jetzt hieß es erstmal abwarten.

...

Am vereinbarten Probenabend schloss er bereits eine halbe Stunde vor dem festgesetzten Zeitpunkt die Tür zum Übungsraum auf. Dieter Hartung war ebenfalls schon da. Er breitete ein kleines Notenbündel aus. „Ich würde gerne vorher mit jeder Interessentin sprechen und klären, in welcher Stimmlage sie singen kann."
Ulli kam jetzt herein. „Hallo, ihr beiden! Na, sind schon die ersten Mädels eingetroffen?"
Wolfgang lachte etwas angestrengt. „Gleich schließen wir, wegen Überfüllung!" Dieter sah auf die Uhr : „Es ist noch reichlich Zeit."
„Also komme ich nicht zu spät!" Es war Dagmar, die durch die Tür trat. „Ich wollte euch doch nicht alleine warten lassen."
Wolfgang legte seinen Arm um ihre Hüfte: „Willkommen im Chor! Dieter, mach den Stimmtest!"
Der schmunzelte: „ Mit oder ohne Klavierbegleitung?" Er öffnete den Tastendeckel. „Aber ich weiß es doch auch so! Du singst im Alt!"
„Wollt ihr, wenn alle da sind, gleich richtig loslegen?" fragte Dagmar in die Runde.
„Wir haben den Männern gesagt, dass es heute erst eine halbe Stunde später beginnt. Dann haben wir noch ein bisschen Zeit, uns um die Frauen zu kümmern."
Ulli hatte gestern noch alle Männer angerufen und über die Terminverschiebung zu informieren.
Die Tür ging auf und eine Frau mittleren Alters trat ein. „Guten Abend! Probt hier der Chor?", „ Ja sie sind völlig richtig!" Ulli ging auf sie zu. „Das ist unser Vorstand, Wolfgang Freidank und das ist unser Dirigent, Herr Hartung!" Wolfgang gab ihr die Hand. „Wie ist ihr Name?"

Während sie sich unterhielten, ging erneut die Tür. Es war Ullis Schwägerin, Barbara Haberer in Begleitung einer jüngeren Frau, die sich als besagte Arbeitskollegin von Ulli vorstellte.
„Hallo Mädels, schön dass ihr kommt!" Ulli drückte seine Schwägerin und verwies auf Dieter. „Der macht mir dir gleich eine Stimmübung. Ich habe dich zwar als Sopran angemeldet, aber er will dich sorgfältig testen." Barbara Haberer zog fragend die Augenbrauen hoch.
„Kleiner Scherz am Rande! Natürlich singst du im Sopran!" Der Chorleiter wandte sich ihrer Begleitung zu. „Und sie?" Diese lachte etwas verlegen: „Ich glaube, mir fehlt es etwas an Höhe. Wenn sie einverstanden sind, würde ich gerne in die Altstimme gehen." Dieter schielte über seine Brille. „Natürlich ist das in Ordnung."
Zwei weitere, geschätzte Endfünfzigerinnen kamen herein. Sie stellten sich vor. Sie waren Schwestern und hatten vor Jahren mal in einem Gospelchor gesungen. Vor einigen Monaten waren sie, wie sie erzählten, mit ihren Männern nach Dengenheim gezogen.
„Die Kinder sind schon aus dem Haus, unsere Männer beruflich sehr eingespannt und wir haben gedacht, dass wir wieder singen sollten."
„In welcher Stimmlage?" wollte Dieter wissen. „Wir sind Sopran".
Die etwas korpulentere der Beiden sagte das mit leicht hörbarem Stolz.
Sie setzten sich zu den anderen. Dieter Hartung setzte sich dazu und gab noch einige Informationen über den Verein und die musikalischen Aktivitäten. Wolfgang stellte sich mit Ulli etwas abseits und schaute auf die kleine Gruppe. „Bisher sind es sechs!" Sein Blick ging zur Uhr. „Die Zeit ist gleich um und die ersten Männer werden kommen!" „Tja, kein großer Andrang! Ob das an der Hitze liegt?" Ulli trat von einem Bein auf das Andere.

„Hallo, zusammen!" Walter Höfer, sichtlich verschwitzt und mit weit offenem Hemdkragen grüßte etwas zu laut. „Da haben wir ja lauter neue Gesichter!" Er schaute auf die vordere Reihe, in der die Platz genommen hatten. „Bleibt es bei der alten Sitzordnung?" Sein Blick ging fragend zu Wolfgang. „Natürlich." antwortete dieser und seine Stimme klang etwas belegt. Dagmar lächelte und winkte Walter Höfer zu. „Du hättest Deine Frau ruhig mitbringen können!" Der zuckte mit den Schultern.

„Sie hat gerade wenig Zeit!" Es klang abweisend. Nacheinander kamen jetzt auch die anderen Sänger. Fast alle blieben kurz in der Tür stehen, schauten auf die erste, von den Frauen besetzte Stuhlreihe. Einige beklagten laut die anhaltende Hitze, andere stellten, wie Walter Höfer, die Frage nach dem Sitzplatz.

Bevor es losgehen sollte, fasste Wolfgang den Dirigenten am Arm und nahm ihn zur Seite. Ulli stellte sich dazu. „Ganze sechs Hospitantinnen!" Wolfgangs Stimme war rau. „Weniger als erwartet!" „Und weitaus weniger als notwendig!" ergänzte Dieter. „Was machen wir jetzt?" Ulli zupfte etwas nervös am Ohrläppchen. „Absagen können wir nicht." Wolfgang sprach jetzt ganz leise. "Dieter, nimm bitte heute eines der leichtesten Stücke, wir ziehen das jetzt durch! Ich gebe zuerst ein paar Erläuterungen und dann Dieter dir die Leitung!" Der Angesprochene setzte ich ans Klavier und Ulli auf seinen angestammten Stuhl in der zweiten Reihe. „Meine Damen, liebe Sängerkameraden, " Wolfgang räusperte sich. „Also, zuerst möchte ich unsere Neuzugänge ganz herzlich begrüßen. Wir freuen uns, dass zur heutigen Schnupperprobe gekommen sind. Unser Dirigent hat Ihnen schon einiges vorhin erläutert. Ich gebe zu, ich hatte mit noch mehr Interessentinnen gerechnet, aber der Termin war ja sehr kurzfristig und vielleicht ist auch die Hitzewelle etwas daran mitschuldig. Aber, wie sagt man so schön, Qualität geht vor Quantität!" Er wagte einen kurzen Blick auf die erste Reihe. Dagmar zwinkerte ihm mit einem Auge zu. Dann fixierte er die Männer. In deren Gesichter war keine Regung zu entdecken. „Und immerhin hat unser Chor am heutigen Abend einen Zuwachs von mehr als dreißig Prozent bekommen. Und ich bin sicher es werden noch deutlich mehr werden. Da heute Abend ja noch neu für uns alle ist, wird unser Dirigent zuerst mal mit einem von ihm speziell ausgesuchten Stück beginnen .Bevor wir aber mit der regulären Probe starten, wollen wir Männer unsere neuen Sangesschwestern doch mit einem kurzen Lied begrüßen. Mit unserem Sängerspruch „Ewig treu und wahr!"
Er ging an seinen Platz neben Ulli. „Wir stehen dazu am besten auf!" Dieter gab auf dem Klavier die Akkorde an, stellte sich vor den Chor und auf sein Zeichen hin füllten die Stimmen der Männer den Saal mit der bekannten Melodie. Traditionsgemäß sang man die Strophe zweimal hintereinander. Nach dem letzten Akkord blieben die Männer ruhig stehen. Und als nach einer winzigen Pause Dagmar zaghaft zu klatschen begann, fielen die anderen fünf Damen in der ersten Reihe spontan ein. Die beiden Schwestern drehten sich etwas um und nickten aufmunternd den Sängern zu. Wolfgang schaute seinen Nebenmann an. Ulli nickte anerkennend. Dieter übernahm jetzt, wie gewohnt, den Probenabend. Er hatte ein vierstimmiges Lied für gemischten Chor ausgewählt. Es war ein ro-

mantisches Liebeslied (‚*ein Blümlein auserlesen*') und so gesetzt, dass die Damenstimmen jeweils den Beginn der Strophen mit einem kleinen Solo einleiteten. Notenwart Fritz Bronner verteilte das Liederblatt.

„Solange der Frauenbereich noch unterbesetzt ist, bitte ich die Männer, sich etwas zurück zu halten". Er spielte das neue Lied auf dem Klavier vor, dann begann er mit der Sopranstimme die ersten Takte einzustudieren. Die Frauen lernten ziemlich schnell und auch bei den Männern gab es keine Probleme. Wolfgang schaute zwischendurch immer mal nach rechts in die neben ihm sitzenden Chorsänger. Diese hörten, wenn Sopran und Alt ihre Passagen alleine probten, aufmerksam zu. Er deutete das als positives Zeichen. Nur einmal, als sein Blick auf Marcus Langer traf und er dessen sehr kritischen Gesichtsausdruck sah, hatte er ein etwas unbehagliches Gefühl. Lediglich bei Zusammenführung der Stimmen war das Ungleichgewicht zu spüren. Da aber die Neusängerinnen allesamt über kräftige Stimmen verfügten, war das Ergebnis durchaus hörbar.

„Ich glaube, wir sollten heute damit Schluss machen." Dieter nickte den Anwesenden zu. „Das war doch für den Start schon ganz brauchbar. Wolfgang willst du noch etwas sagen?" Dieser erhob sich. „Ich bin froh, dass wir einen Anfang gemacht haben. Ich hoffe, meine Damen, es hat Ihnen gefallen und sie machen mit uns weiter." Das klingt jetzt wohl nicht besonders optimistisch, kritisierte er sich gedanklich, denn die Mienen, in die er blickte, schienen nicht besonders fröhlich. Er straffte seinen Oberkörper. „Was wir jetzt noch brauchen, ist Mundpropaganda. Und ich habe noch eine Mitteilung: Das Autohaus Bläser wird in diesem Jahr dreißig Jahre alt. Ich bin gefragt worden, ob wir, als gemischter Chor, im Oktober dort zum Tag der offenen Tür einen musikalischen Leckerbissen abliefern wollen. Vielleicht können wir uns da schon in neuer Formation vorstellen. So. Das war' s für heute .Und jetzt: Singen macht die Kehle trocken und die Hitze tut ihr Übriges. Deshalb zur Information an unsere Neuzugänge – wir gehen meist noch nach der Probe in die Bahnschänke. Über Damenbegleitung würden wir uns sehr freuen!" Die Männer standen auf, Dagmar und Ullis Schwägerin sprachen halblaut mit den bisher noch unbekannten Frauen und gingen mit diesen zur Tür. Die meisten der Sänger folgten, einige blieben in dem kleinen Saal stehen und warteten auf Wolfgang.

Als die meisten aus dem Raum waren, fasst Friedrich Fröhlich ihn am Arm „ Mensch Wolfgang, das läuft ziemlich zäh an!" Und Metzgermeister Höfer ergänzte:" Ein Ansturm sieht aber anders aus!" Ulli schaute abwechselnd zu Wolfgang und Dieter. Dieser meinte etwas zögerlich. „Also, die Probe war eigentlich ganz ordentlich. Die Frauen haben sich tapfer gehalten. Es war ja auch erst der Anfang."
„Den ich mir aber schon etwas schwungvoller vorgestellt habe" Walter Höfer zeigte seinen Unmut.
„Aber am Inserat kann es doch nicht gelegen haben." „Nein, Friedrich, natürlich nicht." Wolfgang ging zu den Fenstern, schloss eines nach dem anderen mit einem lauten Knall. „Und es liegt auch nicht an der Hitze! Vielleicht gibt es einfach doch nicht so viele gesangsbereite Frauen, wie ich mir das vorgestellt habe." Er ging zum Klavier und schaute in die kleine Runde. „Und jetzt ? Aufhören oder Weitermachen?"
Die Männer schweigen. Wolfgang drückte aus Verlegenheit auf eine Taste des noch offen stehenden Klaviers.

„Weitermachen!" Ulli trat einen Schritt in die Mitte. „Wir sollten weitermachen! Mensch, der Abend heute war doch erst ein Anfang. Mit hat es ganz gut gefallen und den Frauen glaube ich auch. Wir müssen wir einfach noch mehr Reklame machen und für uns werben. Aufgeben sollten wir auf keinen Fall" Er machte einen Schritt auf Walter Höfer zu: „Du schwitzt bestimmt genauso wie ich. Komm, lass uns jetzt die Bahnschänke gehen, mal sehen was die anderen sagen!"   „Okay!"

Wolfgang zog den Schlüssel aus der Tasche und sie verließen gemeinsam das Probelokal.

Als sie den Nebenraum der Bahnschänke betraten, sah sich Wolfgang sofort nach den Frauen um. Alle saßen an einem der großen runden Tische neben dem geöffneten Fenster. Ein Stuhl war noch frei, aber bevor er sich setzen konnte, hatte sich Ulli schon diesen geschnappt und Platz genommen.

„Vielleicht besser so." dachte er und setzte sich an einen Tisch, an den sich bereits schon Friedrich und Walter gesetzt hatten. „Ulli hat Recht!" Friedrich spielte mit dem Bierdeckel: "wir sollten weitermachen!"

„Ja, wir haben auch augenblicklich keine andere Alternative!" Walter Höfer gab sich wohlwollend. Miriam kam an den Tisch. „Wie viele Biere darf ich den Herren bringen?"
„Hallo ! Sie sind ja noch da? Wollten sie nicht nur zwei Wochen aushelfen?" Wolfgang sah zu ihr hoch.
„Nun, Guido muss noch etwas länger in Hamburg bleiben. Und weil ich noch in den Ferien bin, habe ich halt verlängert." Sie lachte. „Mir macht's ja auch Spaß. Und bei der Hitze trinken die Leute entsprechend. Das bringt auch was ein. Und was darf ich Ihnen bringen?
Wolfgang und die anderen sagten fast wie aus einem Mund: „ Ein großes Bier!"
Als Miriam weg war, fragte Friedrich: „ Nettes Mädel. Was macht die denn sonst?" „Wie ich gehört habe, studiert sie!" Walter Höfer wusste aber auch nichts Genaueres.

„Auf alle Fälle bringt sie rasch das Bier!" Wolfgang rückte ein wenig auf dem Stuhl und Miriam stellte drei leicht beschlagene Gläser mit fester Schaumkrone vor die Männer. „Zum Wohl die Herren."
Er wollte sie fragen, was sie denn hauptberuflich mache, aber Friedrich hob sofort das Glas: „Also dann Prost - Gegen die Hitze!"
„Und gegen den Frust!" fügte Wolfgang hinzu und leerte das halbe Glas auf einen Zug. Er schaute hinüber zu dem Tisch, an dem Dagmar mit Ulli und den anderen Frauen saß.

Sie schienen alle gut zu unterhalten. Ulli gestikulierte gerade mit den Händen und die Runde lachte laut auf. Vermutlich hatte er eine alte Anekdote aus seinen langen Sängerleben zum Besten gegeben.
Wolfgangs Enttäuschung schwand etwas. „Eine Anzeige alleine wird es nicht bringen. Da war ich wohl zu optimistisch. Wir müssen uns ganz persönlich an unsere Bekannte und Nachbarn wenden. Das ist bestimmt effektiver!"
„Ich könnte ja bei uns im Laden ein Schild aufhängen". Walter Höfer zeigte sich wieder kooperativ.

„Gute Idee!" pflichtete Friedrich ihm bei und ich werde auch mal in der Nachbarschaft und in der Gemeindeverwaltung nachfragen. Immerhin habe ich da noch meine Beziehungen!" Optimismus am Tisch machte sich breit.

Walter Höfer drehte sich zum Nebentisch. „Hört mal, was haltet ihr davon, wenn ich in meiner Fleischerei mit einem Schild für neue Sängerinnen werbe?"
„Ja, mach das – auf das Schild schreibst du einfach; Wenn Ihnen der Gesang nicht Wurst ist, machen sie mit!"
Lautes Lachen quittierte die launige Antwort eines Sängers am Nachbartisch. „Mit Speck fängt man Mäuse, mit Wurst eine Sängerin!" Wolfgang prostete den Kameraden zu. Walter Höfer schien sich eine passende Antwort zu überlegen.
Da kam Dieter an Tisch. Seine schmale Tasche mit den Klavierauszügen hatte er unter den Arm geklemmt und wischte sich mit einem Taschentuch den Schweiß aus dem Gesicht.
„Ich geh´ nach Hause. Bei der Hitze fühl ich mich daheim wohler."

Als er weg war, meinte Friedrich besorgt: „ Er gefällt mir in letzter Zeit gar nicht. Früher war ihm nicht wohl, wenn er nicht dem Letzten auf den Rücken schauen konnte."
„Er schiebt es auf die Hitze, aber die hat ihm doch auch früher nichts ausgemacht." Höfer schüttelte nachdenklich den Kopf. Er winkte Miriam: „Noch ein Bier für mich! "

„Für mich dann auch" sagte Wolfgang. „Aber erst muss ich mal das letzte Bier wegbringen" Er stand auf und ging zur Toilette, Dagmars sah gerade herüber. Ihr Mund formte einige Worte, die Wolfgang auf Anhieb nicht verstand. Mit seiner Mimik zeigte er es an. Dagmar lachte, Wolfgang ging an den Tisch. „ Ich wollte nur wissen, ob du schon nach Hause gehst." grinste seine Frau in an. Er schüttelte den Kopf. „Zuerst nur auf die Toilette und dann noch ein Bier. Und du ?
„Ich geh dann mit dir."
Wolfgang wandte sich kurz den anderen Damen am Tisch zu. „Werden sie von unserem erfahrenen Bassisten in die Regularien unseres Vereins eingeweiht?" wollte er wissen.
Die etwas jüngere der beiden Schwestern schaute zu ihm hoch: „Es war wirklich ein interessanter Abend heute. Leider sind wir Frauen ja noch stark in der Minderzahl. Aber Herr Haberer meint, das würde sich bald ändern."
„Das heißt also, sie und ihre Schwester machen weiter bei uns mit? Wolfgang konnte nicht verhindern, dass er dabei offene Freude zeigte.

„Klar! Und diese junge Frau ebenfalls." Ulli wies auf die Sängerin, die als Erste heute zur Probe gekommen war. „Auf diese Stimmen kann man doch nicht verzichten!"
„Das ist wirklich schön!" Wolfgang nickte in die Runde. „Und ein gemütlicher Nachtrunk rundet die Sache dann auch noch ab."

Auf der Toilette begegnete er Markus Langer, dessen kritischer Gesichtsausdruck ihm während der Probe schon zu denken gegeben hatte. Dieser stand vor dem Waschbecken.
„Ich habe gerade die Frauen gefragt, sie machen weiter mit." Mit dieser guten Neuigkeit wollte er seinen eigenen Optimismus weitergeben.
„Schön" sagte der Angesprochene und drehte den Wasserhahn auf. „Aber ich werde aufhören!"
„Wie?" Wolfgang war vom Donner gerührt. „Aufhören? Warum ? Du bist doch seit mindestens achtundzwanzig Jahren im Verein. Du machst einen Scherz!"
„Nein, das ist kein Scherz! Ich hätte Dich auch morgen angerufen. Seit fast dreißig Jahren bin ich im Männerchor und ein gemischter Chor ist nicht meine Sache. Ich werde deshalb künftig bei den Steinstädtern singen."
„Das kann bestimmt nicht dein letztes Wort sein. Lass uns darüber noch mal in Ruhe sprechen."
„Mein Entschluss steht. Schon seit der letzten Probe, als dieser Beschluss gefasst wurde." Er hatte in der Versammlung gegen den Vorschlag gestimmt.
Ich hätte früher mit ihm sprechen sollen. Wolfgang machte sich jetzt Vorwürfe.
Markus Langer trocknete sich umständlich die Hände und warf das Papierhandtuch in den kleinen Container in der Ecke des Waschraumes. Aber er traf nur die Außenseite und das kleine Knäuel fiel daneben auf den Fußboden. Wolfgang der näher stand, bückte sich und hob es auf. Er wollte etwas sagen, als die Tür aufging und ein Sänger die Toilette betrat und mit Blick auf die Beiden lachend meinte: „Was man an Flüssigkeit nicht ausschwitzt, muss man eben auf diese Weise abgeben".

Er lachte nochmals laut und ging nach hinten.

Wolfgang ließ das Papiertuch in den Eimer fallen. Markus ging an ihm wortlos vorbei zurück in den Flur zum Gastraum.
„Ich ruf Dich an", rief Wolfgang ihm halblaut nach. Dieser schüttelte den Kopf, gab aber keine weitere Antwort.

Als Wolfgang danach zurück ins Nebenzimmer gegangen war, standen auf dem Tisch mehrere Gläser mit Bier, eines davon noch voll, lediglich die Schaumkrone war stark eingefallen.
„Meins?" fragte er. Die anderen nickten. Er trank einen großen Schluck. Dann suchte er mit den Augen den Raum nach Markus ab. Dieser war nirgends zu sehen. Keiner am Tisch wusste, wo er sein könnte.
„Wahrscheinlich ist er schon gegangen." wurde vermutet.

„Ich glaub ich geh auch" Walter Höfer sah auf die Uhr. "Ich muss ja morgen wieder recht früh raus."
„Und ich ebenfalls. Man hat ja als Vorstand nicht die Pflicht bei den letzten zu sein. Wolfgang trank aus und sah Friedrich an. "Pensionäre sind da im Vorteil."
Er sah sich nach Miriam um, schaute zu seiner Frau, die ebenfalls gerade herübersah, deutete auf die Uhr und machte mit Daumen und Zeigefinger das bekannte Zeichen für Geld und Bezahlen. Dagmar nickte.
Miriam kam an den Tisch. „So die Herren, Durst gelöscht und jetzt müde? Die Männer lachten. Wolfgang wies auf Dagmar: „Für diese Dame zahle ich mit!
„Das hat schon der Herr am Tisch übernommen."
„Dann ist es mir auch recht."

Er zahlte, stand auf, wartete auf Dagmar, die noch kurz etwas zu Ulli sagte und sich von den anderen Damen am Tisch verabschiedete, winkte der Tischgesellschaft kurz zu und beide gingen durch den Gastraum hinaus auf die Straße. Die Abendluft hatte nur unmerklich die Schwüle des Nachmittags gesenkt.
„So, und wie hat es dir heute gefallen?"

Dagmar war natürlich nicht unvoreingenommen, das wusste er, aber er konnte sich auf eine einigermaßen ausgewogene Schilderung und Bewertung durch sie verlassen.

Sie war ebenfalls über die doch geringe Beteiligung enttäuscht, erzählte aber, dass am Tisch die Gespräche mit den drei unbekannten Frauen aus dem Ort sehr angenehm waren und wie sie alle zusammen beschlossen hatten, weiter in die Offensive zu gehen.

„Ich habe das Gefühl, dass es ihnen gut gefallen hat und sie für sie so eine Art Herausforderung ist, es den Männern zu zeigen." Auf dem weiteren Weg berichtete sie, was am Tisch besprochen wurde und wie Ulli mit charmanter Art von der alten Vereinstradition erzählt und dabei immer wieder die gute Kameradschaft betont habe.

„Er ist sich sicher, dass die Mehrzahl der Mitglieder jetzt aktiver im Bekanntenkreis werben und wir in Kürze von eine Reihe neuer Sängerinnen bekommen."

Als sie zuhause waren, brannte in Beates Zimmer noch Licht. Wolfgang klopfte an die Tür. Nach einem etwas launigen „Ja" öffnete er.
„Ich wollte nur sehen, wie du bei dieser Hitze zurechtkommst. ...bei geschlossenem Fenster!" „Wegen der Mücken! Lieber etwas schwitzen als von den Mücken gefressen werden."

Beate lachte. Sie würde im kommenden Monate siebzehn Jahre alt, besuchte das Gymnasium in Steinstadt und war eine ordentliche Schülerin, ohne große Schwierigkeiten.
Das Buch, in dem sie offensichtlich gelesen hatte, legte sie jetzt flach auf den Nachttisch.
„Aber jetzt reicht es mir auch. Licht aus – Fenster auf!" Sie drückte den Lichtschalter, sprang aus dem Bett, öffnete den Fensterflügel weit und zog mit dem Gurt den Rollladen auf die Hälfte der Fensterfläche hoch.
„Gute Nacht- bis morgen früh!" „Gute Nacht!" Wolfgang schloss wieder die Tür.

Bei der Hitze deckten sie sich nur mit einem Laken zu. Das Fenster im Schlafzimmer hatten sie ebenfalls geöffnet. Trotzdem fiel das Einschlafen schwer.
„Kann es sein, dass manche Frauen gerne mitmachen würden, aber nicht so Recht den Mut haben. Weil sie nicht wissen, wie es abläuft?"
Wolfgangs Frage an Dagmar zeigte, wie sehr ihn das Thema auch weiterhin beschäftigte.
Sie drehte sich zu ihm. „Das ist gut möglich .Wir haben das heute auch schon in der Schänke das Thema kurz angeschnitten. Manche haben viel-

leicht Angst, dass sie vor fremden Leuten vorsingen müssten und wer weiß was noch"
„Dann müssen wir hier deutlich machen, wie es bei uns abläuft und wie viel Spaß man daran haben kann. Ich muss morgen gleich mal Ulli anrufen."
Er küsste Dagmar zärtlich, schob mit dem Bein sein Laken etwas zur Seite. „Schön, dass du dabei bist", sagte er und Dagmar nahm seine Hand.

Er war wie stets pünktlich in seinem Werkstatt-Büro, deponierte zuerst seine Mineral-Wasserflasche, kontrollierte den Terminkalender und verglich ihn mit den gestapelten Kundenakten. Im Hintergrund lief das Radio und brachte die Nachrichten. Bei der Wettervorhersage drehte er etwas lauter. „…am Nachmittag von Westen aufkommende Bewölkung mit nachfolgender Gewitterneigung. Im Laufe der Nacht zum Teil schwere Gewitter. Die weiteren Aussichten – am Donnerstag bleibt es bewölkt. Merklich kühler!" Er stellte das Gerät ab. „Wurde ja Zeit!"

Das Telefon läutete. Es war sein Chef: „Morgen, Herr Bläser". „Guten Morgen, Herr Freidank – wenn sie nachher mal kurz Zeit haben, kommen sie doch bitte zu mir ins Büro." Herr Bläser legte auf.

Es kam nicht so oft vor, dass sein Chef ihn zitierte, aber das Verhältnis war so gut, dass er keine unangenehme Überraschung erwartete. Die heutigen Kundenanmeldungen waren rasch und problemlos abgearbeitet. Nur einmal musste Wolfgang in den Hof. Bei einem der zu wartenden Fahrzeuge war nicht genau zu klären, in welchem Umfang die erforderliche Reparatur notwendig war.
Als die Aufträge vergeben waren, ging er noch mal in die große Reparaturhalle und besprach einige Details mit den Mechanikern.
„Ich bin dann mal beim Chef!"
Die Tür zwischen Werkstatthalle und seinem Büro ließ er offen und ging hinüber zu dem Anbau, in dem sich die kaufmännischen Abteilungen befanden. Dabei fiel ihm ein, dass er unbedingt nachher gleich mal Ulli anrufen wollte.

„Herr Bläser, was gibt es denn?"
„Hatten sie schon einen Kaffee?" kam die Gegenfrage. „Kaffee auch bei dieser Hitze ist geradezu ideal!" Wolfgang wusste, dass Herr Bläser ein starker Kaffeetrinker war und auch er selbst schätzte hin und wieder eine Tasse dieses aromatischen Getränks. Bereitwillig nahm er die Tasse, griff nach Milch und Zucker und goss den Kaffee aus der Thermoskanne hinein. „Also, wenn es wegen des Chorauftrittes bei ihrem Jubiläum ist, ….?" Herr Bläser schüttelte den Kopf: „Das hat noch etwas Zeit, oder geben sie schon eine konkrete Zusage? "

„Angekündigt habe ich es und die Kameraden sind nicht abgeneigt, allerdings sind wir gerade gewissermaßen im Umbruch." Er erzählte kurz von der gestrigen Chorprobe und gab sich zuversichtlich über die weitere Entwicklung.

„Na, dann drücke ich ihnen den Daumen!" Herr Bläser schenkte sich nach und schob die Kanne wieder etwas zu Wolfgang.
„Also, warum ich sie sprechen muss. Ich habe da ein Problem und brauche ihr Verständnis."
Wolfgang zog die Augenbrauen fragend hoch.
„Ab morgen findet im Zentralwerk unseres Herstellers eine spezielle Einführung für die neuen Modelle im Wartungsbereich statt. Das Seminar dauert auch über das ganze Wochenende und ist erst am kommenden Dienstag gegen Mittag zu Ende. Hier …" Er schob ihm einige glänzend bedruckte Seiten zu. Wolfgang griff danach, drehte das Papier in seine Richtung, schaute aber dabei Herrn Bläser an: „ Heißt das, dass ich das Seminar besuchen soll?" „Ja", und nach einer kurzen Pause: „Es ist ein Basisseminar, speziell für die leitenden Fachkräfte der Kundendienstwerkstätten."
Er machte erneut eine Pause. „Leider habe ich bei der Anmeldung völlig übersehen, das mit Ihnen abzusprechen. Irgendwie ist das bei mir untergegangen." Man sah, dass es ihm leid tat.

„Es gibt zwar einen Ausweichtermin, aber der ist offensichtlich schon ausgebucht. Ich habe das telefonisch abgefragt. Wenn es nicht über das Wochenende wäre, dann ….."
Wolfgang verstand auch ohne den vollständigen Satz, was sein Chef sagen wollte. Im Rahmen der Arbeitswoche hätte der Arbeitgeber eine Kursteilnahme ohne großes Aufheben anordnen können. Er wusste aber auch, dass selbst dann Herr Bläser so etwas einvernehmlich regeln würde.

„ Nun, .." Wolfgang zögerte leicht. „ Also, da werde ich wohl die nächsten fünf Nächte im Hotelbett verbringen müssen." Er lächelte.
„ Sechs!" lächelte Herr Bläser zurück, „Sechs Hotelnächte – das Seminar beginnt morgen früh um acht Uhr. Sie werden heute noch anreisen. Danke für ihr Verständnis! Noch einen Kaffee ?"
Sie regelten im Gespräch jetzt einige wichtige Details. Die Anreise sollte mit der Eisenbahn stattfinden, die Fahrkartenbestellung und die Platzreservierung war schon vorsorglich von Herrn Bläsers Sekretärin erledigt worden. Auch die Arbeitsvertretung hatte Herr Bläser bereits geregelt.
„Ihr Zug geht um 15.43 Uhr. Als kleinen Dank für ihre rasche Entscheidung habe ich die Fahrt in der ersten Klasse gebucht. Ich hoffe, ihre Gattin ist nicht böse und sieht die Notwendigkeit ein."

Zurück in seinem Büro nahm er einen großen Schluck aus Wasserflasche. „15.43 Uhr – da muss ich mich aber kräftig beeilen." sagte er zu sich selber.
Bevor er sich den Akten und den Montagepapieren zuwandte, griff er zum Hörer und wählte Ullis Büronummer. Besetzt.

Er wählte Dagmars Nummer. Es dauerte eine Weile, dann wurde abgenommen. Es war Dagmars Kollegin. „Tut mir leid, Herr Freidank, ihre Frau ist gerade in einer kleinen Gruppenbesprechung. Kann sie später zurück rufen?"
„Ja, sagen sie, es ist dringend. Danke!"

Er wählte erneut Ullis Nummer. Es war immer noch besetzt.
Er schaute er in sein Notizbuch nach Dieter Hartungs Telefon.Nummer.
„Hallo Dieter, du warst gestern wieder früh weg. Alles in Ordnung ?"
Dieter bejahte: „ Mensch, mach dir bloß keine Sorgen. Es ist wirklich nur die Hitze. Ist das der einzige Grund für Deinen Anruf?"
„Leider nein."
Wolfgang informierte den Dirigenten, über die plötzliche Information zu seinem Seminar und weshalb er schon heute Nachmittag abreisen müsse.

Dann erzählte er von seinem gestrigen Gespräch mit Marcus Langer und dessen Entschluss, den Verein zu verlassen. Dieter versprach, sich mit Marcus in Verbindung zu setzen. Wolfgang dankte.

„Es gibt aber auch etwas Positives. Den Frauen, die gestern da waren, scheint es gefallen zu haben. Sie wollen weitermachen. Aber es müssen schon noch einige mehr werden, sonst bringt das nichts".

Unmittelbar nach dem er aufgelegt hatte, klingelte der Apparat. Es war Dagmar. „Hallo, was gibt es denn so dringendes?"
Wolfgang erzählte ohne Umschweife, dass er die nächsten Tage und über das Wochenende hinweg zu einem Seminar in das Zentralwerk eingeteilt war und er heute Nachmittag schon abreisen musste.
„Diesen Sonntag kommen doch wieder meine Eltern! Lässt sich das nicht verschieben?" Dagmar klang enttäuscht. „Leider nein!" Er sagte ihr weshalb.
„Wann kommst du zum Packen heute heim. Ich bring Dich dann zum Bahnhof." „Gegen zwei Uhr. Dagmar, du bist ein Schatz! Danke!"

Nachdem er aufgelegt hatte, wandte er sich dem Stapel auf dem Schreibtisch zu.
Er sortierte die gestapelten Vorgänge und ging dann in das Nachbarbüro. Der Kollege war über die Vertretung schon informiert und übernahm die von Wolfgang mitgebrachten Akten. „Alle anderen Vorgänge für die nächsten Tage habe ich bei mir auf dem Schreibtisch. Bis auf eine Reklamation ist aber alles reine Routine. Wir sehen uns dann am kommenden Mittwoch wieder." „Das ist heute in einer Woche" bestätigte der Kollege. Sie grüßten und Wolfgang ging wieder zurück an seinen Platz. Ullis Telefonanschluss war immer noch belegt.

Er trank die Flasche leer, stellte diese zu den anderen, räumte zusammen und ging nochmals in die Wartungshalle. Er instruierte die Monteure, die gerade die Mittagspause beendet hatten, verabschiedete sich und ging zu seinem Fahrrad. Er setzte seine Sonnenbrille auf, sah zum Himmel. Dieser zeigte sich in einem verwaschenen , aber immer noch völligem Blau, das nur von einigen kleinen Wolkenfetzen die dort verloren klebten, verziert wurde. Von einem aufziehenden Gewitter keine Spur. Lediglich die ziemlich drückende Schwüle zeigte an, dass sich die angekündigte Gewitterfront in der Ferne aufbaute.

Ein Blick zu Armbanduhr zeigte ihm, dass er bis zur Abfahrt des Zuges gerade noch etwas mehr als zwei Stunden Zeit hatte.

Dagmar war Verwaltungsangestellte bei der Kreisbehörde. Seit der Geburt ihrer Tochter Beate vor etwas mehr als siebzehn Jahren war sie nur noch halbtags tätig. Als Wolfgang verschwitzt zu Hause ankam, war sie schon da. Er stolperte beinahe über seinen Koffer, den Dagmar schon in den Flur gestellt hatte.

„Essen ist fast fertig -" rief sie. „Bei der Hitze gibt es etwas Kaltes – Wurstsalat!"

Wolfgang ging ins Bad und wusch sich rasch Hände und Gesicht. Nach dem Essen wollte er dann noch kurz unter die Dusche.

In der Küche mixte er sich eine eiskalte Apfelsaftschorle. Dabei erzählte er Dagmar nochmals die Einzelheiten aus dem Gespräch mit seinem Chef. „Er hat es einfach übersehen. Kann ja schon mal vorkommen. Da konnte ich einfach nicht nein sagen. Du verstehst das doch." Dagmar zog die Mundwinkel zuerst nach unten, dann nach oben.

„Und Deine Eltern werden das ebenfalls verstehen. - Wann kommt den Beate heute heim?"
„ Nun, sie hat heute Ganztagsunterricht. Aber vielleicht rufst du sie abends kurz an."

Sie aßen in der Küche. Dagmar hatte noch frische Brötchen besorgen können.
„Heute Abend esse ich etwas im Hotel. Hoffentlich sind dort die Zimmer nicht so heiß und stickig. Ich bin es nicht gewohnt in fremden Betten zu schlafen."
„Das will ich aber auch hoffen!" Dagmar räumte das Geschirr beiseite. „Noch schnell einen Kaffee, während du packst?"

„Ich lege meine Sachen raus, bitte pack du den Koffer, das kannst du viel besser."
„Also keinen Kaffee ?" „Nee, lass mal, ich habe beim Chef schon drei Tassen getrunken."
Er ging ins Schlafzimmer, sortierte die Wäsche und Kleidung für die Reise.
Sein Blick ging zur Uhr. Zum Duschen blieb keine Zeit mehr.

Er wollte ja auch noch Ulli anrufen. Aber auch dafür war es zu knapp. Er würde Dagmar bitten, Ulli später anzurufen. Während der Fahrt zum Bahnhof könnte er ja ihr sagen, was er mit Ulli besprechen wollte.

Sie kamen gerade noch rechtzeitig am Bahnsteig. Der Zug war schon eingefahren. Rasch orientierte er sich nach Waggon und Sitzplatz, verabschiedete sich mit einer Umarmung von seiner Frau und stieg ein.

In dem kleinen Abteil befand sich nur eine ältere Dame. Es war hier, im Verhältnis zu draußen, relativ kühl. Ob die Wagen der ersten Klasse klimatisiert waren?
Mit kühnem Schwung verstaute seinen Koffer im Gepäckfach über seinem Platz direkt am Fenster. Dann ließ er sich in den Sessel fallen, wischte sich Schweiß von der Stirn und sah aus dem Fenster. Dagmar stand noch draußen uns suchte mit Ihren Blicken die Fensterfront ab.

Er schob sein Gesicht ganz dicht an die Scheibe, klopfte dagegen und winkte Dagmar. Diese winkte zurück, der Zug setzte sich in Bewegung.

KAPITEL 3

Die Fahrt war recht angenehm. Die ältere Mitfahrerin, mit der er ein belangloses Gespräch über Fahrtziel und die Hitzewelle geführt hatte, war bereits nach zwei Stationen ausgestiegen.

Den Rest der Fahrt saß er alleine im Abteil. Vom Schaffner, der die Karten kontrollierte, ließ er sich die Fahrtroute erklären. Zwischen zwei Haltepunkten war er kurz in den Speisewagen gegangen. Er trank dort eine große Apfelsaftschorle und nahm sich eine gekühlte Flasche Mineralwasser mit in sein Abteil. Entspannt lehnte er sich zurück. Die ruhige Fahrt und das eintönige Rattern der Räder machten ihn schläfrig.

Er döste in seinem Sitz, bis er durch ein heftiges Prasseln aufgeschreckt wurde. Draußen war es dunkel wie am späten Abend und große Regentropfen klatschten gegen die Scheibe. Der Zug hatte die Gewitterfront erreicht.

Das Hotel lag etwas außerhalb, sein Zimmer war nicht sehr groß, hatte aber einen Schreibtisch, Radio mit Weckerfunktion und ein Telefon. Er las sich die Funktionsbeschreibung durch und sah, dass jede Telefon-Einheit fünfzig Pfennig kostete.

Als er anschließend zu Hause anrief, gab er Dagmar die Hoteltelefonnummer durch und bat sie, ihn gleich zurückzurufen. „Das ist deutlich günstiger."

Über Dengenheim war am späten Nachmittag ein heftiges Gewitter gezogen und hatte wohl eine deutliche Abkühlung gebracht.
Beate war noch unterwegs. „Sie trifft sich noch mit Edgar Gerber" informierte ihn seine Frau. „Ich denke, das bahnt sich etwas an."
„Ist das nicht der Sohn von Andreas Gerber?" Andreas Gerber war der Dirigent des Musikvereins Steinstadt. „Der ist doch schon mindestens achtzehn Jahre? "
„Und er geht auf die gleiche Schule wie Beate", ergänzte Dagmar. „ Hast du etwa Vorbehalte?"

Er zögerte. „Wenn es nur nicht zu spät wird."
Er wechselte das Thema. „Konntest du Ulli erreichen?" Sie hatte. Und sie hatte ihn entsprechend instruiert.

„Gut, dann will ich noch mal Dieter kurz anrufen. Sag Beate schöne Grüße und euch eine gute Nacht. Wenn es jetzt kühler ist schlaft ihr sicher wieder besser. Weckst du mich morgen früh, pünktlich um halb sieben?"

Er wählte erneut. Anne Hartung war am Telefon. „Bist du gut angekommen", wollte sie wissen. Er bejahte und sie gab den Hörer weiter an Dieter. „Ich habe vorhin erst mit Marcus wegen seiner Austrittabsicht gesprochen. Er will darüber nicht sprechen und bleibt bei seinem Entschluss. Wirklich sehr schade."

„Meinst du, dass es auch noch andere geben könnte, die dann nach Steinstadt gehen?" Wolfgang war besorgt. Dieter wollte das nicht ausschließen. Schließlich hatten ja noch zwei Sänger gegen die neue Ausrichtung gestimmt. Und da Wolfgang wegen des Seminars verhindert war, wollte er es übernehmen, diese ebenfalls nochmals anzusprechen.

„Das ist sehr nett von dir. Ulli wird dich dabei sicher unterstützen. Ich konnte ihn heute in der Hektik nicht mehr erreichen. Dagmar hat aber für mich bei ihm angerufen. Es geht jetzt auch ganz besonders darum, möglichst viele Frauen in die nächsten Chorstunden zu bekommen. Vielleicht haben einige Hemmungen, weil sie fürchten, vor der versammelten Schar vorsingen zu müssen und weil sie vielleicht sich nicht zu stark verpflichten wollen."

Der Hinweis von Dagmar war ihm nicht aus dem Kopf gegangen und er hielt es für wichtig, dass alle Sänger bei den Gesprächen im Freundes- und Bekanntenkreis deutlich machten, dass die interessierten Frauen auf keinen Fall eine öffentliche Probe ihrer musikalischen Begabung und ihres Stimmpotenzials abgeben müssen.
„Wichtig ist nur, dass jedes Mitglied alle in Frage kommenden Personen darüber informiert." Sie sprachen noch kurz über den geplanten Auftritt bei Jubiläum des Autohauses. Dann erkundigte er sich noch nach Dieters Gesundheitszustand. „ So kennt man dich ja nicht und deshalb machen wir schon Sorgen." Dieter beruhigte. Jetzt, nach dem Gewitter und der rückläufigen Temperatur sei alles wieder im Lot, wie er sich ausdrückte. Und für den ersten öffentlichen Auftritt des gemischten Chores würde er sich auch noch etwas einfallen lassen.

„Jetzt bring dein Seminar gut zu Ende und bis kommenden Dienstag!" Unmittelbar nach dem er aufgelegt hatte, meldete sich Dagmar wieder. „Friedrich hat gerade angerufen. Ob er nochmals das Inserat schalten solle. Vielleicht haben es noch nicht alle gelesen und wenn wieder drei neue Damen kämen, wäre das ja auch schon was." Wolfgang freute sich über diese Initiative und ärgerte sich gleichzeitig, dass er nicht darauf gekommen war. „Ruf ihn gleich an, das ist eine gute Idee. Ist Beate denn schon daheim?" Sie war es noch nicht. Er sah zur Uhr: „Es ist schon kurz vor acht!" „Dann sieh zu, dass du etwas zu Essen bekommst und mach dir um Beate jetzt mal keine Sorgen. Das Mädel ist schon ganz vernünftig. Gute Nacht und bis morgen früh."

Dagmar hatte Recht, Beate war vernünftig, acht Uhr war wirklich noch keine Zeit und gegessen hatte er seit Mittag auch nichts mehr. Und er hatte Durst. Nachdem er seine Kleidung im Schrank verstaut hatte, legte er seine Toilettensachen auf die Ablage in der Nasszelle, wusch sich Gesicht und Hände und ging in die Hotelhalle.

Das Seminar war interessant und teilweise sogar ziemlich anstrengend. Die neue Modellreihe des Herstellers war technisch völlig überarbeitet und für die Kundendienste und Werkstätten gab es neue Wartungssysteme. Die dafür erforderliche Wissensvermittlung und die Einarbeitung nahmen dann auch entsprechend Zeit in Anspruch. Einige Teilnehmer kannte er sogar von früheren Seminaren und so saß man abends noch bei einem Bier und fachsimpelte. Am Ende eines jeden Seminartages telefonierte er mit Dagmar und sie erzählten sich gegenseitig kurz die Neuigkeiten. Beate war, außer Donnerstag, da trainierte sie mit der Volleyballmannschaft, jeden Abend zu Hause. Die Temperaturen waren jetzt auch in Dengenheim auf ein erträgliches Maß gesunken, das Wetter blieb trübe und Ulli wie auch Dieter meldeten, dass alle Sänger nochmals informiert worden waren. Das Inserat war fast am selben Platz wie die Woche zuvor erschienen und Dagmar war mehrmals darauf angesprochen worden.

Am Dienstag gab es zum Seminarende für Alle einen Koffer mit Unterlagen, anschließend eine Zusammenfassung aller wesentlichen Punkte und ein gemeinsames Mittagessen in der Werkskantine. Er aß mit großem Appetit und bestellte ein Taxi. Sein Zug fuhr dieses Mal um vierzehn Uhr dreiundfünfzig, die Ankunftszeit war mit neunzehn Uhr acht angegeben. Dagmar war informiert und würde ihn am Bahnhof abholen. Die heutige Chorprobe wollte er auf keinen Fall versäumen.

Am Bahnhof hatte er noch etwas Zeit. Er kaufte sich eine Illustrierte, die Tageszeitung hatte er im Hotel während des Frühstücks gelesen. Langsam ging er in Richtung Bahnsteig. Durch den Seminarkoffer mit den Unterlagen war das Tragen des Gepäcks jetzt unbequemer als auf der Hinfahrt. Lautsprecheransagen dröhnten mit wechselnden Ansagen durch die Halle und aus einer Unterführung kam eine lautstarke Reisegruppe entgegen. „Durchsage für Gleis …. aus Hamburg .. In Richtung …circa dreißig Minuten Verspätung!" Er hatte nicht richtig hingehört. War das sein Zug? Er suchte nach einem Bahnbediensteten. „Verzeihung, können sie mir sagen ob dieser Zug", er zeigte seinen Fahrschein vor, „ob dieser Zug Verspätung hat?"

Der Beamte schaute kurz auf die Fahrkarte. „Ja, gerade kam die Ansage. Ihr Zug kommt erst in ungefähr einer halben Stunde." Wolfgang überlegte. „Achten sie aber bitte auf weitere Ansagen." Der Auskunftsbeamte lächelte ihn an. „Es kommt schon mal vor." ergänzte er halb entschuldigend, halb beschwichtigend. „Ich muss Dagmar anrufen." Wolfgang suchte eine Telefonzelle. Als er nach Münzen suchte, fiel ihm ein, dass er sein letztes Kleingeld beim Kauf der Illustrierten hingelegt hatte. Er hatte nur noch die Scheine. Mist. Wo konnte schnell wechseln?

Am Stand für Süßigkeiten stellte er sich in Schlange und kaufte sich einen Schokoriegel und eine Dose Cola. „Bitte ein paar Zehnpfennigstücke" bat er die Verkäuferin und hielt einen 20 Markschein hin. „Ich muss telefonieren."

Als er zurück an die Telefonzelle kam, war diese belegt. Er stellte seine Koffer ab und schaute zur Bahnhofs-Uhr. Es war noch ausreichend Zeit.

„Achtung Bahnreisende...!" setzte die Ansage über ihm wieder ein. Er lauschte, aber dieses Mal betraf es nicht seine Zugverbindung.

Die Telefonzellentür ging auf, ein jüngerer Mann kam heraus, hielt im Tür "Danke!" Wolfgang schob seine Koffer in die schmale Zelle, hantierte umständlich mit der Coladose. „Danke, es geht schon." Er fingerte die Münzen aus dem Portemonnaie und wählte seine Nummer. Er ließ es lange klingeln, offensichtlich war keiner zuhause. Er überlegte. Draußen vor der Zelle ging jetzt eine Frau unruhig auf und ab. Er schob erneut die Münzen in den Schlitz und drehte erneut die Scheibe. Nach dreimaligem Läuten wurde abgenommen: „Hartung" „Hallo Dieter – hier Wolfgang."

Er erklärte kurz die Situation und bat Dieter, Dagmar zu verständigen, dass sie ihn erst eine halbe Stunde später als geplant abholen könnte. „Dann komme ich immer noch rechtzeitig in die Chorprobe. Ich danke dir. Alles andere heute Abend. Gruß an Anne!" Nachdem er aufgelegt hatte, versuchte er, beide Koffergriffe mit einer Hand zu fassen, was aber misslang. Er packte den kleinen Seminarkoffer unter den Arm, fasste mit der linken Hand die Coladose und öffnete die Tür der Kabine. Die Frau war nicht mehr zu sehen. Mit der freien Hand angelte er sich seinen großen Koffer und drehte sich um. Die Bahnhofsuhr zeigte, dass er jetzt an der Zeit war, zum richtigen Bahnsteig zu gehen. Im Lautsprecher direkt über ihm knackte es vernehmlich. „Achtung, eine Durchsage für Gleis Vier!" Das war das Gleis, an dem er einsteigen musste. „Ein Hinweis für die Reisenden mit Fernzug Einhundertsiebenundsechzig von Hamburg zur Weiterfahrt nach Basel, fahrplanmäßige Abfahrt vierzehn Uhr dreiundfünfzig!" Ja, das war sein Zug, „ die Ankunft wird sich voraussichtlich um zirka fünfzig Minuten verzögern. Ich wiederhole..!" Verdammt! Er rechnete kurz nach. Er würde nicht zum Probenbeginn nicht pünktlich sein. Und er müsste nochmals Dagmar informieren.

Er schob seinen Koffer wieder in die Telefonzelle, stellte die Seminarunterlagen darauf. Die Dose Cola hatte auf den Telefonkasten gestellt. Dieter war sofort wieder am Apparat „Ist etwas passiert?" „Nein, aber die Zugverspätung ist noch größer. Jetzt sind es fünfzig Minuten. Bitte informiere Dagmar." Er warf einige Münzen nach. „Ein paar Minuten habe ich ja Zeit. Was ist denn die Tage so bei euch gelaufen?"

Dieter informierte ihn, dass die beiden anderen Sänger, die gegen das gemeinsame Singen mit Frauen gestimmt hatten, sich noch nicht konkret geäußert hätten. Und zeigte sich vorsichtig erfreut, dass er Rückmeldungen von anderen Sängern erhalten habe, die signalisierten, dass es noch einige Frauen gab, die durchaus daran interessiert seien, im Verein mitzumachen.

„Und es ist bei uns nicht mehr so heiß, das kann sich ebenfalls positiv auswirken. Du wirst es ja dann heute Abend sehen. Also bis dann, ich sag Dagmar Bescheid!".

Was werde ich heute sehen? Dieters Bemerkung beschäftige ihn und während er noch über die Formulierung nachdachte, setzte er den Hörer auf die Gabel und eine Münze fiel klappernd zurück in das kleine Fach. Er

steckte sie in die Tasche. Dann nahm er beide Koffer, stieß damit gegen die Tür und ging nach draußen. Nach etwa fünf Schritten fiel ihm ein, dass er die Cola auf dem Telefonkasten hatte stehen lassen. Er stellte den großen Koffer ab, mit dem Seminargepäck in der Hand, ging er zurück, drückte die Tür auf und machte sich lang, um nach der Dose zu greifen. Gerade da sah er aus dem Augenwinkel, dass ein etwas sehr bunt gekleideter Jugendlicher mit spitz geformter Haarfrisur sich seinem Koffer näherte. Wolfgang stieß mit den Fingern gegen die Dose. Diese fiel scheppernd gegen die Glaswand und landete mit einem Knall auf dem Fußboden. Ohne den jungen Mann aus den Augen zu lassen, bückte er sich und fischte nach der Dose, die in die hintere Ecke der Kabine gerollt war. Er hob sie auf. Der Jugendliche war jetzt in unmittelbarer Koffernähe, ging daran vorbei und als sie auf gleicher Höhe waren, blieb er stehen, hob eine Zigarette hoch und fragte, ob er Feuer haben könne. Wolfgang verneinte. Der Andere ging weiter. Wolfgang blieb bei seinem Koffer stehen. Bevor er das Gepäck wieder aufnahm, suchte er in seiner Jackentasche nach dem Schokoriegel. „Ich brauche etwas Nervennahrung", sagte er zu sich, und brach ein Stück ab. Den Rest steckte er wieder zurück in die Tasche. Dann begann er an der Lasche der Coladose zu ziehen. Erst etwas zaghaft und als er Widerstand spürte, heftiger. Der Metallverschluss sprang auf und gleichzeitig zischte eine braunweiße Fontaine aus der Dose, traf Brust, Gesicht und Haare und der Rest tropfte auf den grauen Betonfußboden.
„Verdammte Hühnerkacke! Geht denn heute alles schief?!" Er stellte die nasse Dose auf den Boden, suchte mit der trockenen freien Hand in der Hosentasche nach seinem Taschentuch. Umständlich wischte er Ärmel und Brust ab und versuchte sein Gesicht und die vordere Haarpartie zu trocknen.
Die Lautsprecher schalteten sich wieder ein. „Achtung .Hinweis für Gleis Vier. Der verspätete Fernzug von Hamburg nach Frankfurt, über…."
„Kommt der etwa noch später?" schoss es ihm durch den Kopf.
„…planmäßige Abfahrt vierzehn Uhr dreiundfünfzig wird in wenigen Minuten eintreffen. Bitte Vorsicht bei der Einfahrt." Ups! Jetzt wird es aber höchste Zeit. Er stopfte das feuchte Taschentuch in die Hosentasche, trank den kleinen verbliebenen Rest Cola, warf die Büchse in den nahe stehenden Abfalleimer und rannte mit den Koffern Richtung Gleisunterführung. Im gleichen Augenblick als er auf dem Bahnsteig kam, schob sich der Zug heran. Er atmete durch. Der Bahnsteig war ziemlich

voll und wie es aussah, wollten alle diese Menschen mit demselben Zug reisen. Zum Glück wurde für mich ein Platz reserviert, dachte er. Er überlegte, wo er denn die Zugfahrkarte hin gesteckt hatte und suchte mit der flachen Hand die innere Brusttasche seines Jacketts. Alles fühlte sich von der Coladusche feucht an. Ganz vorsichtig zog er die Papiere aus der Innentasche. Zum Glück war alles noch lesbar.

Der Zug hatte mit lautem Kreischen der Bremsen gehalten. - Wagen siebzehn - las er und verglich mit seiner Reservierungskarte. - Wagen siebzehn - stand da. Wenigstens ein bisschen Glück, freute er sich. Er stand auch ziemlich nahe an der Tür, die gerade von innen geöffnet wurde. Zwei Passagiere stiegen aus und Wolfgang legte die Koffer in den Eingang, stieg ein und schob sich durch den engen Gang. Er fand sein Abteil. Es war leer. Schön, wenn es so bliebe, dachte er und drückte die Tür auf. Muffiger Geruch schlug ihm entgegen. Kalter Rauch? Er blickte auf das rote Schild über der Tür. *RAUCHER*. Nochmals verglich er Waggonnummer und Sitzplatz-Nummer. Alles richtig. Jetzt füllte sich der Gang von beiden Seiten mit anderen Fahrgäste auf der Suche nach einem Sitzplatz. Eilig ging er in das Abteil.

Kaum hatte er Platz genommen, füllte sich der Raum. Offensichtlich hatte er als Einziger eine Platzreservierung, denn jeder der eintrat, stellte die Frage: „Ist hier noch frei?"
Als der Zug wieder anfuhr, war das Abteil mit fünf weiteren, sehr unterschiedlichen Männern besetzt. Allen aber schien eines gemeinsam. Sobald sie Platz genommen hatten, griffen sie in eine ihrer Taschen, holten ein Päckchen Zigaretten hervor und begannen zu rauchen. Bald herrschte dichter Nebel im Abteil. Wolfgang hatte vor, während der Fahrt seine Illustrierte zu lesen. Allerdings hatte diese ebenfalls etwas von der Cola abbekommen. Er wedelte mit dem Papier, um etwas von dem Zigarettenrauch vor seiner Nase zu vertreiben. Es half nichts. Die Mitreisenden begannen sich zu unterhalten. Erstes Thema war die Verspätung. Wolfgang erfuhr, dass wohl auch für andere Züge erhebliche Zeitverschiebungen gemeldet waren und ein Unfall an einer Gleisbaustelle die Ursache sei. Nachdem der Schaffner die Karten kontrolliert hatte, verließ er das Abteil um den Speisewagen aufzusuchen und so den Rauchschwaden zu entgehen. Draußen herrschte dichtes Gedränge. Die Reisenden, die offensichtlich keinen Sitzplatz gefunden hatten, standen zwischen den Gepäckstücken oder saßen auf ihren Koffern. Er drückte sich an ihnen vorbei, im-

mer wieder mal ein „Entschuldigung" oder ein „Darf ich mal?" murmelnd. Er war im nächsten Waggon, da bemerkte er ein Schild, dass auf den Speisewagen hinwies. Dieser befand sich genau in entgegen gesetzter Richtung.

...

Es war bereits nach zwanzig Uhr, als er aus dem Zug stieg, Blieb er für einen Moment auf dem Bahnsteig stehen und atmete tief durch. Nach dem rauchigen Dunst im Waggon kam ihm die matte Bahnhofsluft wie eine Mischung aus Meeresbrise und Schwarzwälder Tannenduft vor. Er strebte dem Bahnhofsvorplatz zu, suchte nach Dagmar und fand sie am Steuer seines Wagens sitzend, bei den Parkplätzen. Er winkte und eilte zum Wagen, sie stieg aus und er umarmte sie. Etwas angewidert wich sie zurück. „Du riechst ja wie drei Tage Kneipe." Prüfend sah sie ihn an. „Und fleckig wie ein Lokal-Leopard siehst du auch aus!" „Nun, ich war in einem Raucherabteil eingesperrt ..." erklärte er, während ihm die beiden Koffer verstaute. "...und habe dazu noch die Explosion einer Coladose überlebt.
„Wo ist denn Beate?" fuhr er ohne Unterbrechung fort.
„Nun, wir fahren doch gleich in die Chorprobe, oder ?", entgegnete Dagmar. „Die hat gerade begonnen", sagte er mit Blick zur Uhr.

Auf dem Weg zum Probenlokal schilderte er das Missgeschick mit der Getränkebüchse und der missglückten Platzreservierung. „Wenigstens hatte ich einen Sitzplatz", tröstete er sich selbst.

„Gibt es etwas Neues in Sachen Damenbeteiligung?", wollte er wissen. Dagmar zögerte einen Moment und verzog die Mundwinkel zu einem etwas betrübten Gesicht. „Ihr Männer bleibt sicher in der Mehrzahl."

Mit dieser kryptischen Aussage konnte Wolfgang nun überhaupt nichts anfangen. Das hört sich beinahe so an, als wolle sie mir nicht so brutal die Verantwortung für die daneben gelaufene Aktion in die Schuhe schieben, dachte er und genau da fiel ihm wieder ein, wie Dieter heute am Telefon, auf seine Frage nach weiteren Sängerinnen zu ihm gesagt hatte „*DU* wirst es heute ja sehen!" Nicht „wir werden sehen", nein „ *DU* wirst es sehen." Das bedeutete wohl nichts Gutes. „Wenn es mit dem gemischten Chor nicht klappt, dann haben wir immer noch die Option der Fusion mit der Liedertafel Steinstadt", murmelte er halblaut vor sich hin.

Dagmar, die am Steuer saß, bremste wegen einer roten Ampel „Du gibst doch sonst nicht so schnell auf. Hast du eigentlich noch etwas gegessen?" Er hatte. Als er das erste Mal sich zum Bordrestaurant durchgekämpft hatte, war es dort rappelvoll und er erstand nach längerem Warten eine Flasche Mineralwasser. Später, als viele Reisende wieder ausgestiegen waren, war er nochmals zum Speisewagen gegangen und hatte sich einen Vesperteller bestellt.

Sie parkten einige Meter vor dem Probelokal. Als er den Sicherheitsgurt löste, bemerkte er, dass die rechte Jackentasche unter dem Gurtschloss eingeklemmt war. Er zog sachte am Stoff. Etwas in der Tasche bremste und er musste etwas drücken und zerren. Nachdem er das Jackenteil frei hatte, fühlte er in die Tasche nach dem Inhalt. Es war sprödes Papier und etwas Weiches, Klebriges.

„Meine Güte! Der Schokoriegel!" Der Rest der Schokolade, die er völlig vergessen hatte, war im Laufe des Nachmittags wohl weich geworden und hatte sich aus dem Papier gelöst. Die Tasche war jetzt innen völlig versaut und beim Herausziehen der Hand hatte er auch noch die Außenseite verschmiert. „Kommst du?" Dagmar stand schon draußen. Er öffnete die Tür, suchte mit der sauberen Hand noch sein Taschentuch und hörte gerade noch den letzten Ton einiger Frauenstimmen aus dem geöffneten Fenster des Probenraumes. Undeutlich vernahm er Dieters Stimme, der jetzt offensichtlich zu den Männerstimmen sprach. Kurz darauf setzten die Tenöre ein. Wolfgang kannte diese Passage nicht. Dieter schien ein neues Lied einzustudieren. Um nicht zu stören warteten sie vor der Tür, bis der Gesang verstummte. Wolfgang hoffte, dass – wenn er jetzt hineinging – mindestens dieselbe Zahl der Frauen wie beim letzten Mal anwesend sei.

Drinnen brach der Gesang ab. Sie hörten, wie Dieter sagte: „Das war in Ordnung. Jetzt mal die Bässe, " und noch bevor er den Ton für die Bass-Stimme vorgab, drückte Dagmar die Klinke, ging hinein und Wolfgang folgte. Zwei Schritte, dann blieb er stehen. Er schaute nach vorne auf die erste Reihe, dann auf Dieter, dann wieder auf die erste Reihe.

„Unser Vorstand ist zurück! Guten Abend!" Dieter sagte das mit einem breiten Grinsen.
„Guten Abend", gab Wolfgang ziemlich mechanisch zurück. Die vordere Reihe war völlig besetzt und zwar ausschließlich mit Damen. Das sind

mindestens zwölf, ging es ihm durch den Kopf. Einige kannte er vom Sehen, die Frau neben Dagmar hielt gerade ihre Noten hoch, dass er nur das Kleid sah. „Willst du unsere Sängerinnen gleich ganz offiziell begrüßen?" Dieter stand jetzt neben ihm. "Den Sängerspruch hatten wir schon zu Beginn."

Wolfgang bemerkte, dass Dieter jetzt die Nase hochzog und ihn streng musterte. Auch die Anwesenden schauten offensichtlich irritiert.

„Meine Damen", begann er, „ich freue mich außerordentlich, dass zu dieser Chorstunde erschienen sind. Wegen einer Dienstreise – wissen sie, die Bahn hatte Verspätung – konnte ich nicht rechtzeitig hier sein. Ich hoffe, sie fühlen sich bei uns wohl."

‚Ich sollte wohl noch etwas zu meinem derangierten Äußeren sagen', dachte er, denn er spürte, wie alle Blicke im Raum ihn förmlich abtasteten.

„Normalerweise komme ich schon korrekt gekleidet zur Probe, aber heute, auf dem Bahnsteig, " er strich etwas verlegen mit der rechten Hand über Hemd und Jackett, „also auf dem Bahnsteig, da ist mir beim Öffnen der Getränkedose ein Missgeschick passiert." Die Männer und Frauen begannen zu grinsen. „Cola macht eben keine Wasserflecken" ergänzte er .Aus dem Grinsen wurde unterdrücktes Lachen. Er lachte ebenfalls ganz verhalten. „Und ich habe den Nachmittag in einem Zugabteil mit fünf starken Rauchern verbracht."

Einige lachten etwas lauter, die meisten aber grinsten ziemlich breit. Irgendwie Schadenfroh, fand er. „Jetzt übergebe ich aber wieder an unseren Dirigenten". Dieser lachte ihm geräuschlos, aber über alle Backen, ins Gesicht, als er an ihm vorbei zu seinem Platz neben Ulli ging.

„Hast du die Noten für mich? Proben wir was Neues?"

Ulli reichte ihm zwei Blätter, schnupperte an ihm: „Du riechst, wie du aussiehst, und deine Schokoladenstreifen auf der Brust passen super zu den Colaflecken!" Er sah an sich herunter. Jetzt konnte er das Lachen vorhin auch richtig einordnen. Da hatte er offensichtlich noch die Reste des Schokoriegels, die an seiner Hand waren, in schwungvollen Streifen gleichmäßig auf der Brust und am Revers der Jacke verteilt. Ehe er noch antworten konnte, hatte jetzt vorne am Klavier Dieter die Initiative ergriffen. „Jetzt aber weiter und zwar mit den Bässen!"

Das neue Lied hieß ‚*An hellen Tagen*'. Ein gut singbares und einsetzbares Lied fand er und es würde sicher prima ankommen. Während wechselweise die anderen Stimmen probten, versuchte er festzustellen, wer die Neuzugänge waren. Er konnte von seinem Sitzplatz die Profile der Damen im Sopran sehen, von den Altistinnen nur die Hinterköpfe. Er stutze. Neben Dagmar ‚Nein!' – ‚Das war doch Beate'

‚Wie kommt die denn …?' Ulli schien in beobachtet zu haben. „Dass deine Tochter mitmacht, finde ich gut", lobte er in sehr leisem Flüsterton. Wolfgang schaute von den Frauen zu Ulli. „Und sie hat noch Verstärkung mitgebracht." Ulli beugte schob seinen Oberkörper an ihn heran: "Männliche Verstärkung!" Und noch bevor sich Wolfgang zur Seite drehte, raunte er ihm zu: „Tenor!"

„Tenor?" Wolfgang fing sich vom Dirigenten einen strafenden Seitenblick ein, denn er hatte das Wort in der Aufregung ziemlich laut ausgesprochen, während die Sopranisten gerade zu einem neuen Takt ansetzten. Wolfgang blieb für einen Augenblick stocksteif sitzen, dann drehte er sich rechts zur Seite, wo die Tenöre zu sitzen pflegten. Tatsächlich, dort saß mitten drin ein junger Mann, der vorher noch nie hier gewesen war. Er kannte ihn. Dort saß …Beates Freund, Edgar Gerber, der Sohn des Dirigenten des Musikvereins Steinstadt.

Nach zwei Stunden waren sich alle einig: Es war ein hochinteressante und herzerfrischende Chorprobe, die man heute erlebt hatte. Dieter Hartung wirkte zwar etwas erschöpft, aber er war sichtlich froh, dass die von ihm ausgewählten Stücke so gut angenommen und gesungen wurden und natürlich auch ganz besonders über den überraschend großen Zuwachs weiblicher Stimmen. Er dankte nochmals für die heute Probenarbeit und schaute zu Wolfgang. Dieser stand auf. „Lieber Dieter, auch dir vielen Dank für deine heutige Probenarbeit mit uns." Dann bat er die neu hinzu gekommenen Sängerinnen „und auch den jungen Tenornachwuchs" für einen Moment noch hier zu bleiben. „Unser Schriftführer, Friedrich Fröhlich, würde gerne noch die Namen und wie wir sie im Bedarfsfall erreichen können, notieren." Er schritt von seinem Platz aus nach vorne, schüttelte Dieter zum Zeichen der Anerkennung die Hand und rief dabei in den Saal: „Und vielleicht sehen wir uns ja noch anschließend in der Bahnschänke!" „Sofern sie volljährig sind", fügte er hinzu, seine Tochter dabei fest im Blick. Die Männer verließen jetzt, sich angeregt unterhaltend, den Raum. Fritz stand inmitten der Frauen und notierte die Anga-

ben auf seinem Block. Beate stand bei Dagmar und grinste fröhlich ihren Vater an. Der kniff ein Auge zu, drohte mit dem Zeigefinger, ging aber nicht zu ihr, sondern schaute sich um. Er fand Edgar Gerber noch auf seinem Stuhl sitzend. „Hallo Edgar." Da er den jungen Mann schon als kleines Kind kannte, duzte er ihn. „Das ist wirklich eine Überraschung. Weiß dein Vater davon?" Edgar verneinte. „Beate hat mir von ihrem Plan erzählt und dass sie auch mitmacht. Und singen kann ich auch ganz gut, da dachte ich…."
Wolfgang war nicht so ganz wohl dabei. Nun, der Junge war volljährig und konnte in seiner Freizeit tun und lassen was er wollte. Er wusste aber auch, dass der Musikverein Steinstadt genauso um jeden aktiven Musiker froh war. „Du spielst doch aber auch im Orchester Steinstadt? Soviel ich weiß, Horn?" fragte er nach. „Querflöte!" korrigierte der Angesprochene. „Okay, aber auf alle Fälle bist du dort Musiker. Und wie stellst du dir das hier vor. Willst du auf zwei Hochzeiten tanzen?" Es klang barscher, als er gemeint war. Edgar schielte zu Beate hinüber. „ Der Musikverein probt immer am Donnerstag. Ich kann also an allen Proben teilnehmen."
Wolfgang wusste im Moment nicht, wie er sich verhalten sollte.
Die Frauengruppe um den Schriftführer schien sich aufzulösen. Er wollte aber noch mal rasch ein paar persönliche Worte anbringen. „Wenn du noch etwas Zeit hast…," er fasste Edgar am linken Oberarm, „ dann kommst du noch kurz in die Bahnschänke." Er winkte Beate zu sich heran. „Würdest du für eine halbe Stunde den jungen Mann noch in die Bahnschänke begleiten, wir haben etwas zu besprechen. Deine Mutter frage ich gleich noch um Erlaubnis." Beate schaute etwas verdutzt zu Edgar, der zuckte mit den Schultern, dann nahm er ihre Hand und ging mit ihr zur Tür. Dagmar drehte sich zu Wolfgang hin." Hallo, lieber Mann, was bedeutet das?" „Gleich" entgegnete der und stellte sich zu den frisch gebackenen Sängerinnen. So meine Damen, " begann er und sah von Einer zur Anderen.
„Tut mir leid, dass ich die offizielle Begrüßung in einem so schlampigen Äußeren vornehmen musste, das nächste Mal komme ich bestimmt wieder ordentlich gekleidet." Er lächelte gewinnend und die Runde lächelte freundlich zurück. „Ich nehme an, es hat ihnen gefallen, sonst wären sie jetzt nicht mehr hier. Wir freuen uns, dass sie mit machen. Sie werden sehen, es macht Spaß im Chor zu singen. Alles wichtige wir ihnen ja bestimmt schon unser Friedrich, also ich meine, unser Schriftführer, Herr Fröhlich, erklärt haben. Wenn sie wollen, treffen wir uns gleich noch in

der Bahnschänke?" Er hob leicht die Hand, deutete eine Verbeugung an und zu Dagmar, die in der Nähe der Tür stand. Er drehte sich noch mal um.

„Friedrich!" er holte einen kleinen Schlüsselbund aus der Tasche. „Friedrich, sei so gut und schließ du heute ab, wenn ihr fertig seid. Ich habe was Eiliges in der Bahnschänke zu besprechen ….„. Bis nachher." Er übergab die Schlüssel und hakte sich bei Dagmar ein. Auf dem Weg zum Lokal erklärte er Dagmar, weshalb er wegen Edgars Wunsch, mitzumachen, nicht besonders glücklich sei. „Der kommt doch nur wegen Beate! Wenn es zwischen den Beiden mal aus sein sollte, dann singt er auch nicht mehr bei uns. Und vor allem, die Stein Städter werden denken, wir werben aktiv ab." Dagmar lächelte: „ Du machst dir also mehr als Vereinsvorstand Sorgen, nicht so sehr als fürsorglicher Vater oder bist du gar eifersüchtig?" „Selbstverständlich in erster Linie als Vater! Wie kannst du etwas anderes denken? Aber es ist es doch auch ein Vereinsproblem. Ich rede gleich noch mal mit den Beiden."

Energisch stieß er die Tür zum Lokal auf, ließ Dagmar den Vortritt und ging rasch in das Nebenzimmer. In der hinteren Ecke saßen die Beiden. Ewas abseits von den anderen Sängern, wie er erleichtert feststellte. Dagmar war vorne stehen geblieben und unterhielt sich mit dem Wirt. Er drückte sich vorbei an den schon besetzten Stühlen. Die Sänger blickten ihn aufmunternd an und als er an Metzgermeister Höfer vorbeiging, klopfte der ihm jovial auf den Rücken. Wolfgang blieb am Tisch wo Beate und Edgar saßen, stehen, rückte einen Stuhl zurecht und setzte sich so, dass er frontal den Beiden gegenüber saß. Es war zwar etwas eng, denn er hatte den Nachbartisch ziemlich dicht im Rücken, doch wollte er seine ganze Autorität wirken lassen. Er beugte sich nach vorne und legte beide Unterarme auf den blanken Holztisch. „Also Beate" er lächelte leicht, „ ich finde es ausgesprochen schön, dass du mit uns singen willst, aber," fügte er in bemüht strengerem Ton hinzu, „schöner hätte ich es gefunden, wenn du vorher mal mit mir, als Deinem Vater…" Pause. „…und als Vereinsvorstand, gesprochen hättest. Wie du weißt, ist Singen ein schönes Hobby und ich hoffe, es macht dir viel Freude." „Das klingt ja wie eine offizielle Rede" lachte Beate. Er überging die Stichelei einfach. „Wichtig ist, dass du wie alle anderen auch" er streifte Edgar mit einem Blick, „kontinuierlich an unseren Chorproben teilnimmst und dich entsprechend engagierst." Er schaute wieder zu Edgar. „Das ist selbstverständlich", fühlte sich dieser angesprochen. „Ich komm gleich auf dich" Wolfgang

gab sich grimmig. „Beate, und auf keinen Fall darf die Schule darunter leiden. Apropos Schule." Er zog mit dem Finger an der Armbanduhr. „Wenn du Deinen Apfelsaft ausgetrunken hast, gehst du nach Hause. Klar?"
„Klar!" Erneut gab Edgar die Antwort. „Und ich bring sie natürlich heim!" Wolfgang sah in irritiert an und blickte dann etwas hilfesuchend nach Dagmar um. Diese unterhielt sich sehr angeregt vorne im Gastraum. Er saß immer noch unbequem und so stützte er sich mit beiden Armen vom Tisch etwas ab, so dass der Stuhl leicht nach hinten kippte.

„Vorsicht!" Es war Miriams helle Stimme, die ihn warnte. Er wippte wieder nach vorne und drehte sich mit halbem Oberkörper zur Seite um zu sehen, welche Gefahr ihm drohen könnte. Dabei stieß er an den Ellbogen der Bedienung, die gerade in diesem Moment eine Tablett mit vollen Biergläsern über seinem Kopf hielt um es zum Nachbartisch zu bringen. Das Tablett kam für einen Moment in Schieflage, das reichte, um die darauf stehenden Gläser ins Wanken zu bringen. Dabei schwappte Bier aus einem Glas und genau auf Wolfgangs Schulter. Dieser versuchte auszuweichen und schob seinen Oberkörper mit heftigem Ruck nach vorne, um dem Guss auszuweichen. Leider drückte er dabei seinen Stuhl unsanft nach hinten. Miriam konnte das Tablett jetzt nicht mehr ausbalancieren, eines der darauf stehenden Gläser kippte um und das helle Bier schoss in einem wahren Sturzbach in seinen Nacken.

Für einen Augenblick verharrte er in seiner gebeugten Haltung und es war für diesen Moment erstaunlich still im Nebenraum, dann hörte er, wie sich bei den Nebensitzenden Gelächter breit machte. Beate war aufgesprungen und sammelte die auf dem Tisch liegenden Servietten auf, Edgar holte welche vom Nebentisch und sie begannen von beiden Seiten Wolfgang abzutrocknen, Miriam versuchte, das Tablett abzustellen, ohne dabei die vor ihr Sitzenden mit dem Bier zu bekleckern und Dagmar, die das Schauspiel vom großen Schankraum aus beobachtet hatte, eilte hinzu. Wolfgang stand auf. Etwas unwirsch schob er Beate und dann Edgar von sich, nahm diesem eine der Servietten aus der Hand und wischte über Arm und Schulter. Dagmar stand jetzt daneben und griff mit beiden Händen nach Beate und Edgar. „Passt doch auf!" sagte sie mit ironischem Lachen, „ Ihr wischt ja sonst die ganzen schönen Schokoladenstreifen ab. Es wäre doch schade um das schöne Muster." Wolfgang verzog das Gesicht zu einer tragischen Grimasse. Miriam stand vor ihm und zuckte entschuldigend mit den Schultern. Er zog es vor, die Sache mit Humor zu nehmen, schließlich konnte ja auch keiner etwas dafür. „Ich hatte ja eigentlich noch vor der Singstunde duschen wollen…"

In diesem Augenblick kamen Fritz und Ulli zusammen mit den Sängerinnen durch den Gastraum und steuerten auf das Nebenzimmer zu. „Gibt es hier noch Platz und etwas zu trinken?" Ulli warf einen verwunderten Blick auf Wolfgang. „Oder hat der Kampf um das letzte Bier schon begonnen?" Einige Sänger standen auf und schoben Tische und Stühle so zusammen, dass alle gemütlich sitzen konnten. „Ich habe es nur mal mit einer Bierdusche versucht!" Wolfgang nahm es als gutes Zeichen, dass die neuen Sängerinnen auch noch hier in die Bahnschänke kamen. Er sah zu Edgar. „Wann triffst du dich das nächste Mal mit Beate? Morgen? Ich bin gegen 18.00 Uhr zu hause. Da würde ich gerne noch mal in aller Ruhe über die Sache reden. Okay?" Natürlich war das für Edgar in Ordnung. Er wollte nur warten, bis Beate ausgetrunken habe und sie dann, wie vorher schon besprochen, nach Hause bringen. Die Sängerinnen hatten inzwischen Platz genommen.

Wolfgang setzte sich jetzt neben Dieter. „ Ich glaube, ich habe nicht alle Informationen erhalten." Dieter grinste selbstbewusst. „Nun, wir wollten abwarten, ob wir auch wirklich den Zulauf haben, der sich in den letzten Tagen abzeichnete, entschuldigte er sich, „und deine Vermutung war richtig." Er berichtete, wie er nach Wolfgangs Anruf mit Ulli und Fritz gesprochen hatte und wie sie ganz rasch nochmals alle Sänger darauf hingewiesen hatten, bei jedem Gespräch mit eventuellen Kandidatinnen zu betonen, dass es nicht mit einem Vorsingen oder Einzelsingen verbunden sei. , Walter Höfer habe in seinem Metzgerladen ein großes Schild auf der Theke deponiert und sogar diesen Hinweis angebracht und Fritz hatte in dem zweiten Inserat ebenfalls noch darauf hingewiesen. Dieter zog als Beleg dafür die Gemeindemitteilung vom letzten Donnerstag aus der Tasche. „Und weil unsere Sänger von dem ersten Abend so angetan waren, haben sie eben nochmals alle Frauen, die sie dafür erreichen konnten, mit großer Begeisterung angesprochen. Und unsere drei Neuzugänge vom letzten Mal waren ebenfalls aktiv und haben bei ihren Bekannten dafür geworben. Ja, wenn nicht alles täuscht, werden das nächste Mal noch zwei oder drei Frauen dazu kommen."
Dieter lehnte sich etwas erschöpft zurück. Wolfgang bemerkte die kleinen Schweißtropfen auf dessen Stirn, sagte aber nichts, denn er spürte, dass

Dieter das nicht angenehm wäre. Schräg gegenüber am Tisch saß Walter Höfer. Wolfgang hob sein Glas in seine Richtung. „Walter!" „Ich habe von Deinem Schild gehört und welche großartige Resonanz es hatte. Super!" Höfer prostete stolz zurück. „Weil mir der Verein eben nicht Wurst ist!" Und bevor er das Glas wieder abstellte. „Übrigens, dein neuer Anzug steht dir gut! Wo bekommt man den?" Er zwinkerte mit einem Auge. Wolfgang tippte leicht an sein Bierglas und zwinkerte zurück. „Das ist ein Einzelstück!" Die umsitzenden Sänger lachten. Dieter fasste Wolfgang. am Arm: „Ich wollte mich eigentlich noch zu den Frauen setzen, aber die Probe war doch ziemlich anstrengend. Ich zahle und mach mich auf den Heimweg." Er sah sich nach der Bedienung um. „Lass mal, ich übernehme das. Das bin ich dir schuldig, schließlich ist ein großer Teil unseres heutigen Erfolges dir zu verdanken. Was ich noch wissen wollte: was machen denn unsere Abwandere?"

In dem guten Gefühls des Erfolges hatten sie ganz vergessen, über die Sänger zu sprechen, die sich möglicherweise zur Liedertafel nach Steinstadt orientieren wollen. „Die wollen sich das noch mal überlegen. Leider waren sie heute nicht da.", „Soll ich da nochmals anrufen?" „Das wäre sicher gut und wird deren Entscheidung positiv beeinflussen." Wolfgang hoffte, dass er schon morgen dazu käme. Er blickte sich um und sah um ihn herum lauter entspannte, fröhliche Gesichter. Das Stimmengewirr hatte bereits einen erheblichen Geräuschpegel erreicht. Wolfgang plauderte jetzt mit den Männern an seinem Tisch. Trotz der Nässe, die immer noch in Jacke und Hemd zu spüren war, empfand er ein ordentliches Maß an Zufriedenheit. Immer wieder bekam er von dem einen oder anderen Sänger ein Kompliment über den überraschenden Zuwachs an Mitgliedern und auch zu der heutigen Chorprobe. Da Dieter war schon gegangen, konnte er dieses Lob nicht mehr entgegennehmen. Etwas später ging Wolfgang noch an den Tisch, begrüßte besonders herzlich nochmals die drei Damen, die schon beim letzten Mal mitgeprobt hatten und fragte in die Runde, wie es denn gefallen habe. Die Antworten waren rundum positiv. Einige stellten dazu auch Fragen zu speziellen Vereinsgepflogenheiten und auffallend häufig auch nach kommenden Konzertauftritten. Wolfgang bat um etwas Geduld, wies auf die Einladung des Autohauses Bläser hin und versprach, recht rasch – zusammen mit dem Dirigenten – einen Plan für weitere Veranstaltungen zu erstellen.

„Sänger!" Das war Walter Höfer. Er war vom Tisch aufgestanden, seine Stimme klang etwas spröde und man sah ihm an, dass er schon das eine und andere Bier genossen hatte. Da sich nicht sofort die wohl von ihm gewünschte Ruhe einstellte, klopfte er mit der Knöcheln seiner Hand auf den Tisch und wiederholte: „Sänger! Wir sind noch fast alle vollzählig versammelt und erlauben sie mir als altem Sänger ganz öffentlich zu sagen, dass ich über den heutigen Probenverlauf sehr froh bin und jetzt schon unserem Vereinsvorstand für die Initiative danke. Erheben sie das Glas mit mir und trinken sie mit mir auf einen erfolgreichen gemischten Chor!" Er nahm einen Schluck und die anderen taten es ihm gleich! Lebhafter Beifall schloss sich an und als er sich setzte, stupste ihn sein Nebenmann, Friedrich Fröhlich an. „Gut hast du das gesagt. Nur einen Schönheitsfehler hatte deine Rede. Ab heute muss es heißen: Sängerinnen und Sänger! Aber sonst war´s wirklich gut! Prost!"

„Wir sollten den Frauen doch noch ein Ständchen bringen!" Gerhard Krieger, der sich bisher zurückgehalten hatte, rief seinen Vorschlag hinein in den Raum. Und zu den Frauen: „Wollt ihr etwas vom Männerchor hören?" Diese lachten zustimmend! „Unser Dirigent ist aber schon gegangen." Irgendjemand machte diesen Einwand. „Dann soll Ulli anstimmen!" Gerhard Krieger winkte diesem zu. „ Und zwar *Nun leb wohl du kleine Gasse.*" Krieger mochte dieses Lied besonders gerne. Ulli war in den Stunden, in denen spontan gesungen wurde und ein Chorleiter nicht aufzutreiben war, so etwas wie der Ersatzdirigent. Das gewünschte Lied gehörte seit ewigen Zeiten zum Repertoire und er hatte keine Schwierigkeiten die vier Töne vorzugeben. „*Nun leb´ wohl, du kleine Gasse, nun ade du stilles Dach…*"

Die Männer gaben sich reichlich Mühe. Dass sie, einmal um es den Frauen zu zeigen, teilweise auch wegen des bereits schon reichlich genossenen Bieres ein wenig übertonierten (Dieter Hartung hatte diesen Begriff für die nachoffiziellen Gesangsdarbietungen geprägt), störte Niemand. Außer vielleicht Miriam. Sie stand an der Tür zum Nebenraum, lauschte zwar interessiert, aber sie schien sich teilweise über diesen nächtlichen Vortrag zu amüsieren. Kaum war das Lied zu Ende – die Männer strahlten sich an, als hätten sie soeben einen Preis errungen - begannen die Frauen zu klatschen und einige riefen sogar ein dezentes Bravo in Richtung der Sänger. Die Stimmung war so ausgezeichnet, dass keiner so richtig bemerkte, keiner wie spät es mittlerweile geworden war. Dagmar tippte irgendwann Wolfgang auf die Schulter und hielt ihm das linke Handgelenk vor die

Augen. „Wann müssen wir denn morgen aufstehen? Ich werde schon mal heimgehen. Kommst du mit?"
„ So spät schon?" Wolfgang schaute, wie zur Kontrolle, auch auf seine Armbanduhr. „Dann ist es, glaube ich, Zeit." Er sah sich nach der Bedienung um. „Miriam, zahlen!" Miriam notierte die Zeche – auch die von Dagmar, Beate, Edgar und Dieter Hartung. „Sie haben einen sehr engagierten Männerchor", sagte sie und schob ihm den Zettel mit der Addition zu. „In welcher Stimmlage singen sie denn? Tenor?" „Richtig, und ganz korrekt, zweiter Tenor!" „Und jetzt bauen sie einen gemischten Chor auf?" „Ja, wir müssen etwas tun, um den Verein zu erhalten. Leider finden sich nicht genügend sangesfreudige Männer. Schade, dass sie am Dienstagabend arbeiten müssen, sonst würde ich sie herzlich einladen, bei uns mitzumachen. Oder sind sie unmusikalisch?
„Oh, hoffentlich nicht.", Miriam lachte, und wie es ihm vorkam, beinahe schelmisch! Ob sie denn etwas gegen traditionelle Gesangsvereine habe, wollte er sie fragen, aber das Gespräch wurde gestört, weil jetzt auch die Anderen am Tisch zahlen wollten und das ziemlich laut meldeten. Er legte das Geld auf den Tisch. „Stimmt so." Als er mit Dagmar das Lokal durch den großen Gastraum verließ, kam ihm nochmals Miriam eiligen Schritten entgegen. „Was studieren sie denn eigentlich?" fragte er sie mehr im Vorbeigehen. „Musik!" gab sie zur Antwort, grinste verschmitzt und verschwand eiligen Schrittes hinter dem großen Tresen.

Am darauf folgenden Tag informierte er in der Firma seinen Chef über das Seminar und seine Planung zu den erforderlichen Instruktionsstunden für die Werkstattmitarbeiter. Herr Bläser entschuldigte sich nochmals für die Informationspanne und dankte ihm, dass er so rasch und ohne irgendwelche Einwände eingewilligt hatte. Er überreichte ihm eine Flasche Champagner. „Eine kleine Entschädigung für sie und ihre Gattin", hatte er gesagt. „Was macht eigentlich der Gesangsverein?" wollte er noch wissen. „Kann ich mit einer musikalischen Begleitung beim Firmenjubiläum rechnen?" Mit leichtem Stolz berichtete er über die jüngste Entwicklung und dass der Verein die Einladung gerne annehme. Anschließend besprachen sie den Ablauf der Jubiläumsfeier. Am Abend kam Edgar in Freidanks Wohnung. Auf die Minute genau.

„Ich habe mit meinem Vater gesprochen, er ist einverstanden."
Wolfgang war erleichtert. „Das ist schön. Dann kannst du bei uns mitmachen. Aber mit Ernst und Einsatz!"
„Und nicht nur wegen eines bestimmten Mädels" fügte er schmunzelnd hinzu. „Fritz Bronner hat mir gestern noch gesagt, du hättest eine ordentliche Stimme." Edgar schien sich über das Kompliment zu freuen. Bevor er das Wohnzimmer verließ, hielt ihn Wolfgang noch für einen Augenblick zurück. „Was ich dir noch als Vater sagen wollte: Beate ist ein prima Mädel. Mach ihr keinen Kummer!" „Bestimmt nicht, Herr Freidank, sie ist wirklich ein tolles Mädel!"

Er drehte sich um und stieß beinahe mit Dagmar zusammen, die über den Flur kam. „Natürlich, sie kommt ja auch ganz nach der Mama!" Dagmar hatte den letzten Satz noch gehört. Beate kam hinzu. Sie umarmte Edgar, was diesen offensichtlich ein wenig verlegen machte. „Alles klar", sagte er zu ihr, „ich singe mit euch!" Sie wollten noch ein bisschen „unterwegs sein", wie sie es nannten. Als sie weg waren, meinte Wolfgang zu seiner Frau „Die erste Liebe! Hoffentlich gibt es keine Enttäuschung." „Aber, mein liebes Wolfilein" so nannte sie ihn immer dann, wenn sie ihn in einer Situation nicht ganz ernst nahm, „du weißt doch wie das ist. Beate ist klug genug, um sich nicht zu verrennen und Edgar ist ein tüchtiger junger Mann. Er hat sogar ganz rasch mit seinem Vater gesprochen. Das zeigt doch, wie vernünftig er ist. Und wir waren auch nicht viel älter als die beiden, als wir …!" Sie gab ihm einen Kuss. „Du besorgter Vater, du."

„Dass er das mit seinem Vater so rasch geklärt hat, finde ich auch toll. Und einen jungen Tenor können wir gut gebrauchen. Vielleicht hätten wir uns noch ein paar Töchter mehr anschaffen sollen, dann hätte der Verein sein Nachwuchsproblem auf diese Weise gelöst." Das Telefon klingelte. Es war Ulli Haberer. Sie hatten sich für neunzehn Uhr in Ullis Garten zum Grillen verabredet. „Ich wollte nur sagen, die Kohle ist glüht schon, ihr könnt langsam kommen."

In den kommenden Tagen telefonierte Wolfgang mit den Sängern, die sich, ähnlich wie Markus Langer, mit Abwanderungsgedanken trugen.

In einem Fall gelang es ihm, den Kameraden zu bewegen, zumindest bis auf weiteres mitzusingen.

Der andere Sänger, er war schon einundsiebzig, sagte ihm definitiv ab. Er würde sich aber auch keinem anderen Verein anschließen, denn er hätte aus Altersgründen ohnehin aufgehört, ließ er vernehmen.

Angenehm war für Wolfgang, dass er bei der Arbeit von Kunden positiv auf das Inserat angesprochen wurde und wenn Dagmar berichtete, dass sie beim Einkaufen hin und wieder eine der neuen Sängerinnen getroffen habe und schöne Grüße von diesen ausrichtete. Bei zufälligen Begegnungen mit Sängern wurde die jüngste Entwicklung als seine Idee lobend erwähnt.

Zur Chorprobe am darauf folgenden Dienstag kam noch eine weitere junge Frau. Wie sich herausstellte, war es die Tochter der Kundin, die vor zwei Wochen wegen der defekten Hupe in der Werkstatt war und mit der er sich über die geplante Chorerweiterung unterhalten hatte.

Sie probten zwei weitere neue Lieder. Dieter Hartung hatte nun etwas schwierige Stücke ausgewählt, aber die Choristen waren eifrig bei der Sache und machten gute Fortschritte.

Wolfgang war sehr zufrieden. Mit Ulli hatte er beim Grillen über bestehende Auftrittsmöglichkeiten nachgedacht und sie dann Dieter um seine Meinung baten, hatten sie bald ein ordentliches Programm.

Neben der Jubiläumsveranstaltung des Autohauses Bläser gab es im näheren Umkreis einige Gesangvereine, die Konzerte planten und auf die Mitwirkung von Gastvereinen angewiesen waren. Höhepunkt sollte, auf Vorschlag von Dieter ein Weihnachtskonzert in der örtlichen Festhalle werden. Damit könnte sich dann der gemischte Chor mit einem speziellen Programm der örtlichen Bevölkerung vorstellen.

Da man die Einzelheiten noch nicht so konkret festgelegt hatte, machte Wolfgang an diesem Dienstag am Ende der Chorstunde nur einige Andeutungen über das geplante Auftrittsprogamm und versprach, bei der nächsten Probe kommende Woche die Details vorzustellen.

Mit dem guten Gefühl über den geglückten Start Neubeginn ging man an die Arbeit.

Friedrich Fröhlich wurde beauftragt, mit den aufgelisteten Vereinen die Termine und Auftrittsmöglichkeiten abzustimmen. Ulli wollte mit der Gemeinde die Hallenreservierung für das Weihnachtskonzert klären. Dieter hatte sich mit dem Notenwart zusammengesetzt, damit auch die entsprechenden Notenblätter und Partituren beschafft werden konnten.

Irgendwann hatte Wolfgang festgestellt, dass auch die Satzung geändert werden müsse und wollte eine neue Fassung für das Vereinsregister vorbereiten.

Dabei war ihm aufgefallen, dass ja der alte Vereinsname nicht mehr gültig war. Männergesangverein!

Das ging jetzt ja nicht mehr. Ein neuer Name musste gefunden werden. ‚Gemischter Chor Eintracht Dengenheim'?

Aber das bedeutete: Ein weiterer Bruch mit der Tradition!
Außerdem war es nicht so einfach möglich, den Vereinsnamen zu ändern.
Das ging nur durch Beschluss der Mitglieder.
Sie trafen sich wieder bei Wolfgang.
Die Satzungs-Änderung selbst war rasch besprochen. Beim Thema Umbenennung wurde diskutiert. Dieter war der Meinung, dass es keine Aufregung wegen des neuen Namens geben würde, Ulli teilte Wolfgangs Ansicht, dass doch wieder einige der älteren Sänger damit ein Problem hätten.
Schließlich fand Wolfgang einen, wie er meinte tragfähigen, Kompromiss, über den man am nächsten Probenabend abstimmen lassen wollte. Der neue Vereinsname sollte so in der Satzung stehen:

Gemischter Chor des Männergesangvereins Eintracht Dengenheim e.V.

Am Samstagnachmittag rief Dieter Hartung bei Wolfgang an.
„Für unseren ersten Auftritt im Autohaus habe ich mir gedacht, dass wir etwas spezielles singen sollten, etwas das auch mit Auto zu tun hat."
„Und, haben wir so etwas im Angebot?" Wolfgang kannte kein Lied, das sich auf Autos bezog.
„Es gibt einen Schlager aus den siebziger Jahren: ‚Im Wagen vor mir fährt ein schönes Mädchen'"

Dieter trällerte die Textzeile in den Hörer.

Wolfgang erkannte diesen Schlager. „Das singt doch abwechselnd ein Mann und eine Frau?"

„Genau. Und ich habe die letzten Tage mal versucht an die Noten zu kommen und eine Partitur für unsere Frauen- und Männerstimmen geschrieben." Dieters Stimme klang sichtlich begeistert.

„Wir werden das am kommenden Dienstag üben. Ich hoffe, es klappt."

„Da bin ich sicher! Und Herrn Bläser wird es auch freuen, wenn wir nicht nur von Liebeslust und Leid singen."

Dagmar kannte den Schlager ebenfalls und fand die Idee pfiffig. „ Dass der Dieter sich auf die alten Tage noch so reinhängt. Respekt. Allerdings scheint es ihm gesundheitlich nicht allzu gut gehen."

Sie hatte vor einigem Tage seine Frau Hilde getroffen und gehört, dass er zuhause sich hin und wieder hinlegen musste. Beinahe hätten sie neulich sogar den Arzt gerufen, aber da es ihm nach einer kleinen Weile wieder besser ging, hatte man darauf verzichtet.

Am Sonntag kam Edgar um Beate abzuholen. Da sie keine Eile hatten, lud Dagmar ihn noch zu einem Kaffee ein. „Es gibt auch hausgemachten Obstkuchen."

Wolfgang wollte von Edgar wissen, ob sein Vater noch etwas über sein sängerisches Engagement in Dengenheim gesagt hätte. Edgar verneinte.

„Wenn ich weiter Querflöte im Orchester spiele, dann ist es ja für ihn ja kein Problem"

„Also, ich hätte an seiner Stelle versucht, dich für die Liedertafel zu gewinnen." Wolfgang war etwas verwundert.

„Die Steinstädter wären bestimmt dankbar für einen jungen Tenor und für dich wäre es doch auch sicher viel praktischer."

„Aber" fügte er hinzu, „mir soll es natürlich recht sein."

KAPITEL 4

Eine neue Hochdruckzone bestimmte jetzt wieder das Wetter und von einem beginnenden Herbst war noch nichts zu spüren. Die Tage wurden wieder deutlich wärmer und die Hitze blieb auch wieder nachts in den Räumen hängen.

Bei der Singstunde am Dienstag fehlte aber keiner. Zu Beginn erklärte Wolfgang kurz, dass am Ende der Probe noch eine kleine Versammlung wegen der aktuellen Satzungsänderung abgehalten werden sollte.

„Ich weiß, dass die neue Hitzewelle allen zu schaffen macht, aber, " er wandte sich an Dieter, „ wenn wir mit der Probenarbeit heute eine Viertelstunde früher aufhören, haben wir dafür noch Zeit."

Sie probten zuerst wurden die Stücke aus den vergangenen Chorstunden und Dieter stellte mit Genugtuung fest, dass diese schon recht brauchbar vorgetragen wurden.
Dann stellte er seine Partitur des Schlagers vor. Wie üblich spielte er am Klavier das Stück an und freute sich, dass ein Teil der Sängerinnen sofort mitsangen. Wolfgang schielte während der Probenarbeiten mehrmals in die Männerreihen. Bei den Stellen, an denen die Männer ein rhythmisches „rata-rata" zu singen hatten, merkte er wie einige beim zunächst mal etwas die Augen verdrehten, so als genierten sie sich. Aber insgesamt schien es allen Spaß zu machen und das Stück war überraschend bald einstudiert.
„So das reicht für heute!" Dieter schloss den Klavierdeckel. „Jetzt hat unser Vorstand noch etwas vorzubringen." Anerkennend klopfte Wolfgang dem Dirigenten auf die Schulter. „Das mit dem neuen Lied hast du wirklich prima gemacht." Der lächelte zurück und tupfte sich über die Stirne. Dann ließ er sich wieder auf dem Klavierstuhl nieder. Wolfgang stellte sich vor das Klavier. „Wir müssen heute noch über zwei Formalitäten informieren und abstimmen. Unsere Satzung musste überarbeitet werden und der Vereinsname passt nicht mehr." Außerdem haben wir einige Auftritte geplant. Friedrich wird anschließend ein Blatt mit den Terminen verteilen." Er erklärte kurz, weshalb die Satzung geändert werden müsse, las die Änderung vor und ließ darüber abstimmen. „Damit ist die neue Satzung einstimmig angenommen." verkündete er. „Jetzt brauchen wir aber auch einen neuen Vereinsnamen." Er sah zu den Älteren hin, denn er wusste um ihr Traditionsbewusstsein. „Ist das wirklich notwendig?" Gerhard Krieger stellte halblaut diese Frage. „Wir sind ja jetzt

kein reiner Männerchor mehr." Friedrich Fröhlich gab ihm die Antwort. Das Gemurmel aus den Männerreihen nahm etwas zu. Walter Höfer fasste die Unruhe in Worte: „Und, wie sollen wir uns dann jetzt nennen?" Wolfgang grinste. „Was haltet ihr von ‚Gemischter Chor des Männergesangsvereins Eintracht Dengenheim'"? Da sprang Ulli auf. Er holte, zur Überraschung auch von Wolfgang, aus der Ecke eine größere Papierrolle, entfaltete sie, hob sie in die Höhe, so dass alle im Saal den neuen Vereinsnamen lesen konnten, den er mit dicker schwarzer Schrift darauf geschrieben hatte. „Seid ihr damit einverstanden?" rief er. Einige antworteten direkt mit einem lauten „Ja", andere nickten und wieder andere klatschen. „Da müssen wir eigentlich gar nicht mehr offiziell abstimmen" meinte Ulli. „Wird aber auch nichts schaden und ist gut fürs Protokoll." Wolfgang zeigte auf Friedrich. Der nickte und wedelte wie zur Bestätigung mit seinem Schreibblock.
Gerade wollte Wolfgang zur Abstimmung aufrufen, als hinter ihm plötzlich ein schwerer, dumpfer Schlag zu hören war. Erschrocken drehte er sich zu dem Klavier. Über den Kasten des Instrumentes sah er, dass der Chorleiter wohl vom Schemel gestürzt war. Er lag quer auf dem Fußboden, halb mit Rücken zur Wand.
„Dieter?" Er machte einige hastige Schritte auf den Liegenden zu. „Dieter!" Der rührte sich nicht. Während sich Wolfgang über den Dirigenten beugte, bemerkte er, wie sich jetzt auch die anderen Chormitglieder um das Klavier drängten. Er versuchte, ihn in eine bequemere Lage zu bringen. „Schnell einen Arzt!" rief er und hörte undeutlich die verschiedensten Hinweise und Ratschläge, wie zu verfahren ist. Dieters Atem schien sehr flach, aber sonst war äußerlich nichts festzustellen.

Die Hilflosigkeit machte Wolfgang zu schaffen und er suchte mit Blicken Rat bei Dagmar, sah zu Ulli und Beate. „Edgar telefoniert schon."
Die Tür ging auf, Edgar kam herein.
"Ich habe den Rettungsdienst alarmiert. Ich hoffe, sie sind gleich hier."
Er war etwas außer Atem. „Ich warte draußen auf den Notdienst." Beate ging mit ihm zurück auf die Straße.

Aus der Ferne hört man etwas später das Martinshorn und kurz darauf betraten der Notarzt und zwei Sanitäter den Übungsraum. Wolfgang berichtete in kurzen Worten, während der Arzt den Notfallkoffer öffnete. „Er hatte wohl schon seit ein paar Wochen Kreislaufprobleme" ergänzte er seinen Bericht.

Die Untersuchung dauerte nur wenige Minuten. „Hier können wir nichts machen. Wir müssen ihn sofort ins Krankenhaus bringen." Der Notarzt besprach sich eilig mit einem der Sanitäter. Rasch wurde Dieter auf einer Trage in den Rettungswagen gebracht, auf dem das Blaulicht in der Abenddämmerung lange kreisende Lichtfinger auf die Häuser warf. Wolfgang sah noch, wie ein Sanitäter an einer Apparatur hantierte, der Notarzt beugte sich jetzt über den Bewusstlosen, dann schloss sich die Türe mit einem metallisch dumpfen Klang. Die Sirene heulte erneut auf und der Sanitätswagen entfernte sich mit relativ hoher Geschwindigkeit.

Natürlich war an diesem Probenabend nicht mehr an das übliche Ritual zu denken. Man stand aber noch eine Zeitlang beisammen und rätselte über den plötzlichen Zusammenbruch des geschätzten Chorleiters.

Wolfgang hatte unmittelbar nach dem das Rettungsfahrzeug weggefahren war, seinen Wagen geholt und war zu Dieters Frau Anne gefahren. So behutsam wie möglich hatte er sie unterrichtet und war mit ihr in das Krankenhaus nach Steinstadt gefahren. Nach etwa zwei Stunden machte ein Arzt erste Angaben. Dieter Hartung hatte wohl einen Kreislaufzusammenbruch erlitten. Allerdings konnte man die Ursache dafür noch nicht benennen. Sein Zustand sei aber ziemlich stabil und für diese Nacht war er in der Intensivstation untergebracht. Nach anfänglichem Protest ließ sich Anne von Wolfgang wieder nach Hause bringen. „Wir können heute doch nichts mehr für ihn tun. Dagmar wird dich aber morgen früh gleich wieder hier in die Klinik bringen", versprach er.

Anne rief ihn am nächsten Nachmittag in der Firma an. Sie war seit dem Morgen in der Klinik und hatte gerade nochmals mit den Ärzten gesprochen. Dieter war in der Nacht wieder zu Bewusstsein gekommen. Es ginge ihm soweit gut. Allerdings hätte er ein massives Herz-Kreislaufproblem und dürfe auf keinen Fall belastet werden. Nach Dienstschluss besorgte Wolfgang rasch ein paar Blumen und fuhr in die Klinik. Auf dem Parkplatz traf er Ulli. Er hatte ebenfalls Blumen in der Hand. Sie gingen gemeinsam auf die Krankenstation zu Dieter Hartung. Er lag in einem Bett am Fenster, angeschlossen an eine Infusionskanüle und verbunden mit zwei transparenten Beuteln, die an einem hohen Metallgestell hingen. Als er die Sängerfreunde sah, lächelte er schwach. Über sein Befinden redete er nur kurz. Etwas anderes war ihm offensichtlich wichtiger „Wir brauchen sofort einen neuen Dirigenten! Ich werde auf jeden Fall für längere

Zeit, wenn nicht sogar für immer, nicht mehr zur Verfügung stehen können. Leider !" Die Freunde beschwichtigten ihn: „Werde erst mal gesund! Dann sehen wir weiter. "Aber wir haben in Kürze den ersten Auftritt!"
„Das übernimmt dann eben Ulli!" Wolfgang sah den Freund an. Ulli hatte ja schon das eine oder andere Mal bei kleineren Anlässen den Chor dirigiert. Er spürte, wie dieser ihn leicht in die Seite stieß. „Mensch Dieter, vor allem geht es jetzt um deine Gesundheit. Das hat Vorrang. Alles andere regeln wir schon." Später, auf dem Krankenhausflur, blieb Ulli stehen. „Du weißt, dass er Recht hat. Ich kann weder mit dem Chor effizient proben, noch bei Auftritten sicher dirigieren. Und wenn wir nicht rasch einen qualifizierten Chorleiter finden, dann ist das Projekt ‚Gemischter Chor' vielleicht geplatzt. „Leider hast du Recht." Wolfgang hob die Schultern. „Ich habe da schon seit heute Nachmittag daran gedacht. Nur, wie sieht es für Dieter aus, wenn wir so ohne weiteres nach Ersatz suchen.

„Andererseits ..." Er wiegte den Kopf. „Da macht er sich so viele Gedanken um den Verein, dass es für ihn vielleicht sogar eine Erleichterung wäre, wenn wir, natürlich nur mal vorübergehend, einen Ersatzdirigenten engagieren." Ulli nickte. „ Das könnte so sein. Doch wie bekommen wir so rasch einen Chorleiter her?" Rasch! Das war das entscheidende Wort! Deshalb wollte sich Wolfgang umgehend mit Ulli und dem Schriftführer Friedrich treffen, um mit ihnen über die verschiedensten Möglichkeiten zu sprechen. Eventuell könnte für einige Zeit der Dirigent aus Steinstadt einspringen. Oder der Dirigent eines anderen Vereins aus dem Umland. Wolfgang wusste, dass das nicht unbedingt eine besonders günstige Lösung wäre. Terminüberschneidungen bei Proben und Veranstaltungen würden die Vereinsarbeit behindern. Besser wäre natürlich ein Dirigent, der sich voll auf den eigenen Verein konzentrieren würde. Man könnte die Suche mit einem Inserat unterstützen. Damit würde allerdings die Suche deutlich länger dauern. Vielleicht eine Kombination aus beiden Möglichkeiten. Wolfgang grübelte.

Sie trafen sich am Donnerstagabend in der Bahnschänke. Ulli und Friedrich saßen bereits im Nebenzimmer, das ansonsten völlig leer war. „Ah, ihr habt schon ein Bier!" Wolfgang setzte sich. „Ich habe vorhin noch mit Anne telefoniert. Dieter geht es den Umständen entsprechend gut. Aber die Diagnose ist nicht gerade beruhigend." Sie waren besorgt und hofften, dass ihr Freund bald wieder gesund sein würde. Dann kamen sie zum Thema des Abends. „Wir müssen so rasch wie möglich einen Dirigenten

finden. Nur so ist gewährleistet, dass wir auf dem neuen Weg weitermachen können." Das war auch den Beiden anderen klar. Wolfgang fuhr fort. „Aber das wird nicht so einfach sein. Dieter kennt den Verein, die Befindlichkeiten der Mitglieder und unsere gesanglichen Möglichkeiten." Er wollte gerade über seine Überlegungen, einen neuen Chorleiter zu finden, sprechen, als ein junger Mann an den Tisch trat.
„Hallo, Herr Freidank!" „ Hallo, Guildo ?"
Guildo war der Stamm-Kellner der Bahnschänke, der sich aus privaten Gründen für einige Wochen von Miriam hatte vertreten lassen.
„Sind sie wieder zurück?" „Wonach sieht´s denn aus, Herr Freidank?" Guildo grinste. Wolfgang grinste zurück. „Schön dass sie wieder hier sind! Obwohl …, Miriam hat sie gut vertreten."

„Und zwischendurch die große Hitze dir mit einer Bierdusche gemildert", erinnerte Ulli an den Vorfall von neulich. Sie lachten. Guido fragte: „Bierdusche?" „Vergessen sie´s!" winkte Wolfgang ab und bestellte das Bier. Er fragte die Kameraden ob sie schon eine Idee hätten, wie das Dirigentenproblem zu lösen sei. Aber auch sie kannten man nur die bereits angedachten Maßnahmen. „Dann müssen wir eben zuerst mal in Steinstadt anrufen. Die proben jeden Freitag. Wenn Herr Schmidbauer – das war der Dirigent der Liedertafel Steinstadt – wenn Herr Schmidbauer zusagt, hätten wir zumindest eine Regelung für die nächsten Wochen, bis wir einen dauerhaften Ersatz gefunden haben" Wolfgang zögerte etwas. „Allerdings wäre es ja denkbar, dass Dieter doch wieder zum Einsatz kommt." Der Kellner brachte das Bier. „Zum Wohl!" Wolfgang nahm einen großen Schluck. Er stellte das Glas ab um das Gespräch fortzusetzen. In diesem Moment kam ihm ein Gedanke. Er stand auf. „Kollegen, ich bin gleich wieder da."
Er ging nach vorne in den Schankraum, zu Guido, der am Tresen gerade einige Gläser verstaute. „Was macht denn Miriam jetzt?"
„Ich denke sie genießt den Rest ihrer Semesterferien."
„Wissen sie, wie man sie erreichen kann?"
Es stellte sich heraus, dass Miriam die Cousine von Guildo war und natürlich hatte er die Adresse und ihre Telefonnummer. „Hier!" Er gab Wolfgang einen Zettel mit den Notizen. „Aber, was wollen sie von ihr? Geht's etwa um diese… Bierdusche ?" Wolfgang lachte. „Da ist mein Bedarf gedeckt. Aber Miriam studiert, soweit ich weiß doch Musik. Und vielleicht kann sie uns hier im Chor behilflich sein- Ich werde sie morgen mal anrufen."

Als er an den Tisch zurückkehrte, bat er Friedrich, doch für die nächsten Tage einen Entwurf für ein passendes Zeitungsinserat zu machen. Ulli würde mit einigen Vereinsvorständen aus dem Umland telefonieren, um sich über deren Übungszeiten und die Telefonnummern der jeweiligen Dirigenten informieren. „Und ich rufe in Steinstadt an und schaue mich nach anderen Alternativen um. Vielleicht fällt uns ja noch etwas anderes ein. Immerhin haben wir in vier Wochen unseren ersten Auftritt in neuer rmation."

…

Er musste es ziemlich lange läuten lassen, bis der Hörer abgenommen wurde. „Miriam May!"

„Und, hier Wolfgang Freidank, vom Autohaus Bläser... Ich meine natürlich vom Männerchor Dengenheim."
„Oh, Hallo ! Sind sie mir etwa noch böse wegen der Bierdusche und woher haben sie meine Telefonnummer? "
„Ich war nie böse. So was kommt doch schon mal vor."
Wolfgang erklärte, wie er die Nummer erhalten hatte. „Was ich sie fragen wollte. Sie studieren doch Musik? In welchen Fächern ?" Sie antwortete mit einem Lachen: „Gesang und Klavier."
„Donnerwetter, das passt ja ausgezeichnet."
„Warum"
„Weil wir einen Dirigenten brauchen!" Er verbesserte sich sofort. „Es könnte auch eine Dirigentin sein." Wolfgang erzählte von der neuen Ausrichtung als gemischtem Chor, der plötzlichen Erkrankung des Dirigenten und den damit verbundenen Problemen.

„Und sie sind eine frisches sympathische junge Dame mit Ausstrahlung und Fachkompetenz. Ich kann mir gut vorstellen, dass wir gut miteinander zurechtkommen." Er merkte, wie Miriam überlegte. Zögernd kam die Antwort." Also ich weiß nicht …? Ich habe noch nie an eine solche Möglichkeit gedacht."
„Dann mache ich ihnen einen Vorschlag. Starten wir doch einfach einen Versuch. Sie übernehmen am Dienstag eine Chorstunde auf Probe. Dann sehen wir weiter."
Miriam zeigte sich unentschlossen. Wolfgang fasste nochmals alle aus seiner Sicht erwähnenswerten Details zusammen, schob noch nach, dass dafür auch ein kleines Übungsleitergeld gezahlt würde und dass sie für

ihre spätere Karriere möglicherweise hier Erfahrungen sammeln könnte. Schließlich willigte Miriam ein. „Ich muss mir aber vorher unbedingt vorher mal die Partituren ansehen?"

„Selbstverständlich. Was halten sie davon, wenn wir in den nächsten Tagen mal einen kleinen Besuch im Krankenhaus machen?" Sofort als das Gespräch beendet war, versuchte er Ulli zu erreichen. „Du brauchst heute Abend nicht die Vereine anrufen!" instruierte er den erstaunten Freund. Er berichtete von seiner Idee und dem gerade geführten Gespräch. Ulli war im ersten Ansatz gar nicht so begeistert. "Eine so junge Frau und fast lauter alte Männer, meinst du, das geht gut?" Wolfgang zerstreute seine Bedenken etwas. „Du, das ist ein taffes Mädchen mit Universitätsausbildung. Und warte doch mal den Dienstag ab. Sagst du bitte noch Friedrich Bescheid, dass das Inserat momentan nicht benötigt wird?" Jetzt musste er sofort Anne anrufen. Offen besprach er mit ihr das Dilemma und fragte, ob es Dieter möglich sei, weiteren Besuch zu empfangen. Anne meinte, dass sich das in diesem Fall sogar positiv auswirken würde. „Wenn es nur nicht sehr lange dauert."

Als er beim Abendessen von seinem Gespräch mit Miriam May erzählte, waren Frau und Tochter ziemlich begeistert. Allerdings meinte Dagmar, ob es denn wirklich sicher sei, dass Dieter so schnell nicht mehr als Chorleiter tätig sein wolle. „Ich weiß es auch nicht, aber bis zur Klärung brauchen wir eine Lösung." Er telefonierte noch mal mit Miriam. „Wir könnten heute noch im Krankenhaus unseren Besuch machen. Ich bringe dann auch die Noten für das aktuelle Programm mit. Soll ich sie abholen?" Miriam war einverstanden.

Dieter Hartung war noch immer an der Infusion angeschlossen. Eine große durchsichtige Schachtel mit einer Anzahl farbiger Pillen lag neben ihm auf dem Nachttisch.

„Schön, dass du so schnell Ersatz für mich gefunden hast und einen so hübschen dazu." Er sprach leise und hob dabei etwas die Hand. „Anne hat mich schon kurz vorgewarnt." Ehe Wolfgang oder Miriam etwas sagen konnten, fügte er hinzu: „Es ist doch wirklich für den Verein das Beste und sie" – er sah zu Miriam – „sind also keine Kellnerin, sondern in Wirklichkeit Musikstudentin?" Miriam nickte. Sie erzählte, dass sie nach den Ferien ins fünfte Semester gehe und was sie bisher gemacht habe. „Sopranistin wollen sie also werden." Der alte Chorleiter hob sich mit der Mechanik des Krankenbettes in eine Sitzstellung. „Haben sie denn schon

alle unsere Noten durchgesehen?" Wolfgang hob die Tasche. „Ich habe alles mitgebracht. Nachher gebe ich sie weiter." „Hast du auch den Schlager für den Autohausauftritt dabei?" „Es ist das komplette neue Repertoire. Und natürlich auch deinen Schlager."
„Ich habe nämlich für unseren ersten Auftritt einen entsprechenden Schlager für gemischten Chor gesetzt." Dieter sah fest in Miriams Gesicht. „Es wäre schön, wenn er ihren Ansprüchen genügte und sie ihn weiter einstudieren." „Ich denke, Herr Hartung, dass sie das sicher prima gemacht haben und der Chor das gerne und mit viel Freude singen wird." Wolfgang strich mit der Hand über die Bettdecke. „Dieter, vielleicht bist du dann schon wieder so fit, dass du uns zuhören kannst." Der Kranke schüttelte etwas skeptisch den Kopf. „Mal sehen." Auf dem Weg zurück, verabredeten sie, dass die erste Singstunde am Dienstag zur üblichen Zeit stattfinden sollte und Wolfgang gab noch eine Reihe zusätzlicher Informationen über den Verein. „Ich weiß, dass ihr Profis uns Laien oftmals belächelt und das Ganze als Vereinsmeierei abtut. Aber für viele Menschen ist es die beste Möglichkeit, ihre Freude an aktiver Musikgestaltung auszudrücken und das auch in Gemeinschaft zu erleben." Miriam blätterte auf dem Beifahrersitz in den Noten. „Ah, da ist ja der von Herrn Hartung speziell bearbeitete Schlager." Sie summte die ersten Takte.
„Ich kenne das Lied nur vage. Ist zwar nicht gerade meine Musikrichtung, aber wenn es gewünscht wird, dann machen wir das selbstverständlich. Aber das hier, " sie hielt ein weiteres Blatt hoch, „das ist wirklich schön."

Am Samstagmorgen frühstückte Familie Freidank wie üblich gemeinsam und in aller Ruhe am Esstisch im Wohnzimmer. Wolfgang erzählte voller Zufriedenheit nochmals von seinem Besuch mit Miriam im Krankenhaus und dass er den Eindruck habe, Dieter sei von der neuen Dirigentin angetan. „Er hätte ja selber am liebsten Musik studiert und augenblicklich fühlt er sich nur krank und schwach. Wenn sie jetzt mit uns den neuen Schlager probt und aufführt, ist das für ihn eine riesige Genugtuung. Wie geht's eigentlich mit deinem Freund, Beate? Die hatte gerade in ein belegtes Brötchen gebissen und konnte deshalb nicht sofort antworten. Da klingelte im Flur das Telefon. „Wir lassen uns doch jetzt nicht stören." Für Wolfgang war das samstägliche Frühstück ein lieb gewonnenes Ritual. Das Telefon klingelte beharrlich weiter. Dagmar schaute zu Wolfgang.

„Vielleicht ist es ja jemand aus dem Verein." „Oder die neue Chorleiterin." Beate hatte ihren Bissen hinuntergeschluckt. Wolfgang ging an den Apparat. .

„Guten Morgen, Herr Gerber." Herr Gerber, das war Edgars Vater, der Dirigent des Musikvereins Steinstadt. „Was verschafft mir die Ehre? Sagen sie bloß, sie haben von unserem Dirigentenausfall gehört und wollen uns helfen. Allerdings ist …?"

Bis zum Frühstückstisch hin war zu spüren, dass irgendetwas nicht stimmte. Beate war aufgestanden und machte einen Schritt in den Flur. Ihr Vater stand mit überraschtem Gesicht vor dem Apparat, schüttelte den Kopf und suchte offensichtlich nach Worten. „Also hören sie mal Herr Gerber, das ist doch jetzt eine bloße Unterstellung. Ich bin natürlich davon ausgegangen, dass Edgar mit Ihnen gesprochen hat."
Wolfgang kehrte an den Frühstückstisch zurück. Sein Gesicht hatte sich so verfinstert, dass weder Dagmar noch Beate ein Wort sagten. Sie schauten ihn teils erschrocken, teils verwundert an.
Er blieb vor Beate stehen. „Ich hatte dich vorhin doch gefragt, wie es deinem Freund geht." „Ja ?" „Trefft ihr euch heute?" „Ja, aber …?" „Holt er dich hier ab?" „Ja, natürlich ! Aber was ist denn los? Hat sein Vater was dagegen?" „Ob *ER* was dagegen hat? *ICH* hab was dagegen!"
„Er hat mit seinem Vater also nicht darüber gesprochen, dass er bei uns singt!" Dagmar stellte das ganz nüchtern fest. „So ist es. Und jetzt wird unterstellt, dass wir ihn abgeworben haben. Die vom Steinstädter Männerchor haben wohl erfahren, dass er bei uns mitmacht und sind natürlich sauer. Edgars Vater ist das natürlich auf keinen Fall recht und sehr verärgert. Er meint, ich hätte ihn anrufen und das mit ihm besprechen sollen."
Wolfgang drehte sich zu Beate. „Dein Freund hat mich angelogen. Wie stehe ich jetzt da?" Beate starrte verlegen zum Fußboden. „Er hat es aber bestimmt nicht böse gemeint." „Nicht böse…? Du bist gut. Der Kerl ist alt genug, um zu wissen, was es bedeutet, wenn…!" Er brach den Satz ab, schaute zu seiner Frau, drehte sich um und ging ohne ein weiteres Wort aus dem Zimmer. „Da kann ich dann wohl abräumen", seufzte Dagmar mit Blick auf den Frühstückstisch. „Was hat sich Edgar dabei wohl gedacht?" Sie sprach mehr zu sich selbst. Da sie Edgar gut leiden konnte, war sie besonders enttäuscht. „Ich weiß es nicht", beantwortete ihre Tochter die Frage. Sie schüttelte entrüstet den Kopf. „ Aber es ist einfach feige!" Und halblaut fügte sie hinzu: „Er wollte aber bestimmt keinen

Ärger machen." Dagmar glaubte das auch nicht. Aber sie konnte gut verstehen, dass sich ihr Mann getäuscht und auch vor dem Nachbarverein irgendwie blamiert fühlte. Sie hörte ihn auf dem Weg in die Küche, wie er in seinem Arbeitszimmer laut sprach. Dort hatte er sich vor einigen Monaten einen zusätzlichen Telefonapparat installieren lassen.
Wolfgang musste seinen Ärger und seinen Frust erstmal verarbeiten. Impulsiv entschied er sich, Edgar von den weiteren Chorproben auszuschließen. Sobald er mit ihm gesprochen hatte, würde er bei Herrn Gerber anrufen und dies mitteilen. Vielleicht sollte er schon gleich mal den Vorstand der Liedertafel anrufen und alles klarstellen. Aber eigentlich müsste Edgar selbst alles wieder in Ordnung bringen. Er würde das mal mit Ulli besprechen.

Langsam beruhigte er sich wieder etwas. Er rief bei Ulli an. Wolfgang schilderte kurz, was passiert war. Dabei merkte er, dass sein Ärger schon wieder größer wurde. Auch Ulli war dieser Vorfall sehr unangenehm. „Und was willst du jetzt tun?" Sie beschlossen, Edgar zuerst zur Rede zu stellen. Schließlich hatte der mit seiner Täuschung den Ärger verursacht. „Und daher ist es an ihm, auch alles wieder ins Lot bringen." Wolfgang wurde wieder ruhiger. Er berichtete noch von seinem Krankenbesuch mit Miriam May. „Unsere nächste Chorprobe findet wie gewohnt am Dienstag statt." schloss er das Gespräch. Nach dem Telefongespräch blieb er noch für einen Moment vor seinem kleinen Schreibtisch sitzen, strich sich mit den Fingern das dunkelblonde Haar aus der Stirn und schaute nachdenklich auf die Uhr. Es klopfte. „Papa ?" Es war Beate. „Du bist jetzt sauer auf Edgar? Kann ich gut verstehen. Ich auch. Wirklich. So ein Feigling! Das hätte ich nicht gedacht." Es sprudelte förmlich aus hier heraus. Er sah sie an. Jetzt tat sie ihm leid. „Um wie viel Uhr holt er dich heute ab?" „So um vierzehn Uhr. Er muss heute vorher bei seiner Tante helfen, die ist jetzt in ein Altenheim umgezogen. Wir wollten noch die Gelegenheit nutzen und ins Schwimmbad gehen, aber..." sie sah sehr trotzig drein, „ da kann er jetzt aber ganz alleine schwimmen." Dagmar sah durch die Tür. „Es sind noch Brötchen und Kaffee da. Wollt ihr noch etwas davon?" Wolfgang schüttelte den Kopf. „Oder doch, " überlegte er, „ eine Tasse Kaffee nehme ich. Stärker kann mein Blutdruck ja sowieso nicht mehr steigen." Er stand auf. „Komm", sagte er zu Beate, „wir reden im Wohnzimmer weiter." Sie setzten sich an den ovalen kirschholzfarbigen Esstisch. Das Stövchen, auf dem die Kaffeekanne stand, brannte noch. Etwas umständlich goss sich Wolfgang Kaffee und Milch ein und verrührte langsam den Zucker in der Tasse. „Wie du dich ihm gegenüber verhältst, ist ausschließlich deine Sache. Da reden wir dir nicht drein. Im Chor aber will ich ihn wohl nicht mehr sehen. Wenn er dich abholt, werde ich mit ihm reden." Beate schüttelte den Kopf: „Ich verstehe nicht, warum er das gemacht hat." Dagmar setzte sich jetzt dazu. Sie legte den Arm um Beate. „Hat er dir denn gar nichts erzählt?" wollte sie von ihrer Tochter wissen. Er hatte nicht. Beate war im Glauben, dass Edgar das mit seinem Vater besprochen hatte. Wie sich aber im Gespräch herausstellte, hatte sich ihr eigener Entschluss, im Chor zu singen, erst durch die Idee, dass Edgar ebenfalls mitmachte, erst so richtig verfestigt. „Vielleicht hatte er ja damit gerechnet, dass sein Vater Schwierigkeiten machen würde und weil er mich nicht im Stich lassen wollte, hat er einfach geschwindelt." Sie tröstete mehr sich selbst damit. Ihrer Mutter klang das schon irgendwie nachvollziehbar, für ihren Vater blieb es aber ‚eine Sauerei', wie er es nannte.

Das Telefon läutete zehn Minuten vor vierzehn Uhr. Dagmar nahm ab. „Ja, sie ist hier …." „Klar ist sie sauer – mein Mann und ich übrigens auch. Aber, es wäre uns schon lieber, wenn wir das nicht am Telefon besprechen würden. Komm doch einfach bei uns vorbei… Natürlich…. du hattest dich doch um diese Uhrzeit verabredet. Also bis gleich.!" Sie kam ins Wohnzimmer. „Das war Edgar. Er steht am Markplatz in einer Telefonzelle und wollte wissen, ob er vorbei kommen kann. Wird aber wohl jetzt in wenigen Minuten da sein. Soll ich für uns alle Kaffee machen?" „Auf keinen Fall!" schoss es aus Wolfgang und Beate wie aus einem Munde. „Na, dann wenigstens ein Mineralwasser bei der Wärme wird noch erlaubt sein." Dagmar lachte leicht ironisch.
Edgar war wenige Minuten später da. Verschwitzt und sichtlich unsicher betrat er die Wohnung, gab Dagmar artig die Hand, machte vor Wolfgang eine ungeschickte Verbeugung und wollte Beate umarmen. Diese wehrte ihn jedoch unwirsch ab. „Es tut mir leid" stammelte er. „Wirklich, ich habe gedacht, dass…." „Dass es in Steinstadt keiner merkt, oder was?" Wolfgang unterbrach ihn barsch. „Ja, das heißt nein. Ich wollte doch nur…- Also, wir hatten es uns so schön vorgestellt, gemeinsam im Chor zu singen. Und ich wollte ja auch sofort…" Man sah, wie Edgar litt und wie er sein Verhalten zu begründen versuchte. Immer wieder schaute er dabei zu Beate. Diese stand mit verschränkten Armen vor der Schrankwand und blickte trotzig an ihm vorbei. „Als der Vorstand des Männergesangvereins Steinstadt bei meinem Vater angerufen hat, glaubte er zuerst

an einen Scherz. Er stellte mich zur Rede und da musste ich dann ja alles beichten." „Und jetzt verlangt dein Vater natürlich, dass du dort singst?" wollte Wolfgang, halb feststellend halb fragend, wissen. „Nein, das nicht unbedingt, aber dass ich hier mitmache, ist ihm schon gar nicht recht." „Verständlich, zumal du es ja nur wegen dem Mädel tust. Mensch, warum hast du denn das denn nicht gleich beim ersten Mal oder vorher gesagt. Dann wäre die Sache besser zu regeln gewesen. Wolfgangs Ärger wurde angesichts des unglücklichen jungen Mannes von Minute zu Minute kleiner. Ich hätte ja wirklich etwas klüger sein können, und mich besser vergewissern, schoss es ihm durch den Kopf. Für einige Minuten standen sie alle schweigend da. Dagmar sah ihren Mann vielsagend an, Wolfgang blickte zu Beate, die jetzt ganz konzentriert das Muster des Teppichs unter dem schweren Esstisch betrachtete. „Wollten wir nicht Kaffee trinken?" Beate hob den Kopf- „Papa …?" „Ja ?" „Also ich dachte…, wir hatten doch vorhin noch besprochen, dass…"
„Dass bei der Hitze Mineralwasser angebracht sei?" Wolfgang lächelte und wandte seinen Kopf zu seiner Frau. „Aber vielleicht ist Kaffee doch besser als Mineralwasser."
„Ich hab´ auch noch Kuchen." Dagmar ging rasch aus dem Wohnzimmer. Edgar sah ihr nach. „Also, ich wollte nicht stören, es ist dann wohl besser, wenn ich jetzt gehe." In seiner Verlegenheit war er tatsächlich bedauernswert. „Gestört hast du wirklich. Aber wenn du nichts vorhast, dann kannst du gerne bleiben. Beate freut sich sicher. Soviel ich weiß, hatte sie heute ohnehin nicht so große Lust, schwimmen zu gehen." „Also Papa, ich weiß nicht! Vor zehn Minuten warst du noch der Racheengel in Person, und jetzt bestimmst du einfach so, wie ´s läuft."
„Gut, wenn du nicht willst, dass Edgar mit uns Kaffee trinkt, dann … Ah, da kommt ja der Kuchen." Dagmar kam mit einer abgedeckten Platte ins Zimmer. „Ganz frisch!" Dabei stellte sie die Platte auf den Tisch. „Eigentlich hatte ich ihn für Sonntag gebacken, aber er schmeckt heute bestimmt ebenso." Sie sah sich um. „Warum setzt ihr euch denn nicht?" „Nun ich glaube, Beate und Edgar wollen doch schwimmen gehen." Wolfgang sah recht spitzbübisch drein. „Oder doch vorher noch Kaffee ?" „Ich würde gerne Edgar ein paar Minuten unter vier Augen sprechen." Beate klang ganz förmlich. „Okay" Ihre Eltern sagten das aus einem Mund. Und ihr Vater ergänzte: „ wir decken dann schon mal den Tisch." Die beiden jungen Leute gingen in Beates Zimmer. „Und jetzt?" Dagmar öffnete das Sideboard und sie nahmen das Kaffeegeschirr aus dem Schrank. Wolfgang

zögerte etwas und atmete tief aus. „Ich werde Edgars Vater aufsuchen. Ich glaube, er ist der wirklich Betroffene. Edgar ist volljährig und kann tun und lassen was er will, aber wenn sein Vater nicht akzeptiert, was er tut, befindet er sich nun in einer miserablen Situation. Und wenn Edgar mit Rücksicht auf seinen Vater bei uns jetzt nicht mehr mitsingt, also zumindest solange er und Beate …. na du weißt schon…, dann fühlt er sich gezwungen und das würde er dann wiederum seinem Vater vorwerfen." Er fügte hinzu: „Das werden die Sänger von der Liedertafel sicher auch einsehen."

„Du wirst sicher eine passende Lösung finden." Dagmar fasste ihn am Oberarm. „Vorsicht! Das Geschirr!" mahnte Wolfgang und setzte die Teller, die er aus der Vitrine genommen hatte, etwas unsanft auf dem Tisch ab. Sie hatten den Tisch rasch eingedeckt und setzten sich an die gewohnten Plätze. Beate und Edgar ließen sich nicht sehen.

„Das scheint doch eine ziemlich intensive Aussprache zu sein" bemerkte Wolfgang und spielte mit dem Kaffeelöffel. „Wollen wir nicht schon mal anfangen?" Dagmar zuckte mit den Schultern und sah durch die geöffnete Tür in den Flur. „Ah, sie kommen!" und flüsternd setzte sie fort: „Hand in Hand!"

Beim Eintreten in das Wohnzimmer überließ Beate Edgar den Vortritt. Der stellte sich neben den Tisch, so dass er das Elternpaar direkt von oben ansehen konnte. Bevor er etwas sagen konnte, stellte Wolfgang die Frage: „Habt ihr untereinander alles geklärt?"

Beate, die etwas seitlich hinter Edgar stand, machte einen Schritt nach vorne. „Zwischen uns ist alles klar, Papa!" „Lass doch Edgar zu Wort kommen", mahnte Dagmar sanft. „Ja, ich …" Edgar suchte nach den passenden Worten, „Also, ich und Beate…, ich meine Beate und ich haben alles noch mal besprochen. Ich möchte mich bei Ihnen, Herr Freidank, sehr herzlich entschuldigen. Es war dumm von mir, Ihnen nicht die Wahrheit gesagt zu haben." „Und deinem Vater auch nicht" soufflierte Beate von der Seite. „Ja, meinem Vater auch nicht," wiederholte Edgar und wiegte dabei den Kopf. „Gut, aber wie geht es jetzt weiter?" wollte Wolfgang wissen. Edgar sah vom Fußboden zur Decke, dann fest in Wolfgangs Gesicht. „Beate sagte, sie wollen mich auf keinen Fall mehr mitsingen lassen. Kann ich ja verstehen" „Würdest du denn gerne… und nicht nur wegen Beate?" Wolfgang blickte prüfend Edgar an. „Es macht mir wirklich sehr viel Spaß …!" Es war zu spüren, in welch großem Gewissenskonflikt er sich befand. „Würdest du denn bei uns weiter mitmachen, wenn dein Vater einverstanden wäre?" Wolfgang sprach das leiser als üblich und es schien, dass er dabei auch Beate ansah. „Er ist nicht einverstanden!" „Soll ich mit ihm sprechen?" „Papa!" Beate kam nahe an ihn ran. „Würdest du das tun?" Sie drehte sich zu Edgar: „Das wäre ja super!" Der sah erstaunt zu Wolfgang. „Meinen sie, dass es etwas nützt?" fragte er skeptisch. „Du kennst Papa nicht" Beate klang begeistert. „ Nicht war Mama, du sagst doch auch immer ‚wenn Papa etwas will, dann bekommt er es auch! Stimmt´ s etwa nicht? "

„Doch, doch", gab Dagmar ihr recht, um dann abzuschwächen: „ zumindest meistens! Auf alle Fälle ist es einen Versuch wert." Sie zeigte auf die gedeckte Kaffeetafel. „ Jetzt setzt euch aber. Oder wollt ihr jetzt gleich schwimmen gehen." Sie wollten nicht. Sie saßen um den Tisch, besprachen nochmals die Situation und wie sich hierbei gefühlt hatten. Als nach einer guten dreiviertel Stunde Beate abwechselnd mit Edgar dann immer wieder zur Uhr blickten, stand Dagmar auf. „Ich räum´ dann mal ab. Wolltet ihr nicht doch noch ins Schwimmbad?" Als die Beiden offensichtlich erleichtert und ziemlich fröhlich gegangen waren, telefonierte Wolfgang mit Ulli, erzählte über den Verlauf des Nachmittages und was er jetzt vorhatte. Ulli fand das ebenfalls eine gute Idee. Anschließend rief Wolfgang bei Edgars Vater an. „Herr Gerber, ich würde gerne mit Ihnen persönlich über die Sache sprechen. Wann können wir uns treffen?" Sie verabredeten sich noch für den gleichen Tag, gegen achtzehn Uhr. „Ich wollte sowieso vorher noch bei Dieter im Krankenhaus vorbeischauen. Das liegt auf dem Weg", erklärte er Dagmar. „Aber bleib nach Möglichkeit nicht so lange, " bat sie, „wir haben heute schließlich Samstag! Da wollten wir es uns doch gemütlich machen." Dann schob sie noch, wie zur Warnung hinterher: „Und morgen kommen meine Eltern zum Mittagessen." Wolfgang wusste, was sie meinte. Er verstand sich mit seinen Schwiegereltern ganz gut, aber die Sonntagsbesuche zum Mittagessen" verliefen meist so, dass man anschließend zusammen bis in den späten Abend, nur unterbrochen durch das gemeinsame Kaffeetrinken, einige Partien Canasta spielte. Dieter Hartung freute sich über Wolfgangs überraschenden Besuch. Der Dirigenten ging es nach eigenem Bekunden zwar immer noch „bescheiden", und er war nach wie vor an der Infusionsflasche angeschlossen, doch wolle er nicht unzufrieden sein. Über die junge Dirigentin äußerte er sich sehr positiv. „Hat sie sich denn auch schon mal meinen Satz für den Auto-Schlager angesehen?" wollte er wissen. Wolfgang wusste es nicht, würde aber am Montag nachfragen. „Wir werden dein Stück auf alle Fälle singen!" beruhigte er den Patienten. Er überlegte, ob er über den Vorfall mit Edgar berichten sollte, hielt es aber für besser, heute nichts zu sagen. Bald danach stand er vor dem Haus der Familie Gerber. Das Auto von Herrn Gerber parkte vor der Garage. Es war die Marke, die das Autohaus Bläser vertrat. Mit einem Blick auf das hintere Kennzeichen stellte er fest, dass der TÜV in diesem Monat abgelaufen war. Er läutete. Das Gebell hinter der Tür beunruhigte ihn etwas, denn Wolfgang hatte seit jeher ziemlichem Respekt, wie er es nannte, vor Hunden, ganz gleich welcher Rasse und Größe.

„Blanca, aus!" Eine kräftige Männerstimme, ziemlich dicht bei der Tür, kommandierte und gleich darauf wurde diese geöffnet. „Moment, unsere Hündin ist nur neugierig." Es war Herr Gerber, der eine kräftige Schäferhündin, am Halsband hielt und die Tür weit aufzog.

„Sie tut nichts, aber vielleicht ist es besser, wenn ich sie ins Nebenzimmer bringe. Moment bitte."

Der Beginn des Gespräches verlief etwas steif. „Natürlich wäre es besser gewesen, sie mal an zurufen," beschwichtigte Wolfgang den offenbar immer noch aufgebrachten Vater. „Es tut mir wirklich leid, dass ich das versäumt habe!" Er meinte es auch so. „Wenn sie wollen, rufe ich auch den Vorstand der Liedertafel an, dann sind sie aus dem Schneider." „Ich bin auch so aus dem Schneider, wie sie es nennen." Herr Gerber blieb distanziert. „Wenn Edgar nicht mehr bei euch in Dengenheim singt, hat unser Männergesangsverein auch nichts mehr zu kritisieren." „Und Edgar?" fragte Wolfgang vorsichtig. „Wie wird er das empfinden." Auch hier hatte Herr Gerber einen festen Standpunkt. „Er muss doch verstehen, dass auch unsere Liedertafel über jeden jungen Sänger froh ist, und man es nicht gerne sieht, wenn jemand …" er machte eine kleine Pause, „… wenn jemand bei der Konkurrenz singt. Würden sie sich freuen, wenn ihre Frau plötzlich im Stein Städter Kirchenchor mit macht, statt in ihrem neuem Chor zu singen?" „Natürlich nicht. Aber es wäre ihre eigene Entscheidung und sie hätte sicher gute Gründe. Und die würde ich akzeptieren?"

„Und welche Gründe sollte Edgar haben?" Herr Gerber beugte sich vor. Wolfgangs Oberkörper kam ihm ebenfalls entgegen. „Zuerst war´s wohl nur einer!" Herr Gerber runzelte die Stirn. Wolfgang fuhr fort: „Jetzt sind mindestens noch zwei dazu gekommen!" Er trank einen Schluck Mineralwasser, das man ihm angeboten hatte. „Der erste Grund ist ein junges Mädchen, heißt Beate und ist meine Tochter." Herr Gerber legte den

Kopf in den Nacken. Als er etwas sagen wollte, kam ihm Wolfgang zuvor. „Aber sie ist kein Lockvogel!"

„Soweit habe ich ja auch nicht gedacht, aber das alleine ist doch wirklich noch kein Grund. Die Woche hat ja außerdem noch weitere sechs Tage oder Abende, an denen man sich treffen kann."

Das entbehrte nicht einer gewissen Logik. „Aber die jungen Leute haben halt mehr daran gedacht, gemeinsam ein Hobby auszuüben. Und da kam unsere Neu-Gründung gerade recht. Und jetzt kommen noch die weiteren Gründe. Ihr Sohn findet es nicht nur toll, mit seiner Freundin gemeinsame Chorproben und Auftritte zu bestreiten, er ist auch begeistert, über den guten Start eines neuen Projekts und der fröhlichem harmonischen Stimmung bei uns." Und weil die Stirnfalten bei Herrn Gerber sich bei den letzten Worten wieder verstärkten, setzte er beruhigend hinzu: „ Die Stimmung in ihrem Blasorchester und auch in der Liedertafel ist natürlich sicher genauso gut!" Herr Gerber zeigte sich nicht sehr beeindruckt. „Sie wollen also Edgar zum Weitermachen bewegen?" Offensichtlich hatte er noch nicht eingesehen, dass es nur die Entscheidung seines Sohnes war. Wolfgang nahm erneut einen Schluck Wasser. „Wir sollten ihren Sohn fragen. Wenn er weitermachen will, sollten sie es ihm nicht schwermachen." Edgars Vater leerte jetzt sein Glas Mineralwasser mit einem Zug. Langsam lehnte er sich zurück. „Mein Sohn ist volljährig, er kann natürlich machen was er will. Aber er muss auch bei allem was er tut, berücksichtigen, wie es auf andere wirkt und welche Vor – und Nachteile das mit sich bringt, auch Anderen gegenüber." Im Nebenzimmer bellte die Schäferhündin einige Male laut auf. Wolfgang zuckte etwas zusammen. „Sie meinen also, er sollte einfach nur Rücksicht auf die Stein Städter Liedertafel nehmen?" Das klang jetzt leicht aggressiv. Dabei hatte er sich vorgenommen, ganz diplomatisch zu sein. Herr Gerber überhörte den vorwurfsvollen Ton: „Ich meine, er sollte genau überlegen, was er tut und auch einen Rat annehmen. Er ist nur zu ihrem Chor gegangen, weil er ihrer Tochter gefallen wollte." „Ja, zu Beginn, aber jetzt….!" „Kommen sie, die beiden sind doch noch Kinder." Jetzt war es Herr Gerber, der den Ton verschärfte: „Was geschieht, wenn sie sich nach einem halben Jahr trennen. Wer wird dann aus ihrem Chor ausscheiden, Beate oder doch besser Edgar? Dann belächeln ihn die Stein Städter Sänger - und mich vielleicht dazu, obwohl mir das natürlich egal sein kann." Wolfgang ahnte, dass es am heutigen Tag nicht zu schaffen sei, eine Lösung zu finden, die

alle gleichermaßen befriedigte. Er wagte noch einen letzten Versuch. „Edgar hat keinerlei Vereinsinteressen zu berücksichtigen. Aber wenn sie es ihn spüren lassen, dass sein Entschluss ihnen nicht gefällt, riskieren sie dauerhafte Spannungen." Herr Gerber hob die Schultern: „Ich denke, er ist vernünftig genug, meine Bedenken zu verstehen. Die beiden Männer sahen sich schweigend an. Plötzlich drang der sanfte Stundenschlag der Wohnzimmeruhr in Wolfgangs Gedanken. Etwas erstaunt schaute auf das Zifferblatt. „Mein Gott, schon halb acht. Ich glaube, es ist Zeit, dass ich gehe." Und wie zur Erklärung fügte er an. „Ich habe meiner Frau einen gemütlichen Samstagabend versprochen." An der Tür verabschiedete Herr Gerber ihn mit einem festen Händedruck. „Danke, dass sie hier waren. Vielleicht können sie mich verstehen?"
Wolfgang deutete ein Lächeln an und zuckte dabei mit den Schultern. Als er sich zum Gehen wenden wollte, fiel ihm noch etwas ein. „Übrigens, ihr Kfz-TÜV ist fällig. Falls sie rasch einen Termin brauchen, rufen sie mich doch am Montag an."

Zu Hause berichtete er Dagmar von seinem Gespräch. „Nicht unsympathisch, aber in dieser Sache ziemlich festgefahren." fasste er zusammen. „Im Augenblick sehe ich da wenige Möglichkeiten." Als Beate nach Hause kam, informierte er sie ebenfalls und bat sie, Edgar in dieser Sache nicht unnötig zu beeinflussen.

Der Sonntag verlief ruhig. Es war warm und windstill. Deshalb hatten die Freidanks sich mit Dagmars Eltern nach dem Mittagessen zum Canastaspiel auf den Balkon gesetzt. Als er zum wiederholten Male übersah, die passenden Karten anzulegen, bekam er von Dagmar einen ordentlichen Rüffel wegen seiner unkonzentrierten Spielweise.

…

Am Montag in der Firma hatte er gehofft, Herr Gerber würde anrufen, um einen Termin für den fälligen KFZ-TÜV zu vereinbaren. Das wäre dann nochmals eine Gelegenheit, in der Sache Edgar an ihn zu appellieren. Der Anruf kam nicht.

KAPITEL 5

Die Chorstunde am Dienstag begann pünktlich. Ulli und Friedrich hatten es übernommen, nochmals jedes Mitglied anzurufen und zu informieren, dass – trotz der Erkrankung ihres Dirigenten – die Chorprobe stattfände.

Lediglich zwei Sänger hatten sich wegen anderweitiger Verpflichtungen entschuldigen lassen. Edgar war ebenfalls nicht gekommen.

Als Alle Platz genommen hatten, stellte Wolfgang sich ans Klavier. Zuerst richtete er die besten Grüße von Dieter Hartung aus und berichtete, soweit er das konnte, über dessen Gesundheitszustand und seine Gespräche mit dem Patienten.

„…und das wichtigste Anliegen ist ihm, dass wir unsere Probenarbeit nicht unterbrechen und auf dem eingeschlagenen Wege weiter machen."
Die Chormitglieder nickten beifällig.
„Es ist nicht ganz einfach, einen geeigneten Nachfolger, also einen Chorleiter oder Chorleiterin zu finden. Aber …" er schaute zu Miriam May, die in der ersten Reihe Platz genommen hatte, „aber durch einen glücklichen Zufall ist es uns gelungen, schon für den heutigen Abend eine Dirigentin zu engagieren, und wir alle kennen sie schon, herzlich willkommen Miriam May !"
Die Begrüßte stand unter freundlichem Beifall auf.
„Können wir unser Bier jetzt immer gleich hier bestellen?" Das kam aus der hinteren Reihe, da wo die Bässe saßen. Gelächter quittierte den Zwischenruf.
„Dann hat es unser Vorstand zum Duschen nicht mehr soweit!" Noch ein Sänger wollte zur Erheiterung beitragen. Miriam lachte mit den Anderen, stellte sich allen Anwesenden vor und beschrieb kurz, was sie studierte.
„Jetzt würde ich gerne mal hören, was sie alle wirklich so draufhaben. So früh am Abend und ganz ohne Bier!" Damit spielte sie auf die späten Choreinlagen in der Bahnschänke an.
„Ich würde gerne mal zum Einstieg das Lied, an hellen Tagen` proben."

Sie setzte sich ans Klavier, gab die Töne vor.

Der Chor setzte ein. Nach einigen Takten brach sie ab. „ Entschuldigung, aber das klingt noch wenig geschmeidig. Wir sollten zuerst mal ein paar Stimmübungen machen. Stehen sie doch bitte alle mal auf! – Danke ! So und jetzt singen sie mir bitte nach:

Sie sang die Tonleiter vor, in jeweils ansteigenden und dann abfallenden Tonfolgen. Es schlossen sich weitere Notenfolgen an, bis sie das Gefühl hatte, die Choristen hätten sich warm gesungen.
„Und jetzt Alle noch einen ganz tiefen Seufzer, so von oben nach unten. Uuiiaahh ! Vielen Dank, bitte setzten und jetzt beginnen wir erneut ...´an hellen Tagen´."

An diesem Abend probten sie mit großem Einsatz drei der neuen Stücke und zum Ende der Chorstunde ließ Miriam die Noten des von Dieter Hartung gesetzten Schlagers verteilen .Bereits nach einigen Takten konnte sie feststellen, fest, dass dieses Stück den Chormitgliedern offensichtlich Spaß machte.

Vielleicht wird es mit Klavierbegleitung noch bisschen peppiger, dachte sie und unterlegte aus dem Stegreif einige Akkorde auf dem Instrument. Während sie spielte und dabei immer Blickkontakt über das Klavier mit dem Chor hielt, bemerkte sie, dass einige der Sängerinnen und Sänger auf ihrem Stuhl rhythmisch wippten.

„Das hat ihr Dirigent ja wirklich ganz prima gemacht." lobte sie am Ende der Chorstunde, „ sie werden sicher damit gut beim Publikum ankommen." „**Wir** werden gut ankommen", korrigierte Friedrich Fröhlich laut.

Weder Wolfgang noch sie hatten den Leuten erklärt, dass es noch gar nicht sicher war, dass Miriam auch weiterhin die musikalische Führung des Chores übernehmen würde. Schließlich hatte sie ja für diesen Abend lediglich probeweise diese Chorstunde geleitet. Die Mitglieder gingen aber offensichtlich davon aus, dass Miriam auch in der kommenden Zeit die Stabführung übernehmen würde.
Ulli Haberer neben ihm hüstelte verlegen, Wolfgang sah nach vorne, gerade in Miriams Gesicht. Die sah etwas fragend an, aber als er aufstehen wollte, huschte ein Lächeln über ihr Gesicht.
„Natürlich. Wir werden gut ankommen!"

Ulli klatschte spontan mit ziemlichem Geräusch auf seinen Schenkel. Alle blickten sich zu ihm um. „Das ist doch ein besonderer Grund heute in die Bahnschänke zu gehen. Fräulein May, kennen sie den Weg?"

Unter Gelächter erhoben sich alle und der Raum leerte sich rasch. Einige der Sängerinnen hatten Miriam in ihre Mitte genommen und waren mit ihr angeregt plaudernd, rasch in Richtung Gaststätte gegangen.

Fritz Brunner verstaute gerade noch die restlichen Noten und Wolfgang stand schon mit dem Schlüssel für das Probelokal an der Tür. Walter Höfer war davor stehen geblieben.
„Wird da Dieter nicht gekränkt sein, wenn wir ihn so rasch ersetzen?" fragte er, anscheinend besorgt.
Wolfgang entkräftete: „Im Gegenteil, er hat uns dazu sogar als Erster geraten!"
Höfer nickte, aber offenbar nicht völlig beruhigt: „ Wir haben in den letzten Wochen ja schon eine unglaubliche Veränderung erlebt. Zuerst die Wandlung vom klassischen Männergesangsverein zu einem gemischten Chor und jetzt auch noch einen weiblichen Dirigenten!"
Daher wehte also der Wind. Walter Höfers Gedankenwelt war wohl ziemlich stark von einem männerdominierten Vereinsgeschehen beeinflusst. Mit Frauen zu singen, war das eine, von einer Frau dirigiert zu werden, das andere.

Fritz hatte inzwischen alle Noten einsortiert.
„Hat dir denn die heutige Chorprobe etwa nicht gefallen?" wollte Wolfgang von Walter wissen.
„Das schon...ich wollte nur...!" Höfers Antwort stockte, dafür kommentierte der Notenwart, der wohl nur die letzte Frage gehört hatte, in überzeugtem Ton: „Ich hätte nicht gedacht, dass ein so junges Mädel das so gut kann!"
Walter Höfer lächelte, als ihn Wolfgang bei dieser Antwort ansah, aber es sah etwas gequält aus.
„Trinken wir noch etwas?" Mit dieser Frage schob Wolfgang beide Männer leicht an der Schulter in Richtung Bahnschänke. „Ich glaube, wir werden gut mit Fräulein May zurechtkommen."

Der Gesundheitszustand von Dieter Hartung besserte sich nur langsam, aber er war über die Berichte über den augenblicklichen Probenstand im Chor, die er bei den häufigen Besuchen seiner Sängerkameraden erhielt, jedes Mal sichtlich erfreut.

Tatsächlich verliefen die nächsten beiden Singstunden zur allgemeinen Zufriedenheit. Zwar waren für die meisten der Sänger die Probstunden mit Miriam oftmals anstrengender als mit ihrem alten Dirigenten, da sie, noch stärker als Dieter, mehr auf das Detail achtete und zwar nicht nur auf eine saubere Intonation, sondern auch auf den gesanglichen Ausdruck besonderen Wert legte. Aber keiner wollte sich eine Blöße geben und so waren sie Alle ernsthaft bei der Sache.

Besonders die Sängerinnen bemühten sich und jeder Hinweis, jede Anweisung wurde von ihnen sehr gewissenhaft aufgenommen.

Das neue Repertoire, Miriam probte alle Stücke die Dieter Hartung ausgewählt hatte, schien zu gefallen. Und ‚Autoschlager' war zur Überraschung der Musikstudentin zum aktuellen Lieblingsstück avanciert.
Und als sich die Chormitglieder nach Singstunde zur üblichen Runde in der Bahnschänke getroffen hatten, begannen einige Männer nach einer Weile – und etwa zwei Bieren – ziemlich fröhlich und ohne jegliche Absprache ein melodisches ‚rata-rata-ratatatata' von sich zu geben und zum Erstaunen von Miriam und Wolfgang starteten die Anwesenden einen zaghaften Versuch, die ersten Zeilen des Schlagers zu singen.
Das klang so flott, dass sogar die Gäste des großen Schankraumes ihre Unterhaltung unterbrachen und auf die ungewohnten Töne aus dem Nebenzimmer achteten.

Miriam war sich nicht sicher, ob sie diese späte Zugabe unterstützen sollte, zumal sich doch noch eine Reihe von Unsicherheiten zeigten. Als sie gebeten wurde, das komplette Lied jetzt und hier zu dirigieren, winkte sie lächelnd ab. „Wir wollen doch unsere Auftritts-Überraschung nicht vorwegnehmen!"
Wolfgang, der neben ihr saß, nickte beifällig und meinte zu ihr: „Wenn unser Dieter hört, dass seine Schlageridee so gut ankommt, dann wird es ihm bestimmt noch schneller besser gehen!"
Er sah durch die offene Tür in den Gastraum, wo sich die übrigen Gäste wieder ihre unterbrochene Unterhaltung fortsetzten. Er meinte für einen Augenblick Edgar Gerber am Tisch vorbeigehen zu sehen, vermutete aber dann doch eine Täuschung. Beate saß neben ihrer Mutter zwei Tische weiter und als sich ihre Blicke begegneten, winkte sie ihm mit einem breiten Lachen zu.

Miriam verabschiedete sich jetzt, doch bevor sie ging, fragte sie Wolfgang: „Wäre es in ihrem Sinne, wenn ich noch ein oder zwei weitere Stücke einstudieren würde?"

„Sie sind die musikalische Chefin" bekam sie zur Antwort. „Ich bin nur für die Organisation verantwortlich!"

Er lachte. „Haben sie sich schon etwas ausgesucht?"
„Nun, ich habe da eine Idee!"

Die Idee stellte Miriam Wolfgang am übernächsten Tag am Telefon vor.
„Könnten wir bei der Veranstaltung im Autohaus Bläser in zwei Blöcken auftreten?" Er verstand nicht gleich.
„Ich meine, zuerst singen wir drei unserer Lieder aus der Romantik und danach – vielleicht eine halbe Stunde später – machen wir den Rata-Rata – Schlager und …" sie schwieg einen Moment, „ ich habe da noch zwei Songs aus dem moderneren Bereich, aus der Jazzchorliteratur ."
Wolfgang war überrascht. „Meinen sie, wir kriegen das denn hin? Wir haben doch nur noch drei Wochen bis zum Auftritt." Er war etwas skeptisch.
Miriam war optimistisch. „So wie die in der Bahnschänke angefangen haben, ist das genau das richtige?"

Für diesen Auftritt hatte sie schon zwei Stücke ausgewählt, die sie passend hielt. Außerdem würde sie von der Musik-Hochschule eines der dort vorhandenen Keyboards ausleihen.

„Dann hat der Chor auch die richtige instrumentale Unterstützung, die ja schon auch für den Autosong ideal wäre."
Sie war klang richtig begeistert. „Wir brauchen nur ein größeres Fahrzeug, das Teil zu transportieren. Und …, die Leihgebühr beträgt fünfzig Mark."
Wolfgang pfiff ins Telefon. „Das mit dem Auto ist kein Problem. - Nur…die Vereinskasse ist ziemlich geschrumpft." bemerkte er.
„Oh..!" Mehr war vom anderen Ende der Leitung nicht zu hören.
„Aber vielleicht könnte ja das Autohaus Bläser… " Wolfgangs Vorschlag kam nach kurzem Zögern.
„Ja, genau, schließlich ist es ja auch so eine Art Werbe-Veranstaltung."
Miriams Stimme war wieder energisch. „Dann geht alles aus ihrer Sicht in Ordnung?"
Wolfgang grinste vor sich hin. „Auto und Leihgebühr - ist klar, das kläre ich. Für die richtigen Lieder –also die passenden Songs – sind sie zuständig. Ich bin auf den kommenden Dienstag sehr gespannt."

Als Wolfgang zum Probenabend den Raum betrat, blickte er genauso wie die anderen Sängerinnen und Sänger erstaunt auf die Notenblätter.
Miriam hatte, als noch niemand im Probenraum war, bereits Jedem ein Exemplar auf den Stuhl gelegt.
„Ein neues Lied ?" „Auf Englisch ?"
Diese und ähnliche Fragen richteten sich sowohl an die Nebenfrau, den Nebenmann, wie auch an die Dirigentin.
Ich spiele es einfach mal kurz vor" beruhigte sie lächelnd und setzte sich ans Klavier.
Ulli hob die Hand. „Um was geht es denn in diesem Stück?" wollte er wissen.
„Dass es in Südcalifornien niemals regnet!" Eine der Sängerinnen rief in etwas belehrendem Ton die Antwort in den Saal, hörbar stolz auf ihre Englischkenntnisse.
„Das passt ja dann ausgezeichnet zu unserem Sommerwetter! Jetzt wollen wir dann mal hoffen, dass es bis zum ersten Auftritt bei uns auch nicht regnet."
Das war Gerhard Krieger, der wieder mit einer witzigen Bemerkung seinem Ruf als Spaßvogel des Vereins alle Ehre zu machen wollte.
Miriam nickte in die Runde „ Nun, selbstverständlich sollten sie wissen, von was wir singen", erläuterte sie.
„Hier handelt es sich um einen Mann, der eben sein Glück sucht und feststellt, dass man vorher viel verspricht, aber die Realität oft aber ganz anders aussieht."
Sie übersetzte kurz den Text.
‚It never rain in Southern California' dieser Song war seit den siebziger Jahren sehr populär und gehörte bei vielen modern ausgerichteten Chören zum gern gesungenen Repertoire. Sie hatte es unlängst bei ihrer eigenen Gesangsausbildung im Rahmen eines kleinen Workshops mit anderen Studenten eingeübt und nach der letzten Chorprobe am Abend in der Bahnschänke, als der Chor so unverhofft den neuen Schlager anstimmte, spontan den Einfall gehabt, Lied mit dem Chor bei entsprechenden Veranstaltungen zu singen. Und es war für sie selbstverständlich, die Original – Textfassung zu verwenden. Und die war eben E n g l i s c h !

Am Ende ihrer Kurzübersetzung fügte sie hinzu: „…und wie sie sehen, regnet es doch, und zwar in Strömen. Also, egal wie das Wetter bei unserem Auftritt sein wird, es passt! Und übrigens, im übertragenen Sinne bedeutet die Refrainzeile ja auch: 'ein Unglück kommt selten allein!"
Einige der Chormitglieder sahen schmunzelnd zu Gerhard hinüber.

Zuerst probte Miriam die Anfangstakte mit den Frauenstimmen. Die mühten sich, obwohl manche Sängerin mit dem Text, mit der Aussprache, ein wenig Schwierigkeiten hatte. Wolfgang beobachtete von seinem Sitzplatz aus, wie Dagmar und Beate versuchten, die nicht so Textsicheren mitzuziehen.
'Ein Unglück kommt selten allein!' ob sie das Lied wegen dieser Symbolik ausgesucht hat' dachte er noch, als die Dirigentin jetzt die Tenöre aufforderte.

Hatte es bei den Frauen nur etwas zaghaft geklungen, die Tenöre stolperten förmlich durch die Textzeilen. Nach einigen, wenig geglückten Versuchen brach Miriam ab, um es mit den Bässen zu probieren. Auch hier blieb der Gesang an den sprachlichen Hürden hängen.

Miriam versuchte es mit einer anderen Methode.
„ Am besten spricht mal jeder den Text laut vor." So schnell würde sie nicht aufgeben.
Walter Höfer erhob sich „Ich muss mal auf die Toilette", beantwortete er die fragenden Blicke einiger Sänger.
Er kam erst nach relativ langer Zeit wieder zurück und während er – ohne dass ihn jemand zu beachten schien - zu seinem Platz ging, sprachen die Tenöre gemeinsam laut weiter den englischen Text, den ihnen Miriam langsam und abschnittsweise vorgesagt hatte.
„… dint tink befor dezeiting wat tu duu…" holprig klang es und ziemlich angestrengt.
Einige der Männer schüttelten dabei in Abständen leicht den Kopf, so als wollten sie sagen , das passt doch alles nicht zusammen.'
„In Ordnung. Wir versuchen es jetzt alle nochmals! Aber mit Musik!"
Heftiges Räuspern in den Sitzreihen war die Antwort auf Miriams Anweisung.

Man konnte nicht sagen, dass sich die Chormitglieder keine Mühe gaben. Gerade auch die älteren Männer schienen sich richtig ins Zeug zu legen. Aber trotz mehrmaligem Wiederholen, gerade der schwierigeren Passagen, kam es immer noch zu deutlich hörbaren Aussetzern.

„Wir brauchen dafür bestimmt noch ein paar Probestunden", flüsterte Wolfgang seinem Freund Ulli zu. Der zog nur eine schräge Grimasse.

„Bitte alle noch mal von ganz vorne!"

Die Köpfe der Gruppe hingen dicht vor den Notenblättern, die Augen der Meisten starr auf den Text gerichtet, zur Dirigentin sahen nur Wenige.

Auch nach zwei weiteren Übungen blieb das Ergebnis hinter den minimalen Zielen zurück. Nur relativ wenige Takte genügten wenigstens den bescheidensten musikalischen Ansprüchen.

Miriam ließ die Noten beiseitelegen. Fritz Brunner verteilte die Partitur eines anderen Stückes, das bereits bekannt war. Der weitere Verlauf der Probe verlief jetzt ohne Probleme und als die Chorstunde beendet war, hatten Alle wieder das gute Gefühl, gemeinschaftlich schön gesungen zu haben.

Aber nicht wie sonst üblich, strebten sie mehrheitlich sofort in die Bahnschänke, man stand noch eine Zeitlang vor dem Probelokal in Grüppchen beieinander und diskutierte über das neue Lied. Skeptisch äußerten sich nur wenige der Sängerinnen, die beiden Schwestern aus dem Sopran, die früher in einem Gospelchor gesungen hatten, waren sogar regelrecht begeistert, auch Ullis Schwägerin befürwortete den Versuch, wie auch Dagmar und Beate fand es einfach ‚cool!'

Weit kritischer äußerten sich die Männer.

„Etwas Neues ja, aber es muss doch nicht so ein Zungenbrecher sein." Walter Höfer fasste die Ansicht der meisten Sänger zusammen.

Friedrich Fröhlich versuchte, einen Kompromiss zu finden. „Die Musik hat ja was, vielleicht könnte man auch einen deutschen Text nehmen?" Wolfgang wollte etwas sagen, da sah er Miriam aus der Tür kommen, in der Hand eine Klarsichthülle mit Notenblättern.

„Kommen sie noch mit in die Bahnschänke?" wollte er wissen.

Sie lehnte ab. „Die Übungsstunde heute war doch ziemlich anstrengend und ich muss morgen sehr zeitig aufstehen." Sie winkte den Umstehenden zu und ging zu ihrem Auto, das sie unweit geparkt hatte.

„Sie wirkt ganz schön frustriert", bemerkte Höfer, als sie weit genug weg war „aber sie ist eben noch sehr jung und natürlich ohne Erfahrung."
Es war wie eine Entschuldigung formuliert, klang aber doch wie eine Anklage.

Friedrich Fröhlich ging einen Schritt auf Wolfgang zu. „ Du solltest vielleicht mit ihr reden. Wenn sie mit uns neue Lieder ausprobieren will, hat sie das zumindest mit dem Vorstand absprechen, oder wusstest du davon?"

Ehe Wolfgang antworten konnte, rief Ulli, der wenige Meter weit weg stand, herüber: „Wie es scheint, hat heute von uns keiner Durst. Oder ?"
„Doch, natürlich", gab er halblaut zur Antwort, aber es blieb unklar, ob er damit auf die Frage des Schriftführers oder die seines Freundes reagierte. Er sah Friedrich an. „Ich rede mit ihr."

An diesem Abend verließ er ziemlich zeitig das Lokal. Die geführten Diskussionen hatten ihn etwas angestrengt. Er fand auf der einen Seite den Versuch der Dirigentin, ein völlig anderes Stück einzustudieren, richtig und auch Erfolg versprechend, auf der anderen Seite aber hatte er bei der Probe feststellen müssen, dass es auch ihm schwer gefallen war, den englischen Text flüssig mit den Noten zu verbinden und entsprechend vorzutragen. Daher fühlte er sich bei diesen Argumenten in einem Dilemma.

Und diesem wollte er sich heute nicht mehr stellen. Da Dagmar und Beate sich schon nach kurzer Zeit verabschieden wollten, nahm er das als günstige Gelegenheit, ebenfalls zu gehen.

Auf den Weg nach Hause war natürlich das neue Stück das Gesprächs-Thema. Seine Tochter verstand nicht, weshalb besonders die Männer sich augenscheinlich so gegen das ‚englische Lied' sträubten. Dagmar meinte mit einem Lachen, dass Männer manchmal eben nicht ganz so flexibel seien.

Bisher war Wolfgang stumm geblieben, jetzt aber musste er sich äußern. „Das hat mit Flexibilität überhaupt nicht das Geringste zu tun." Er fühlte sich an seiner männlichen Ehre gepackt. „Aber ab einem bestimmten Alter und ohne Fremdsprachenkenntnisse ist das auch nicht so einfach.

Wenn es italienisch wäre, dann ginge das wahrscheinlich viel leichter. Das spricht man so aus, wie man es schreibt. Es wird wohl besser sein, das Stück nicht weiter zu proben. Miriam wird das schon verstehen."

Am nächsten Morgen, er frühstückte wie üblich an den Werktagen im Stehen, kam Beate zu ihm in die Küche. Sie hatte einen Vorschlag: „Wenn du das Stück auch gut findest und es nur wegen der englischen Sprache Schwierigkeiten gibt, dann könnte ich doch den Text in Lautschrift darunter setzten! Dann spricht man es so, wie man es liest. Genauso wie italienisch." Wolfgang gefiel das.
Auch Ulli, den er am Vormittag vom Büro aus anrief, fand die Idee sehr praktikabel. „Ich habe ja auch so meine Schwierigkeiten mit der Aussprache", gab er zu und meinte weiter: „Bestimmt wird Miriam May das ebenfalls nützlich finden."
Wolfgang wollte sich schon verabschieden, aber Ulli schob noch etwas nach.
„Du bist ja gestern ziemlich früh gegangen. Die Diskussionen aber gingen weiter. Und ich habe den Eindruck, unser Metzgermeister, der Walter Höfer, scheint etwas gegen unsere neue Dirigentin zu haben. Er sagt es nicht direkt, aber zwischen den Zeilen kann man das gut erkennen."

KAPITEL 6

Wolfgang hatte es geahnt. Es hatte ihn schon gewundert, dass Höfer sich bei der Umwandlung des Vereins in einen gemischten Chor so kooperativ gezeigt hatte und ihm dessen vorbehaltlose Zustimmung nicht so ganz abgenommen. Aus Höfers kommunalpolitischer Arbeit kannte er nämlich die von diesem vertretenen oftmals übertriebenen konservativen Anschauungen, die er manchmal schon auf eine etwas engstirnige Weise durchsetzen wollte. Und dass jetzt eine Frau, dazu noch eine so junge, die musikalische Leitung übernommen hatte, passte wohl gar nicht in dessen Vorstellungen.
„Wer nicht einsichtig ist, muss überzeugt werden." Er bedankte sich bei Ulli für dessen Hinweis. Doch der hatte noch etwas auf dem Herzen.
„Was ist denn eigentlich zwischen deiner Beate und ihrem Freund Edgar? Du warst doch bei seinem Vater?"
„Ja, aber der ist der Meinung, dass Edgar, wenn er schon singen will, das besser in Steinstadt tun sollte."

Kurz berichtete er über den Gesprächsverlauf und dass Edgar über Beate mitgeteilt hatte, er wolle, um des lieben Friedens willen, bis auf weiteres den Chorproben in Dengenheim fernbleiben.
„Aber die Beiden sind auch weiterhin zusammen und sind, wie mir scheint, auch so ziemlich glücklich."

In diesem Moment ging die Tür zu seinem Büro auf, und ein Mann trat ein. Wolfgang riss überrascht die Augen auf.
„Du, ich habe Kundschaft, ich melde mich heute Abend wieder." Er ließ den Hörer auf die Gabel fallen. Vor ihm stand Edgars Vater.
„Herr Gerber! Was kann ich für sie tun?"
„Na ja, wie sie wissen ist der TÜV für mein Auto fällig."

Wolfgang hatte das selbstverständlich nicht vergessen, aber möglicherweise wollte Herr Gerber ja auch wegen seines Sohnes mit ihm sprechen. Er war gespannt, wollte aber von sich aus nicht auf das Thema kommen.
„Nun, da sollten wir einen Termin machen. Es ist vermutlich etwas eilig?"
Herr Gerber bejahte. „ Sie wissen das doch! Schließlich haben sie mich darauf aufmerksam gemacht."

Er schien Wolfgangs Seitenblick als Kritik auf zufassen und fügte er an: „Nun, ich bin in solchen Dingen öfters leider etwas, na sagen wir mal, nachlässig."

„Man sagt, Künstler stehen manchmal mit gewissen Formalitäten auf Kriegsfuß." Wolfgang wusste, dass Herr Gerber in Steinstadt ein kleines Fotoatelier besaß.

Bei der Bezeichnung Künstler lächelte dieser jetzt etwas geschmeichelt und Wolfgang blätterte in seinem Terminkalender.
„Übernächsten Montag , früher Nachmittag. Da könnten wir sie gerade noch einschieben, " formulierte er etwas gönnerhaft.

Herr Gerber nickte. Er übergab ihm die Fahrzeugpapiere und während Wolfgang verschiedene Vordrucke ausfüllte, bemerkte er, „Übrigens, ihre Beate ist ein wirklich tüchtiges und vernünftiges Mädchen."
„Ihre Mutter meint, sie käme ganz nach ihr", gab Wolfgang zurück, etwas unsicher. War das die Einleitung zu einem Gespräch über Edgar und seinen Wunsch, im Dengenheimer Chor zu singen?
Während er bedächtig zurückgab: „Ihr Sohn ist aber auch ein recht ordentlicher Kerl." drehte er sich dabei etwas um zog er einen Aktendeckel aus einem Karteischrank und setzte nach einer winzigen Pause nach: „Wie geht es ihm?" „Alles in bester Ordnung", bekam er knapp zur Antwort.
„Aber was ich Ihnen sagen wollte, ich finde es wirklich gut, dass ihre Tochter meinem Sohn, abgeraten hat, bei Ihnen zu singen."

Der Aktendeckel fiel auf den Fußboden und eine größere Anzahl der darin gesammelten Din-A-4 Seiten verteilten sich neben dem Schreibtisch. Beide Männer bückten sich gleichzeitig danach. Wolfgang setzte die Unterhaltung in der Hocke fort. „ So, hat sie? Abgeraten? Sein Gesicht war jetzt, vielleicht nur wegen der etwas anstrengenden Haltung, etwas gerötet. Eine leicht angegraute Strähne seines sonst noch dunkelblonden Haares hing ihm über die Stirn. Edgars Vater hielt sich mit einer Hand an der Schreibtischkante fest, mit der anderen sammelte er mehrere der herumliegenden Papierblätter auf. „Ja, Edgar es mir natürlich sofort erzählt. Wirklich, ein verständiges Mädchen, ihre Beate" Er stand etwas schwerfällig auf.
Wolfgang suchte den Rest der Unterlagen zusammen und federte in die Höhe. Er wollte noch sagen ‚vielleicht hat sie ihm nur abgeraten, sich gegen seinen Vater zu stellen`, zog es aber vor, das Thema nicht noch zu vertiefen. Schweigend gab er Herrn Gerber die Autopapiere zurück.

„Dann bis übernächsten Montag!" Sie grüßten, Herr Gerber ging zu seinem Auto und ließ einen etwas nachdenklichen Wolfgang Freidank zurück.

Beim Abendessen erzählte er von Gerbers Besuch in der Werkstatt und dessen Lob für Beate. Das Telefonat mit Ulli und seinem Hinweis zu Höfers kritischer Einstellung zur neuen Dirigentin verschwieg er.
Dafür hatte Dagmar eine Nachricht. Anne Hartung hatte am Nachmittag angerufen. Dieter würde am Freitag operiert werden. „Sie wollen ihm eine neue Herzklappe einsetzen!"
Es klingelte. Dagmar sah Wolfgang fragend an. Der blickte zur Uhr, zuckte mit den Schultern und ging zur Tür. Beate stand, zwei Mappen unter dem Arm, im Flur. „Ich habe wohl den Schlüssel vergessen." Eine der Mappen legte sie auf die Ablage an der Garderobe.
Wolfgang war irritiert. „Hattest du heute so lange Schule?"
Sie drückte, statt auf die Frage zu antworten, ihrem Vater die zweite Mappe in die Hand.
„It never rain in California -…! Spricht sich, wie man´s liest! Für Männerchöre jeden Alters!"
Er verstand nicht sofort, öffnete die Tasche, sah ein Bündel Notenblätter mit handschriftlich eingetragenen Textzeilen. Die Lautschrift-Fassung !
„Hey – Dagmar! Sieh mal!" Er ging zurück in das Wohnzimmer. Beate folgte ihm. Er drehte sich um, nickte anerkennend: „Du bist nicht nur ein verständiges Mädchen, wie Herr Gerber meint, du bist auch ein ganz fixes!"
„Was hat Edgars Vater damit zu tun?", wollte Beate wissen.
Er erzählte ihr von seinem heutigen Zusammentreffen mit Herrn Gerber.

„Fürs Erste ist es, glaube ich, das Beste, für Edgar und auch ganz besonders für Dich Papa. Und vielleicht kommen Edgars Vater und die Stein Städter ja auch zur Einsicht."
Bewundernd sah Wolfgang seine Tochter an.
„Und bei der Lautschrift hat Edgar mitgeholfen. Schließlich musste die Vorlage ordentlich retuschiert werden"

Wolfgang und Dagmar besahen sich nun die Notenblätter ausführlich. Der ursprüngliche Text war säuberlich überklebt und durch eine hand-

schriftliche Fassung – exakt zu den jeweiligen Noten – ersetzt worden. „Englisch, wie man es spricht. " Und für jedes Mitglied habt ihr auch schon ein Exemplar kopiert!" Er war begeistert.
„Ich muss sofort Miriam informieren." Er ging zu seinem Arbeitszimmer.
„Miriam ?" Dagmar sah etwas verwundert hinterdrein. „Ich wusste gar nicht, dass ihr schon per-Du seid!" Wolfgang hörte es nicht mehr, er hatte schon die Tür hinter sich zugezogen.

Miriam May meldete sich sofort. Wolfgang berichtete ohne großes Vorgeplänkel über Beates Textvorlage. „Damit wird das in der kommenden Probe auch für Männer kein Problem mehr sein."
Seine Begeisterung kam aber nicht an.
„Vielleicht habe ich ihrem Chor einfach zu viel zugemutet. Ein Kommilitone, mit dem ich heute darüber gesprochen habe, denkt das auch."
Sie schien sich die Sache sehr zu Herzen zu nehmen.
Wolfgang fragte vorsichtig nach: „Sie machen doch weiter…? Sie werden sehen, mit der Lautschrift…!"
„Bis zu ihrem Auftritt im Autohaus auf alle Fälle, ich hab es ja versprochen. Bis dahin finden sie ja vielleicht doch noch den richtigen Ersatz!"
„Sie sind für uns die Richtige! Davon bin ich felsenfest überzeugt."
„Sie ja, aber wie sehen das die anderen Sänger?" Er stutzte. Hatte sie etwas von Walter Höfers Skepsis gegenüber der neuen Dirigentin mitbekommen?
„Sie haben aber doch selbst schon bei der ersten Probe erlebt, dass wir alle …!" Unsicher brach er ab. Für einen langen Moment war Schweigen auf beiden Seiten.
`Soll ich die Texte bei ihnen vorbeibringen? `wollte er fragen, dann fiel ihm etwas ein: „Macht es Ihnen etwas aus, sich mit mir und einigen Sängern zu treffen?" „Nein, eigentlich nicht, aber weshalb ..? Zögerlich kam die Antwort.
„Wir klären das gemeinsam- Am besten zusammen mit einigen maßgeblichen Vereinsmitgliedern. Gleich morgen! Sie haben doch Zeit?"
„Ja, das schon. Aber …?
„In Ordnung- wir treffen uns, sagen wir um 20.00 Uhr in der Bahnschänke. Die neuen Texte bringe ich dann mal mit! Ich bin gespannt, was sie dazu sagen!"

Nachdem das Gespräch beendet war, blieb er einige Minuten regungslos vor dem kleinen Tisch mit dem Telefon und den Unterlagen sitzen.

Dann stand er auf. Bestimmt würde es Beate interessieren, dass er die Noten schon morgen weitergab. Als er die Tür öffnete, hörte er, wie seine Frau und seine Tochter im Wohnzimmer sich ziemlich lebhaft unterhielten. Es schien um irgendwelche Schuhmodelle zu gehen. ‚Da will ich lieber nicht unterbrechen' lächelte er vor sich hin und drehte sich wieder um.

Er setzte sich wieder und wählte erneut. Zuerst rief er Ulli an und erzählte von Beates Textbogen und seinem Telefongespräch mit Miriam May. Mittendrin fiel ihm ein, was Dagmar über Dieters bevorstehende Operation gesagt hatte. „Ich hätte nicht gedacht, dass es ihn so heftig erwischen würde!" Beide atmeten tief und schwiegen für einige Sekunden, in Sorge um ihren Dirigenten und Sängerkameraden.

Natürlich sagte Ulli seine Unterstützung zu und würde an dem Treffen teilnehmen. Sie verabredeten, dass sie vorher noch gemeinsam ihren Dirigenten im Krankenhaus besuchen würden, um ihm Mut zu zusprechen.

Anschließend wählte er die Nummer des Schriftführers. Friedrich Fröhlich . Auch der war für das Gespräch, konnte aber keine ganz feste Zusage machen, da er morgen Verwandten-Besuch aus der DDR bekam und deshalb sein Tagesplan noch nicht genau feststand. „Ich sage dir morgen im Büro Bescheid, wahrscheinlich aber werde ich kommen."

Er wählte erneut. „ Höfer" meldete sich eine Frauenstimme am anderen Ende der Leitung. „Hallo Margret" Wolfgang räusperte sich. „ Ich müsste mal deinen Mann sprechen, ist er daheim?"
Walter Höfer war bei einer der üblichen Ausschuss-Sitzungen des Gemeinderates, würde aber wohl innerhalb der nächsten Stunde zurück sein. „Soll er dich heute noch zurückrufen?" wollte Frau Höfer wissen.
„Du, das wäre sehr nett. Weißt du, ob er morgen Abend schon etwas vorhat?
„Soviel ich weiß nicht, aber wenn du so fragst, weiß ich, dass ich auch morgen Abend wieder alleine vor dem Fernsehapparat verbringen werde!"
Wolfgang war bekannt, dass Walter Höfer bedingt durch seine Aktivitäten in Beruf, einigen Vereinen und in der Gemeindepolitik seine Abende ziemlich oft bei Versammlungen, Besprechungen und Veranstaltungen

unterschiedlichster Art verbrachte und ein wenig tat ihm Margret leid.
„Du hast halt einen sehr aktiven Mann", unternahm er einen unbeholfenen Versuch sie etwas zu trösten.
Margret lachte leicht. „Ich hab mich ja schon lange daran gewöhnt. Aber du bist ja auch nicht gerade jeden Abend zu Hause!"
Er suchte nach einer passenden, nicht ganz so ernsten Antwort, als Margret noch eine Frage stellte: „Mit den Frauen im Chor, läuft das so, wie du dir das vorgestellt hast? Eure Dirigentin hat da ganz eigene Ideen!
„Also die Frauen sind ganz begeistert und machen sehr engagiert mit."
Er machte eine kleine Pause.
„Und, was die neue Dirigentin anbelangt, sie braucht vielleicht noch ein bisschen Zeit, aber ich bin mir sicher, sie wird Dieter gut vertreten."

Er erzählte kurz, von der notwendigen Operation und dass es wohl sicher sei, dass Dieter zumindest für viele Monate ausfallen werde. „Darum bin ich sehr froh, dass sie den Chor leitet…" und in leichter Anspielung auf die offensichtlichen Vorbehalte ihres Mannes, „…auch wenn es immer noch Sänger gibt, die etwas dagegen haben."
In diesem Moment fiel ihm noch etwas ein.
„Schade, dass du dienstags keine Zeit hast, sonst könntest du dich selbst davon überzeugen."
Margret antwortete nicht. Draußen auf dem Flur klappert etwas. Er fuhr fort „. Ich bin sicher, es würde dir gut gefallen!"
Und um es spaßiger zu machen, setzte er nach: „Gerade richtig für einsame junge Frauen!"
Margret lachte wiederum leicht. „ Vielleicht später mal. Auf alle Fälle sage ich Walter Bescheid, dass er Dich heute noch zurück ruft!"

Im Wohnzimmer saß Beate alleine vor dem Fernsehapparat. Die Nachrichtensendung war schon fast zu Ende. „Wo ist Mama?" wollte er wissen. Beate zuckte mit den Schultern.
„Ich habe vorhin mit der Dirigentin telefoniert." informierte er seine Tochter. „Morgen bringe ich die Texte vorbei."

Dagmar kam herein. „Nun", es klang irgendwie spitz, „hast du mit deiner Dirigentin alles geklärt?"
„Ja, wir treffen uns morgen, zusammen mit Ulli, Friedrich und Walter."
Dagmar blätterte in der Fernsehzeitschrift.

„Ich würde gerne die neue Folge der Dallas-Serie sehen!" meldete Beate ihren Wunsch an. Wolfgang war etwas irritiert, er hatte mit mehr Interesse gerechnet.
„Walter wird noch anrufen, er ist noch in irgendeiner Sitzung."
Seine Frau schien jetzt einen interessanten Artikel zu lesen. Langsam ging er in die Küche und holte sich ein Bier aus dem Kühlschrank. „Will noch jemand ein Getränk?" rief er rückwärts ins Zimmer. Statt einer Antwort klingelte das Telefon. Es war Walter Höfer. Wolfgang berichtete kurz über die Lautschriftversion und weshalb es wichtig sei, dass Walter an dem Gespräch teilnahm. Leider hatte dieser schon einen Termin.
„Der Bauausschuss führt eine Sondersitzung durch, da kann ich nicht fehlen. Sonst natürlich gerne."
Beates Idee für die neue Textvorlage fand er selbstverständlich ‚extrem gut' wie er sich ausdrückte. Für das morgige Gespräch wünschte er viel Erfolg. Eines schien ihn allerdings sehr zu interessieren: „ Hast du Margret für den Chor werben wollen?" Wolfgang grinste vor sich hin. „ Hat sie das so aufgefasst?"
Walter Höfer erklärte, dass seine Frau eben leider keine Zeit habe. Ob sie über Stimme und die entsprechende Geduld verfüge, sei ja auch noch nicht geprüft, ergänzte er. Wolfgang verstand nicht so ganz, was er damit sagen wollte, hakte aber nicht nach.

Er ging wieder zurück ins Wohnzimmer. Sein kurzer Gesprächsversuch blieb stecken, offensichtlich war das Fernsehprogramm spannender.

Da fiel ihm ein, dass sein Bier noch in der Küche stand. Er nahm die Flasche mit in sein kleines Arbeitszimmer, holte eine der Notenkopien aus der Mappe und las den Text. Er las ihn mehrmals hintereinander, einige Male halblaut und dann, soweit er die Töne noch im Kopf hatte, sang er die Passagen vor sich hin.

„Das klappt bestimmt!" bestätigte er sich selbst, schob das Papier zurück und ging wieder in das Wohnzimmer.

...

Sie trafen sich im Nebenzimmer der Bahnschänke, Miriam May ging auf den schon vorher eingetroffenen Wolfgang Freidank zu. Sie blickte sich um und dann auf ihr Uhr: „Bin ich zu früh? Wollten sie nicht mit einigen ihrer Sängerkameraden das Gespräch gemeinsam führen. "
In der Tat, Wolfgang war alleine hier.

Friedrich hatte mit ihm bereits am Vormittag telefoniert und mit Bedauern mitgeteilt, dass er nun doch wegen seines Verwandten-Besuches am Abend wirklich nicht abkömmlich sei. Er bat um Verständnis. Wolfgang verstand. So würde er bei dem Gespräch mit der Dirigentin eben nur von Ulli unterstützt.
Als er sich mit seinem Freund um halb sieben vor dem Krankenhaus traf, überraschte ihn dieser sofort mit einer neuen Mitteilung.
„Mein Schwager hat angerufen. Er bekommt morgen früh Handwerker, wegen der Reparatur seiner Sanitäranlage. Nur hat er vergessen, dass der Keller dazu völlig ausgeräumt werden muss und nun braucht er heute Abend jede Hand dafür. Wenn du seinen Keller sehen könntest, wüsstest du was das heißt. Da kann ich nicht nein sagen. Du verstehst mich doch?"
Wolfgang verstand auch ihn. „Wichtig ist nur, dass es die May versteht."
„Du kriegst das schon hin, Wolfgang. Zeigst du mir die neuen Texte?"
„Nachher, jetzt gehen wir erst mal zu Dieter!"

Dieter Hartung freute sich über den unerwarteten Besuch. Er erklärte, warum die Mediziner ihm zu dieser Operation geraten hatten und dass er voll Vertrauen in die ärztliche Kunst sei.
„Dagmar war heute auch schon hier" berichtete er. Wolfgang wusste davon nichts, fand es aber sehr angebracht.

„Ich habe sie natürlich nach der neuen Dirigentin gefragt und wie sich die Frauen im Chor so machen. Ihr seht, ich bin bestens informiert.- auch über die Lautschrift-Aktion." Ein kleines Lächeln zog über das Gesicht des Patienten. Eine Krankenschwester betrat den schwach beleuchteten Raum. „Ich muss sie leider bitten, zu gehen. Herr Hartung hat morgen einen größeren Eingriff und bedarf jetzt der absoluten Ruhe.
Die beiden Sängerkameraden nickten. „Wir drücken dir für morgen die Daumen", verabschiedeten sie sich. „Alles Gute!

…

Also unterhalten wir uns eben unter vier Augen!" Wolfgang lächelte Miriam May an und zeigte auf einen der Tische.
„Wollen wir uns dorthin setzen?" Er legte die Mappe auf den Tisch.
„Hier ist das Mittel für den Erfolg ihrer Idee", sagte er etwas pathetisch. Bevor er öffnen konnte, kam Guildo an den Tisch. „Meine Cousine in Begleitung eines der führenden Vereinsmanager hier im Ort – was mag das bedeuten?" „Vor allem, dass wir Durst haben!" Wolfgang schaute bemüht streng auf den Kellner und dann zu der jungen Frau.
„Vielleicht sogar Hunger? Haben sie schon gegessen?"
Miriam schüttelte den Kopf und schien zu überlegen.
„Man hört, die Küche sei hier sehr ansprechend!" Sie zwinkerte ihrem Cousin zu. Sie bestellte einen Salatteller mit gebratenen Hähnchenstreifen und eine Weißweinschorle. Wolfgang entschied sich sehr spontan für ein paniertes Schnitzel. „Nur mit Pommes und ohne Salat!"
„Dazu ein Bier?" wollte Guido wissen.
„Ich bin heute ja mit dem Wagen hier. Vielleicht ein alkoholfreies! Soll ja auch gegen den Durst helfen." Er rollte etwas mit den Augen.
„Dass alkoholfreies Bier nicht so schmecken soll wie normales, ist wahrscheinlich ebenfalls ein Vorurteil", begann er etwas umständlich. Miriam legte den Kopf schräg. „Nun, ich will sagen, es ist genauso ein Vorurteil, wie das, dass Frauen keinen Chor leiten können."
„Sagt das Jemand?" Miriams Frage klang etwas spöttisch.
„Ja, das heißt nein, also nicht wirklich." Wolfgang schien sich zu verhaspeln. Guildo brachte die Getränke.
„Zunächst nochmals Danke, dass sie heute gekommen sind und …! Zum Wohl!" Er hob das Glas, Miriam ebenfalls. Sie tranken.
Jetzt hatte Wolfgang seine Gedanken wieder sortiert. „Das Bier ist in Ordnung", befand er, während er das Glas absetzte. „Und ihre Idee mit den neuen Liedern ebenfalls. Wir müssen es nur richtig an den Mann bringen." Während er das sagte, fiel ihm die Doppeldeutigkeit auf. Er lächelte breit. „An den Mann, genau! Und zwar mit Texten, die man spricht, wie man sie liest."
Miriam nahm eine Seite und las aufmerksam: „Ihre Tochter hat sich viel Mühe gemacht."

Sie lehnte sich zurück. „Aber ist das wirklich alleine das Problem. Neue Lieder?" Wolfgang schob die Mappe zur Seite.
„Natürlich gibt es bei einigen Männern auch Vorbehalte, Skepsis und Unverständnis. Gegenüber dem Projekt Gemischter Chor und vielleicht auch gegen eine Frau als Chorleiterin. Aber das ist nur ein kleiner Teil und auch der ist zu überzeugen. So wie sie es angegangen haben, zeigt doch, dass wir auf einem guten Weg sind. Wenn sie am Dienstag, neben den anderen Stücken das Regenlied mit dieser Textunterlage proben, werden sie sehen, dass es besser, viel besser, als beim letzten Mal klappt und wenn dann schon mal der erste Auftritt geschafft ist, wird es keine Bedenken - Träger mehr geben."
Er war jetzt richtig in Fahrt. Auch als das Essen kam, stoppte das nicht seinen begeisterten Redefluss. Immer wieder zeigte er auf, wie richtig und wichtig für den Chor Miriams Verpflichtung als Dirigentin sei und dass er – wie viele andere auch - vom Erfolg überzeugt sei.
Als Guildo zwei frische Getränke brachte, nutzte Miriam die kleine Sprachpause und bat: „Kann ich das Notenblatt ihrer Tochter noch mal sehen?"
Sie nahm es hoch. „Haben sie denn damit schon selbst etwas geübt?" wollte sie wissen. Wolfgang nickte.
„Dann werde ich ja wohl weiter machen müssen!" Sie sah aber dabei ziemlich gelöst aus, keinesfalls so als ob sie sich gezwungen fühlte. Wolfgangs Freude war sichtbar. Unvermittelt ergriff er die Hand der Studentin. Diese runzelte etwas die Stirn. „Was ich fragen wollte, wie geht es eigentlich Herrn Hartung?"
Er erzählte von der morgen bevorstehenden Operation und dem Besuch. Sichtbar betroffen nahm sie Nachricht auf.
„Ich wollte ihnen das vorher nicht sagen, um sie nicht unnötig in einen Gewissenskonflikt zu bringen. Aber ihm liegt viel an dem Chor und er ist wirklich sehr beruhigt, wenn er weiß, dass sie uns musikalisch führen." Wolfgangs Stimme klang sehr nachdrücklich. Er wusste, dass es kein vordergründiges Argument, sondern die Wahrheit war.

Sie redeten noch einige Minuten über die eigenen Ängste zum Thema Operationen, kamen dann aber wieder auf den Chor und die weitere Arbeit damit zu sprechen.
„Natürlich ist es manchmal schwieriger, als ich dachte."
„Sie sind die Arbeit mit Profis gewohnt, das ist bestimmt kein Vergleich."

„Es ist schon so okay. Natürlich sind nicht alle Stimmen gleich gut und gleich sicher. Besonders im ersten Tenor wäre Verstärkung notwendig. Gibt es denn nicht noch den einen oder anderen jungen Mann, der noch mitmachen würde?"
Wolfgang schüttelte den Kopf und dabei fiel ihm Edgar ein.

Dann erzählte er über die Chorsituation der früheren Jahre und wie er selbst angefangen hatte.

„Ulli, Ulli Haberer, ist ja seit mehr als dreißig Jahren im Verein. Wir kennen uns, seit ich mit Dagmar vor fast genau neunzehn Jahren hierher gezogen bin. Wir haben uns damals unsere Wohnung hier gekauft. Ulli hat mir immer von seinem Gesangverein erzählt und uns zu den Chorkonzerten eingeladen. Irgendwann nach einer Veranstaltung bin ich so lange geblieben, bis keine Gäste mehr da waren, nur noch die Sänger. Es war ziemlich fröhlich und als sie einige Lieder sangen, die ich auch kannte, habe ich einfach so mitgesungen.
Ulli und Gerhard Krieger, der sitzt vom Dirigenten aus rechts im zweiten Bass, die Beiden haben mich so lange gelobt, bis ich eingewilligt habe, in der nächsten Singstunde mitzumachen. Am Anfang war es für mich etwas ungewohnt, ich kannte das Vereinsleben nicht so wirklich. Aber dann hat es mir immer mehr Spaß und Freude gemacht."
Miriam hörte aufmerksam zu.
„Und wann haben sie den Vereinsvorsitz übernommen?"
„Das war vor etwas mehr als zwei Jahren. Unser damaliger Vorstand, er war Bankkaufmann, wurde von seiner Firma versetzt und musste aus Dengenheim wegziehen. Und wie das ebenso ist, nach so einem Ehrenamt drängen sich nicht allzu Viele."
Warum er sich beworben habe, wollte sie wissen.
Wolfgang verzog etwas das Gesicht.
„Beworben habe ich mich ja gar nicht. Wir hatten bei einem Nachbarverein einen Auftritt. Und danach, wir saßen noch in kleiner, aber sehr fröhlicher Runde, Ulli und Gerhard … ja und auch noch Friedrich – unser Schriftführer – die rahmten mich am Tisch so richtig ein, Walter Höfer spendierte mir ein Bier. Wie es mir denn gefiele, ob ich es bereut habe, im Verein zu sein und was sonst noch alles so gesagt wurde. Und dann rückte Ulli mit der Sprache raus.

Sie hätten sich vorher mal besprochen, wer denn die Nachfolge des scheidenden Vorstandes übernehme könne. Und alle wären der Meinung, dass

ich der einzig Richtige sei. Das schmeichelt natürlich. Ich habe es mir überlegt, meine Frau hatte auch nichts dagegen und irgendjemand muss ja die Verantwortung übernehmen" Er lächelte Miriam an.
Sie lächelte zurück. „Und ich glaube, sie machen das wirklich gut!"

Er wiegte den Kopf und strich mit der Hand die an manchen Stellen leicht grauen Haare zurück. „Zumindest hat sich noch keiner beklagt, und wenn sie uns jetzt verstärken, dann wird es mit dem Verein sicher weiter aufwärts gehen."
Mit Blick auf die leeren Gläser meinte er: „Noch einmal dasselbe?"
Die Antwort nicht abwartend sah er zur Tür, in Richtung Tresen.
Dort stand, zusammen mit einigen anderen Männern, Walter Höfer. Auch dieser sah im selben Moment herüber, winkte kurz und als Wolfgang ihm mit einem Handzeichen bedeutete, an den Tisch zu kommen, tippte er auf die Uhr an seinem Handgelenk und zeigte mit dem Daumen Richtung Ausgang. Dabei zog er die Schultern ganz eng nach oben und verzog die Mundwinkel, was wohl so etwas wie Bedauern auszudrücken sollte. Dann wandte er sich zu dem Nebenmann zu, wechselte noch einige Worte und ging aus dem Lokal.
Das hatte Wolfgang nicht erwartet und er wunderte sich.
„Bitte? Verzeihung! Ich habe wohl nicht richtig hingehört" entschuldigte er sich bei Miriam, die auf seine Frage offensichtlich geantwortet hatte.
„Ich habe nur gesagt, dass es schon spät ist und zwei Weinschorlen völlig ausreichen."
Wolfgang sah jetzt auch auf seine Uhr. Tatsächlich, die Zeit war rasch vergangen. „Gut, dann zahle ich jetzt. sie sind natürlich eingeladen! Und wenn sie möchten, bringe ich sie nach Hause."

Als sie später im Auto saßen, meinte Miriam: „Da muss ihre Frau aber auch schon ganz schön Verständnis für ihre Freizeitbeschäftigung aufbringen." und Wolfgang antwortete mit deutlich hörbarem Stolz: „Das hat sie auch und wenn sie nicht damit einverstanden wäre, würde ich den Job auch nicht machen. Sie ist wirklich eine ganz tolle Frau, und ganz bestimmt nicht nur deshalb."

Dagmar schlief bereits, als er nach Hause kam. So leise wie möglich kam er ins Schlafzimmer und legte sich ins Bett. Doch er konnte lange nicht einschlafen. Neben der überaus großen Freude, dass es ihm gelungen war, die Dirigentin zum Weitermachen zu bewegen, beschäftigte ihn das Verhalten Walter Höfers. Er hatte eigentlich erwartet, dass sein Sängerkamerad sich noch dazu setzten würde und eher befürchtet, dass dieser mit ein paar nicht ganz passenden Bemerkungen Miriams Entschluss wieder in Frage stellte. Er grübelte noch eine Zeitlang, aber mehr und mehr drehten sich verschiedene Gedanken ineinander, um schließlich in einigen verworrenen bunten Träumen zu enden, in denen immer wieder riesige Notenblätter in skurrilen Ausgaben eine Rolle spielten.

Etwas unsanft wurde er geweckt. Dagmar stand angezogen am Bett.
„Hast du vergessen, den Wecker zu stellen?"
Kein ‚guten Morgen', nur diese Frage. Der Blick auf die Uhr zeigte ihm, er hatte deutlich verschlafen.
„Kaffee ist gekocht, ich bringe jetzt Beate zur Schule. Bis heute Abend. Kommst du wie immer?
Er nickte. „Guten Morgen!" rief er noch nach, aber Dagmar und seine Tochter zogen schon die Tür zu. Was war los? Normalerweise würde ihn Dagmar rechtzeitig geweckt haben. Kein Kuss ? Keine Nachfrage, wie es gestern war ? Seltsam.

Er wusch und rasierte sich im Eiltempo und zog sich blitzschnell an. Am Küchenschrank legte eine Scheibe Wurst zwischen zwei Brotschnitten, trank zwei große Schlucke Kaffee und eilte in den Fahrrad-Keller. Während er lief, bis er in das belegte Brot, die Aktentasche hatte er sich unter den Arm geklemmt.

Gerade noch rechtzeitig traf er am Arbeitsplatz ein.

Immer wenn etwas Zeit blieb, versuchte er Dagmar zu erreichen. In ihrem Büro hob niemand ab und als er am Nachmittag zu Hause anrief, war Beate am Telefon. „Mama ist einkaufen."
Er erzählte ihr, dass Ulli und Miriam von ihren Textblättern begeistert seien und dass dies wirklich eine tolle Hilfe wäre. Beate schien sich zu freuen, wimmelte ihn aber dann ab, da sie dringende Schularbeiten zu erledigen hätte.

Er wählte einige Male auch den Anschluss von Dieter Hartung. Dort nahm aber niemand ab. Kurz vor Dienstschluss meldete sich dann Anne. Sie rief aus dem Krankenhaus an. Ihr Mann hatte den Eingriff wohl gut überstanden. Er lag jetzt auf der Intensivstation.
Wolfgang war etwas erleichtert.

Als er sein Fahrrad aus dem Ständer nahm, begann es leicht zu regnen. Da er immer eine leichte Regenjacke in der Fahrradtasche verstaut hatte, störte ihn das wenig. Er zog sie an und machte sich zügig auf den Heimweg.
Dagmar war nicht da.
„Sie wollte noch mal kurz weg.- Wohin hat sie nicht gesagt", erklärte Beate. „Du sollst dir den Topf in der Küche warm machen" beantwortete sie die Frage, ob es denn kein Abendessen gäbe. Es war Gemüseeintopf. Er stellte ihn auf die Herdplatte und drehte den Schalter auf die entsprechende Temperatur.

Biss das Essen warm war, konnte er noch rasch Ulli anrufen und ihm von dem gestrigen Gespräch erzählen.
Ulli war erfreut. „Gratuliere" sagte er, „wir wissen schon, weshalb wir dich zum Vorstand gewählt haben." Er entschuldigte sich nochmals, dass er gestern nicht dabei sein konnte und wie aufwändig er gestern den Keller des Schwagers ausgeräumt habe.
„Ich hätte nicht mal später nachkommen können" fügte er an.
„Dafür ist aber Walter Höfer noch gekommen." Wolfgang wartete Ullis Reaktion ab. „Nicht möglich" zeigte sich Ulli überrascht und schob mit Skepsis nach: „Hat er dich denn auch richtig unterstützt?" „Er hat mich zumindest nicht behindert!" grinste Wolfgang. Er schilderte die Beobachtung. „Aber, verstehst du das?" wollte er von seinem Freund noch wissen. Der hatte jedoch auch keine Erklärung. Sie rätselten noch etwas, dann fiel Wolfgang ein, dass Anne angerufen und über Dieters aktuelle Lage berichtet hatte.
„Wahrscheinlich hängt er jetzt noch eine Zeitlang an verschiedenen Apparaten und Schläuchen. Aber er ist sicher in guten Händen und wird bestimmt pausenlos überwacht."
„Und du solltest den Herd überwachen!" Das war Dagmars Stimme. Der Gemüseeintopf! Sie beendeten rasch das Gespräch.
Er bemerkte jetzt, dass es ziemlich stark roch. Dagmar stand in der Küche vor einem rauchenden Pott, in dem es laut zischte. „Das können wir jetzt in den Müll werfen!" Sie ließ Wasser einlaufen.
„Hallo Dagmar, ich hab mit Ulli wegen Dieters Operation und wegen unserer Dirigentin telefoniert und …." „Wegen Miriam?" Dagmar setzte den Topf hart in die Edelstahlspüle. „Habt ihr sie gestern überzeugen können? Bleibt sie dir erhalten?"

„Was soll denn das jetzt heißen? Du weißt doch, wie wichtig es für unseren Verein ist, wenn...“-Er stoppte, völlig ratlos über ihren unüblichen harten Ton.
Dagmar stand jetzt mit dem Rücken zu ihm. „Ich meine ja nur, schließlich ist so ein Chor ja gerade richtig für einsame junge Frauen!"
Er war verdattert. „Also, du glaubst doch nicht etwa, dass Miriam und ..., also Fräulein May und ich...?" Er brach ab.
„ Dagmar was ist los?" begann er aufs Neue.
Sie wischte sich die Hände mit dem Geschirrtuch ab und warf es mit wütendem Schwung ebenfalls in die Spüle. Dann drehte sie sich um und versuchte an ihm vorbei aus der Küche zu gehen. Er hielt sie fest. So kannte er seine Frau nicht.
„Dagmar ?" Sie sah ihm fest ins Gesicht: „Habt ihr gestern die Dirigentin nun zum Bleiben überreden können?"
„Wir haben ...!" Er überlegte. „Sag mal, bist du etwa eifersüchtig?"
„Pah!!!" Dagmar blickte zur Seite. Das Funkeln in ihren Augen bemerkte er trotzdem.

Beide schwiegen, in der eingenommenen Haltung verharrend, so als würden sie erwarten, dass irgendwo von außen Jemand ein Zeichen geben würde, wie es weiterginge.

„Papa, Mama ?" Beate rief aus ihrem Zimmer, „alles in Ordnung bei euch?" „Ja !" Dagmar sagte es halblaut.
„Jaa! Alles okay!" wiederholte Wolfgang in doppelter Tonstärke.
„Komm bitte", er fasste seine Frau am Arm und führte sie ins Wohnzimmer.
„Seit wann bist du mit der Dirigentin denn eigentlich schon per Du?" Dagmar stellte die Frage während sie sich auf die Couch setzte.
„Wir siezen uns – noch immer. Wie kommst du darauf?
„Du nennst sie Miriam und nicht Fräulein May und das gestrige Telefonat mit ihr war doch sehr aufschlussreich."
„Wie meinst du das?" Wolfgang grübelte, was daran so verfänglich gewesen sein könnte.
„Ich lausche ja grundsätzlich nicht an der Tür, aber die vom Arbeitszimmer stand gestern etwas offen, als im Flur war und da habe ich zufällig nur einen Satz gehört, aber der hat mich schon nachdenklich gemacht."
„Gestern Abend ?"

„Ja, und dann erzählst du mir nachher, dass du mit Ulli, Walter und Friedrich das Gespräch führt. In Wahrheit hattet ihr ein gemütliches Abendessen! Allein! Also zu zweit! Und lange hat es wohl auch gedauert! Und es war so aufregend, dass du sogar vergessen hast, deinen Wecker zu stellen."
„Dagmar! Was denkst du dir da so zusammen!"

Er wusste nicht, ob er aufgebracht sein sollte, wegen dieser Unterstellungen oder glücklich über die Tatsache, dass seine Frau auch noch nach zwanzig Jahren noch so voller Eifersuchtsgedanken sein konnte.
„Ihr hättet euch ja nicht gerade die Bahnschänke für euer Treffen aussuchen sollen, aber vielleicht habt ihr gedacht, das ist am unverfänglichsten!"
„Jetzt gehst du aber wirklich zu weit!"
„So, ich gehe zu weit. Erkläre es mir doch dann einfach. Aber du brauchst es nicht, Walter hat es mir schon erzählt."
„Walter?" Er beugte sich über den Tisch. „Walter Höfer?"

...

Dagmar war heute Nachmittag beim Einkaufen in der Metzgerei gewesen. Herr Höfer war selbst im Geschäft und bediente sie. Dabei habe er sie – eher beiläufig -gefragt, was Wolfgang denn über das Gespräch mit der Dirigentin erzählt habe.
Sie habe sich gewundert, denn sie hatte ja geglaubt, Höfer wäre dabei gewesen. Der erzählte, dass er verhindert war und als er nach seiner Sitzung zu später Stunde doch noch kurz ins Lokal gekommen sei, hätte er die beiden alleine im Nebenraum sitzen sehen. Soweit er erfahren habe, sei auch kein anderer Sänger an diesem Abend in der Bahnschänke gewesen.
„Und er hat euch so einträchtig im Gespräch erlebt, dass er nicht stören mochte und außerdem sowieso nach Hause wollte."
Dagmar schloss die Augen, so als hätte sie der kurze Bericht erschöpft.

Wolfgang saß wie vom Donner gerührt da. „Was er erzählt hat, stimmt", bestätigte er nach kurzer Pause, „aber was beweist das?
Dagmar schüttelte den Kopf. „Nichts?" Sie sah ihn an- „Aber vorgestern Abend!" „Was soll da gewesen sein? Ich weiß es immer noch nicht!"

Sie schnaubte verächtlich durch die Nase: „ Miriam, Miriam! Das klingt doch schon sehr vertraut. Und wenn ein Mann dann auch noch durchs

Telefon etwas von dem richtigen Programm für einsame junge Frauen säuselt, dann sag ich nur: Hallo Dagmar!"
Er sah sie jetzt mit schrägem Kopf von der Seite an. Das Lächeln, das zuerst um seine Mundwinkel gezuckt hatte, wurde immer breiter.
„Ach Dagmar" leicht streichelte er die Wange, sie schüttelte sich und lehnte sich weit zurück.
„Das Programm für einsame Frauen habe ich Margret Höfer angeboten und Miriam kommt mir leichter über die Lippen wie F r ä u l e i n   M a y."
Er dehnte die einzelnen Buchstaben, dabei grinsend wie ein Honigkuchenpferd. „Und die Sängerkameraden mussten leider absagen."
Er erzählte kurz, warum die Anderen nicht gekommen waren.

Dagmar kniff die Lippen zusammen, ihre Augen suchten sich ständig neue Punkte im Raum. „Da ist also nichts?" beinahe schüchtern kam die Frage. „Da war nichts und da ist nichts!"
Sie hielten sich fest.
Was das für ein Gespräch mit Frau Höfer war, wollte sie noch wissen.
„Ich erzähle es dir gleich und natürlich auch, wie das Gespräch gestern Abend mit Miriam….also mit F r ä u l e i n   M a y, wenn es genehm ist, gelaufen ist. Es könnte aber sein, dass ich mitten in der Erzählung tot umfalle."
„Also doch noch eine schreckliche Offenbarung ?" Dagmar straffte ihren Oberkörper.
„Ja, wirklich schrecklich. Ich sterbe nämlich beinah vor Hunger!" lachte er und Dagmar lachte ebenfalls, aber viel länger und lauter, als es der harmlose Scherz wert war. Sie war nur sehr erleichtert und ziemlich glücklich.

Da der Gemüseeintopf war total eingebrannt war, schlug Dagmar vor, ein paar Spiegeleier zu braten. Dazu toasten sie einige Scheiben Weißbrot und Wolfgang holte aus dem Keller eine Flasche badischen Spätburgunder.

Etikett und Inhalt stammten von einem kleinen Südbadischen Winzerbetrieb. Dort war er vor einigen Jahren, während einer Sängerreise, einquartiert. Sein Wirt, der ebenfalls Sänger war und über eine sehr solide Bass-Stimme verfügte, hatte, nach dem Ende eines sehr harmonischen und fröhlichen Chorkonzertes, ihn, zu sehr fortgerückter Stunde, in seinen Weinkeller geführt. In dem alten Gewölbe hatten die beiden dann noch eine sehr private Weinprobe abgehalten und abwechselnd mit einigen

Liedern garniert. Seither ließ er sich regelmäßig einige Kisten dieses Weines zu senden.

Während sie aßen, erzählte Wolfgang zuerst von dem Telefonat mit Fräulein May. „Dann sag eben Miriam, wenn es dir leichter fällt", ermunterte ihn Dagmar.

Er schilderte dann das Telefongespräch mit Margret Höfer und dass er den Eindruck habe, sie würde eigentlich auch gerne in den Chor kommen -„Offensichtlich aber nimmt sie Rücksicht auf ihren Mann." - und haarklein das Gespräch gestern in der Bahnschänke.

„Ich hab alle Argumente, die mir eingefallen sind, auf den Tisch gelegt und am Schluss hat sie nur noch sagen können: ‚dann muss ich ja weitermachen.'" Er schaute seine Frau dabei mit einem Anflug von Stolz an.

„Und von dir haben wir auch geredet. Weil die Arbeit im Verein und noch dazu als Vereinsvorstand doch auch die gemeinsame Zeit mit der Familie reduziert. Und ich hab gesagt, dass ich es keinesfalls machen würde, wenn du es nicht vollkommen akzeptieren würdest."

Er spitzte die Lippen zu einem Luftküsschen, sie warf es ihm zurück.„Und dass ich niemals eifersüchtig bin…, das hättest du ruhig auch noch sagen können."

„Du hast ja auch keinen Grund!" Das war Beate, die jetzt den Kopf zur Tür hereinstreckte. „Hey was ist das denn? Wein am Werktag? Was feiern wir denn?"

KAPITEL 7

Wenige Minuten vor der üblichen Zeit waren am nächsten Dienstag alle Stühle im Probenraum besetzt. Es herrschte lautes Durcheinander und Jeder schien sich mit jedem zu unterhalten. Die Turmuhr der unweit stehenden Kirche schlug achtmal, die Dirigentin fehlte.

Wolfgang wurde jetzt von einigen Seiten gefragt, ob er etwas wisse. Er verneinte, sah auf die Uhr und überlegte. „Es muss etwas dazwischen gekommen sein, bitte noch etwas Geduld", rief er in den Saal.

„Vielleicht ist sie nach Kalifornien geflogen um zu sehen, ob es da regnet und hat den Rückflug verpasst!" Gerhard Krieger machte einen seiner Späße. Unruhiges Gelächter und Wortfetzen schwirrten durch den Raum.

Wolfgang entschloss sich, die Zeit zu nutzen und seinen Vereinsmitgliedern von seinem Gespräch mit Miriam zu berichten Er ging zum Klavier und klatschte einmal in die Hände.
„Leute!" rief er. „Hört mal her. Letzte Woche hatten wir ein neues Stück geprobt und wir haben uns damit sehr schwer getan. Nicht wegen der Harmonien, es war der Text."
„Englischer Text!" meldete ein Zwischenrufer.

„Ja, englischer Text. Das hat dazu geführt, dass manche vielleicht Zweifel haben, ob unser Weg der richtige ist. Deswegen habe ich am Donnerstag mit unserer Dirigentin ein Gespräch geführt."
„Und, macht sie weiter?" wollte ein anderer Zwischenrufer wissen.
„Natürlich mache ich weiter!" Miriam May stand in der Tür. Den zaghaft aufkommenden Beifall würgte sie mit einem Handzeichen ab.
„Entschuldigung, ich habe mich leider verspätet, aber ich habe noch Kopien für ein weiteres Stück angefertigt, und mittendrin hatte das Kopiergerät kurz gestreikt.
Wolfgang zeigte noch auf die Tasche mit den Textvorlagen von Beate, die auf dem Klavier lag und ging zurück zu seinem Stuhl. Ulli zwinkerte mit einem Auge: „Jetzt geht sie aber ran. Gleich noch ein neues Stück. Da bin ich aber gespannt." „Ich auch!" gab Wolfgang sich unwissend.

Miriam ging gleich in die Offensive. „Bieten wir bei unseren Auftritten etwas an, was die Menschen so vielleicht noch nicht von uns gewöhnt sind."

Dann skizziert sie, wie sich den ersten Auftritt in etwas mehr als zwei Wochen vorstellte. Zur Einleitung sollte die alte Männerformation ein Stück aus dem bestehenden Repertoire vortragen, dann würde sich erstmals der gemischte Chor mit zwei der schon fertig geprobten Lieder aus der Romantik vorstellen. Nach einer Pause hatte sie wieder den gesamten Chor mit dem „englischen Regensong" vorgesehen und dazu „vorausgesetzt wird kriegen das probentechnisch noch hin" - ein weiteres neues Lied.

Dabei setzte sie sich dabei an das Klavier und spielte die ersten Akkorde. Die Melodie kam allen bekannt vor, manche summten mit und einige flüsterten den Titel. „Des Sommers letzte Rose!"

„Und den Abschluss machen wir dann mit dem von Herrn Hartung gesetzten Automobil -Schlager!"

Eine Reaktion der Anwesenden wartete sie gar nicht erst ab, sondern klatschte gleich noch in die Hände:

„Und mit diesem Schlager werden wir auch heute beginnen. – Doch vorher wollen wir unsere Stimmbänder etwas geschmeidiger machen. Also, meine Damen und Herren, bitte alle mal aufstehen!"

Es wurde eine rasante Chor-Probe, die Chormitglieder ließen sich vom Schwung der jungen Studentin anstecken und zeigten einen Übungsfleiß, als würde für einen Auftritt für das Fernsehen einstudiert. Der so genannte Autoschlager war in recht bald zur Zufriedenheit der Dirigenten eingeübt und als der englische Song ‚it never rain. .' geprobt werden sollte, lobte die Chorleiterin zuerst Beate für deren Initiative, eine Lautschrift zu fertigen und beseitigte die bei einigen Mitglieder wieder aufkommende Skepsis mit einer kleinen Sprechprobe.

Sie begann dann sofort aber die musikalische Umsetzung. Die ersten unsicheren Versuche begleitete sie mit ermutigenden Zusprüchen: „Das ist doch schon ein ordentlicher Anfang" oder „das klingt schon richtig nach Musik!"
Und als sie nach relativ kurzer aber sehr intensiv genutzter Zeit den Chor bat: „So, jetzt alle zusammen und zwar ganz von vorn!" klang das Ergebnis wohl doch schon ziemlich brauchbar.

Der letzte Ton des Stückes war verklungen aber Miriam stand noch einige Sekunden ganz still vor der Gruppe, mit beiden Hände so haltend , wie sie die letzte Note dirigiert hatte und schaute in die Gesichter. Sie nickte entspannt. „Vielen Dank!" sagte sie dann, „das war echt gut!"
Sängerinnen und Sänger strahlten, sichtlich erleichtert.
„Also ich meine für den Anfang!" schränkte die Dirigentin ein, „aber wir sind ja steigerungsfähig!"
Der Freude über den Fortschritt tat das keinen Abbruch.

Miriam sah auf die Uhr, zog jetzt einen Packen Noten aus der Tasche, wiegte ihn etwas in der Hand, irgendwie unschlüssig, als wüsste sie nicht, was sie damit machen sollte.
„Eigentlich geht ja unsere Probenzeit gleich zu Ende. Ich weiß nicht, ob wir das noch anfangen sollten?

Sie schielte etwas zu Wolfgang. Der sah sich im Kreise um.

„Dann verlängern wir halt!" Friedrich Fröhlich hatte vor ihm seinen Gedanken ausgesprochen.

„Ich weiß nicht? Wären denn alle damit einverstanden, oder muss Jemand gleich nach Hause." Miriam blickte in die Runde. Das Gemurmel konnte man als eindeutige Zustimmung erkennen.
„Also gut, dann wollen wir sehen, ob wir des Sommers letzte Rose heute noch zum Blühen bringen."

Für Wolfgang kam der Verlauf des heutigen Probenabends nicht wirklich überraschend.
Am Wochenende hatte Miriam May bei ihm angerufen und sie hatten gemeinsam überlegt, welche Möglichkeiten es gäbe, die unterschiedlichen Einstellungen der Mitglieder unter einen Hut zu bringen und eventuell mit noch einem weiteren gut singbaren und populären Stück, Sänger und Zuhörer gleichermaßen zu interessieren.
Der umstrittene englische Titel sollte aber auf alle Fälle im Repertoire bleiben.
Aber zu Beruhigung der Skeptiker und gewissermaßen als Kompromiss-Angebot hatte Miriam die irische Volksweise ausgesucht. Als Wolfgang dann noch vorschlug, den Männerchor noch mit einem Stück zu präsentieren, ging sie sofort darauf ein.

Und wie die heutige Singstunde bewies, war das offensichtlich die richtige Strategie. Während die Frauenstimmen probten stupste Ulli ihn an. Hinter vorgehaltenem Notenblatt raunte er seinem Nachbarn zu: „Eine freiwillige Verlängerung! Wenn das so weitergeht, bringen wir künftig unser Bier noch hier mit ins Probenlokal!"

Den fragenden Blick von Wolfgang beantwortend, setzte er fort: „Wir werden demnächst vielleicht länger proben, als die Bahnschänke geöffnet hat!"
Wolfgang nickte ihm lächelnd zu. Er war heute ausgesprochen zufrieden.
.

Es war weit über der üblichen Zeit, als Miriam die Probe für beendet erklärte.
Auf ihre Frage, ob sie auch am kommenden Dienstag wieder etwas länger machen wollten, antworteten sehr Viele mit einem ziemlich deutlichen ‚Ja' oder sogar ‚ist doch klar!'

Wolfgang blieb mit Ulli hinten in der Ecke stehen und beobachtete, wie die Chorsänger allmählich den Raum verließen. Wie sie mit Genugtuung bemerkten, gingen viele der Mitglieder nicht so einfach auf die Straße, sondern gingen zu der Dirigentin, klopften ihr auf die Schulter oder drückten ihr die Hand. Manche drehten sich auch nach den beiden Männern um und winkten anerkennend.
Die beiden Schwestern, die im Sopran sangen, wollten offensichtlich noch etwas loswerden, denn sie standen Klavier etwas seitlich beim Klavier und warteten bis alle vorbei gegangen waren. Dann stellten sie sich vor Miriam und begannen leise aber lebhaft auf sie einzureden. Besonders die etwas Größere der Beiden schien das Wort zu führen. Die Angesprochene lächelte einige Male, schüttelte aber dabei etwas abwägend ihren Kopf.

Ulli und Wolfgang warteten noch eine kleine Zeit, dann gingen sie zu der kleinen Gruppe.
„… wir könnten ihnen da gerne noch unsere Noten dazu mitbringen!" hörten sie eine der Beiden gerade sagen. Sie drehte sich zu den Männern um.
„Herr Freidank, als unserer Dirigentin muss man wirklich ein großes Lob zollen", sprudelte sie heraus. Die andere nickte heftig.

„Wir haben gerade noch den Vorschlag gemacht, einige Gospellieder in das Repertoire aufzunehmen", erklärte sie. „Wir haben dazu eine ganze Notensammlung." ergänzte ihre Schwester.
„Das ist wirklich ganz lieb." Miriam hängte sich ihre Tasche um. „Allerdings habe ich auch in der Hochschule eine sehr große Auswahl."
„Natürlich, wir haben nur gedacht, dass vielleicht…" antwortete die kleinere der Damen. Ihre Schwester blickte etwas süß-säuerlich, wie Wolfgang für sich feststellte.
„Das ist auch sicher ein prima Angebot. Wenn sie ihre Mappe vielleicht mal mitbringen, wird Fräulein May sich das gerne ansehen." Er schaute von den Schwestern zu der Studentin.
„Gerne, selbstverständlich" stimmte diese zu.
Die beiden Sängerinnen bekräftigten nochmals, wie gut es ihnen im Verein gefiele, wie wundervoll die heute Chorprobe ablaufen sei und wie sehr sich schon auf den ersten Auftritt freuten und verabschiedeten sich.

Ulli rückte noch einige Stühle zurecht und Wolfgang schob das Klavier an die Wand.
Dabei beglückwünschten sie Miriam zu dem heutigen Probenergebnis und meinten, dass ab dem heutigen Tag wohl nicht mehr mit irgendwelchem Widerstand zu rechnen sei. Die freute sich.
„Ich war selbst überrascht, wie gut es geklappt hat. Und natürlich bin ich auch sehr froh darüber!"

Gerade waren sie auf der Straße, als ihnen unerwartet Walter Höfer entgegen kam. Sie blieben stehen.

„Gehst du denn heute schon wieder so früh nach Hause?" wollte Wolfgang wissen und spielte damit ganz bewusst auf die Begegnung in der vorigen Woche an.
„Ich wollte nur wissen, wo ihr bleibt", entgegnete dieser, die Andeutung ignorierend. „Und ich habe außerdem noch eine Frage."
Die drei schauten ihn erwartungsvoll an.
„An die Dirigentin!" Walter Höfer wandte sich an die junge Frau.
„Das mit dem Männerchor-Einsatz finde ich wirklich gut. Damit bleiben wir auch ein wenig in der Tradition. Haben sie schon ein passendes Lied ausgesucht?

Wolfgang wusste, dass Miriam noch keine gar Gelegenheit hatte, die vorhandene Männerchorliteratur zu sichten und antwortete daher rasch anstelle der Dirigentin: „Eigentlich wollten wir dich fragen, ob du einen passenden Vorschlag hast"
Höfer war überrascht, Ulli und Miriam ebenfalls, aber das wurde nicht bemerkt.
„Was meinst du, was käme besonders gut an?" Wolfgang hakte nach.

Trotz der Dunkelheit, die nur wenig von der nächststehenden Straßenlaterne gemildert wurde, konnte man erkennen, dass der Sänger sich geschmeichelt fühlte. „Nun, wir haben ja viele passende und gute Lieder." Er schien zu überlegen.
„Wie wäre es mit *, Das ist der Tag des Herrn*? Das haben wir auch damals bei der Einweihung des neuen Bürger- Amtes gesungen."
„Allerdings war der Chor damals noch um einige Sänger größer" trug Ulli unbedacht seinen Zweifel dem Sängerkameraden vor. Der sah in kurz an.
„Hast du einen anderen Vorschlag?" gab er zurück.
Wolfgang schaltete sich wieder ein: „Walter, du bist gefragt. Meinst du, wir kriegen das in der jetzigen Besetzung denn hin?"
„Herr Höfer", Miriam schob sich mit einem kleinen Schritt nach vorne. „Es wäre doch bestimmt das Beste, wenn wir das bei der nächsten Probe feststellen. Und vielleicht gibt es aus ihrer Sicht noch ein passendes Ersatzlied. Schließlich soll es ja allen gefallen und nicht zu strapaziös sein."
„Wenn sie das so machen, ist das für mich in Ordnung!" Höfer beugte dabei sogar leicht den Oberkörper.
„Was ich noch sagen wollte, die Sänger sind alle vom heutigen Abend begeistert."

Sie gingen gemeinsam in Richtung Lokal. Als sie die Tür öffnen wollten, hielt Walter Höfer diese kurz am Griff fest, den linken Fuß auf der Stufe: „*Hab oft im Kreise der Lieben…*" er schaute die Anderen an. „*…Frisch gesungen*! Von Silcher ! Das wäre vielleicht noch eine Alternative."
„Eine sehr passende sogar, " befand Wolfgang.

In der Bahnschänke herrschte lebhaftes Stimmengewirr. Die Stimmung war gelöst, als hätte man einen wichtigen Auftritt erfolgreich absolviert oder irgendein anderes Großereignis gemeistert.

Gerhard Krieger erinnerte sich gerade laut an ein Preissingen, an dem er als junger Kerl ‚kurz nach dem Krieg' teilgenommen habe und bei dem die Eintracht Dengenheim den stolzen ersten Platz erreicht hatte.
„Damals haben wir auch noch kurz vorher zwei neue Lieder einstudiert, die man im ganzen Umkreis noch nicht gehört hatte. Und wir haben alles gegeben und gewonnen!" Später Stolz lag in seiner Stimme und ein paar der älteren Sänger nickten beifällig.
„Und die Steinstädter, die sind nur Dritter geworden!" rief Friedrich Fröhlich in die Runde und einige lachten. Ein wenig war noch von der alten Rivalität zu spüren.

Die vier Neuankömmlinge sahen sich um. Dagmar, die seitlich bei einigen Sängern saß, winkte kurz und zeigte auf den noch nicht besetzten Stuhl neben ihr. „Der Platz dort ist für sie", informierte Wolfgang die neben ihm stehende Miriam und deutete auf einen Tisch an dem bereits Dagmar saß.

Ulli entdeckte die beiden Schwestern, die an der Ecke eines der längeren Tische zusammen mit anderen Frauen des Chores saßen. Es schien ihm, als ob sie etwas abweisend den angeregten Gesprächen folgten, griff sich kurz entschlossen, einen freien Stuhl, schob ihn in die gerade noch so passende Lücke neben den beiden Damen und begann im lockeren Plauderton auf sie einzureden.

Er fragte nach ihren Auftritten im Gospelchor und rasch entwickelte sich ein abwechslungsreicher Dialog, an dem sich auch die übrigen am Tisch sitzenden Sängerinnen eifrig beteiligten.

Wolfgang und Walter Höfer standen noch unmittelbar an der Tür und da an den anderen Tischen kein bequemer Platz mehr frei zu schien, schlug Walter vor, dass sie erst mal an die Theke gehen „und den Durst mit einem kühlen Bier löschen," sollten.

Nach einigen Belanglosigkeiten erzählte Walter von den sich zurzeit häufenden Ausschuss-Sitzungen des Gemeinderates und dass er jetzt auch noch für die Fleischer –Innung Termine wahrnehmen müsse.

„Aber du bist ja auch ständig unterwegs, in Sachen Gesangsverein meine ich. Alles eben für die gemeinsame Sache!"
Wolfgang nahm sich einige geröstete Erdnüsse aus der Schale, die vor ihm stand.

„Du sagst es. Und manchmal muss man dabei auch sehr intensive Gespräche führen. Das führt manchmal allerdings auch zu Missverständnissen. Aber das kennst du ja!"
Höfer nickte daraufhin nur und spielte scheinbar lässig mit dem Bierdeckel. Wolfgang wollte noch etwas ergänzen, aber da kamen Dagmar und Miriam aus dem Nebenraum.

„Wir gehen heute mal früher", betonte Dagmar mit dem leicht spöttischen Unterton, den sie sehr gut beherrschte, schaute erst ihren Mann an, dann ging ihr Blick zu Walter Höfer. Sie fasste dabei etwas demonstrativ die Dirigentin am Arm:

„Miriam bringt mich heim! Wir Beide müssen morgen nämlich ziemlich früh raus!"

KAPITEL 8

Er stand am Morgen auf wie jeden Werktag und beeilte sich, um ins Badezimmer zu kommen, zog die Tür hinter sich zu und knipste das Licht an. Er drehte sich um und verspürte im Augenblick einen stechenden Schmerz über dem rechten Auge. Gleichzeitig überkam ihn eine leichte Übelkeit.
Auf dem Badewannenrand sitzend drückte er seine Handflächen vors Gesicht. ‚Das letzte Bier hätte nicht mehr sein müssen' dachte er.
Tatsächlich, es war gestern sehr spät geworden und er hatte sich nicht nur von der allgemeinen Fröhlichkeit anstecken lassen, er fühlte selbst einen absolut guten Grund zur Freude und genoss die wohl gelaunte Stimmung.

Nachdem seine Frau und Miriam das Lokal verlassen hatten, Beate war bereits im Anschluss an die Probe nach Hause gegangen, hatte er noch einige Zeit mit Walter an der Theke gestanden, an der sich dann abwechselnd auch der eine und andere Sänger ‚auf ein Bier" dazu gesellte. Zeit für ein klärendes Gespräch mit dem Sängerkameraden fand sich daher nicht und Wolfgang nahm sich vor, das bei nächst passender Gelegenheit nachzuholen. Später, als dann im Nebenzimmer einige Plätze frei geworden waren, hatten sie sich zu den Anderen gesetzt.

Im Kreise der Sängerinnen, in dem Ulli saß, fand augenscheinlich gerade eine ‚Verbrüderungsrunde' statt. Der hob nämlich abwechselnd das Glas, die dort sitzenden Frauen lachten hell und ganz besonders wenn nach dem jeweils leichten Zuprosten und einem kurzem Schluck das obligatorische Küsschen getauscht wurde.
Wolfgang hatte schon öfters bei verschiedenen Gelegenheiten erlebt, wie es seinem Freund gelang, ganz spontan und offen für eine heitere Stimmung zu sorgen und bewunderte ihn deshalb dafür.
Jetzt hatte Ulli auch Wolfgang erspäht.
„Unser Vorstand! Hat er das nicht toll hinbekommen!" Er schaute wohlwollend in die Runde.
„Übrigens, unsere Sängerinnen hier – Ingrid und Sybille", damit waren wohl die beiden Schwestern gemeint, „haben früher in einem Gospelchor gesungen."
Das war Wolfgang nun nicht gerade neu. Trotzdem schaute er sehr interessiert.

„Amazing Grace, das ist ihr Lieblingsstück!"
„Eines unserer Lieblingsstücke" korrigierte Eine der Beiden. Ulli nickte.
„Das ist Ingrid!" erklärte er.
„Meine Schwester hat sogar schon mal das Solo gesungen", schob ihre Schwester nach.
‚Das muss jetzt wohl Sybille sein' dachte Wolfgang.
„Ein Solo?" Gerhard Krieger hatte etwas mitbekommen. „Können wir da nicht eine Kostprobe davon hören?". Ob er das so ernst meinte, war nicht ganz feststellbar, aber Ulli nahm den Vorschlag auf. „Ja genau! Lass doch mal was hören!" Ingrid lächelte, dezent abwehrend. „Das ist doch jetzt bestimmt nicht so passend."
„Doch, doch, das geht, wir sind sehr gespannt."
Die so Aufgemunterte räusperte sich etwas, sah ihre Schwester an, die nickte ihr zu und sie stand auf. Eine Hand am Stuhl, suchte sie summend erst den passenden Ton und begann dann zu singen.
Nun, die Stimme war nicht übel, auch wenn doch zwischendurch der eine oder andere Ton etwas schräg klang. Aber das war ja möglicherweise der schon ziemlich späten Stunde und vielleicht auch der Aufregung über diesen unerwarteten Auftritt zu zuschreiben.
„Heult sie jetzt, oder singt sie?" flüsterte Walter Höfer in die Runde. Einige grinsten über diese Bemerkung. Aber insgesamt hörten alle doch recht aufmerksam hin und als sie ihren Vortrag geendet hatte, spendeten die um sitzenden Frauen und Männer mehr als nur höflichen Beifall, der sogar etwas andauerte. Die so Geehrte blieb sie dabei stehen und verbeugte sich dann, fast so, als wäre sie auf einer Bühne. Das etwas verschämte Lächeln, das sie dabei zeigte, konnte aber ihren offensichtlichen Stolz auf die eigene Darbietung nicht verbergen.

Offensichtlich dadurch angespornt, hatte danach Gerhard Krieger versucht, eines der Lieder aus der frühen Männerchorzeit anzustimmen und dabei ganz tief in die Repertoire-Kiste gegriffen.
Aber bereits bei der zweiten Strophe hatte die Mehrzahl der Sänger wohl schon den Text vergessen und der Gesang verlor sich von Note zu Note. Erst beim allseits bekannten Refrain waren wieder alle dabei und sangen mit einer Hingabe, als müssten sie die zwischenzeitlichen Aussetzer wieder doppelt wettmachen.

Den darauf folgenden Applaus der Damenrunde beantwortete die Männerschar mit einem kräftigen Prost und dem Ruf nach einer neuen Runde Bier.

Wolfgang hielt sich am Badewannenrand fest und atmete ziemlich kräftig aus. Er sortierte die Gedanken und erinnerte sich, dass er danach mehrmals den halbherzigen Versuch unternommen hatte, den Heimweg anzutreten, aber jedes Mal wenn er im Begriff war, aufstehen , zog ihn sein Nebenmann an der Jacke, erzählte irgendetwas von „so jung kommen wir nicht mehr zusammen" und animierte mit dem Spruch „Das Bier das trinken wir noch aus, dann gehen fröhlich wir nach Haus!" zum wiederhinsetzen.

Über den Tisch hinweg hatten sie sich dann auch noch – Ullis Beispiel wohl folgend - gegenseitig das kameradschaftliche Du angeboten. ‚Sybille, Ingrid, Hannelore, Veronika, …?' halblaut ließ er die Damenreihe vor seinem geistigen Auge Revue passieren.

Die Übelkeit schien nachzulassen, aber der Kopfdruck nahm zu.

Es klopfte heftig an die Badezimmertür. "Papa? - Bist du fertig?"

Seinen Arbeitstag brachte er einigermaßen glimpflich über die Runden. Zum Glück gab es nur Routinefälle und seine Kopfschmerzen verschwanden im Laufe des Tages. Zwischendurch hatte noch Ulli bei ihm angerufen. Auch der spürte die Nachwehen des geselligen Abends, freute sich aber besonders über den Umstand, dass sich nun die Chormitglieder, die noch zur nächtlichen Stunde anwesend waren, alle duzten.

„Walter Höfer hatte da wohl ein bisschen komisch drein gesehen. Aber mitgemacht hat er." Ulli feixte das förmlich ins Telefon.

Am Abend besuchte Anne Hartung die Freidanks. Ihr Mann hatte zwar die Herzoperation soweit gut überstanden und wurde nicht mehr künstlich beatmet, aber sein Zustand war weiterhin doch so kritisch, dass von Besuchen vorerst noch abgeraten wurde. Sie würde aber regelmäßig die Sängerfreunde informieren, versprach sie.

Wolfgang erzählte ihr von den die jüngsten Ereignissen, freilich ohne auf die etwas seltsame Rolle Walter Höfers einzugehen. Dafür legte er besonderen Wert darauf, zu betonen, wie gut der Chor den Auto-Schlager angenommen hatte und das der gesamte Chor dieses Lied sehr gerne singen würde. Anne versprach, gleich morgen ihrem Mann davon zu berichten.

Sie deutete auch an, dass sich dieser vermutlich nach dem Krankenhausaufenthalt einer längeren Rehabilitation unterziehen müsste. Aber die Fortschritte im Chor würde er sich ganz bestimmt sehr freuen.

„Sag ihm schöne Grüße und gib Bescheid, wenn er wieder besucht werden kann." verabschiedete später Wolfgang die Frau des Dirigenten.

Er schloss die Tür und gähnte dabei herzhaft. Dagmar grinste ihn an.
„Thekenstehen macht ganz schön müde!" bemerkte sie. ‚Wäre ich mal wirklich stehen geblieben" dachte er, antwortete aber mit einer Frage:
„Und du bist jetzt mit unserer Dirigentin per Du?"
„Ja ! Sie ist ja wirklich eine ganz sympathische junge Frau. Und da hat es sich so ergeben. Ganz spontan!"
„Und ich duze mich mit allen anderen Frauen im Chor. Das hat sich auch so ganz spontan ergeben."
Er schilderte, immer wieder mal von heftigem Gähnen unterbrochen, den abendlichen Verlauf.
„Ich glaube, Ulli hat vermutlich die Verbrüderung gezielt gesteuert .Einmal sicher, weil er meint, dass das den Zusammenhalt fördert und vermutlich auch weil Walter Höfer noch dabei war."

Am darauf folgenden Montag stand Herr Gerber schon vor der Tür, als Wolfgang sein Werkstattbüro betreten wollte.
„Ach ja, sie haben ja heute den TÜV-Abnahme-Termin. Wo steht denn der Wagen?" Herr Gerber zeigte in Richtung Parkplatz.
„Gleich in der ersten Reihe!"
„Gut. Ich fahre ihn nachher gleich auf die Rampe.- Wollen sie warten?"
„Danke nein, Edgar wartet vorne mit seinem Auto. Er bringt mich ins zurück ins Geschäft!" Wolfgang sah sich um.
Edgars Kleinwagen stand in der Nähe der Hofeinfahrt. Er winkte herüber. Wolfgang hob die Hand und erwiderte den Gruß.

Als Herr Gerber am späten Nachmittag seinen Wagen abholte, kam auch Edgar mit ins Büro. „Hallo, Herr Freidank." „Hallo Edgar, wie geht's?" Herr Gerber war schon einen Raum weiter zur Kasse gegangen.

„Weil ich dich gerade sehe. Freitag in acht Tagen könnte ich deine Hilfe gebrauchen. Wir müssen für unseren Auftritt aus der Musikhochschule eine elektronische Orgel transportieren und da wäre in junger, kräftiger

Mann eine gute Unterstützung."
Edgar sagte zu. Er schien sich zu freuen.
„Dein Vater wird in diesem Fall wohl nichts dagegen haben? Da kommt er ja, ich frage ihn gleich selber."
Herr Gerber reagierte überraschend kritisch. „Ihre Frage erstaunt mich jetzt." Mit einem sehr feinen Lächeln fügte er dann aber hinzu: „Sie übertreiben es nun wirklich. Schließlich ist er ist doch alt genug, das haben sie ja selbst gesagt."
Sie lachten alle Drei und blieben dann etwas unschlüssig stehen.
„Kommen sie denn gut mit ihrem Chorprojekt voran?" Herr Gerber nahm das Gespräch wieder auf. Wolfgang berichtete kurz.
„Und auf unseren ersten Auftritt sind wir natürlich besonders gespannt. Ich lade sie herzlich dazu ein."
„Als Kunde des Autohauses Bläser ?" „Auch. Aber in erster Linie als Musik liebenden und sachkundigen Menschen!" „Ich komme gern." versprach Herr Gerber.
„Und ich ebenfalls, " setzte Edgar hinzu. „Fein" freute sich Wolfgang. Er schaute den jungen Mann an. „Aus Liebe zur Musik ?"
„Und ein wenig auch aus Liebe zu einer ganz bestimmten Sängerin" lächelte dieser verschmitzt zurück. Herr Gerber hüstelte.

…

An diesem Dienstag hatte Dagmar die Dirigentin vor der Chorprobe noch zum Abendessen eingeladen und als sie, zusammen mit Wolfgang und Beate eine Viertelstunde vor dem üblichen Probentermin den Übungsraum betraten, waren zu ihrem Erstaunen schon bereits die allermeisten Chormitglieder im Probenraum versammelt. Lebhaft unterhielten sich die Männer und Frauen, redeten sich mit Vornamen an und erzählten so intensiv, als hätten sie sich längere Zeit nicht mehr gesehen.

Als Miriam am Beginn der Probenarbeit zum Einsingen aufforderte, war nur ein Stuhl frei – Walter Höfer war nicht gekommen.
Es lief weit besser als erwartet.
Die schon bekannteren Stücke wurden sauber und ausdrucksvoll gesungen und weder der englische Song noch die neu erlernte irische Volksweise brachten den Chor in größere Schwierigkeiten.

„Trotzdem, wir brauchen noch eine zusätzliche Übungsstunde, quasi die Generalprobe für unseren ersten öffentlichen Auftritt."
Miriam schaute in die Runde.
„Wie wäre es mit Freitag – so um neunzehn Uhr?"
Nicht alle konnten schon so früh kommen, Zeit, deshalb einigte man sich auf die übliche Zeit - zwanzig Uhr.
Vorher musste noch die elektronische Orgel aus der Musikhochschule geholt werden. Wolfgang hatte in der Firma den entsprechenden Wagen organisiert. Ulli und Edgar würden beim Transport helfen.

Das Instrument stand in einem nicht sehr großen, fensterlosen Raum, umgeben von einer ganzen Reihe von Notenständern und uneinheitlich zusammengestellten Stühlen. Miriam, die das Männertrio begleitete, hatte sie hierher geführt.
„Das ist einer unserer Übungsräume", erklärte sie.
Durch die Tür kam ein junger, hellblonder Mann in enger Jeans mit einem Pullover, der etwas zu groß zu sein, schien.
„Hallo!" begrüßte er aus der Distanz die Gruppe.
„Hei, Winni.!" Miriam hupfte etwas auf ihn zu, legte den Arm um seinen Hals und küsste ihn zärtlich auf den Mund. „Das ist Winfried Topp", stellte sie ihn vor. Und auf die etwas fragenden Blicke hin, erklärte sie: „Winfried studiert wie ich Musik und … er ist mein Freund!"
Sie schüttelten sich die Hände.
„Er wird uns bei unserem Konzert auf der Orgel begleiten!" erklärte Miriam weiter.
„Und damit alles auch reibungslos klappt, wird er nachher auch schon bei der Probe dabei sein." Wolfgang war jetzt etwas überrascht. Von dieser Verstärkung hatte Miriam noch gar nichts erzählt.
Auch Ulli schien irritiert. Er überlegte kurz. „Und, was verlangen sie dafür?" Also ich meine, wie ist das denn mit der Gage…?" Offensichtlich dachte er an seine Schatzmeisterfunktion.
„Er macht es natürlich gratis! Die Vereinskasse wird damit nicht belastet." Miriam lachte glockenhell. Ulli atmete erleichtert auf.

Wolfgang nickte dem jungen Mann freundlich zu.

„Aber wir werden da sicher etwas machen können. Schließlich brauchen Studenten auch Unterstützung!" Wolfgang nahm sich vor, mit Herrn Bläser zu sprechen. Letztendlich war es ja dessen Veranstaltung und ein Erfolg war ebenfalls eine prima Werbung.
Sie trugen das Instrument zu dem direkt vor dem Gebäude geparkten Firmenwagen. Es war nicht so schwer, wie Wolfgang es sich vorgestellt hatte. Als sie es sicher verstaut hatten, sah Wolfgang auf die Uhr. Er stellte fest, dass es später war, als gedacht und so mussten sie sich sogar etwas beeilen, damit sie noch pünktlich zur Generalprobe in Dengenheim kamen.
Die drei Männer stiegen rasch in den Kombi, Edgar klettere jetzt in den Laderaum, um das Instrument auch während der Fahrt zu sichern, Wolfgang setzte sich ans Steuer und Ulli nahm wieder auf dem Beifahrersitz Platz. Miriam würde mit ihrem Freund hinterher fahren.

„Auf der der Herfahrt wollte ich das Thema im Beisein von Edgar nicht ansprechen", Ulli sah sich nach hinten um, aber was ist mit Walter Höfer los? Wieso war er am Dienstag nicht in der Singstunde?"
Sie hatten das Schulgelände noch nicht verlassen, als Ulli diese Frage stellte. Wolfgang bremste, beugte sich etwas vor und winkte einem Radfahrer, dass er ihm die Vorfahrt lasse.
Bevor er wieder anfuhr, antwortete er: „Er ist wohl zeitlich verhindert!" Dabei schaute er seinen Freund leicht lächelnd an. Er gab Gas und steuerte mit mäßiger Beschleunigung auf die Straße.

„Walter hat mich am Mittwoch in der Firma angerufen. Er hat wohl völlig übersehen, dass er an diesem Dienstagabend eine sehr wichtige Sitzung bei der Innung hatte. Er sei dabei auch auch in das Amt des stellvertretenden Innungsmeisters gewählt worden. Heute kann er auch nicht kommen, da tagt der Gemeinderat! ...Aber das ist ja bekannt. Morgen aber wird er wieder dabei sein."
„Schade wäre es schon, wenn Walter aussteigen würde!" kommentierte Ulli nach kurzer Pause halblaut seinen Gedanken.
„Der weiß wohl nicht, in welche Richtung er will!" Wolfgang rief das förmlich durch die Windschutzscheibe und hupte dabei kurz!

Der PKW vor ihm, hatte einige Male nach links geblinkt, abrupt abgebremst, um dann gerade aus weiter zu fahren, allerdings zunächst ziemlich langsam.

„Mann, wir haben es eilig!" Wolfgang sah auf die Uhr:
„…und um die Zeit sind die Straßen da vorne meist noch voll!"
Er gab wieder Gas. Im Laderaum klapperte etwas. „Etwas ist umgefallen", unkte Ulli, „entweder Edgar oder das Harmonium!"
„Ich pass schon auf!" knurrte Wolfgang. „Hauptsache, landen nicht im Stau!"

Es ging dann doch schneller, als gedacht und noch bevor die ersten Mitglieder eintrafen, hatten sie das Instrument in den Probenraum gebracht. Sie stellten es direkt neben das Klavier und Winfried zog den Klavierstuhl davor.
„Lassen sie mal was hören!" bat Ulli. Der junge Musiker drückte die Tasten, aber das Instrument gab keinen einzigen Ton von sich. Winfried grinste in die etwas ratlos wirkenden Gesichter.
„Ohne Strom, keinen Ton ! Wir haben das Anschlusskabel nicht mitgenommen."
Wolfgang besah sich den Steckeranschluss am Instrument. „Da genügt ein normales Stromkabel." stellte er lakonisch fest.
Im Übungsraum war keines vorhanden. Ulli ging deshalb kurz nach Hause, um sein Verlängerungskabel zu besorgen.

Als er zurückkam, waren schon nahezu alle Sänger und Sängerinnen im Raum und einige standen um das Tasteninstrument herum und ließen von dem Musikstudenten etwas von der Funktionsweise und den Möglichkeiten erklären.
„Sie hätten uns aber doch heute auch auf dem Klavier begleiten können" meinte Ulli, noch etwas außer Atem zu Winfried, als dieser die Orgel mit der Steckdose verband.
„Ich fand es besser, wenn der Chor sich schon an die speziellen Orgelklänge gewöhnt" mischte sich Miriam ein. Ihr Freund setzte sich und schlug einen ersten Akkord an. Die Chormitglieder nahmen ihre Plätze ein und Miriam stellte ihren Freund vor. Dann erklärte, weshalb er heute hier sei. „ So gewöhnen wir uns gleich an einander und werde morgen beim Auftritt keine Schwierigkeiten habe."
Wie wichtig diese gemeinsame Probe war, zeigte sich mehrmals an diesem Abend.
Winfried Topp beherrschte das Instrument natürlich ziemlich gut, musste sich aber an das gemeinsame Musizieren mit einem Laienchor gewöhnen. Da waren die Sängerinnen und Sänger nicht immer ganz so exakt in Eins-

ätzen und Tempo und stolperten deshalb in manchen Passagen.
Miriam aber führte aufmerksam und geduldig und mit zunehmender Probendauer wurden die Unsicherheiten immer geringer.
Als dann der Probenabend zu Ende ging, hatten alle ein sicheres Gefühl und freuten sich auf den morgigen Auftritt.
Wolfgang meldete sich noch zu Wort. Er dankte der Dirigentin und dem jungen Musiker für den zusätzlichen Einsatz und besprach kurz die Organisation für den morgigen Auftritt. „ Dann treffen wir uns morgen wieder hier – um 14.00 Uhr, zum Einsingen "schloss er seine Ausführungen.

„Und wir dachten schon, dass wir uns heute wieder in der Bahnschänke einsingen müssten" merkte Gerhard Krieger beim Aufstehen mit einem Lachen an.
„Vielleicht hat ja Ingrid dann wieder ein passendes Solo?" Im Vorbeigehen tätschelte er ihr den Oberarm. „Ich denke, jetzt bist du an der Reihe", gab diese grinsend zurück. „Aber such' dir dieses Mal ein Lied aus, dessen Text du kennst!" Die Meisten verstanden die Anspielung und lachten.

„Wolfgang!"
Gerade war die erste Sängerin im Begriff aus der Tür zu gehen, da hörte man Dagmars eindringlichen Ruf durch den Saal !
„Wolfgang!"
Der war in der hinteren Ecke im Gespräch mit Ulli und Friedrich Fröhlich.
„Wolfgang! Was ziehen wir morgen an?"
Zuerst verstand keiner die Frage. Doch dann war schlagartig den Meisten klar, dass die Anzugsordnung noch nicht geklärt war.

Bei allen Überlegungen war die Frage nach der Auftrittskleidung für die Frauen total übersehen worden.

Traditionell trugen die Männer des Gesangvereines Dengenheim bei ihren Auftritten ein hellblaues Hemd mit dem aufgenähten Vereinswappen auf der Brusttasche und eine einheitlich dunkelblaue Krawatte mit großem, in einem hellen, gelb eingesticktem Notenschlüssel.

.

Wolfgang schritt in die Mitte des Raumes zurück.

„Ist das für diesen Auftritt denn so wichtig?" Winfried Topp stellte die Frage nur halblaut an Miriam. „Ich denke, dass ein einheitliches Bild schon sinnvoll ist!" belehrte sie ihn mit deutlicher Stimme.

„Und es hat nichts damit zu tun, dass ich eine Frau bin!" fügte sie, zwar eine Stufe leiser, aber sehr selbstbewusst hinzu.

In die entstandene Unruhe hinein klatschte Wolfgang zweimal in die Hände.

„Wir Männer tragen bei Auftritten ein blaues Hemd. Hat jede Frau eine blaue Bluse?" übertönte er das Stimmengewirr. Er sah, dass alle nickten.

„Na gut, dann wäre das doch geklärt!"

„Hellblau? dunkelblau? " Es war Sybille die das fragte.

Und seine Tochter, die neben ihr stand ergänzte leicht spöttisch:

„Nachtblau"..., stahlblau ? veilchenblau....?"

Dagmar stoppte die Aufzählung. „Es gibt unzählige Varianten von Blautönen – Das wäre wirklich zu unruhig!"

Wolfgang schaute sich um. Ulli zuckte mit den Schultern, Friedrich Fröhlich machte eine Grimasse, mit der er wohl zum Ausdruck bringen wollte, wie sehr er sich ärgerte, nicht rechtzeitig auf dieses Thema gekommen zu sein.

„Weiß!" Der Zwischenruf kam wieder von Dagmar. „ Wir könnten weiße Blusen nehmen!"

Die lebhafte Reaktion der Sängerinnen zeigte Wolfgang, dass dies ein akzeptabler passender Vorschlag sein könnte. Dagmar ging jetzt auf ihren Mann zu.

„Wenn jede Sängerin eine weiße Bluse trägt – möglichst ohne auffällige Verzierungen - dann müsste das doch passen."

„Und dann passend dazu einen schwarzen Rock oder Hose!" Sibylle ergänzte den Vorschlag. Zustimmender Beifall. Miriam hob die Hand:

„Wäre es dann nicht besser, wenn die Männer dazu auch ein weißes Hemd tragen würden?"

Zustimmung bei den Frauen, verdutztes Nachdenken auf der Männerseite. Wolfgang bemerkte dies, aber ehe er etwas sagen konnte, meldete sich Gerhard Krieger: „Dann treten wir ja ohne unser Sängerhemd auf!"

„Aber es wäre ein geschlossenes Erscheinungsbild" antwortete ihm Ingrid. „Und in der Bahnschänke singt ihr ja auch ohne euer Einheits-

hemd", ergänzte ihre Schwester und lächelte dabei breit.
„Das ist doch etwas ganz anderes!"

Am Ton von Gerhard Krieger merkte man, dass er hier keinen Spaß verstand: „Unser Sängerhemd hat Tradition!"
Die Sänger murmelten zustimmend.
Wolfgang fiel in diesem Moment auf, dass sich unwillkürlich und auch nur beim zweiten Hinsehen feststellbar, die Menschen in diesem Raum in zwei Gruppen geteilt hatten, die Männer mehr im hinteren Teil des Raumes und die Frauen vorne. Er und Dagmar bildeten in der Mitte des Saales gewissermaßen die Schnittstelle.
„Wichtig ist doch vor allem, dass wir gut singen!" versuchte er zu beschwichtigen.
„Und außerdem haben wir auch noch unsere Sängerkrawatte!" Schriftführer Friedrich unterstützte ihn. Gerhard Krieger war aber nicht beruhigt.
„Die Krawatte hat nichts mit Dengenheim zu tun! Den Violinschlüssel haben viele Vereine als Abzeichen."
Ullis Schwägerin flüsterte mit Dagmar und diese antwortete ihr - für alle hörbar
:„Genau! Dann sag es doch!"
Die so direkt Aufgeforderte sah sich um: „Also, ich meine, in Sachen Mode haben wir Frauen ja unbestreitbar eine gewisse Kompetenz. Blau und Weiß passen gut zusammen und ergänzen sich. Wenn die Männer unbedingt ihr blaues Hemd tragen wollen und wir Frauen davor mit den weißen Blusen stehen, ist das sicher nicht störend".
Ulli nickte seiner Schwägerin anerkennend zu. Und soweit man das sehen konnte, schien auch die Mehrzahl der Chormitglieder damit einverstanden.
Wolfgang übernahm noch mal das Wort: „Dann ist das für morgen verbindlich geklärt! Die Damen in Weiß und die Männer blau!"

Die leicht heitere Reaktion auf seine doppeldeutige Ansage löste die zwischenzeitlich spürbare Spannung in ihm und auch den Anderen sah man an, dass sie froh waren, diese Frage gelöst zu haben.

Miriam kam auf Wolfgang zu. „Tut mir leid, dass ich mit meinen Hemdenvorschlag für Unruhe gesorgt habe", entschuldigte sie sich.
Wolfgang lächelte: „Traditionen sind eben für uns schon noch wichtig. Um sie abzubauen, braucht es mehr, als nur ein Argument, mag es noch so vernünftig sein."

Er trat einen Schritt zu Seite und machte Platz für einige Chormitglieder, die zum Ausgang wollten.

Da er das Gefühl hatte, etwas ausführlicher werden zu müssen, setzte er fort: „ Es gibt Vereine, die treten in einheitlichen Anzügen auf, die meisten Chöre aber nur im weißen Hemd, vielleicht noch ergänzt durch eine spezielle, gleich gemusterte Krawatte. Das ist eben vor allem auch eine Frage der finanziellen Möglichkeiten. Als unser Verein sich vor Jahren für ein einheitliches Hemd mit entsprechendem Wappenaufdruck entschieden hat, war dies in unserer Region durchaus etwas Besonderes und fand sogar einige Nachahmer. Deshalb ist für die Sänger unser Vereinshemd gewissermaßen auch ein Symbol, so eine Art Markenzeichen. Erstaunlich ist nur, dass keiner von uns in den letzten Wochen daran gedacht hat."

Nachdenklich schüttelte er dabei seinen Kopf.
„Zumindest ich hätte daran denken müssen", merkte er selbstkritisch an.
Inzwischen hatten alle bis auf Miriam und ihn den Raum verlassen.
Miriams Freund stand an der Tür.
Etwas gedankenverloren suchte er in seiner Hosentasche nach dem Schlüsselbund. „Wie fanden sie denn unsere heutige Probe?" wollte er von dem jungen Mann wissen, während er abschloss.
„Ich hatte bisher noch nie mit einem Laienchor dieser Art zu tun", gab Winfried Topp offen zu. „Da muss man sich vielleicht in wenig umstellen, aber ich finde es sehr spannend."
‚Das klingt ja nicht gerade wie ein Kompliment' dachte Wolfgang.
„Dieses Autolied, das ist von ihrem alten Dirigenten?" setzte der Student fort. Wolfgang nickte.
„Sie unterstützen uns dabei musikalisch übrigens sehr flott", lobte er ihn freundlich.
„Er hat die Noten für die Begleitung ja auch selbst geschrieben", mischte Miriam sich an, dabei fasste sie ihren Freund um die Hüfte und strahlte ihn an.
Er sah Miriams Freund an: „Dann sind wir ihnen ja doch Einiges schuldig." Der junge Mann wehrte bescheiden ab. „Ich habe das gerne und mit Spaß gemacht. Wichtig ist, dass es Ihnen gefällt."
„Gar keine Frage, und auch unser Dirigent, Herr Hartung, wäre sicher davon begeistert."
Er hielt kurz inne. Mit einer kurzen Handbewegung strich er sich das Haar aus der Stirn:

„Würden sie nach dem Auftritt morgen eventuell noch Zeit für einen weiteren kleinen Auftritt haben? Nicht allzu weit von hier ?
Die beiden jungen Leute schauten ihn fragend an, gleichzeitig nickend.
Wolfgang erklärte: „Ich habe gerade da so eine Idee."

Kurze Zeit Minuten später im Nebenzimmer der Bahnschänke suchte er einen Platz neben Ulli. „Ich hatte gerade noch mit Miriam und ihrem Freund etwas besprochen. Was meinst du…?
Ulli war sofort dabei.
„Dann sollten wir aber jetzt gleich und hier fragen, ob auch alle mitmachen können" riet dieser seinem Freund.
Wolfgang stand auf. Er musste mehrmals an ein Bierglas klopfen, bis einigermaßen Ruhe eingekehrt war. Dann erklärte er, was er sich gedacht hatte.
„Unser Dieter würde sich bestimmt freuen, den von ihm für den Chor gesetzten Autoschlager zu hören. Ich schlage vor, dass wir morgen nach dem Auftritt im Autohaus zum Kreiskrankenhaus fahren und ihm dort diesen Schlager präsentieren. Macht ihr mit?"
Begeisterter Applaus beantwortete diese Frage eindeutig.

Natürlich musste noch geklärt werden, ob Dieter Hartungs Gesundheitszustand und die Krankenhausleitung ein solches Privatkonzert zuließ.
Da Wolfgang wegen der Betriebsveranstaltung keine Zeit hatte, würde Ulli gleich morgen Vormittag Anne Hartung anrufen, um dann gegebenenfalls mit dem Arzt im Krankenhaus zu sprechen.

KAPITEL 9

Der Betriebshof des Autohauses Bläser war sorgfältig für den heutigen Tag hergerichtet.
Ein weithin sichtbares Transparent mit der Aufschrift ‚30 Jahre Autohaus Bläser' begrüßte die Besucher am Eingang. Daneben stand eine große Plakatwand mit einigen Daten der Firmengeschichte und einem übersichtlicher Plan, der das Betriebsgelände beschrieb.
Einige Fahrzeuge der neuen Baureihe säumten den Weg zu den Betriebshallen.
Weiter hinten war ein Stand, überdacht mit großem buntem Schirm, aufgebaut, auf dem sich eine große Anzahl von Prospekten türmte. Daneben stand in einem circa zwei Meter hohen, nicht sehr breites Holz-Gerüst mit kleinem schrägem Dach ein knallroter Kasten mit einem daraus hinaufragenden dicken schwarzen Rohr. Auf dem daran befestigten Schild las man ‚Gulasch-Kanone'. „Die habe ich mir von der Freiwilligen Feuerwehr gegen eine kleine Spende ausgeliehen", erklärte Herr Bläser gerade einem Mitarbeiter, als Wolfgang eiligen Schrittes aus der Halle kam.
„Alles im Griff?" wollte Herr Bläser wissen. „Beinahe", gab Wolfgang zurück, „wir suchen nur noch den Dia-Projektor. Gestern stand er noch auf meinem Aktenschrank."
Der Autohersteller hatte eine Dia-Show bereitgestellt, die in regelmäßigen Abständen die wesentlichen Abschnitte seiner Autoproduktion zeigte. Dafür hatte man eigens eine Ecke im Werkstattbereich hergerichtet.
„Aber ihr Chor kommt?" Herr Bläser zeigte sich gelassen.
„Der Chor und eine Orgel." Während er dies sagte, fiel Wolfgang ein, dass er Miriams Freund eine kleine finanzielle Anerkennung für seine musikalische Begleitung in Aussicht gestellt hatte und mit Herrn Bläsers Unterstützung rechnete. „Eine Orgel?" Sein Chef zeigte sich überrascht.
„ Wir haben uns für ihr Firmenjubiläum auch etwas Besonderes einfallen lassen. Allerdings, unsere Vereinskasse...."
Herr Bläser hörte sich Wolfgangs finanziellen Vorschlag an.
„Könnte der junge Mann auch noch einige andere Stücke beisteuern?" wollte er nach kurzem Überlegen wissen.
„Nun, ich kenne ihn noch nicht so gut, aber es wird sich einrichten lassen"

„Das ist doch sehr schön. Ich werde mich erkenntlich zeigen!" Herr Bläser schaute zum Himmel, der sich in mattem Grau an diesem Morgen über Dengenheim zeigte. „Meinen sie, es gibt Regen?"
„Wenn man der Wettervorhersage glauben kann, sollte es trocken bleiben. Es könnte sogar etwas die Sonne hervorkommen."
Wolfgang machte auf Optimismus. Allerdings hatte der morgendliche Wetterbericht auch eine leichte Schauertätigkeit für die Region nicht völlig ausgeschlossen.

Herr Bläser drehte den Kopf zur Seite und wandte sich zum Gehen, denn gerade in diesem Moment trafen einige Herren des Autoherstellers ein, die als zusätzliche Verstärkung für den heutigen Tag eingeteilt waren.
„Ach so, Herr Freidank, " er stoppte kurz, „ ihr Dia-Projektor! Der steht bei mir im Büro. Die Putzfrau hat ihn gestern Abend wohl von ihrem Regal gestoßen und ihn mir gebracht, weil sie nicht wusste, ob er defekt ist. Leider habe ich vergessen, ihn prüfen zu lassen." Wolfgang verzog leicht das Gesicht.
„Tut mir leid, aber ich bin auch etwas nervös" gab Herr Bläser zu.
„Schon okay – Chef, ich erledige das." Wolfgang hob die Hand und ging zum Bürogebäude.
‚Ob Ulli schon mit Anne gesprochen hatte?' fiel ihm ein.

Er öffnete Herrn Bläsers Bürotür. Der Diaprojektor stand unter dem Schreibtisch. Er holte den Kasten hervor. Äußerlich war ihm nichts anzusehen. Er suchte nach einer Steckdose und drückte den Schalter am Gerät. „Teufel auch ! Das Ding macht keinen Mucks!" fluchte er leise vor sich hin.
Er rief Ulli an. Besetzt!
Rasch packte er den Projektor wieder zusammen und ging hinüber zu seinem Werkstattbüro. Auf dem Gelände war es noch ziemlich ruhig. ‚Es ist ja erst kurz vor Neun' dachte er.
Von seinem Schreibtisch aus wählte er erneut Ullis Nummer. ‚Immer noch besetzt!'. Wolfgang wurde ungeduldig.
Um die Zeit zu nutzen, ging er in den Werkstattbereich, wo bereits die Monteure in sauber gewaschenen Arbeitsanzügen warteten. Sie besprachen gemeinsam nochmals, wer welche Aufgaben für den heutigen Tag übernehmen würde. Dann ging er in den großen Ausstellungsraum. Hier war der Chorauftritt geplant und er prüfte nochmals die Raumaufteilung,

damit auch entsprechend seiner Vorgaben genügend Platz für die Chorsänger vorhanden war.

Eine Luxus-Limousine stand schräg zu Wand und begrenzte auf der einen Seite den Platz auf dem der Chor zu stehen hatte, auf der anderen Seite würde dann das elektronische Instrument stehen. An der Wand hing eine Reihe von Plakaten historischer Automodelle.
Er war mit der Situation zufrieden.
Als er sein Büro wieder betrat, klingelte gerade sein Telefon. Ulli klang ziemlich stolz.
„Dieter ist wohl noch sehr schwach, aber Anne war sofort damit einverstanden. Nur der Arzt im Krankenhaus, der machte Probleme. Aber ich konnte ihn dann doch noch überzeugen. Nur die Orgel, die dürfen wir nicht einsetzen. Aber das können wir doch akzeptieren."
Er sprudelte seine Informationen förmlich durch den Hörer.
Wolfgang war froh und lobte: "Super Ulli, da wird unser Dieter Augen machen!"
„Du hast doch einen Dia-Projektor?" schob er nach. „Ja, aber …?" Ulli verstand nicht. Wolfgang erklärte die Sachlage.
Eine Viertelstunde später war Ulli mit dem Projektionsgerät auf dem Hof.

Herr Bläser war inzwischen von Wolfgang unterrichtet worden und dankte Ulli Haberer mit einer großen Plastik- Flasche mit hochwertigem Motorenöl, nachdem dieser das Gerät in der Wartungshalle aufgebaut hatte.
„Sie wissen doch, gut geölt, ist halb gefahren", wandelte Herr Bläser das bekannte Sprichwort ab, um sich dann zu erinnern, dass Ulli ja auch Chormitglied war. „Dann müssen sie ja bestimmt auch ab und zu ihre Stimme ölen!" Er zeigte dabei auf den Werkstatt-Ausgang. Hier montierte gerade einer der Angestellten eine Bierzapfanlage.
Ulli grinste. „Vielen Dank. Ich werde heute Nachmittag, nach dem Auftritt darauf zurückkommen"
Er besprach noch mit Wolfgang, was am Nachmittag zu geschehen hatte und verabschiedete sich.

Inzwischen hatte sich der Betriebshof schon etwas gefüllt. Auch einige der Sänger waren schon gekommen. Da sie am Nachmittag wegen des Auftrittes im Autohaus und danach im Krankenhaus keine Möglichkeit hätte, wollten sie sich jetzt in Ruhe umschauen und informieren.

„Und wo singen wir heute Nachmittag?" wollte Friedrich Fröhlich wissen, der einer der ersten Besucher war. Wolfgang zeigte ihm den vorgesehenen Platz in der Halle. Der Schriftführer nickte anerkennend und betrachtete sich dann die Plakate mit den Oldtimern.
„Alte Modelle an der Wand und alte Modelle vor der Wand", lachte er bei der Vorstellung, wie sie heute Nachmittag hier stehen würden.
„Lass das die Mädels nicht hören!" mahnte Wolfgang. Friedrich schüttelte beruhigend den Kopf.

Die Zahl der Interessenten, die zum Autohaus kamen, nahm weiter zu und die folgenden Stunden verliefen ziemlich rasch.
Als es kurz vor 14.00 Uhr war, meldete sich Wolfgang bei Herrn Bläser ab. Dieser ließ sich gerade von einer Mitarbeiterin über den aktuellen Stand der abgegeben Lösungen für das Firmenpreisausschreiben informieren. „Gerade mal sechsundachtzig Karten!"
Das klang etwas verärgert. Er hatte wohl mit einem größeren Besucherinteresse gerechnet.
Wolfgang klapperte mit dem Schlüssel für den Transporter. „ Es scheint sich aber allmählich zu füllen", sagte er mit einem Blick aus dem Fenster.
Er verließ das Büro und fuhr zum Einsingen in das Übungslokal.

Als er den Raum betrat, war dieser schon nahezu gefüllt. Zu seiner Überraschung saß auch Edgar in der Reihe. „ Ich habe gedacht, ich würde für den Transport gebraucht", begründete dieser seine Anwesenheit. Wolfgang lächelte.

Miriam und ihr Freund standen beisammen und unterhielten sich.
„Herr Topp, ich brauche ihre Unterstützung!" Wolfgang berichtete von Herrn Bläsers Wunsch. „Vielleicht könnten sie ja, zwischen den beiden Auftritten, ein bisschen Musik machen?" schlug er vor.
Winfried Topp grinste etwas schief: „Ein bisschen Musik? Ja, ein bisschen Musik, glaube ich, das könnte ich!"
Wolfgang überhörte die Ironie, er war erleichtert. „Vielen Dank! Es wird ihr Schaden nicht sein Mein Chef ist meist sehr großzügig."
Er wollte zu seinem Platz, als Walter Höfer eintrat.
Er sah sich um, stutzte etwas, als er das Instrument neben dem Klavier sah und ging direkt auf Miriam zu.
„Obwohl ich zweimal aus wichtigem Grund gefehlt habe, darf ich sicher doch heute mitsingen?"

„Natürlich! Sie sind ja ein sehr routinierter Sänger und schließlich auch Stimmführer im Bass, da werde ich doch nicht nein sagen!"
Wolfgang hatte sie telefonisch informiert und daher war sie bestens vorbereitet.Der Sänger nickte freundlich, dabei blickte er auf die kleine Orgel und bemerkte jetzt auch den Musiker, der dahinter saß.
„ Oh, wir haben Verstärkung!" kommentierte er seine Überraschung.
„Ich sehe mich da eher als Begleitung", antwortete Winfried mit spitzbübischem Gesicht.
Höfer ging zu seinem Platz, dabei winkte er leutselig in die Runde. Sein Nachbar reichte ihm die Noten und flüsterte etwas dazu. Wolfgang, der das beobachtete, konnte nicht verstehen, was er sagte, offensichtlich aber instruierte er den Handwerksmeister über den aktuellen Stand der Probenarbeit.
Miriam hatte sich vorne jetzt ein kleines Pult aufgestellt, auf dem sie ihre Noten legte. „Herrschaften! Wir müssen anfangen!"

Das Einsingen nahm nur kurze Zeit in Anspruch. Dann probte sie mit dem Männerchor kurz das Einleitungslied von Silcher. „Auf Vorschlag von Herrn Höfer!" betonte sie dabei und sah in dessen Richtung. Der machte mit der Hand eine Verlegenheitsgeste und drehte demonstrativ seine Noten um.
Die Männer sangen ihren Part sehr konzentriert und ganz nach dem Wunsch der Dirigentin. Auch bei den anderen Chorstücken gab es keine nennenswerten Schwierigkeiten, deshalb verzichtete Miriam aus Zeitgründen darauf, die Lieder komplett zu proben.
„Ich bin sicher, das klappt!" motivierte sie die Sängergemeinschaft.
Wolfgang erinnerte noch rasch, dass man im Anschluss an diesen Auftritt noch einen musikalischen Krankenbesuch zu absolvieren hätte. Dann brachen sie auf.

Edgar, Ulli und der Student trugen die Orgel zum Auto und nur wenig später waren sie auf dem Parkplatz des Autohauses.

Da herrschte jetzt unübersehbar lebhafter Andrang. Wolfgang sah mit leichter Genugtuung, dass jetzt weit mehr Besucher auf dem Firmengelände zu sehen waren, als vor einer guten Stunde

Während das Instrument in die Halle gebracht wurde, sah er sich noch etwas genauer um. Er entdeckte unter den Gästen und Interessenten zahl-

reiche Sänger und Vereinsvorstände aus den nachbarlichen Vereinen, besonders auch aus Steinstadt.
‚Die sind ziemlich neugierig - und bestimmt nicht nur wegen der schönen Autos!" Ulli schmunzelte bei dieser Bemerkung.
Während Winfried sich um das Instrument kümmerte, sammelten Wolfgang und Ulli ihre Chormitglieder in der Halle.
„Wir brauchen noch rasch eine Stellprobe Sind jetzt alle da? " Wolfgang trieb etwas zur Eile.
„Was hast du denn da?"
Er deutete auf ein schildähnliches Paket, das Schriftführer Friedrich unter dem Arm hielt.
Der grinste, löste die Schnur und zog das Packpapier auf. Zum Vorschein kam ein großes gerahmtes Plakat. ‚*Gemischter Chor Dengenheim e.V.*' stand deutlich darauf, in fetten, sehr ordentlich geschriebenen Buchstaben, darunter ein Violinschlüssel und das Bild einer Harfe.
„Fast wie gedruckt", kommentierte ein Sänger das Bild.
„Und das willst du jetzt während unseres Auftrittes hochhalten". Gerhard Krieger stellte unter leichtem Lachen diese Frage.
Der Angesprochene schaute ihn mit schrägem Blick an, drehte sich zur Wand, nahm eines der gerahmten Autobilder vom Haken und hing dafür das Plakat daran. Es hatte nahezu dieselbe Größe der anderen Bilder und sah wirklich sehr ordentlich und wirksam aus.
Die Chormitglieder spendeten spontan Applaus.
Wolfgang erinnerte sich an Friedrichs vormittäglichen Besuch in der Halle. Er klopfte dem Sängerkameraden auf die Schulter.
„Das war ein guter Einfall! Toll gemacht, " sagte er anerkennend zu ihm und fügte sehr laut hinzu:
„So sind wir eben – alte Modelle zwar, aber mit frischem Wind!
"Gelächter quittierte diesen Spruch.
In diesem Augenblick kam Herr Bläser dazu.
„Wollen sie schon denn schon beginnen?" Er schaute sich um.
„Das sieht gut aus", bemerkte er dabei. An seinem Blick konnte Wolfgang sehen, dass er damit aber nicht das Plakat meinte. Das schien sein Chef noch gar nicht bemerkt zu haben.
Seine Äußerung galt offensichtlich der Chorformation, die jetzt geschlossen auf dem vorgesehenen Platz zwischen der Luxus-Karosse und der elektronischen Orgel stand.
Der Autohausbesitzer nickte mit freundlichem Lächeln.

„Meine Damen und Herren, herzlichen Dank, dass sie sich heute Zeit genommen haben und mein Firmenjubiläum mit einem Auftritt unterstützen. Ich habe sie noch nicht singen hören können, aber rein optisch machen sie schon einen recht passablen Eindruck. Auch mit ihrer Kleidung. Blau – Schwarz – Weiß! Das sind ja auch die Wappenfarben von Dengenheim. Kompliment. Gut gewählt."

Wolfgang schaute sich beeindruckt um. Vorher hatte er, in der Eile und Aufregung, ob auch wirklich alles klappen würde, es gar nicht bewusst registriert. Aber tatsächlich, die weißen Blusen der Damen und ihre schwarzen Röcke passten ausgezeichnet zu den blauen Sängerhemden. Was als Notlösung geboren war, erschien jetzt sogar als kluges Konzept. Er schälte sich aus der Schar und ging auf Herrn Bläser zu. Der klopfte ihm auf die Schulter.

„ Kompliment, freut mich, dass ihr Konzept aufzugehen scheint", bekundete er laut, mit Blick auf den Chor. Und etwas gedämpfter, aber mit sehr zufriedener Miene schob er nach: „Und unsere Besucherzahlen sind auch erfreulich gestiegen!" Wolfgang lächelte zurück.

„Wir wären soweit. Wenn es Ihnen jetzt recht ist."

„Gerne, ich werde sofort meiner Sekretärin Bescheid geben, dass sie über die Lautsprecher einen entsprechenden Hinweis auf dem Gelände gibt. Da wir ja noch trockenes Wetter haben, sind ziemlich viele Besucher auch auf dem Freigelände. In fünfzehn Minuten?"

Jetzt entdeckte er das Plakat zwischen den Autobildern.

„Das Modell kenne ich ja noch gar nicht! Sicher ganz neu ! Na dann, gute Fahrt.!" „Danke", rief Wolfgang seinem Chef nach, der eilig aus der Halle schritt.

Als er sich wieder dem Chor zuwandte, bemerkte er, bei den Sopranistinnen eine seltsame Unruhe.

Irgendwie schien es zu eng auf den Plätzen zu sein.

„Von hier aus kann ich die Dirigentin nicht richtig sehen. Du bist doch größer als ich!" hörte er Ingrid, die wohl mit ihrem Platz nicht ganz zufrieden war, zu der vor ihr stehenden Sängerin sagen. Die behauptete aber ihren Stand.

„Lasst das doch die Dirigentin entscheiden", mischte Wolfgang sich ein und winkte Miriam, die mit Winfried, über einige Noten gebeugt, an der Orgel stand.

In diesem Augenblick setzte die Lautsprecheranlage ein.

„Verehrte Besucher, in wenigen Minuten beginnt der Dengenheimer Chor mit seinem Vortrag in der großen Verkaufshalle. Wir freuen uns auf ihren Besuch!"
Wolfgang war enttäuscht. Er fand, dass dies ein wenig holprig klang und hatte mit viel mehr Begeisterung in der Ansage gerechnet.
Miriam hatte inzwischen das Standproblem gelöst. Allerdings schien Ingrid damit nicht so recht zufrieden. Sie stand in der zweiten Reihe.
Die Halle füllte sich allmählich.
Herr Bläser war auch wieder in die Hallen zurückgekehrt. Er stellte sich vor den Chor, ziemlich in die Mitte und ließ sich ein Mikrofon reichen.
„Meine Damen und Herren, liebe Kunden und Interessenten" begann er in geschmeidigem Tonfall.
„Das Autohaus Bläser blickt heute mit Stolz auf eine langjährige Tradition im Dienste der Kunden zurück. ….."

Was nun folgte war der übliche Beginn einer Rede, wie sie bei solchen Anlässen meist gehalten wird und Wolfgang hoffte sehr, dass sich diese nicht allzu sehr in die Länge zog.
Umso überraschter war er, dass nach wenigen Sätzen des Dankes an Kunden und Mitarbeiter der Firmeninhaber auf den anwesenden Chor überleitete.
„…und aus diesem besonderen Anlass habe ich heute auch den hinter mir stehenden Chor eingeladen. So wie das Autohaus Bläser ist auch er ein lebendiges Zeichen von Tradition im besten Sinne des Wortes. Aus der Tradition heraus etwas Neues zu wagen, um unseren Kunden beste Qualität zu liefern, so ist auch dieser Chor dabei, mit neuen Ideen seine Zuhörer zu unterhalten. Ich danke den Damen und Herren des Dengenheimer Chores sehr herzlich für seine Bereitschaft heute hier zu sein. Alles weitere erklärt ihnen sicher der Vorstand des Chores, Herr Wolfgang Freidank. Bitte sehr!"
Mit einer einladenden Handbewegung bat er diesen nach vorne. Leichter Applaus durchtönte die Halle, Wolfgang schob sich nach vorne.
Damit hatte er nicht gerechnet und deshalb auch nichts vorbereitet.
Herr Bläser drückte ihm das Mikrofon in die Hand.
„Sie können jetzt anfangen zu sprechen", lächelte er ihn aufmunternd an, als Wolfgang gewohnheitsmäßig leicht mit dem Zeigefinger auf die geriffelte Front des Mikros trommelte.

„Ich hatte mich eigentlich aufs Singen eingestellt", entschuldigte er sich halblaut, seine Gedanken sortierend.
„Es ist heute unser erster offizieller Auftritt und sie können sich vorstellen, dass wir alle ein wenig angespannt sind."
Während er sprach hob er den Kopf und blickte auf die Besucher. Unter den Zuschauern war auch Herr Gerber, Edgars Vater, zu sehen. Mit Fotoapparat, wie Wolfgang mit Befriedigung feststellte.
Er fuhr fort: „Wie Herr Bläser schon ausführte, haben auch wir eine lange Tradition und diese wollen wir auch weiter fortsetzen. Das uns da gelingt, das wollen wir …" dabei drehte er sich leicht zum Chor, „ Alle hier Ihnen zeigen."
Sein Blick streifte die Plakate hinter dem Chor an der Wand.
„Und genauso, wie das Autohaus Bläser auch nicht mehr die alten Modelle anbietet, so fahren wir als Gemischter Chor in eine neue Zukunft."
Das klang ziemlich pathetisch, fand er, aber schließlich war ihm das jetzt auch gerade erst eingefallen.
Und es gab dafür ordentlich Applaus – auch vom eigenen Chor. Er dankte mit einer leichten Verbeugung, schielte zu Miriam und winkte sie zu sich heran.
„Und hier, hier stelle ich Ihnen unsere Dirigentin, Miriam May, vor. Vielleicht ist sie so freundlich, und sagt Ihnen unser Programm an."
Dabei streckte er ihr das Mikrofon hin. Sie übernahm es zögernd, aber mit leichtem Lächeln. Kurz überlegend schob sie sich mit der freien Hand eine Locke aus dem Gesicht.
„Wir haben ein erstes kleines Programm zusammengestellt, das wir heute präsentieren wollen", erläuterte sie.
„Zuerst drei Lieder aus der Romantik und nach einer kleinen Pause noch drei , sehr unterschiedliche Stücke, die ich Ihnen aber dann gerne jeweils vorher ansagen werde. Auf alle Fälle viel Vergnügen."
Schon hatte sie ihm das Mikro wieder in die Hand gedrückt und ging zurück an das kleine Notenpult vor dem Chor. Wolfgang wiegte es etwas unschlüssig in der Hand.
„Ja ! dann, wie gesagt - viel Vergnügen!" Alles lachte, er gab das Mikro an eine Angestellte und kehrte ebenfalls an seinen Platz zurück.

Winfried gab auf Miriams Wink vier Töne auf der Orgel vor und die Männer nahmen diesen auf.

Ulli tauschte mit Wolfgang einen kurzen aufmunternden Blick, der atmete nochmals tief durch, summte kurz seinen Ton und schaute konzentrierte auf die Dirigentin, die jetzt die Hände hob, zwinkerte leicht mit beiden Augen, lächelte einen kurzen Moment und gab den ersten Einsatz

Es lief gut und sogar noch besser als erhofft. Nach jedem Lied folgte Applaus, dem man aber schon nach dem zweiten Vortrag anhörte, dass er über das sonst übliche höfliche Klatschen hinausging. Und als die ersten drei Stücke gesungen waren und Miriam darauf hinwies, dass in dreißig Minuten die Fortsetzung folgte, klatschte das Publikum erneut, offensichtlich ganz angetan von dem bisher Gehörten

Gleich zu Beginn er Pause hatte Wolfgang eine ganze Reihe von Komplimenten bekommen. Einige Sänger anderer Vereine, die neugierig den ersten Auftritt verfolgt hatten, beglückwünschten ihn. Die Chormitglieder standen in kleinen Grüppchen in der Halle beisammen und unterhielten sich mit den Zuhörern. ‚Da sind die Autos wohl im Moment zur Nebensache geworden,'dachte Wolfgang. Er suchte Miriam.
Gerade als er bei ihr stand, und die gehörten Komplimente an sie weitergeben wollte, übertönte ein rhythmisch unterlegter Akkord das Stimmengewirr in der Halle. Weitere Töne folgten und alle Augen richteten sich auf den jungen Mann an der Orgel. Winfried Topp hatte sich an das Instrument gesetzt und spielte. „Jazz" flüsterte Miriam Wolfgang zu.
„Er sollte doch in der Pause etwas spielen. Nun, sein Lieblingsfach ist Jazz. Das spielt er aus dem Stegreif." Sie stampfte im Takt. „ Und er spielt das einfach gut!"

Über Lautsprecher wurde der zweite Teil des Chorauftrittes angekündigt. Wolfgang hatte noch schnell in der Kundendiensthalle etwas klären müssen und als er, einige Minuten später wieder in den großen Ausstellungsraum zurückkehrte, musste er sich beinahe schon durch die dichten Besucherreihen schieben. Auf halbem Wege kam er an Edgar vorbei, neben ihm stand sein Vater, Herrn Gerber.
„Gut gemacht, " lobte der, zeigte dann auf die vielen Menschen und auf seine Kamera, die vor seiner Brust baumelte, „aber leider kein guter Platz für ein ordentliches Foto." Wolfgang hob bedauernd die Schultern und wollte schon weitergehen. Ihm fiel etwas ein. Er drängte sich zu Edgar.

„Mit einer Stell-Leiter bekäme dein Vater doch sicher den richtigen Platz für eine gute Perspektive." Er erklärte ihm kurz, wo eine zu finden wäre, Edgar nickte und verschwand.
Herr Gerber blickte etwas ratlos. Wolfgang grinste, hob einen Daumen und schob sich weiter in Richtung Chor.

Der hatte schon Aufstellung genommen. Alles wie vorher auch, Miriam und Winfried hatten sich ein Stück weit hinter die Orgel gestellt. Nur im Sopran, da stand Ingrid jetzt in der ersten Reihe!
Noch war die Halle voller Geräusche, Wolfgang suchte seine Noten, er hatte sie vorher auf die Orgel gelegt, jetzt waren sie verschwunden. Mit den Augen suchte er alles ab, die Mappe mit den Blättern war nicht zu sehen. Dafür aber sah er, wie Edgar an der Hallenseite zusammen mit seinem Vater eine ziemlich große Staffelleiter auseinander klappte und Herr Gerber vorsichtig einige Stufen nach oben ging, sich mit dem Oberkörper zu Chor drehend.

„Wolfgang!" Dagmar rief halblaut seinen Namen und wedelte mit einer schwarzen Mappe.
Die Noten! Sie hatte diese während der Pause an sich genommen. Wolfgang atmete erleichtert durch.
Miriam ging jetzt einige Meter nach vorne, stellte sich mit dem Gesicht zum Publikum, die zuständige Angestellte des Autohauses reichte ihr wieder das Mikrofon und schaltete es ein. Lautes, schrilles Pfeifen veranlasste viele der Besucher, sich instinktiv die Ohren zu zuhalten andere kniffen sich die Augen zu und verzogen das Gesicht bei diesen Misstönen.
Die Angestellte drehte hastig den verschiedenen Knöpfen des Schaltkastens, die Töne verstummten abrupt und die junge Dirigentin hielt sich das Mikrofon vor den Mund.
Kurz und charmant erläuterte sie, welche beiden Lieder der Chor nun zuerst vortragen würde: „...dann folgt noch ein weiteres Lied, das sie bestimmt alle kennen. In der von uns gesungenen Form aber ist es eine Premiere und dazu sagt dann noch Herr Freidank etwas."

Wolfgang nickte, das hatte er mit ihr abgesprochen. Nach dem Vortrag würde er nochmals das Wort übernehmen.

Miriam legte das Mikrofon wieder zurück und wendete sich dem Chor zu. Bevor sie etwas machen konnte, hob Wolfgang seine Hand, sie schaute zu

ihm und er wies auf den jungen Studenten. Miriam verstand sofort. Sie nahm nochmals das Mikrofon und räusperte sich.
„Ich habe leider übersehen, Ihnen meinen Begleiter vorzustellen! Also ich meine natürlich unseren Begleiter..." Sie stockte etwas und das leichte Lachen aus dem Publikum über diesen verräterischen Versprecher wurde abgelöst von einem dezenten Klatschen, in das hinein Miriam weiter fortfuhr: „Herr Winfried Topp, den sie ja schon in Pause mit interessanten Jazz-Beiträgen gehört haben!"

Das Klatschen verstärkte sich anerkennend zu einem kräftigen Applaus und der junge Mann bedankte sich mit einer Verbeugung, den Blick dabei zu seiner Freundin wendend.
Das Lächeln der beiden jungen Menschen, mit dem sie sich für eine gute Sekunde anschauten, zeigten denen, die es sahen, was Beide füreinander empfanden und die Sängerinnen und Sänger, die es besonders interessiert verfolgten, nickten verständnisvoll, vielleicht an ihre eigene erste Liebe denkend.
Wolfgang fiel in diesem Moment Beate ein und als er seinen Kopf nach ihr drehte, bemerkte er, dass diese geradewegs in Richtung Leiter sah, auf der aber Edgar Gerber stand. Wolfgang schmunzelte.
Miriam hatte sich wieder zum Chor gedreht. Ihre Augen fixierten jetzt jedes der Chormitglieder für einen kurzen Moment und forderten volle Aufmerksamkeit. Ein kurzes Zeichen und die Orgel spielte die ersten Takte für des Sommers letzte Rose!
Und als der letzte Akkord verklungen war, herrschte doch tatsächlich für einen ganz kleinen Moment eine feierliche Ruhe in der Autohaushalle. Dann kam Beifall und sogar einige Bravo -Rufe wurden laut.

Es ist schwer zu sagen, was die Chormitglieder im folgenden Vortrag aus der Fassung brachte. Vielleicht hatte der unerwartet starke Applaus am Ende des ersten Liedes bei einigen Sängerinnen oder Sängern die erforderliche Konzentration geschmälert. Es könnte auch der plötzlich einsetzende spätherbstliche Gewitterregen gewesen sein, der mit seinem Prasseln an den Scheiben für Ablenkung sorgte – ausgerechnet in dem Lied, das vom Regen handelte.
Oder lag es doch an der ungewohnten englischen Sprache, die – trotz Lautschrift – immer noch für einige Unsicherheiten sorgte. Möglicher-

weise hatte auch der musikalische Begleiter ein wenig vergessen, dass sich die Laiensänger auf ungewohntem musikalischem Terrain bewegten.

Auf alle Fälle hatte Miriam im wahrsten Sinn des Wortes alle Hände voll zu tun, den Chor im Takt zu halten. Die Partitur von „it never rain" war so geschrieben, dass die jeweiligen Stimmlagen in bestimmten Passagen sich taktmäßig etwas verschoben und als einmal im Bass sich einige Sänger textlich leicht verhaspelten, verpassten sie auch den genauen Einsatz und verunsicherten damit die anderen Stimmen, so dass es nur mit Mühe gelang, Ordnung in das Stimmengefüge zu bringen. Ein deutlicher Hinweis der linken Hand der Dirigentin, sich an den Orgelklängen zu orientieren, brachte für einen Moment wieder Stabilität, doch kurz darauf hatte der Sopran in seinem Bemühen besonders rhythmisch zu sein, wohl zu viel an Tempo gewonnen. Die daraus resultierende Unsicherheit hätte beinahe zum Totalausfall geführt, wenn Miriam nicht ganz souverän eingegriffen hätte.

Sie war sofort zwei Schritte auf die Stimmgruppe zugegangen, ohne den Chor aus den Augen zu lassen und mit ihrer ausgebildeten, kraftvoll schönen Stimme stützte sie in diesem kritischen Moment für einige Takte den Sopran.

So gelang es dann doch noch, den Song vollständig und ohne weitere Störungen zu Ende zu bringen. Die musikalische Spannung aber war für den Augenblick verloren.

Miriam ließ sich ihre Enttäuschung nicht anmerken. Ihre einzig sichtbare Reaktion beim Verklingen des letzten Tones bestand im Hochziehen der Augenbrauen und ein kurz zusammengekniffener Mund.

Den anschließenden höflich tröstenden Beifall nahm der Chor eher verlegen auf. Mit ihrem leichten Kopfschütteln zeigten die Sängerinnen und Sänger an, dass sie mit sich selbst unzufrieden waren.

Jetzt kam Wolfgang mit seiner speziellen Ansage an die Reihe. Es wäre nur zu bedauerlich, wenn durch die jetzt vorhandene Nervosität die noch geplante Publikumsüberraschung nicht gelingen würde und so versuchte er mit den Augen und einigen beschwichtigenden Handbewegungen seine Mitsänger zu beruhigen, während er nach vorne ging.

Ein mehr zufälliger Blick durch eine der großen Galeriescheiben an der vorderen Hallenseite, zeigte ihm, dass der Gewitterregen genauso plötzlich aufgehört, wie er begonnen hatte.

„Wenn wir gewusst hätte, welche Kraft unsere Lieder haben, hätten wir schon im Sommer, als wir alle noch unter der Hitze gestöhnt haben, das Lied gesungen", spielte er aus dem Stegreif bei Beginn seiner kurzen Ansprache darauf an. Einige im Zuschauerraum schmunzelten.

‚Etwas Humor macht man manches doch einfacher', dachte er und fuhr fort: „Wenn es wirklich funktioniert, dann werden wir demnächst den Abba-Hit ‚Money - Money' vor dem Rathaus singen. Das wird dann sicher unserer Gemeindekasse gut bekommen."

Viele der Anwesenden wussten, dass der Dengenheimer Kommunalhaushalt seit geraumer Zeit etwas notleidend war und reagierten entsprechend heiter auf diese Anspielung.

Das einsetzende Gelächter im Publikum nahm dem Chor jetzt etwas von der nervösen Spannung und Wolfgang spürte eine wohltuende Erleichterung.

„Jetzt darf ich ihnen noch ein weiteres Lied ankündigen, das wir ebenfalls noch nicht in der Öffentlichkeit gesungen haben. Und vielleicht hat es ja eine ebenso überraschende Wirkung wie das soeben gehörte Stück. Es ist ein Schlager, der von einem Auto und einem Mädchen handelt. Das Besondere daran ist, das der Satz für Gemischten Chor eigens für uns von unserem alten Dirigenten Dieter Hartung geschrieben wurde, kurz bevor er schwer erkrankte. Und wenn wir mit dem vorherigen Stück schon den Himmel zum Regnen brachten, so verbinden wir mit diesem Lied unseren Wunsch, dass unserer Dieter recht bald wieder völlig gesund wird!"

Der darauf folgende Beifall kam nicht nur vom Publikum. Alle Chormitglieder hatten sich die Notenmappen unter den Arm geklemmt und klatschen kräftig.

Vergessen war die etwas peinliche Situation des letzten Vortrages. Wolfgang verbeugte sich und ging zurück an seinen Platz.

KAPITEL 10

„Zugabe, Zugabe!" Diesen auffordernden Ruf hatten sich viele im Chor sicherlich gewünscht, aber nicht unbedingt darauf gehofft. Und weil der Beifall immer noch anhielt, gab die jetzt sehr zufrieden wirkende Chorleiterin nach einer kleinen Pause das Zeichen, den soeben gesungenen Schlager zu wiederholen.

Für alle sichtbar löste dieser Erfolg die bis dahin noch immer vorhandene Anspannung und schon bei den ersten Takten des Begleitinstrumentes wippten die Chormitglieder rhythmisch und als die Männerstimmen die erste Textzeile ‚Im Wagen vor mir fährt ein junges Mädchen…' sangen, setzte sich Miriam spontan in die neben ihr stehende große Limousine, von dort aus weiter den Chor mit sparsamen Gesten dirigierend.

Wolfgang blickte auf die Uhr. Es war schon wesentlich später als er gedacht hatte.

Kein Wunder, denn die Welle der Begeisterung über die eigene Leistung und die Freude über die Anerkennung ließ beinahe vergessen, dass man ja noch eine weitere Verpflichtung hatte.

Herr Bläser war nach der gesungenen Zugabe nochmals an das Mikrofon getreten und hatte sich bei dem Chor und seiner Dirigentin sehr ausführlich bedankt und zu einem kleinen Umtrunk eingeladen. Der Lokalreporter, der für die Regionalausgabe der Zeitung einen speziellen Bericht zu dem Firmenjubiläum schreiben würde, führte mit Wolfgang ein kleines Gespräch. „Das war ja ein richtiges Interview!" stellte er hinterher fest. Er hielt Ausschau nach Miriam, konnte sie aber nirgendwo entdecken.

Dafür sah er Walter Höfer mit einigen Sängern aus den Nachbarvereinen lebhaft diskutierend, dabei war auch Marcus Langer, der Bassist, der sich aus Protest dem Männerchor in Steinstadt angeschlossen hatte.

Beate und Edgar standen vor einem schicken Cabrio, aber sie schienen sich nicht so sehr für das Auto zu interessieren.

Ulli kam ihm entgegen, zwei Biergläser in der Hand.

„Du weißt, was dein Chef heute Morgen noch gesagt hat", grinste er, „Stimme ölen!".

Wolfgang trank einen großen Schluck. „Du weißt, wir wollen noch zu Dieter ins Krankenhaus." Er zeigte auf den Reporter, der jetzt einige Meter entfernt mit Herrn Bläser sprach.

„Ich habe ihn gebeten, in dem Artikel auch unseren Dieter zu erwähnen. Ich denke, das tut ihm gut! " Ulli nickte bestätigend.
„Dann lass uns mal aufbrechen."
Es war nicht ganz einfach, die Chormitglieder wieder zusammen zu bringen. Einige hatten Bekannte und Freunde getroffen und dabei wohl nicht mehr an den Besuch im Krankenhaus gedacht.
Wolfgang eilte deshalb in das Bürogebäude und bat um eine entsprechende Lautsprecher-Durchsage.

…

Auf dem Parkplatz vor dem Krankenhaus versammelte Wolfgang nochmals die ganze Schar um sich und besprach den weiteren Verlauf.
Ulli sollte schon mal voraus gehen und Anne Hartung über ihr Eintreffen informieren.
Eine kleine Zeit danach gingen die Männer in den Eingangsbereich der Klinik und postierten sich in einer freien Ecke. Einige Patienten standen in der Vorhalle und musterten neugierig den kleinen Kreis, der sich vor Miriam aufgebaut hatte. Kurz darauf öffnete sich die gegenüberliegende Fahrstuhltür und Anne schob ihren Mann, der leicht eingesunken und ziemlich blass im Rollstuhl saß, nach vorne.

Dieter Hartung war offensichtlich völlig überrascht. Hatte er gerade noch müde und etwas teilnahmslos vor sich hingestarrt, jetzt zeigten seine Augen bei Anblick der alten Sängerkameraden lebhaftes Leuchten und sein Körper straffte sich.
Bevor jemand etwas sagen konnte, setzte der Männerchor ein.
„Hab oft im Kreise der Lieben…!" Dieses Silcherlied, das sie bereits heute Nachmittag gesungen hatten, schien ihnen auch für diesen Anlass sehr passend.
Während sie die Strophen sehr gefühlvoll vortrugen, kamen immer mehr Menschen, Patienten, Besucher und auch einige des medizinischen Personals in die Eingangshalle und lauschten.
Ganz besonders aber hörte Dieter Hartung zu und die Sänger, die abwechselnd von der jungen Dirigentin zu ihre alten Chorleiter sahen, bemerkten mit Rührung, dass seine Augen feucht wurden und er sich etwas verstohlen mit dem Handrücken über das Gesicht fuhr.

Als sie geendet hatten, drehte sich Dieter etwas schwerfällig zu seiner Frau und fragte leise: „Hast du das gewusst?" Anne nickte nur und streichelte sanft ihrem Mann die Schulter.
Wolfgang ging jetzt auf ihn zu.
„Lieber Dieter, wir haben uns gedacht, wir bringen dir heute…!"
Mit einer zwar etwas zittrigen, aber doch sehr bestimmten Handbewegung stoppte der Mann im Rollstuhl die kleine Ansprache.
„Habt ihr heute nicht gesungen? Beim Autohausjubiläum?" Die Stimme klang etwas brüchig. Wolfgang nickte.
„Und?" wollte Dieter wissen, „wie war es? Hat alles geklappt?"
„Fürs erste Mal war es ganz in Ordnung!" Wolfgang stapelte bewusst etwas tief.
„Die Lieder, die du mit uns einstudiert hast, sind gut angekommen." Er gab dabei Ulli mit der Hand ein kleines Zeichen und dieser eilte zum Portal. Er schaute zu Anne, dann wieder zu Dieter.
‚Irgendwie schon unfair, dass ich ihn jetzt so auf die Folter spanne, dachte er, denn er wusste dass der kranke Mann insbesondere auch wissen wollte, wie „sein Schlager" angekommen war.
„Wir denken, lieber Dieter", setzte er fort, „ dass wir dir vielleicht eine Freude machen, wenn wir nicht nur erzählen, was wir heute gesungen haben, sondern auch ein bisschen davon hierher bringen."
Bei diesen Worten betraten gerade die Damen des Chores den Eingangsbereich und Einige winkten dem gebrechlich wirkenden Mann im Roll stuhl zu.
Der begriff nicht sogleich. Erst als sich die Frauen zu den Männern stellten und sich zum Chor formierten, erfasste er den Zusammenhang.
„Hör´ s dir einfach mal an!"
Wolfgang reihte sich wieder ein.
Schon nach den ersten Takten schien der Patient an Kraft und Vitalität zu gewinnen. Er beugte sich in seinem Krankenstuhl nach vorne, so als wolle er sich auch keinen der Töne entgehen lassen und bei der zweiten Strophe des Liedes hob er die Arme vor seine Brust und begann zurückhaltend mit zu dirigieren.
Die Chormitglieder und auch Miriam gewahrten dies freudig erstaunt.

…

In den folgenden Tagen war dieser Sonntag Gesprächsstoff Nummer Eins bei den Chormitgliedern.
Wo immer man sich begegnete, sofort kam die Sprache darauf. Man war stolz, wie gut dieser erste öffentliche Auftritt gelungen war und lachte sogar über den beinahe verunglückten englischen Song.
Besonders ergriffen aber sprachen sie alle über den Krankenbesuch, wie überrascht und gerührt Dieter Hartung über diesen ganz unerwarteten Chorbesuch und den Gesang reagiert hatte. Und auch ganz besonders über jenen Moment, als der in seinem Rollstuhl sitzende Mann anfing zu dirigieren und Miriam, bescheiden zur Seite tretend, ihm für den restlichen Teil des Songs die Chorleitung überlassen hatte.

…

Der danach einsetzende Beifall kam vom Chor und galt dem ergriffen wirkenden Chorleiter, die kleine Schar der Zuschauer fiel mit ein und er endete erst, als der diensthabende Arzt hinzutrat und um angemessene Ruhe bat.
Dieter Hartung war wieder in seinen Stuhl zurück gesunken, doch mit seinem immer wieder einsetzenden Kopfschütteln bedeutete er Allen, dass er mit einer solch geglückten Überraschung nicht im Entferntesten gerechnet hatte. Er schüttelte viele Hände und als Wolfgang zu ihm an den Rollstuhl trat, verdrückte er erneut eine Träne.
„Du hast einem alten Mann eine große Freude gemacht", formulierte er sehr konzentriert, denn das Sprechen fiel ihm nach der Aufregung und Anstrengung jetzt schwer.
Eine Pflegerin machte darauf aufmerksam, dass der Patient wieder absolute Ruhe benötige und es wohl an der Zeit für ihn wäre, auf sein Zimmer zurückzukehren.
Die Vereinsmitglieder blieben, bis sich die Aufzugstür wieder hinter ihm geschlossen hatte.

…

„Das war noch schöner, als heute unsere Vorstellung heute Nachmittag!"
Ulli klopfte Wolfgang auf die Schulter.
Dagmar, Beate und Miriam sah man an, dass sie dieser Krankenbesuch sehr bewegt hatte und als sie zum Auto gingen, schilderten sie sich, noch ganz beeindruckt, gegenseitig, wie sie diese letzte halbe Stunde erlebt und

empfunden hatten.
„Sie hatten damit ja eine ganz tolle Idee, Herr Freidank!"
„Und wie sie, Miriam dann…" Er unterbrach sich selbst.
„Also, ich heiße Wolfgang", erklärte er und setzte fort „wenn es genehm ist."
Dabei allerdings sah er für einen Augenblick seine Frau ganz fest an. Die schmunzelte und Miriam nickte lächelnd erfreut.
„Natürlich! Sehr gerne!" Und mit kleiner Pause : „Wolfgang !"
„Mit den anderen Frauen des Chores bin ich ja bereits per Du!"
Warum er noch diese Erklärung nachschob, verstand er selbst nicht ganz. ‚Vermutlich Verlegenheit' erklärte er sich das und nahm den Faden wieder auf. Er lobte Miriams Arbeit und ganz besonders die noble Geste dem bisherigen Dirigenten gegenüber.
Auf Dagmars Vorschlag hin, lud er Miriam zum Abendessen ein. Die freute sich darüber, wirkte aber trotzdem etwas unschlüssig.

Als in diesem Augenblick Miriams Freund ihnen entgegenkam, fragte Wolfgang seine Frau: „Haben wir genügend Vorräte im Haus? Vielleicht hat ja unser junger Musiker ebenfalls Lust, mit uns zu essen!"
„Ich denke, es wird bestimmt für alle reichen, sogar auch noch für einen weiteren jungen Mann!"
Dagmar deutete dabei mit dem Kopf auf einen etwas entfernten Parkstreifen. Dort stand Edgar neben seinem Auto und winkte im Moment herüber.

Die jungen Männer freuten sich aufrichtig über die unerwartete Einladung und schon bald danach saßen sie alle einträchtig in Familie Freidanks gemütlicher Essecke.
Rasch entwickelte sich eine lebhafte Unterhaltung, wobei besonders die letzten Stunden im Mittelpunkt standen. Jeder schilderte aus seiner Sicht, wie er diesen Nachmittag erlebt hatte.
„Mein Vater war ganz perplex, wie ich da plötzlich mit der Leiter ankam. Und weil er sich in der Höhe immer etwas unsicher fühlt, habe ich eben die Fotos von oben gemacht"

Edgar berichtete, dass sein Vater die Bilder an die Lokalredaktion der Zeitung geben würde und Beate schien mächtig stolz auf ihren Freund zu sein.

Miriam war ebenfalls stolz und ziemlich erleichtert über den doch - ‚recht ordentlichen ersten Auftritt des Gemischten Chores'- wie sie sich ausdrückte. „"...und über meine Feuertaufe als Dirigentin!" setzte sie mit sichtlicher Befriedigung hinzu.

„Was war denn eigentlich im Sopran los?" wollte Wolfgang von ihr wissen. Er erinnerte sich jetzt wieder an das Platzgerangel zwischen den Sängerinnen.

„Nun, offensichtlich wollen einige Damen unbedingt in die erste Reihe! Gehört u n d gesehen werden, ist die Devise!"

Miriam berichtete mit leichtem Schmunzeln. Dagmar und Beate nickten zustimmend, sie hatten das kleine Gerangel ebenfalls mitbekommen. Das Geschwisterpaar Ingrid und Sybille schien großen Wert darauf zu legen, ganz vorne zu stehen.

„Mir scheint, wir werden sogar noch so etwas wie eine Stehplatzordnung einführen müssen, " stöhnte Wolfgang etwas theatralisch. „ Aber dann wäre es vielleicht angebracht, nur die attraktivsten Damen nach vorne zu stellen."

Er wandte sich an Winfried, der sich gerade mit seiner Gabel eine der größten Essiggurke aus der vor ihm stehenden Glasschüssel fischte und diese rasch mit zwei großen Bissen verzehrte.

„Ist das denn auch bei euch üblich?" fragte er ihn um seine Meinung

Winfried, der wohl nicht so richtig zugehört hatte, blickte ihn an, zuerst irritiert, dann verlegen lächelnd: „Na ja, wenn man so etwas Appetitanregendes vor den Augen hat, dann beißt man doch schon mal herzhaft zu."

Jetzt war Wolfgang irritiert.

Miriam lachte laut auf.

„Natürlich gibt es bei den Chören eine grundsätzliche Einteilungen, wie man zu stehen hat…" korrigierte sie die Antwort ihres Freundes.

„…und bei Gurken entwickelt Winfried einen nahezu unstillbaren Heißhunger, da fällt ihm sogar das Zuhören schwer!" Sie knuffte dabei ihren Freund zärtlich in die Wange.

Als sie sich später im Flur allesamt verabschiedeten, bemerkte Winfried leise zu Wolfgang: „ Übrigens vielen Dank für…! Also, ihr Chef war wirklich sehr spendabel... Sie wissen schon."

Wolfgang wusste, was gemeint war und nickte zufrieden.

„Ja, Herr Bläser ist wirklich nicht geizig. Und sie Winfried, sie haben ihre Sache ja auch wirklich gut gemacht!"

Er gab Miriam die Hand. „Dann bis morgen, zur Chorprobe!"
Ihm fiel noch etwas ein: „Hast du dir eigentlich schon Gedanken für unser Weihnachtskonzert gemacht?"

Seit vielen Jahren veranstaltete die Eintracht Dengenheim am vierten Adventssonntag Jahr ein festliches Weihnachtskonzert in der Gemeindehalle. Aber außer der Terminabsprache und der Hallenreservierung war in diesem Jahr noch nichts weiter geschehen.
Miriams Augenbrauen zogen sich fragend in die Höhe.
„Wir veranstalten ein Weihnachtskonzert?"
Wolfgang schaute sich um. Dagmar und Beate standen noch im Türrahmen des Wohnzimmers und redeten gerade lebhaft auf Edgar ein.

„Du machst nichts, was deinem Vater nicht recht ist, hörst du". Beates resoluter Tonfall lenkte ihn für einen Augenblick ab.
„Kinder sollten nie etwas tun, was ihrem Vater nicht recht ist!" warf er locker ein.
Er wandte sich wieder zu Miriam. „Ich glaube, da habe ich wohl vergessen, dir das zu sagen." Er zuckte bedauernd mit den Schultern.
„Vielleicht könnten wir jetzt noch schnell…, das heißt, wenn du, " er griff gleichzeitig nach Miriams und Winfrieds Arm, „also, wenn ihr noch eine Viertelstunde Zeit habt?"

Er ging mit den beiden Studenten zurück in das Wohnzimmer. An der Tür stand blieb er stehen und schaute das dort stehende Trio fragend an.
Beate wies mit dem Kopf auf Edgar. „Er will wieder singen kommen."
„Er meint, er müsse seinen Vater nur vor vollendete Tatsachen stellen", ergänzte Dagmar. „Nachdem was er heute Nachmittag gesehen habe, würde er früher oder später schon noch zustimmen."
Wolfgang fasste den jungen Mann an beiden Schultern und sah ihm fest in die Augen.
„Wir werden nichts hinter dem Rücken deines Vaters tun. Gib ihm noch etwas Zeit. Ich werde demnächst auch noch mit dem Vorstand des Steinstädter Männergesangsvereins sprechen. Ich glaube, die würden es schon verstehen, wenn du mit uns singst. Aber wir sollten nicht gleich mit der Tür ins Haus fallen. Einverstanden ?"
Edgar nickte stumm.
„Dann mach ein fröhliches Gesicht. Beate will bestimmt keinen traurigen Freund."

Er drehte den Kopf in Richtung seiner Tochter. „Oder ?"
„Auf keinen Fall!" erwiderte diese.
„Dann sind wir uns ja alle einig!" Damit ging er zur Essecke, an welcher sich Miriam und Winfried inzwischen wieder niedergelassen hatten.
Er räusperte sich.
„Wir veranstalten jedes Jahr ein Weihnachtkonzert und in diesem Jahr sollte das natürlich mit dem gemischten Chor etwas ganz Besonderes sein. Wir brauchen aber auch die entsprechenden Lieder."

…

Am Montagmorgen stand Wolfgang etwas früher als gewöhnlich auf, zog sich rasch den Bademantel über und lief hinunter zum Hauseingang. Dort fischte er die Tageszeitung aus dem Briefkasten und blätterte noch im Treppenhaus auf die Regionalseite. Beinahe wäre er auf dem ersten Treppenabsatz gestürzt. Der nur sehr leicht geknotete Bademantelgürtel hatte sich unbemerkt gelöst und er trat auf das lose herabhängende Ende des Gürtels. Zum Glück konnte er sich mit der rechten Hand gerade noch am Geländer festhalten. Einige Seiten der Ausgabe und eine farbige Werbebeilage flatterten hinunter in das Treppenhaus. Leise schimpfend band er den Gürtel zusammen, sammelte die Blätter wieder ein, klemmte die Zeitung unsortiert unter den Arm und ging wieder nach oben in die Wohnung. Beate schob sich im Flur, ein flüchtiges „n´ Morgen" wünschend an ihm vorbei ins Badezimmer. Dagmar trat aus dem Schlafzimmer, er hauchte ihr einen Kuss ins Gesicht, den sie mit der Bemerkung „noch keine Zähne geputzt!" kommentierte. Er setzte sich an den Wohnzimmertisch und sortierte eilig das kleine Papierdurcheinander.

Er fand rasch die entsprechende Seite im Regionalteil und sofort auch einen recht großen Bericht über das Autohausjubiläum.

Er überflog den Text und zu seiner Enttäuschung wurde der Chorvortrag nur mit einigen Zeilen erwähnt. Und die ergänzenden Fotos zeigten nur das Firmengelände, den Firmeninhaber und die Belegschaft (er fand sich einigermaßen gut getroffen,) und eine Ansammlung der Honoratioren aus der lokalen Politikszene - Landrat und Bürgermeister eingerahmt vom Gemeinderat – und Walter Höfer mit breiten Lächeln, ziemlich in der Bildmitte.
Etwas verdrießlich schlurfte er in die Küche. Dort legte er die Zeitungsseite direkt vor Dagmar auf den schmalen Küchentisch, stieß dabei beina-

he ihre Teetasse um und während er sich die Dosenmilch aus dem Kühlschrank holte, brummte er unzufrieden:
„Vom Chor ist kaum etwas erwähnt, geschweige denn ein Foto!"
Er ärgerte sich weiter:" Und ich habe Edgar sogar noch die Leiter holen lassen."
Dagmar hörte auf, weiter zu lesen und sagte mit leichtem Mitgefühl:
„Und dein Interview war dann auch umsonst!"
Wolfgang winkte ab.
„Es geht gar nicht um mich. Aber ich hatte auf eine ausführlichere Berichterstattung gehofft Das wäre nämlich die beste Werbung für unseren Verein!"
Er trank einen Schluck Kaffee und verzog gleich darauf das Gesicht.
„Noch etwas zu heiß!" erklärte er und goss kalte Milch in die Tasse.
Beate kam herein. Sie schnappte sich mit der Bemerkung, „so, das Bad ist jetzt frei!" eine Schnitte Vollkornbrot und legte eine Scheibe Käse darauf. Schon wieder im Gehen bemerkte sie das Zeitungsblatt. Sie griff danach und setzte sich auf den noch freien Stuhl.
„Hey, was sind denn das für Fotos? Und was ist das denn für ein Bericht?" empörte sie sich schon nach einigen Augenblicken. „Aber Edgars Vater wollte extra…!"
„Da hat die Lokalredaktion dann wohl doch anders entschieden!" warf ihr Vater resignierend ein.
Dagmar stand auf. „Wenn wir pünktlich aus dem Haus wollen, müssen wir uns aber jetzt beeilen!"

Als Wolfgang zu Dienstbeginn über den Firmenhof des Autohauses ging und die Arbeitskollegen ihn anerkennend grüßten, vergaß er die mangelnde Presseresonanz etwas und er verspürte wieder das große Zufriedenheitsgefühl, das ihn gestern Nachmittag schon, am Ende der Chorvorträge, erfüllt hatte.

Herr Bläser kam am späten Vormittag zu ihm in das Werkstattbüro. Er gratulierte nochmals zur gelungenen Premiere des Gemischten Chores und zeigte sich vor allem auch hocherfreut über die rege Besucherzahl und die vielen guten Gespräche mit Kunden und Interessenten.
Er nestelte an der Innentasche seines Jacketts.

„Ihrem jungen Musiker habe ich gestern bereits gedankt", sagte er und legte dabei einen großen Umschlag auf den Schreibtisch.
„Und hier ist meine Anerkennung für den Chor."
Wolfgang streckte Herrn Bläser die Hand entgegen.
„Dann bedanke ich mich im Namen der Eintracht Dengenheim."
Das klang sehr förmlich.
„Wollen sie denn nicht nachsehen?" Herr Bläsers Stimme klang amüsiert.
Wolfgang nahm das Kuvert, drehte es etwas, bevor er die Hülle an der Seite aufschlitzte. Zwei weitere Kuverts kamen zum Vorschein.
Auf dem ersten, das er in die Hand nahm, stand in Schreibmaschinenschrift: *Gemischter Chor Eintracht Dengenheim.*

Er öffnete es und entnahm einen Scheck. Es war kein Firmenscheck, wie Wolfgang an der Unterschriftsleiste sehen konnte, sondern offensichtlich eine Zahlungsanweisung von Herrn Bläsers persönlichem Konto. Der Betrag war höher als Wolfgang insgeheim gedacht hatte.
„Aber Herr Bläser, das ist wirklich sehr großzügig!"
Er gab seinem Chef nochmals die Hand.
„Schon gut, schon gut", wiegelte dieser ab, jetzt wohl selbst etwas verlegen. „Ich denke, ihre Kameradschaftskasse hat gute Verwendung dafür!"
Er schwieg. Wolfgang schwieg ebenfalls.
Herr Bläser zeigte dezent auf das zweite Kuvert. Wolfgang nahm es und las: *Herrn W. Freidank und Gattin persönlich.*
Irritiert schaute er zu dem Autohausbesitzer. Dieser lächelte freundlich.
Wolfgang trennte jetzt vorsichtig den Hüllenverschluss auf und zog den Inhalt heraus: Ein Brief des Autohauses und zwei Karten?
Er überflog kurz den Inhalt des Schreibens. Der Inhaber der Autohauses dankte ihm nochmals für die geleistete Arbeit und die stets kooperative Mitarbeit, besonders auch für die Bereitschaft, an der Seminarteilnahme vor einigen Wochen und den engagierten Einsatz bei der Vorbereitung für das Firmenjubiläum.

‚Als Zeichen der Anerkennung und unseres Dankes überreichen wir Ihnen deshalb beiliegend zwei Eintrittskarten für einen Liederabend des bekannten Baritons Ludwig M. Sutorius.'

Wolfgang las den letzten Satz des Briefes halblaut vor.
„Das ist jetzt aber eine Überraschung!" entfuhr es ihm.

„Aber doch sicher keine unangenehme?" fragte Herr Bläser mit leicht verschmitzter Miene.
„Nein, wo denken sie hin, im Gegenteil. Meine Frau wird sich bestimmt sehr freuen".
„Und sie?" wollte sein Chef wissen.
„Ich natürlich auch!" Wolfgang wedelte mit den Karten.
„Wir hatten uns schon vor einigen Wochen um Tickets für das Konzert bemüht, aber es war leider schon ausverkauft." Der Autohausbesitzer lächelte. „Beziehungen." erklärte er knapp.

Als Herr Bläser gegangen war, rief er sofort Dagmar an und erzählte ihr ganz rasch von der unerwarteten Würdigung. Sie freute sich hörbar.
„Wann findet das Konzert gleich wieder statt?" wollte sie noch wissen.
Wolfgang schaute auf die Karten, dann in den Kalender.
„Am Sonntag in vierzehn Tagen!"

Gleich danach wählte er die Büro-Nummer von Ulli. Der war ebenfalls sehr enttäuscht über den überaus mageren Zeitungsbericht zum gestrigen Chorauftritt. Dafür aber war er über die Geldspende für die Kameradschaftskasse umso mehr und aufs angenehmste überrascht.
Da hat sich der Aufwand ja richtig gelohnt!" stellte er begeistert fest.

Wolfgang mahnte ihn ironisch. „Sei nicht so materiell eingestellt, es war doch auch so schon ein ganz tolles Erlebnis!"
„Natürlich", pflichtete Ulli bei.

„Aber", fügte er geschäftsmäßig an. „ich hätte nichts gegen weitere Veranstaltungen mit solchen Geldeingängen."
„Die nächste Veranstaltung werden wir aber wieder aus eigener Tasche finanzieren müssen", bremste Wolfgang seinen Freund und kam dann zum eigentlichen Grund seines Anrufes:
„Unser Weihnachtskonzert ist bereits in gut acht Wochen und wir haben noch nichts vorbereitet."
Er lud seinen Freund für den heutigen Abend zu sich ein.
„Und es wäre gut, wenn Friedrich dabei wäre. Kannst du ihn anrufen? Ich hänge hier noch etwas arbeitsmäßig in den Seilen!"

Die Dengenheimer Mehrzweckhalle war vor acht Jahren für Veranstaltungen verschiedenster Art gebaut worden und die Eintracht nutzte seitdem die Halle für seine vereinseigenen Konzerte und Friedrich Fröhlich, der Schriftführer hatte bereits Ende August bei der verantwortlichen Gemeindestelle für den vierten Adventssonntag die Halle reservieren lassen.

Sie trafen sich, wie schon des Öfteren in der Vergangenheit, in Wolfgangs Wohnung und er schlug vor, sein häusliches Arbeitszimmer für die Besprechung zu nutzen.
„Zwar etwas eng, aber dann haben meine Mädels ihre Ruhe und wir sind ungestört", begründete Wolfgang seinen Vorschlag, während die Männer an dem schmalen Schreibtisch Platz nahmen. Bevor sie auf die Konzertplanung zu sprechen kamen, machten alle Drei ihrer Enttäuschung über den dürftigen Zeitungsbericht Luft. Ulli meinte, vielleicht wäre ein Leserbrief an die Verlagsleitung, unterschrieben von allen Chormitgliedern die passende Antwort und Friedrich ergänzte diesen Vorschlag mit der Forderung, alle Sängerinnen und Sänger sollten die Kündigung des Abonnements der Tageszeitung androhen. Wolfgang kündigte an, morgen den Lokalreporter, mit dem er das Gespräch geführt hatte, anzurufen.

Je nach Gesprächsverlauf könne man dann immer noch überlegen, ob und in welcher Form man etwas tun solle.
Dann informierte er, dass Miriam May die Liedauswahl für das Weihnachtskonzert vornehmen und in der Singstunde am morgigen Dienstag bereits mit den ersten Proben dafür beginnen würde.

Es waren die organisatorischen Details, die die drei Herren am heutigen Abend abzuklären hatten. Ulli, in seiner Eigenschaft als Schatzmeister des Vereins, hatte einen Eintrittspreis von sechs D-Mark vorgeschlagen.

„Letztes Jahr hatten wir knapp einhundertachtzig zahlende Besucher. Bei einer ähnlichen Besucherzahl könnten wir damit die laufenden Kosten für das Konzert bestreiten und wenn wir anschließend wieder eine Tombola durchführen, dann haben wir eventuell noch ein kleines Polster in der Vereinskasse." begründete er seinen Vorschlag.

Sie diskutierten noch eine Weile darüber, beschlossen eine Spenden-Sammlung für die Tombola und stellten entsprechend der Vorgaben von Ulli einen Kostenplan auf.
Nachdem die wesentlichen Einzelheiten geklärt waren, kamen sie nochmals auf den Auftritt am Sonntag zu sprechen. Interessant waren vor

allem auch die Reaktionen der anwesenden Sänger aus den Nachbargemeinden. Diese waren, was die musikalische Leistung des Chores anbetraf, den Berichten zufolge, ausnahmslos positiv.
Einige der Stein Städter Sänger hätten allerdings vorsichtig nachgefragt, ob die Idee der Chorgemeinschaft mit beiden Vereinen nicht doch noch eine Möglichkeit sei, erzählte Friedrich.
Ulli und Wolfgang hatten davon nichts mitbekommen, auch Friedrich war nicht direkt angesprochen worden. Walter Höfer aber habe ihm das erzählt.
„Natürlich hat er das als ‚völlig ausgeschlossen' zurückgewiesen", berichtete er. Dabei imitierte er etwas die Mimik und den Tonfall des Metzgermeisters, was bei seinen beiden Sängerfreunden ein leichtes Schmunzeln hervorrief.
Die Telefon im Flur und der Neben-Apparat auf Wolfgangs Schreibtisch läuteten.
„Um diese Uhrzeit ruft eigentlich nur noch Jemand aus Beates Clique an!" kommentierte er die Klingeltöne, mit Blick auf seine Armbanduhr, machte dabei aber keinerlei Anstalten, den Hörer abzunehmen.
„Freidank!" Es war Dagmar Stimme im Flur.
Die drei Sänger kümmerten sich jetzt nicht weiter um das Telefongespräch und wollten den unterbrochenen Gesprächsfaden wieder aufnehmen.
Die Tür wurde vorsichtig geöffnet, Dagmar trat einen halben Schritt in den kleinen Raum.
„Miriam ist am Apparat, es ist wegen unserem Weihnachtskonzert."
Da sich beiden Telefonapparate nicht miteinander verbinden ließen, zwängte sich Wolfgang zwischen den beiden Männern hinaus zum Flur. Dort stand jetzt auch Beate.
„Ausnahmsweise mal für mich!" foppte er seine Tochter und nahm den Hörer ans Ohr.
Die Musikstudentin war bei der Vorbereitung der einzelnen Liedvorträge für das Weihnachtskonzert. Dabei waren ihr einige Zweifel gekommen. „Ein ganzes Konzert in sechs Wochen einzustudieren, ist für einen Laienchor eine nicht so einfach lösbare Aufgabe!"
„Was bedeutet das?" fragte Wolfgang vorsichtig.
„Dass ich nicht weiß, wie wir das schaffen sollen!" Miriam stellte das in sachlichem Ton fest.

„Auf keinen Fall sollten wir einen Kompromiss eingehen und nur, weil wir es nicht schaffen, es mit ganz einfacher musikalischer Kost versuchen, dazu vielleicht sogar auch noch schlecht vorgetragen!"
Wolfgang überlegte.
„Heißt das wir, sollten das Konzert absagen?"
„Das wäre jedenfalls besser, als uns zu blamieren!" Miriam wirkte sehr entschlossen.
Die nachdenkliche kleine Stille, die jetzt entstanden war, wurde von der Dirigentin beendet.
„Als du mich für die Dirigentenstelle gewinnen wolltest, hast du unter anderem auch davon gesprochen, wie wichtig euch Laiensängern Musik und Gesang ist, dass sie durchaus auch einen hohen Anspruch an ihre Chormusik haben und dass sie nicht nur wegen der Geselligkeit und zur persönlichen Unterhaltung in einem Chor singen. Und ein dilettantisches Konzert wäre ein ausgesprochener Bärendienst für den Chor!" Sie stockte etwas.
Dann ergänzte sie nachdrücklich: „Und vielleicht sogar für das Image der Laienchöre insgesamt."
„Hängst du das jetzt nicht etwas zu hoch auf?"
Wolfgang stellte diese vorwurfsvolle Frage nur sehr halbherzig, denn er spürte, wie Recht sie hatte.
Da sie nicht sofort antwortete, stellte er eine weitere Frage:
„Kann ich dich in zirka einer halben Stunde zurückrufen? Ulli und Friedrich sind gerade hier. Wir besprechen das jetzt mal. "
Er legte auf und bemerkte, dass seine beiden Sängerfreunde bereits im Flur standen, direkt neben Beate und Dagmar.
„Was ist los?" Alle wollten es gleichzeitig wissen. Wolfgang verzog den Mund.
„Kommt, wir gehen wieder ins Wohnzimmer", sagte er mit einer entsprechenden Kopfbewegung.
„Ihr Beide auch, " wandte er sich an seine Frau und seine Tochter.
„Wir brauchen euren Rat!"

Eine knappe halbe Stunde später wählte er Miriams Nummer.
Als er sich meldete, unterbrach sie ihn, und entschuldigte sich für den wohl etwas zu kompromisslosen Ton von vorhin, sehe aber aus besagten Gründen keine andere Lösung und daher sei es richtig, die Veranstaltung abzusagen.

Wolfgang pflichtete ihr bei: „Du hast natürlich völlig Recht, ein Konzert ohne entsprechende Qualität ist absolut unmöglich"
Er räusperte sich.
„Aber es wäre seit vielen Jahren das erste Mal, dass wir das Weihnachtskonzert nicht veranstalten. Und das würde dann so aussehen, als würden wir in der neuen Formation mit allen unseren Traditionen brechen."

Seine Frau und seine Tochter hatten in der vorausgegangenen kurzen Diskussion diesen Punkt nicht ganz so eng gesehen, verstanden aber, dass es besser sei, zuerst nach einer geeigneten Alternative zu suchen.
Miriam antwortete nicht.
„Wir könnten ja einen Teil aus dem Männerprogramm des letzten Jahres einbauen…"
Er wartete auf eine Reaktion. Die blieb zunächst aus.
„…und uns vielleicht auch noch zusätzlich verstärken."
„Du meinst…?" Miriam überlegte etwas und fasste das soeben gehörte zusammen.
„Du meinst, wir sollten – so ähnlich wie am Sonntag – auch einige der alten Männerchorlieder vortragen. Das würde natürlich das Programm etwas ausweiten. Und wer sollte uns verstärken? Etwa einer der Nachbarvereine?"
„Also, wir hatten da eher an eine oder zwei Personen gedacht!"
„Solisten?" Miriam dehnte das Wort. „Hast du schon welche in Aussicht?"
Wolfgang suchte jetzt den Blickkontakt mit seinen beiden Sängerkameraden, die jetzt ebenfalls in der Diele standen.
„Nun, wir wollten fragen, ob nicht eventuell…, also wir könnten uns vorstellen, dass dein Freund …!"
„Winfried?" Miriams Ton klang erstaunt, aber, wie er fand, nicht ablehnend.
„Ja Winfried Topp am Klavier und Miriam May als Sopranistin!"
Am anderen Ende der Leitung war es still. Wolfgang schob nach: „Also wir denken da an vielleicht zwei Stücke! Wir wollen ja auch kein mehrstündiges Konzert…."

Miriam brauchte etwas Bedenkzeit. Sie wollte den überraschenden Vorschlag mit Winfried besprechen.
Auf jeden Fall würde sie in der morgigen Chor-Probe mit den ersten Übungen für die von ihr ausgewählten Konzertstücke beginnen.

„Und ich brauche auch die Partituren der Weihnachtslieder für den Männerchor. Dann klären wir, was wir davon übernehmen können und wie wir weitermachen."
„Ich denke, sie wird es machen. Und wir, wir werden zwar ein wenig in Probenstress geraten, aber besser so, als wenn im Chor Langeweile eintritt." fasste Wolfgang die Situation zusammen.

Die beiden Freunde standen bereits an der Tür, als die Telefone erneut klingelten.
„Dieses Mal ist es sicher für Beate!" vermutete Wolfgang, da aber weder seine Frau noch seine Tochter in der Nähe waren, ging er ,nach kurzem Zögern, zu dem Apparat.
„Oder hat etwa Miriam noch etwas mitzuteilen?" Rasch nahm er jetzt den Hörer von der Gabel.
„ Hallo? Ja ! Nein, sie stören keinesfalls! Nur… mit ihnen hatte ich jetzt nicht gerechnet."

Er lauschte, hin und wieder einige Silben wie „allerdings", „genau", „das kann ich verstehen" oder einfach nur „Ja!" in die Muschel sprechend. Schließlich beendete er das Gespräch mit einem „herzlichen Dank und gute Nacht!", legte den Hörer ganz bedächtig zurück und drehte sich allmählich zu Ulli und Friedrich um, die etwas abwartend an der Tür standen.
„Das war nicht Miriam", bedeutete er.
„Aber es war für mich. Und auch für dich Ulli und für dich Friedrich! Und um genau zu sein, es war für den gesamten Chor!"
Mit jedem Wort war seine Stimme etwas lauter geworden und sein angespannter Gesichtsausdruck geriet mehr und mehr zu einem breiten Lächeln.
„Es war..", er machte eine kleine Pause, „..unser Lokalreporter! Aus Platzgründen hat die Redaktion in der heutigen Ausgabe keine Möglichkeit gesehen, den ausführlichen Bericht mit entsprechenden Fotos abzudrucken. Aber Morgen, morgen steht alles ausführlich in der Zeitung."

...

Wie schon am Vortag war Wolfgang noch zeitiger als üblich auf den Beinen.

Und wie gestern eilte er zuerst zum Briefkasten. Die Zeitung stand halb aus dem Briefschlitz und er zog sie, ohne den Kasten zu öffnen, einfach heraus. Dass er dabei die Titelseite einriss, störte ihn nicht weiter.

Immer zwei Stufen der Treppe auf einmal nehmend, war er in Minutenschnelle wieder zurück in der Wohnung, setzte sich auf den Küchenstuhl, schlug die heutige Ausgabe mit einem Schwung auf, fand sofort die richtige Stelle und las.

CHORGESANG IM AUTOHAUS

Der Gemischte Chor Dengenheim setzte bei seinem Premierenauftritt dem Firmenjubiläum des Autohauses Bläser einen besonderen Akzent! Von Dirigentin Miriam May exzellent vorbereitet stellte sich der neu aufgestellte gemischte Chor des Eintracht Dengenheim erstmals der Öffentlichkeit vor.

Bereit im sehr gelungenen ersten Teil des kleinen Konzertes, den der Männerchor mit einem der schönsten Silcher-Lieder beeindruckend einleitete, zeigte sich bei den folgenden beiden Sätzen aus der Romantik, wie sehr die Damen und Herren des Chores sich musikalisch verstehen . Und so überraschten sie die Zuhörer mit bemerkenswerten Vorträgen, stets sauber in der Intonation und dynamisch ausdrucksvoll.

Wolfgang hörte Dagmar in die Küche kommen. Sie sah ihm über die Schulter. „Ziemlich groß der Artikel," bemerkte sie. Er nickte. „Gut?" wollte sie wissen, denn er deckte mit seinem Unterarm einen Teil der Seite ab. Er nickte wieder. „Du kannst es gleich selber lesen!"
Sie hantierte mit dem Geschirr. Er hob jetzt die Seite an und las laut weiter:

„ Aus der Pause, in der ein sehr begabter junger Musiker namens Wilfried Topp die Besucher mit interessanten Jazz – Rhythmen an der elektronischen Orgel unterhielt, holte der Chor die Besucher mit einer irischen Volksweise zurück in die Ausstellungshalle. Kaum waren die anmutigen Töne verklungen, spannten die Sänger musikalisch einen großen Bogen in die neue Welt. Mit ansteckend musikalischer Freude, diesmal unterstützt von Topps präzise gespieltem Instrument betrat der Chor ein für ihn musikalisches Neuland. „It´s never rain, dieser Song von Albert Hammond brachte sogar den Himmel zum Regnen, was der Vorstand des Vereins in seiner späteren Moderation besonders erwähnte.

Wolfgang murmelte jetzt leise die nächsten Worte vor sich hin um dann mit noch größerer Lautstärke fortzufahren:

> *War es für die meisten Zuschauer schon bis dahin überraschend, wie frisch und frei sich dieser neue Chor zeigte, wunderte man sich doch noch mehr, als er beim letzten Lied die Interpreten einen Song präsentierte, das sich thematisch dem eigentlichen Anlass – einer Autoschau – etwas anpasste und das der langjährige Dirigent des Chores, Dieter Hartung, eigens für diesen Anlass für den Chor in Noten gesetzt hatte.*

Für einen weiteren Moment las er wieder still weiter, dann drehte er sich zu Dagmar hin.

„Sie schreiben auch, dass Dieter einer der Verantwortlichen sei, die die Umwandlung in einen gemischten Chor forciert haben. Wenn er das liest, dann ist das besser als eine neue Herzklappe und drei Schrittmacher dazu!"

Er freute sich aufrichtig für den alten Freund. Dagmar, die ihrem Mann die offensichtlich gute Laune von Herzen gönnte, war ebenfalls darüber froh.

„Und die Fotos? Zeig doch mal her!" bat sie und drückte zwei Weißbrotscheiben in den Toaster.

Das erste Foto der schwarz-weißen Dreier-Serie war eine Gesamt-Aufnahme des Chores, davor Miriam May mit sehr ausladender Geste. Die beiden anderen Bilder waren wohl mit Teleobjektiv aufgenommen, denn sie zeigten einmal einen Ausschnitt aus den Männerstimmen, deutlich erkennbar in voller Aktion, denn der Fotograf hatte just in dem Moment den Auslöser betätigt, als alle den Mund ziemlich weit geöffnet hatten. Auf dem anderen Foto waren die Gesichter singender Frauen aus dem Chor zu sehen, noch deutlicher, als bei der Aufnahme der Männer. Ziemlich in der Mitte des Bildes war Beates Gesicht zu erkennen, sehr konzentriert, aber so jung und hübsch, wie sie der Fotograf gerne sah.

„Das hat Edgar fein hin bekommen!" lachte Dagmar, " das müssen wir gleich noch Beate zeigen!"

„Was soll mir gezeigt werden?" Beate steckte den Kopf zwischen Tür und Rahmen.

„Der Artikel ist heute in der Zeitung. Mit Bildern!" Wolfgang raschelte mit der Seite.

„Und? Gefällt es euch?" Beate blieb ganz ruhig stehen.

„Sieh doch selbst!" antworteten die Eltern gleichzeitig.

Beate schüttelte den Kopf, grinste und sagte in betont lässigem Ton: „Nicht nötig. Ich kenne den Artikel und die Fotos. Gleich nach der Schule habe ich Edgar ordentlich Dampf gemacht, dann hat Edgars Vater die Lokalredaktion angerufen und wie ihr seht, es hat geklappt."
Dagmar und Wolfgang blieb der Mund offen.
„Was ich sagen wollte", Beates Mund wurde ganz breit, „ ich bin fertig, ihr könnt ins Bad!"

KAPITEL 11

„Das hört sich ganz nach einem Getriebeschaden an", konstatierte Wolfgang und drehte den Zündschlüssel zurück und stieg aus dem Fahrzeug. Es war ein beige lackierter Mittelklasse-Wagen einer anderen Marke mit fremdem Zulassungskennzeichen.

„Aber der Wagen hat doch noch nicht mal einhunderttausend Kilometer runter", reklamierte der Fahrzeugbesitzer aufgebracht.

Wolfgang beruhigte etwas: „Wir müssen das erst noch genau überprüfen. Weiterfahren können sie aber auf keinen Fall."

Sie gingen in sein Büro, um alles weitere zu klären. Da ein Ersatzfahrzeug benötigt wurde, rief er die nächste Autoverleihfirma an, um ein passendes Fahrzeug anzufordern.

Während er mit dem Sachbearbeiter der Verleihfirma telefonierte, ging der Kunde, der sich als Alfred Mathausch vorgestellt hatte, unruhig im Büro auf und ab. In der Ecke stand hochkant das von Friedrich Fröhlich für den Auftritt angefertigte Chor -Schild mit der aufgemalten Harfe und dem Violinschlüssel. Wolfgang hatte es nach dem Chorauftritt in sein Büro schaffen lassen.

Herr Mathausch, ein Mann mittleren Alters im korrekten Geschäftsanzug und auffällig spiegelnder Glatze, blieb jetzt vor dem Schild stehen. Er drehte seinen Kopf schräg um die Schrift auf dem Plakat zu lesen. Dabei ging er auch etwas in die Knie.

„In spätestens einer halben Stunde ist ein passender Wagen hier."
Wolfgang, hatte den Hörer aufgelegt und Herrn Mathausch halblaut diese Information zugerufen. Den schien das Schild zu interessieren.

„Das hat wohl ein Kunde vergessen?"
Wolfgang schüttelte den Kopf, lächelte ein wenig und schilderte kurz den Zusammenhang. Dann ließ er sich die notwendigen Formulare unterschreiben.

Da es noch ein wenig dauern würde, bis der Ersatzwagen eintraf, schlug er dem Kunden vor, in der Verkaufshalle zu warten. Dort sei auch ein Kaffeeautomat. Vielleicht würde eine Tasse Kaffee die Wartezeit etwas verkürzen.

„Oder ein Blick in die Prospekte unserer neuen Modelle!" machte Wolfgang noch ein wenig Eigenwerbung.

Herr Mathausch nickte, sah sich dabei aber etwas unschlüssig um, als müsse er überlegen, wie er in Halle käme. Aber statt zu gehen, überreichte er Wolfgang eine Visitenkarte.

Alfred Mathausch – Geschäftsführer der Künstleragentur SoundArt-,

war zu lesen.
Die Agentur hatte ihren Sitz irgendwo in Norddeutschland. Das passte zu dem Kfz-Kennzeichen an Herrn Matts Wagen.

„Ich manage Musiker- und Sängerauftritte"
Der Agent erklärte das mit etwas herablassendem Stolz.
„Vor allem im klassischen Bereich"
Wolfgang hörte aufmerksam zu. Herr Mathausch legte die rechte Hand auf die Brust.
„Aus diesem Grunde bin ich ja hier. Kommenden Monat gastiert, wie sie vielleicht wissen, Ludwig M. Sutorius in der Kreisstadt."
Wolfgang nickte kräftig und wollte etwas sagen, aber sein Gegenüber ließ sich nicht unterbrechen.
„ Leider gibt es keine Karten mehr, sonst würde ich Ihnen eine zukommen lassen, als Dank für ihren freundlichen Service. Aber sollten sie mal Bedarf an einem Künstlerauftritt haben, rufen sie mich einfach an."
Er streckte leicht seinen rechten Arm aus, so als wollte er Wolfgang die Hand zu geben. Der versuchte zu erklären, warum er keine Karte für den Künstlerabend benötigte. Herr Mathausch zog seine Rechte wieder zurück und bevor Wolfgang auch nur ein Wort hervorbrachte, ergänzte er:
„Allerdings, ihr Verein und die Gemeinde hier ist ja nicht allzu groß. Da würde man kaum einen prominenten Künstler für einen Auftritt gewinnen können."
Dabei sah er dem Werkstattmeister fest in die Augen und legte ihm die Hand etwas gönnerhaft auf die Schulter:
„Versuchen aber, versuchen könnte man es im Bedarfsfall trotzdem. Manchmal ergeben sich ungeahnte Möglichkeiten. Und ich habe ausgezeichnete Kontakte."
Jetzt reichte er Wolfgang mit großer Lässigkeit seine Hand.
Der erwiderte den Händedruck:
„Danke für ihr Angebot. Und wegen dem Konzert mit Herrn Sutorius. Da habe ich bereits Karten!"

Er sah zur offenen Tür. „Ah, ich glaube, da kommt schon ihr Leihwagen."

Als Herr Mathausch vom Hof fuhr, sah Wolfgang auf die Uhr. Es war bereits weit nach dem üblichen Dienstschluss. In aller Eile packte er zusammen. Von Miriam hatte er nichts gehört. Er würde später in der Probestunde nochmals mit ihr sprechen.
Die Visitenkarte des Agenten legte er in die Schreibtischschublade.

Es nieselte leicht, als sie das Haus verlassen und zur Chorprobe gehen wollten.
„Da werden wir wohl besser das Auto nehmen", schlug Beate vor. Dagmar nickte und Wolfgang drehte sich um.
„Ich hole den Schlüssel", erklärte er bereitwillig. Auf der zweiten Treppenstufe blieb er abrupt stehen.
„Vielleicht sollten wir doch lieber zu Fuß gehen", überlegte er laut.
„Nach unserem gelungenen Auftritt am Sonntag, werden wir Alle heute bestimmt noch auf ein längeres Stündchen in der Bahnschänke verweilen!"
Mit seiner etwas verschrobenen Ausdrucksweise wollte er andeuten, dass es heute Abend wohl nicht bei einem Bier bleiben werde. Er stieg die Treppe ein paar Stufen weiter nach oben.
Die fragenden Blicke irgendwie auf seinem Rücken spürend, erklärte er: „Ich hole nur unsere Schirme!"

Einige Meter vor dem Probenlokal parkte Miriam gerade ihr Fahrzeug, als das Trio – leicht nach vorne unter die Schirme gebeugt - die Straße entlang kam.
Die Drei blieben bei dem Auto stehen, Wolfgang hielt den Schirm über die langsam sich öffnende Fahrertür und während die Dirigentin abschloss, blickte sie sich um, dankte ihm für diesen galanten Service mit einem erleichternden Kopfnicken und lächelte. Wolfgang hielt den aufgespannten Schirm ganz dicht über sie, dass er dabei seinen Rücken der Nässe preisgab, bemerkte er nicht.
Mit wenigen Schritten erreichten sie den Eingang zum Probenlokal und blieben unter dem kleinen Vordach stehen. Wolfgang faltete etwas umständlich seinen Schirm zusammen, sorgsam bedacht, nichts von der trop-

fender Nässe auf seine Kleidung zu bekommen. Miriam drückte die Türklinke herunter.
„Wir machen das Konzert!" beantwortete sie endlich seinen fragenden Blick und öffnete die Tür zum Probenraum. Nicht nur Dagmar und Beate sahen, wie Wolfgang die Studentin impulsiv umarmte, allerdings ohne dabei den nassen Schirm loszulassen.

Es war anfangs schon ein wenig merkwürdig, im Oktober Weihnachtslieder zu singen. Doch nach einer kleinen Weile machte sich sogar eine leicht adventliche Stimmung breit.
Miriam hatte zu Beginn der Chorstunde das vorläufige Konzertprogramm vorgestellt und um besonders große Probendisziplin gebeten.
Freudiges Erstaunen und einen besonderen Beifall löste ihre Ankündigung aus, das Konzert mit einigen Solovorträgen zu ergänzen zu wollen. Im Mittelpunkt würde aber selbstverständlich der Chor stehen. Vorsorglich machte sie darauf aufmerksam, dass unter Umständen in der Woche vor der Veranstaltung ein – oder zwei zusätzliche Übungsabende erforderlich werden könnten, damit das Konzert auch ein entsprechender Erfolg würde.
„Wir wollen doch da anknüpfen, wo wir am Sonntag aufgehört haben!" rief sie motivierend in den Raum und erntete zustimmendes Klatschen.
„Und wir bekommen wieder eine tolle Kritik in der Zeitung!"
Gerhard Krieger machte seiner Begeisterung Luft.
Später, in der Bahnschänke las er sogar nochmals den Artikel laut vor. Miriam bemerkte zu Wolfgang, dass der Lokalreporter bei einigen seiner Formulierungen wohl einige Anleihen aus dem Kulturteil gemacht habe. Wolfgang sah sie etwas nachdenklich an, dann nickte er. Zugegeben, er hatte eher mit einer üblichen Beschreibung des Ablaufes und der Stimmung gerechnet, zumal der junge Reporter im Gespräch nicht gerade den Eindruck gemacht hatte, sich allzu sehr für Chormusik zu interessieren.
„Auf alle Fälle aber eine sehr positive Kritik!" bekräftigte er, mitten in den gerade einsetzenden Beifall, mit dem Gerhard Kriegers Lesung beendet wurde. Die Freude über das veröffentlichte Lob war jedem der Anwesenden ins Gesicht geschrieben.
Das Zeitungsblatt wanderte zwischen den Getränkegläsern über den Tisch. Zwar kannte jeder hier den Bericht, aber alle wollten irgendwie noch mal einen Blick auf den Artikel und auf die Fotos werfen und seinen

Kommentar dazu abgeben. Jetzt schob Ulli die besagte Seite an Walter Höfer weiter.

„Das sind noch bessere Fotos, als die gestrigen vom Gemeinderat", frotzelte er etwas und zeigte mit dem Finger auf eines der Bilder. Höfer blieb die Antwort nicht schuldig.

„Vielleicht deshalb, weil du nur halb zu sehen bist,"

„Aber hier, deine Tochter, " damit sprach er Wolfgang an, „die macht sich sehr gut auf dem Bild. Da hat sich der Fotograf ja das richtige Motiv ausgesucht."

„Alle Frauen sind gut getroffen!" Ullis Bemerkung löste heitere Zustimmung aus.

„Besonders die in der ersten Reihe!" Er schaute, verschmitzt lächelnd, dabei in Ingrids Richtung. Die erwiderte zwar den Blick, zeigte aber keine Reaktion, so dass nicht zu erkennen war, ob die Anspielung bei ihr angekommen war.

Es nahm auch niemand weiter davon Notiz, vielmehr hörte man Walter Höfer zu, der jetzt den Umsitzenden, erzählte, dass ihn Sänger aus Steinstadt auf die Möglichkeit einer Chorgemeinschaft angesprochen hätten. „Das ist für uns doch keine Alternative mehr!" Diesen Satz betonte er dermaßen, als ob er eine Rede im Gemeinderat hielte. Für den Moment unterbrachen die Gespräche im Raum und alle sahen zu dem Platz an dem Walter Höfer saß.

„Die haben doch erlebt, wie gut auch ein Gemischter Chor sich anhören kann!" bekräftigte er und sah dabei mit festem Blick in die Runde.

Alle nickten beifällig.

„Und lesen konnten sie es heute auch noch!" setzte Ulli hinzu.

Höfer grinste. Ulli grinste zurück.

„Warum singt eigentlich deine Frau nicht mit uns?"

Höfers Grinsen erstarb. Es schien, als wolle er die Frage übergehen. Viele aber hatten zugehört hatten und das sie ihn nun gespannt ansahen, sah er sich genötigt, zu antworten. Er verschränkte zunächst die Arme vor der Brust und beugte dann den Oberkörper vor, so dass seine Ellbogen und Unterarme auf der Tischplatte ruhten.

„Deine Frau, mein lieber Ulli, kommt ebenfalls nicht. Vermutlich hat sie gute Gründe. Und wenn jede der Sängerfrauen mitsingen würde, hätten wir einen tollen Zuwachs."

„Meine Frau ist total unmusikalisch und außerdem hat sie für so etwas keine Geduld", rechtfertigte sich ein schräg ihm gegenübersitzender Sänger, der sich sofort angesprochen fühlte.
„Dafür macht sie aber ganz tolle Handarbeiten" schob er entschuldigend hinterher.
Wolfgang mischte sich jetzt in das Gespräch ein:
„Natürlich hat jede ihre Gründe. Es wird zwar behauptet, dass alle Menschen singen könnten, aber eine entsprechende Neigung zum Gesang und zur Vereinsarbeit muss schon vorhanden sein."
Die am Tisch nickten, Walter Höfer lehnte sich wieder zurück.
Ulli hob das Glas und prostete in die Runde:
„Auf unsere Frauen, auf die, die singen und natürlich auch auf die …?
Er überlegte kurz. „…auf die, die etwas anderes lieber tun!"
Walter Höfer hatte sein Glas ebenfalls erhoben. Ulli stieß mit ihm an.
„Auf die Frauen!" „Auf die Frauen!"

Die Gespräche, begleitet vom Klirren der Gläser, wurden allmählich immer lebhafter, in immer kürzeren Abständen unterbrochen von herzhaftem Gelächter. Jeder kleine Scherz steigerte die laute Fröhlichkeit und animierte den Nächsten, eine Anekdote oder auch nur eine mehr oder weniger passende Bemerkung beizusteuern. Und weil nichts so gut die spontane Heiterkeit steigert, wie die Schilderung kleiner menschlicher Schwächen, wechselten sich in der kreuz und quer laufenden Unterhaltung spaßhafte Beschreibungen und harmlose Sticheleien ab.

Irgendwer brachte die Sprache wieder auf das anstehende Weihnachtskonzert.
„Vor zwei Jahren hatten wir die Bühne mit einem ziemlich großen Weihnachtsbaum dekoriert," erinnerte der sich – Allerdings hatte man den bereits Ende November dort aufgestellt. Infolge der trockenen Luft in der Halle hätte er schon nach zwei Wochen angefangen, zu nadeln.

Als man einen Tag vor der Veranstaltung Kerzen und Kugeln anbringen wollte, regnete es förmlich Tannennadeln und manche Äste glichen Antennenstäben. Zum Ausgleich habe man die dreifache Menge Lametta angebracht. Da sich die Silberfäden aber bei jedem Luftzug hin und her bewegten, hatten die Zuschauer später den Eindruck, man habe die Fichte mit einer leichten Gardine dekoriert.

Die Sänger hatten das noch gut im Gedächtnis und schmunzelten, die Frauen lachten und eine meint etwas spitz: „Typisch Männer!"
„Das Beste aber kommt noch", setzte der Sänger die Anekdote fort. „Bei Abräumen am Tage nach dem Konzert hat Irgendwer" – hier machte er eine bedeutungsvolle Pause - den Rest der Tannennadeln zusammengefegt und in einen großen Beutel geleert. Dieser wurde dann versehentlich im Requisitenraum verstaut und dort einfach vergessen."
Jetzt unterbrach er sich selbst mit einem kleinen Lachanfall.
Er holte tief Luft, dann schilderte er, dass man einige Wochen später, bei den Vorbereitungen für die Karnevalsfeier des Turnvereins, eine Anzahl ähnlich aussehender Plastiktüten, in denen Konfettis waren, dazugestellt hätte: „Als die Turner dann ein paar Stunden vor der Karnevalssitzung die Tische dekorierten, leerte man dazu auch einige der Konfetti-Tüten darüber aus. Und erwischte dabei ausgerechnet den Beutel mit den Tannennadeln."
Er schüttelte sich vor Lachen und die schon vorher zitierte Sängerin fühlte sich bestätigt: „Typisch Männer!"
„Und wie dekorieren wir denn dieses Jahr?" stellte Gerhard Krieger in das Lachen hinein die Frage. „Wie wäre es denn, wenn wir den Frauen kleine, weiße Flügel anklebten?"
„Dass wir Engel sind, weiß man doch auch so!" konterte Ingrid kess und das allgemeine Gelächter steigerte sich weiter.

„Es gibt doch auch noch andere Wesen mit weißen Flügeln…!"
Einer der Sänger hatte diese anzügliche Bemerkung zwar nur halblaut in die Runde gegeben aber Einige lachten und besonders herzhaft Gerhard Krieger, der den Witz, der sich dahinter verbarg, scheinbar bestens kannte. Er schlug belustigt mit der flachen Hand auf den Tisch.
„Die haben aber längere Hälse", lachte er dröhnend.
Er sah sich am Tisch um. Da einige verständnislos dreinblickten, versuchte er es mit der Frage:
„Sagt bloß, ihr kennt den Witz nicht?" Kopfschütteln war die Antwort. Er setzte nach: Du ebenfalls nicht?" Er meinte damit Walter Höfer.
Der schüttelte ebenfalls den Kopf.
„Also hört her!" Krieger war jetzt in seinem Element.
„ Kommt eine Frau in den Himmel…."
Es ging in diesem Witz um eine Frau, die an der Himmelspforte von Petrus gefragt wird, wie in ihrem irdischen Leben ihr Verhältnis zu ihrem Ehemann gewesen sei.

„Hast du alles getan, was dein Gatte von dir wollte?" Sie bejaht!"
„Hast du ihm jemals widersprochen?" Sie verneint!
„Hast du ihm seine kleinen Fehler ohne Murren verziehen!" Sie bejaht ebenfalls und in diesem Sinne geht das himmlische Verhör weiter.
Gerhard Krieger hatte offensichtlich Spaß daran, die Geschichte auszudehnen, kam aber dann doch allmählich zur Pointe.
„.. endlich, am Ende der Befragung weist Petrus einen Engel an, der Frau zwei weiße Flügel zu bringen. Und als die gute Seele fragt, „Dann bin ich jetzt wohl auch ein Engel?" antwortet ihr Petrus: „Wohl eher eine dumme Gans!"

Die unterschiedlichsten Reaktionen folgten diesem naiven Spaß. Die meisten lachten und die Anderen kommentierten ihn.
„Da wirst du wohl kaum Aussichten haben, nicht mal auf einen noch so kleinen Flügel!" rief Wolfgang augenzwinkernd zu Dagmar und Ullis Schwägerin meinte voll Selbsterkenntnis: „Meine Chancen sind da wohl auch gleich Null!"
Einige Männer klagten in sichtlich gespieltem Selbstmitleid, dass ihre Frauen später im Jenseits bestimmt flügellos bleiben würden und als Einer Walter Höfer anflachste, er solle diesen Witz doch seiner Frau mal erzählen, blieb dieser dabei auffallend ruhig, sah demonstrativ auf die Uhr und rief nach dem Kellner Guildo.

Das Gelächter und die temperamentvollen Gespräche ebbten langsam ab und allmählich wollte sich die Gesellschaft auflösen. Während Guido abkassierte, schien es, als verwickelten sich gerade die Schwestern Ingrid und Sybille mit zwei anderen Sängerinnen aus dem Sopran in einen kleinen Disput.
‚Von einem guten Blick zur Dirigentin' war wohl gerade die Rede, als sich Wolfgang verabschiedeten wollte. Dagmar war mit Miriam bereits vor einigen Minuten gegangen. Er überlegte kurz, ob er sich einschalten solle, tat dann aber so, als hätte er nichts gehört und ging mit einem lauten „Gute Nacht!" aus dem Lokal. Er wollte loslaufen, um eventuell Dagmar noch einzuholen, bremste sich aber dann.
‚Vielleicht wurde sie von Miriam nach Hause gebracht', überlegte er. Etwas gemächlicher ging er weiter, dabei über den Chor und insbesondere über das Weihnachtskonzert nachdenkend.

Wenig später trat er mitten in eine ziemlich große Pfütze und erst jetzt fiel ihm auf, dass der abendliche Nieselregen aufgehört hatte und sein Schirm

noch in der Bahnschänke stand. Rasch drehte er um und eilte zum Lokal zurück. Dort stieß er an der Tür mit den beiden Schwestern zusammen, die gerade die Bahnschänke verlassen wollen.
Sie sahen ihn etwas erstaunt an. „Ich hole meinen Schirm", erklärte er.
Sybille wunderte sich „Es regnet doch gar nicht mehr."
„Eben darum!" Wolfgang schob sind an den Beiden vorbei.
Die Schwestern verstanden nicht.
„Die meisten Schirme bleiben bekanntlich stehen, wenn es eben nicht mehr regnet!" belehrte er die beiden Sangesschwestern, schon halb im Lokal stehend.
Sein Schirm stand noch an der Garderobe, direkt daneben sah er Dagmars sonnengelbes Regendach. Er grinste, klemmte sich die Schirme unter den Arm und verließ die Gaststätte.
Sybille und Ingrid standen auf der Straße. Ob sie auf ihn gewartet hatten?
„Das sieht ja richtig nach Kontrolle aus", lachte er.
„Aber hier!" er streckte ihnen die Schirme entgegen, „hier der Beweis!"
„Du konntest dich wohl nicht entscheiden, welcher Schirm dir gehört!
Ingrids Sprechweise ließ Wolfgang vermuten, dass sie wohl nicht mehr so ganz nüchtern war.
„Meine Frau hat ihren Schirm wohl ebenfalls vergessen", erklärte er, unschlüssig, ob er jetzt weitergehen oder stehen bleiben sollte.
„Wir hatten eigentlich gehofft, unsere Dirigentin hier noch treffen, " Sybilles Tonfall war ebenfalls leicht schleppend.
„Aber wir können es ihm doch auch sagen!" wandte sie sich an ihre Schwester. Die nickte mehrmals. „Schließlich ist er ja unser Vorstand!"

Er erinnerte sich augenblicklich an die Wortfetzen, die er vorhin im Lokal aufgeschnappt hatte und argwöhnte, dass die Beiden trotz der späten Stunde noch die ‚Stellplatzfrage' ansprechen wollten.
Daher hatte er schon ein lockeres ‚Aber auch der hat mal Feierabend' auf der Zunge, entschloss sich aber dann doch nur zu einem interessierten Gesichtsausdruck.
Sybille umfasste beide Schirme, die er immer noch, beinahe wie zur Abwehr, vor sich her schob.
„Es geht um das Weihnachtskonzert."
Wolfgang behielt seinen aufmerksamen Gesichtsausdruck, zog aber dabei sehr behutsam die Schirme etwas zurück

„Wir wollten dazu einen Vorschlag machen" setzte Sybille nach, dabei wieder ihre Schwester ansehend. Sie ließ die Schirme los. Wolfgang stellte sie mit den Spitzen auf den Boden und stütze sich etwas darauf. Er hatte keinen Schimmer, worauf die Beiden hinaus wollten.
Ingrid erklärte es: „Wir haben doch beide früher in einem Gospel-Chor gesungen. Und wir meinen, dass wir auch bei unserem Weihnachtskonzert ein paar passende Gospel ins Programm nehmen könnten."
Wolfgang fiel jetzt ein, dass die Schwestern schon mal den Vorschlag gemacht und Miriam sogar eine Mappe mit Liedvorschlägen überreicht hatten. Er räusperte sich:
„Ich werde Miriam gleich morgen anrufen", versprach er und klemmte die Schirme wieder unter den Arm. Er machte eine leichte Drehung in Richtung seines Nachhauseweges.
Sybille tätschelte seinen Arm: „Vielleicht könnte meine Schwester da ja auch ein Solo beisteuern!"
Diesen Vorschlag hatte er nun wirklich nicht erwartet. Sein Blick irrte zu Ingrid.
Verblüfft fragte er „Ein Gospelsolo bei unserem Weihnachtskonzert?" Dabei erinnerte er sich wieder an ihren kleinen spätabendlichen Bahnschänkenauftritt. „Etwa Amazing Grace ?"
Die Schwestern lachten und Ingrid belehrte ihn:
„Es gibt viele passende Weihnachtsgospel. Besonders schön ist zum Beispiel..." Sie nannte einen englischen Titel, der Wolfgang aber nicht bekannt war.
„Noch besser gefällt mir dieser..." ergänzte Sybille, jetzt den Arm ihrer Schwestern tätschelnd. Auch der war ihm unbekannt.
„Ja, das ist wirklich großartig. Aber man könnte auch als Solo ebenso diesen verwenden."
Statt den Titel auszusprechen, summte sie einige Takte.
„Oder vielleicht auch das !" Wieder summte sie die ersten Töne.
„Das klingt alles wirklich gut!" Wolfgang wollte das Gespräch beenden.
„ Am besten wir besprechen das mit Miriam."
„Wir brauchen aber dabei wieder eine Instrumentalbegleitung!" Für Sybille schien schon alles festzustehen.
„ Also, wie gesagt, ich bespreche das mit Miriam. Schließlich hat sie ja die musikalische Leitung!"

„Aber du bist doch unser Vorstand!" Sybille ließ nicht locker und Wolfgang suchte nach einem möglichst geschmeidigen Ende der nächtlichen

Besprechung.
Er nickte mit einem etwas gequälten Lächeln: „Meine Damen – ich mache mich jetzt auf den Heimweg, ich muss morgen wieder früh aus den Federn."
Er hatte allerdings den Eindruck, dass das die beiden das gar nicht richtig zur Kenntnis nahmen.
Sybille meinte, dass Miriams Freund sicher wieder das Instrument spielen würde und Ingrid summte immer noch eines der ihr gerade einfallenden Gospels.
Im selben Augenblick begann es spürbar zu tröpfeln. Mit einem dankbaren Blick nach oben wiederholte Wolfgang nochmals, dass Miriam dafür zuständig sei und er gerne mit ihr sprechen würde.
„Gleich morgen früh rufe ich sie an", versprach er.
„Heute früh!" mahnte Sybille und streckte den linken Arm etwas nach vorne. Ihre Armbanduhr zeigte schon auf halb eins.
„Natürlich heute!" verbesserte sich Wolfgang und da das Tröpfeln jetzt stärker wurde, spannte er seinen Schirm auf.
„Soll ich euch den hier leihen?" Er hielt Dagmars gelben Regenschirm etwas in die Höhe.
„Wir sind doch mit dem Auto hier." Ingrid zeigte auf einen Wagen in etwa fünfzig Meter Entfernung. Sybille schaute ihre Schwester an.
„Es ist zwar keine große Strecke nach Hause, aber vielleicht …wir haben etwas Bier…? Da gehen wir vielleicht doch besser zu Fuß."
Wolfgang drückte ihr den Schirm in die Hand. „Sehr vernünftig. Und nach einem kleinen Spaziergang schläft man auch besser!"
Die Schwestern hakten sich ein und drängten sich ganz dicht unter den Schirm. Eine kurze Strecke gingen sie gemeinsam die Straße hinunter. Ingrid summte dabei immer wieder einige Notenfolgen.
Dann mussten die beiden Sängerinnen abbiegen.
„Vergiss bitte nicht, mit Miriam zu sprechen", mahnte Sybille noch und ehe Wolfgang antworten konnte, hatten die Beiden schon abgedreht.
„Gute Nacht!" rief er noch halblaut nach und ging rasch geradeaus weiter. Der Regen verstärkte sich.

…

Der Mittwochvormittag entwickelte arbeitsmäßig weit hektischer, als gedacht. Zunächst noch, beim gemeinsamen Frühstück, deutete alles auf einen Tag hin der ziemlich routinemäßig ablaufen würde. Wolfgang berichtete über das nächtliche Gespräch. Dagmar fand die Idee mit den Gospels durchaus überlegenswert und über den Solovortrag müsste sowieso Miriam entscheiden.

„…an meinen Schirm werde ich schon noch kommen und heute bleibt´s bestimmt trocken", kommentierte sie noch, während er sich von ihr verabschiedete.

…

Jetzt, unmittelbar vor Beginn der kalten Jahreszeit war der Terminplan wegen der fälligen Reifenwechsel ziemlich gefüllt und so hatte er sich beeilt, früher als üblich im Büro zu sein.
Die Monteureinteilung war noch reibungslos verlaufen und die ersten Autos konnten nach einer kurzen Besprechung in die Halle rollen.

Doch schon während des üblichen Listenvergleiches zu den erforderlichen Reifenbestellungen hatte er Abweichungen festgestellt und es mussten mehrere Telefonate mit dem Lieferanten geführt werden. Gerade als er mit einem Stammkunden über einen nicht eingeplanten, aber offensichtlich dringenden Termin verhandelte, kam die Meldung, dass eine der der beiden stationären Hebebühnen ausgefallen war. Da eine Ursache nicht sofort gefunden wurde, hatte er angeordnet, zwei bereits ausrangierte, aber noch voll funktionstüchtige Wagenheber einzusetzen, um wenigstens die eingetragenen Kunden bedienen zu können. Natürlich verschoben sich dadurch die Terminzeiten und so mussten er und sein Kollege eine Reihe von Gesprächen mit den betroffenen Fahrzeughaltern führen und um etwas Geduld bitten. Da aber nicht Alle das notwendige Verständnis für die möglichen Wartezeiten zeigten, liefen die Gespräche nicht immer ganz reibungslos ab.
Erst am späten Vormittag entspannte sich die Situation wieder. Es war gelungen, den Defekt an der Hebebühne wieder zu beheben und da man die mobilen Wagenheber weiter einsetzte, konnte der Zeitverlust allmählich wieder ausgeglichen werden.
Wolfgang atmete auf. Er ging hinüber zur Ausstellungshalle, um sich einen ‚Entspannungskaffee' zu holen.

Den heißen Pappbecher vorsichtig in der Hand haltend, lief er zurück.
„Hallo, Wolfgang!" Die helle Frauenstimme hinter ihm ließ ihn stoppen. Er sah sich um.
Sybille lief ein paar Metern über den Hof auf ihn zu, daneben Ingrid mit einem gelben Schirm in der Hand.
„Wir wollten ihn gleich zurückbringen", leitete Sybille ein, nahm Ingrid den Schirm kurzerhand ab und hielt ihn Wolfgang entgegen.
Der verzerrte kurz das Gesicht und sog hörbar zischend Luft durch seine Schneidezähne. Etwas von dem brühwarmen Kaffee war aus dem Becher auf seinen Handrücken geschwappt und hatte ihn schmerzhaft erschreckt.
„Oh, tut mir leid!" Sybille wich einen halben Schritt zurück.
„Nicht schlimm", beschwichtigte Wolfgang, „ nur etwas heiß"
Er nahm den Becher dabei in die andere Hand und blies leicht auf die gerötete Stelle.
„Ich sollte ihn besser trinken", sagte er und dachte dabei: "Jetzt fragen sie bestimmt, ob ich schon mit Miriam telefoniert habe." Er nahm einen Schluck.
„Also, wir wollten dir den Schirm zurückbringen." Ingrid übernahm jetzt das Wort.
„Vielen Dank, wir sind damit gut nach Hause gekommen."
Sybille kam wieder näher. „Hast du schon mit Miriam gesprochen?"
Er schüttelte den Kopf.
„Leider nein, aber heute Morgen war hier die Hölle los. Ich werde es aber bestimmt am Nachmittag oder abends versuchen."
Die beiden Schwestern blickten sich an. Er sah auf die Uhr.
„Tut mir leid, aber heute ist wirklich ein stressiger Arbeitstag."
Wolfgang lächelte freundlich. Ingrid ging hinten an ihm vorbei und stellte sich auf die andere Seite. Die beiden Schwestern rahmten ihn jetzt förmlich ein. Er nahm den halbvollen Kaffeebecher vorsorglich vor die Brust.
„Es war ja ein sehr fröhlicher Abend gestern", bemerkte Sybille, „wir haben wirklich viel und herzhaft gelacht."
„Und vielleicht etwas mehr getrunken, als wir sollten!" ergänzte ihre Schwester, „auch wenn man es uns nicht angemerkt hat."
Wolfgang nickte verständnisvoll. „Manchmal ergibt sich es sich halt so!"
„Und da schießt man auch mal über das Ziel hinaus. Nicht wahr Ingrid!"
Sybille hatte sich dabei etwas zu ihrer Schwester gebeugt und kam dabei dem Pappbecher verdächtig nahe.

Wolfgang schützte ihn mit der freien Hand. Worauf wollten die Beiden jetzt wieder hinaus?

„Wegen meinem Solovorschlag", Ingrid blickte ihm kurz in die Augen, dann sah sie zu ihrer Schwester.

„Der war vielleicht ein bisschen voreilig. Immerhin will ja unsere Dirigentin selbst singen. Und zwei Solistinnen sind vielleicht doch etwas zu viel. Was meinst du?"

Wolfgang konnte nicht sofort antworteten. Er hatte gerade wieder etwas Kaffee aus dem Becher getrunken und weil der immer noch ziemlich heiß war, nicht sofort hinunter geschluckt. Also machte er eine dicke Backe und wiegte dabei etwas den Kopf. Endlich sagte er:

„Nun, euer eigentlicher Vorschlag war ja, einige Gospelgesänge in das Programm einzubauen. Ob das mit einem zusätzlichen Solo verbunden werden kann, sollte doch unsere Dirigentin entscheiden."

Er fand seine Antwort ziemlich diplomatisch und die Schwestern schienen damit zufrieden. Sie nickten mehrmals.

„Vielleicht kann man ja in einem künftigen Konzert die Sache etwas erweitern."

Ingrid hielt sich offensichtlich immer noch eine Tür offen.

„Und wir könnten uns wirklich auch an größere Projekte heranwagen und in der Region ein Zeichen setzen!"

Bescheidenheit und Zurückhaltung war Ingrids Sache wirklich nicht. Sie plauderten kurz über ihren ersten gemeinsamen Auftritt und über das Chorsingen im Allgemeinen. Obwohl Ort und Zeitpunkt nicht ganz passend waren, wollte Wolfgang das Gespräch nicht einfach so abbrechen, da er das offenkundige Engagement der Schwestern schätzte.

Ingrid hatte die Unterhaltung gerade noch irgendwie auf das Thema ‚freie Sicht zur Dirigentin' gebracht, als ein Werkstattmitarbeiter den Plausch unterbrach.

„Es geht um das Fahrzeug mit dem Getriebeschaden, Herr Freidank. Können sie mal nachsehen?"

Wolfgang sagte zu, gleich in die Reparaturhalle zu kommen und verabschiedete sich von den beiden Sängerinnen.

„Ich habe mich schon mal kurz mit Fräulein May über eine Aufstellungsordnung für unsere künftigen Auftritte unterhalten. Wir klären das in der kommenden Singstunde." versprach er dabei.

Dann ging er eilig in Richtung Werkstatt.

„Wolfgang!" Es waren nochmals die Schwestern.

„Hier, der Schirm! Deswegen sind wir ja eigentlich hergekommen."

Wolfgang hatte es befürchtet. Das Getriebe war nicht dauerhaft zu reparieren. Da Herr Mathausch gestern noch nicht gewusst hatte, wo und wie er heute erreichbar sein würde, hatten sie vereinbart, dass er am Nachmittag in der Werkstatt anrufen würde. Bis dahin würde man eben nichts unternehmen können. Er besprach mit seinem Kollegen die weitere Tagesarbeit und beschäftigte sich dann eingehend mit dem Stapel von Papieren auf seinem Schreibtisch, hin und wieder unterbrochen von einem Telefonanruf.
Einer der Anrufer war Friedrich Fröhlich.
„Wir müssen das Weihnachtskonzert absagen", eröffnete er ohne Umschweife.
„Gerade hat mich das Bauamt der Gemeinde angerufen, und die Hallenreservierung für unser Konzert storniert. An der Gebäudedachkonstruktion wurden wohl erhebliche Mängel festgestellt und das bedeutet, dass möglicherweise die Halle bis in das neue Jahr hinein nicht zu benutzen ist und somit für alle Veranstaltungen gesperrt werden muss."
Wolfgang schnaufte.
„Mist! Da haben wir Miriams Bedenken zerstreut und alles geregelt und jetzt das! Dabei wollten wir doch unseren Gemischten Chor möglichst rasch auch in einem ordentlichen Konzert präsentieren!"

Er dankte Friedrich für dessen rasche Berichterstattung.
„Wenn wir wenigstens eine Ausweichmöglichkeit hätten?" überlegte er laut dabei und Friedrich antwortete:
„Darüber habe ich auch schon nachgedacht. Aber dieses Mal wäre das Autohaus wohl kaum der passende Ort."
„Das Christkind im Cabrio? Nein, wirklich nicht!" bestätigte Wolfgang und beendete das Gespräch mit einem etwas lahmen „Na, dann bis spätestens Dienstag!"

Während er noch über das geplatzte Weihnachtskonzert nachdachte, läutete das Telefon erneut. Es war Herr Mathausch und der zeigte sich geschockt über die Schadendiagnose.

„Wir können selbstverständlich auch für ihr Fabrikat den Schaden beheben, müssen dazu aber erst die Ersatzteile bestellen", teilte Wolfgang ihm weiter mit. „Und was wird das kosten?" wollte dieser von ihm wissen.
Wolfgang hatte den ungefähren Preis schon kalkuliert und konnte daher prompt antworten. Für einen Moment Schweigen.
„Und da ist nichts zu machen?" Wolfgang bedauerte „Leider nein!"
„Und wie lange wird das dauern?" erkundigte sich der Künstleragent hörbar resigniert. Auch da erhielt er keine positive Nachricht.
„Bis Anfang kommender Woche? Geht das nicht schneller?"
„Leider nein!"
Herr Mathausch schien zu überlegen.
„Also gut", willigte er ein. Aber bitte beeilen sie sich nach Möglichkeit."
Wolfgang bejahte und bevor Herr Mathausch auflegen konnte, bat er ihn noch um die Telefon-Nummer, unter der er erreichbar sein würde.
„Das ist schwierig, denn ich bin ständig unterwegs. Rufen sie am besten mein Büro an, die Nummer haben sie ja. Ich melde mich auf alle Fälle übermorgen."
Das gleich danach einsetzende monotone Rufzeichen zeigte, dass das Gespräch beendet war.

KAPITEL 12

Noch bevor er sich zum Abendbrot an den Tisch setzte, rief er Ulli an, um ihm mitzuteilen, dass das Weihnachtskonzert nicht stattfinden würde. „Das Hallendach? Und die Reparatur dauert definitiv so lange?", fragte der etwas ungläubig. „Vermutlich ja . Ich habe auch noch am späten Nachmittag mit der Gemeindeverwaltung telefoniert. Die sagen, dass eine sorgfältige und aufwändige Dachreparatur notwendig ist, denn bei starken Regen- oder Schneefällen bestünde sonst sogar Einsturzgefahr. Und die Arbeiten werden schätzungsweise mindestens zwei Monate in Anspruch nehmen."
Ulli schwieg. „Bist du noch dran?" wollte Wolfgang wissen.
„Ja doch. Ich überlege nur gerade, ob wir auf einen anderen Ort ausweichen können. Wo findet denn der reguläre Sportbetrieb in dieser Zeit statt?"
Die Dengenheimer Gemeindehalle war als Mehrzweckhalle konzipiert und es trainierten dort regelmäßig sowohl die Mitglieder der örtlichen Sportvereine wie auch die Schüler der Grundschule im Rahmen des Turnunterrichtes.
Wolfgang hatte diese Frage daher am Nachmittag auch schon geklärt. „Der Turnunterricht wird wohl ausfallen und die Sportvereine werden möglicherweise auf die beiden Turnhallen von Steinstadt ausweichen."
„Die eignen sich aber für unser Weihnachtskonzert kaum", bewertete Ulli die genannten Lokalitäten. Er hüstelte: „Da wäre allerdings noch der Steinstadter Musentempel…".

‚Musentempel', so nannten die Bürger von Dengenheim spöttisch, vielleicht auch ein klein wenig neidisch die Veranstaltungshalle von Steinstadt. Vor einigen Jahren hatte sich die Kleinstadt unter Nutzung aller verfügbaren Fördergelder einen für die regionalen Verhältnisse ziemlich imposanten Hallenbau mit großer Bühnenausstattung und entsprechenden Nebenräumen hinstellen lassen. Aber nur selten war die Halle bei Veranstaltungen voll besetzt und die von der Verwaltung veranschlagten Nutzungs-Gebühren für auswärtige Veranstalter waren entsprechend hoch.

„„.. wenn der Stein Städter Musentempel nicht groß und teuer wäre, dann…!" Ulli blieb mitten in der Überlegung hängen.
Wolfgang nahm den Gedanken auf.

„Ich habe auch schon daran gedacht. Dort auf der Bühne zu stehen, wäre schon ein kleines Ereignis und in einem der Nebenräume könnten wir dann auch unsere anschließende Weihnachtsfeier abhalten. Aber wie du schon richtig sagst, in der großen Halle kämen wir uns verloren vor und die Kosten sind ebenfalls entsprechend!"
„Aber die Steinstadter, die hätten wenigstens was zu reden. Der Gemischte Chor Dengenheim konzertiert in ihrem Prachtbau. Das wäre es doch."
Einen Augenblick klang Ulli vergnügt.
„Aber die bekommen ja selbst bei ihren Veranstaltungen die Halle nicht voll", blieb Wolfgang realistisch.
„Da musst du schon mit einem richtigen Bühnenstar anrücken!" Ulli war wieder auf dem Boden der Tatsachen angelangt.
Sie beschlossen, nochmals das Gespräch mit der Gemeinde zu suchen um endgültig zu klären, wie lange die Dachreparatur dauern würde. Bis dahin würde die Probenarbeit wie geplant weiterlaufen.
Er ging in die Küche, es roch ziemlich gut, aber bevor er auf den Herd sehen konnte, drückte Dagmar ihm einen kleinen Tellerstapel in die Hand und bat ihn, diesen ins Wohnzimmer zu bringen.
Dort lagen schon Besteck und Servietten auf dem Esstisch.
‚Wieso vier Gedecke?' wunderte er sich, aber ehe er noch fragen konnte, gab Dagmar schon die Antwort.
„Edgar kommt heute zum Abendessen. Beate meinte, für den tollen Artikel sollten wir ein bisschen Anerkennung zeigen. Und da hat sie nicht Unrecht."
„Nein, gewiss nicht. Er hat den Artikel zwar nicht geschrieben, aber die Fotos sind auch gut geworden."
„Beate hat mir erzählt, dass Edgars Vater den Lokalredakteur wohl bei der Formulierung unterstützt hat."
Wolfgang war irritiert. „Herr Gerber soll den Artikel geschrieben haben?"
„Zumindest hat er wohl einige fachkundige Hinweise gegeben."
Es klingelte.
„Das werden sie sein", erklärte Dagmar mit Blick auf die Uhr. „Dann kann dir Edgar gleich die Details erklären."

Tatsächlich hatte, nachdem Beate ihren Freund wegen des dürftigen Zeitungsberichtes am Montag angerufen hatte, dieser sofort mit seinem Vater gesprochen. Herr Gerber war in der Vergangenheit schon mehrmals bei einigen Veranstaltungen der örtlichen Kulturvereine als Reporter tätig gewesen und lieferte, neben seinen Fotografien, im Bedarfsfall auch ent-

sprechende Texte. Daher war sein Draht zur Redaktion der Lokalpresse ziemlich gut und als Edgar ihn eindringlich gebeten hatte, etwas zu unternehmen, waren Beide in die Redaktion gefahren und hatten ‚mit vielen guten Worten' und einem entsprechenden Unterstützungsangebot den Redakteur zum Abdruck des Artikels veranlasst.
„Dann sollten wir ja eigentlich deinen Vater zum Abendessen einladen", kommentierte Wolfgang Edgars Bericht schmunzelnd.
„Der würde sich bestimmt auch über zwei Eintrittskarten zu ihrem Weihnachtskonzert freuen."
„Da wird mir aber ein gemeinsames Abendessen leichter fallen."
Seine Antwort stieß bei allen am Tisch auf völliges Unverständnis.
„Was soll das heißen, Papa?" Beate schaute, wie, die Anderen am Tisch, recht irritiert auf ihren Vater.
„Das heißt, dass unser Weihnachtskonzert ausfällt."
Und weil er mit diese Erklärung noch mehr Fragen aufwarf, ergänzte er: „Weil vielleicht das Hallendach einfällt."
Jetzt war die Konfusion komplett.
Er berichtete von Friedrichs Anruf und seinen Gesprächen mit der Gemeindeverwaltung und mit Ulli.
„Der würde ja am liebsten unser Konzert in Steinstadt veranstalten."
„Und warum soll das nicht gehen?" Edgar schien die Idee nicht so abwegig. Wolfgang erläuterte ihm die Zusammenhänge.
„Ein nur zu einem Drittel besetztes Haus hat keine Atmosphäre, aber vor allem sind es die Kosten, die wir nicht aufbringen könnten und ich weiß ja noch nicht mal, ob der Termin frei wäre."
„Das lässt sich doch feststellen", meinte Beate, die offensichtlich diese Möglichkeit gar nicht so abwegig fand

Wolfgang lehnte sich zurück.
„Ich möchte ja auch nicht, dass wir das Konzert absagen. Aber der Musentempel ist keine Alternative. Finanziell schon mal gar nicht und nur vor den ersten Stuhlreihen zu singen …! Die Steinstädter Sänger – und nicht nur die - würden schadenfroh feixen."
Sie saßen für einen Moment schweigend um den Tisch. „Ulli hat ja gemeint, wir sollten einen Bühnenstar engagieren."
Wolfgang murmelte, in seinen Gedanken kreisend, vor sich hin.
Beate und Edgar nahmen die Idee sofort auf und überlegten laut, wie man das bewerkstelligen könnte.

„Vielleicht käme dann sogar das im Kultur-Programm des Rundfunks!"
Dagmar lachte über die jugendliche Begeisterung. Während sie den Nachtisch verteilte, machten die beiden jungen Leute eine Reihe von Vorschlägen und überlegten lebhaft, welchen populären Künstler man verpflichten könnte.
„Das wäre einfach der Knaller!" Beate war richtig begeistert.
„Und wir würden ein tolles Echo hier erzeugen, Papa."
Der nickte: „Das haben Sybille und Ingrid heute auch gesagt."
Dagmar sah in fragen an: „Die beiden Schwestern? Heute ?"
„Sie haben mir deinen Schirm zurückgebracht und ihr Solo-Angebot zurückgezogen!" Er erzählte.
„Und wo ist mein Schirm jetzt?" wollte Dagmar wissen.
Wolfgang hatte ihn im Büro vergessen.

Das Abendessen war beendet.
„Papa und ich räumen das Geschirr schon ab", Lachend wies Dagmar das Hilfeangebot von Beate und Edgar zurück. „Setzt ihr euch auf die Couch, vielleicht kommt ja noch etwas Interessantes im Fernsehen."

Später in der Küche sagte sie zu ihrem Mann: „Wenn es geschmeckt hat, kann ich das ja am Sonntag nochmals kochen. Meine Eltern werden es bestimmt auch mögen."
Wolfgang erinnerte sich, dass am kommenden Sonntag seine Schwiegereltern wieder zum üblichen Kartenspiel - Sonntag kamen und ihm fiel ihm ein, dass an diesem Nachmittag eine Sitzung der Vorstände des Sängerkreises in einem Nachbarort stattfand.
„Zum Essen bin ich noch da, aber spätestens um halb Zwei Uhr muss ich leider doch zur Verbandssitzung."
„Und mit wem spielen wir dann Canasta?" Dagmar zog eine Schnute.
Wolfgang küsste sie. „Frag Beate!"
Das war nicht ganz ernst gemeint, denn Beate war eine miserable Kartenspielerin und ohne jeden Ehrgeiz für dieses Spiel.

Er ging zurück ins Wohnzimmer. Seine Tochter und ihr Freund saßen eng umschlungen auf dem Sofa, das Fernsehprogramm schien sie nicht zu interessieren. Er räusperte sich.

Die beiden fuhren auseinander. Etwas verlegen zupfte sich Edgar am Pullover. Beate starrte auf den Bildschirm.

Wolfgang grinste innerlich: „Lasst euch nicht stören! Ich habe nur ein Frage: Edgar, spielst du eigentlich gern Karten?"
Der bejahte sofort : „ Sehr gerne. Was gewünscht wird. Skat, Doppelkopf und wenn es sein muss auch Poker"
Wolfgang schüttelte den Kopf: „Ich dachte mehr an ... Canasta!"

Mit Miriam sprach er am folgenden Nachmittag. Da er wusste, dass sie vormittags in der Musikhochschule war, rief er sie erst gegen halb vier Uhr an.
„Das ist wirklich sehr schade!" bedauerte sie, als er nach ausführlichem Bericht den Schluss zog: „und deshalb wird unser Weihnachtskonzert nicht stattfinden können."
Wolfgang meinte, dass es wohl keine andere Wahl gäbe, den ein Ausweichlokal sei leider nicht zu finden. Er erzählte von den vagen Überlegungen, den Auftritt in den Stein Städter Bühnenbau – das war der offizielle Name des Gebäudes – zu verlegen und weshalb das aber wohl nicht infrage käme.
„Es sei denn, du hättest Beziehungen zu einem prominenten Künstler, der für kleines Geld hierher kommt", scherzte er.
„Nun wir haben hier an der Hochschule schon eine Reihe von sehr guten Musikern, aber leider keinen mit großen Namen!" gab Miriam bedrückt zu.
„Aber unsere Probenarbeit setzen wir doch wie geplant fort?" fragte sie und es klang mehr wie eine Feststellung.
Wolfgang stimmte ihr zu: „Natürlich! Dann haben wir es zumindest im nächsten Jahr schon etwas leichter!"
Als das Gespräch beendet war, sah er zur Uhr. Die Gemeindeverwaltung in Steinstadt war um die Zeit noch erreichbar. Er nahm das Telefonbuch. Er wählte die gefundene Nummer. Er musste sich einige Male weiter verbinden lassen, ehe er an der richtigen Stelle landete.
„An diesem Termin ist keine Veranstaltung geplant", bekam er auf seine Frage zur Antwort.
„Soll ich hier etwas reservieren?"
Wolfgang zögerte.

„Es war nur so eine grundsätzliche Frage", erklärte er, um einer kleinen Pause des Nachdenkens zu fragen: „Aber vielleicht kann man ja einen vorläufigen Eintrag machen?"
Das schien kein Problem und er versprach binnen einer Woche die endgültige Entscheidung mitzuteilen.
Als er den Hörer auf die Gabel gelegt hatte, öffnete er die Schublade. Die Visitenkarte des Künstleragenten klemmte zwischen zwei Karteikarten.

Etwas unschlüssig drehte er die Karte hin und her, dann legte er sie auf den Schreibtisch und ging eiligen Schrittes in die Werkstatthalle.
Die Monteure packten gerade zusammen.
„Wie weit ist denn der Getriebschaden?" fragte Wolfgang einen der Mechaniker und zeigte auf Herrn Matts Wagen, der mit offener Motorhaube am Ende der Montagegrube stand. Er wusste, dass die benötigten Teile heute per Express angeliefert worden waren. Der Mann im Arbeitsanzug wischte mit einem groben Tuch seine Hände ab.
„So gut wie fertig. Der Kunde kann den Wagen morgen, wenn er will, abholen," antworte er, schloss dabei mit einem kräftigen Ruck die Motorhaube und setzte grinsend hinzu: „Der schnurrt jetzt genauso harmonisch wie ihr Chor!"
Wolfgang grinste zurück.
Er wünschte einen schönen Feierabend und ging wieder in sein Büro.
Nach mehrmaligem Ertönen des Freizeichens knackte es in der Leitung und es meldete sich eine Frauenstimme: „Anrufbeantworter der Künstleragentur SoundArt"
Die Bandansage teilte mit, dass das Büro zurzeit geschlossen sei und man eine Nachricht hinterlassen könne. Man würde zurückrufen.

Wolfgang räusperte sich, doch bevor er etwas sagte, legt er wieder auf.
Herr Mathausch wollte ja ohnehin morgen anrufen.
Er widmete sich den verschiedenen Papierstößen, die sich vor ihm stapelten. Die Visitenkarte hatte er wieder zurück in die Schreibtischschublade gelegt.
Nach einer Viertelstunde rief er daheim an, um mitzuteilen, dass er wohl etwas länger als üblich in der Firma bleiben würde.
„... es gibt noch einige Vorgänge, die wollte ich gerne heute noch erledigt haben", erklärte er Dagmar.

„Aber bis um sieben Uhr bin ich spätestens zuhause." versprach er.
„Mach ruhig deine Arbeit! Heut gibt es ohnehin kalte Küche!"
Dagmar nahm es gelassen.
Kurz danach rief sie wieder an.

„Es wäre schön, wenn du wirklich um sieben heim kommst"
Sie kannte ihren Mann und wusste, dass er manchmal auch die Zeit vergessen konnte, wenn er sich in eine Arbeit oder Aufgabe vertieft hatte.
„Anne Hartung hat gerade angerufen und gefragt, ob sie nachher auf eine Viertelstunde vorbei kommen könnte."
„Nein, Dieter geht es nicht schlechter", beantwortete sie Wolfgangs besorgte Frage.
„Sie wollte sich nur persönlich bei dir und dem Chor für den Besuch im Krankenhaus bedanken."
Wolfgang war Punkt sieben Uhr zuhause.
Anne saß schon im Wohnzimmer. Dagmar hatte eine Schüssel mit grünem Salat auf den Tisch gestellt, dazu Aufschnitt und Brot.
„Wir haben mit dem Essen auf dich gewartet und Anne hat auch noch nichts gegessen"
Dagmar küsste ihren Mann auf die Wange.
„Holst du dir bitte das Bier noch aus der Küche, die Gläser stehen schon hier", rief sie Wolfgang noch zu, als der seine Aktentasche in das Arbeitszimmer brachte.

Während sie aßen, erzählte Anne, wie sehr sich Dieter über den überraschenden Besuch und natürlich ganz besonders auch über den Vortrag des Autoschlagers gefreut habe.
„Der Stationsarzt musste ihm sogar ein leichtes Beruhigungsmittel geben, damit er einschlafen konnte", berichtete sie, selbst dabei vor Freude rot werdend.
„Und dann noch der Zeitungsbericht. Er hat ihn auf dem Seitenschrank gelegt und Alle die zu ihm kommen, egal ob Besuch oder Personal, werden gefragt, ob sie ihn gelesen haben."
Man sah es der Frau des Dirigenten an, dass sie recht aufgemuntert darüber war.
„Und wisst ihr, was er dann macht?" wollte sie von dem Ehepaar wissen.
Dagmar und Wolfgang schauten sie erwartungsvoll an.
„ Er hält dann immer die Zeitung hoch und sagt: Sie sollten auch Singen. Singen ist nämlich eines der schönsten Hobbys, die man haben kann. Und

im Chor in Dengenheim ist es besonders schön. Probieren sie es aus Jeden Dienstag ist Chorprobe. Gehen sie doch einfach mal hin. Am besten ist es, sie rufen vorher den Vorstand an. Herrn Freidank, das ist ein wirklich guter Vorstand."
Wolfgang war gerührt.
Anne legte ihm die Hand auf seinen Arm.
„Das mit dem guten Vorstand, das sagt er nicht jetzt nur, nach eurem Besuch. Das hat er auch schon vorher immer gesagt. Und besonders nach deiner Idee mit dem gemischten Chor. Und er hat sich auch fest vorgenommen, bei eurem Weihnachtskonzert dabei zu sein."
Wolfgang sah kurz zu Dagmar und Anne deutete diesen Blick offenbar falsch.
„Natürlich nur als Zuhörer!" lächelte sie daher beschwichtigend.

„Es wird vermutlich kein Weihnachtkonzert geben!" Wolfgang schaute bedrückt drein. Natürlich verstand die Dirigentenfrau nicht, was er damit meinte. Er informierte sie in kurzen Sätzen über den Grund für diese überraschende Absage.
„Und so wie es aussieht, wäre nur der Steinstädter Bühnenbau die einzige Alternative, das Konzert wie üblich durchzuführen. Aber ohne eine richtige Zugnummer ist das nicht zu machen. "
Er beendete seine Ausführungen mit einem Seufzer.
Anne schüttelte bedauernd den Kopf. Besonders ihr Mann würde über diese Nachricht bestimmt sehr enttäuscht sein, schließlich war das alljährliche Weihnachtskonzert vor Jahren ja auf seine Initiative hin entstanden.

Sie beredeten noch eine Zeit die Situation, ohne zu einem konkreten Ergebnis zu kommen. Irgendwann sagte sie, mit Blick auf die Uhr:
„Es ist später als gedacht, um diese Zeit gehe ich meist schon zu Bett. "
Sie stand auf.
„Ich würde aber gerne am nächsten Dienstag zu Beginn der Chorprobe allen Sängerinnen und Sängern persönlich den Dank und die Grüße meines Mannes ausrichten. Das geht doch?"
Wolfgang lachte. „Da fragst du noch? Du kannst, wenn du willst, sogar den gesamten Probenabend bei uns bleiben und hinterher noch in die Bahnschänke mit uns gehen."
Anne lehnte lachend ab:
„Ihr wißt, dass das nichts für mich ist. Ich werde den Nachmittag im

Krankenhaus verbringen und dann mich am Abend zuhause lieber ausruhen. Aber zum Probenbeginn bin ich da."
Als sie sich an der Tür verabschiedeten, gab sie Wolfgang mit einem leicht optimistischen Lächeln die Hand:
„Vielleicht findest du ja doch noch eine Lösung und kannst den Ausfall des Weihnachtskonzertes vermeiden. Ich werde mal Dieter vorerst noch nichts davon sagen."

Rein arbeitsbezogen verlief der Donnerstagvormittag völlig normal. Die vorliegenden Arbeitsaufträge waren für die Monteure allesamt reine Routine und die Kunden kamen ausnahmslos zu den verabredeten Terminen. So nahm er sich Zeit, um sich in aller Ruhe um den noch unerledigten Aktenberg zu kümmern. Nur immer dann, wenn das Telefon klingelte, erfasste ihn eine unerklärliche Hektik. Er ließ er den Kugelschreiber förmlich aus der Hand fallen und griff jedes Mal so hastig nach dem Hörer, so als befürchtete er, den Anruf zu verpassen.
Bis auf zwei Gänge, und die erledigte er nahezu im Laufschritt - einmal zu einer Rückfrage in die Montagehalle und später notgedrungen zur Toilette – verließ Wolfgang sein Büro bis zum Nachmittag nicht.
Endlich kam der Anruf, auf den er gewartet hatte. Herr Mathausch wollte wissen, ob sein Auto repariert sei.
„Wir haben uns beeilt und sie können ihren Wagen abholen", beantwortete Wolfgang die Frage.
„Schön", entgegnete der Künstleragent. „Und was kostet mich der ganze Spaß jetzt?"
Die Rechnung war schon am Morgen erstellt worden und Wolfgang hielt sie griffbereit auf seinem Schreibtisch. Er nannte den Betrag.
„Das ist aber noch mehr, als sie mir neulich genannt haben."
Das wusste Wolfgang und konnte es auch erklären.
„Allerdings kommen noch die angefallenen Leihwagenkosten dazu", bemerkte er dann noch.
"Natürlich!" gab Herr Mathausch zur Antwort.
Wolfgang überbrückte die jetzt entstehende Pause: "Wann möchten sie denn ihren Wagen abholen?".

Ohne eine Antwort abzuwarten, setzte er fort: „Es wäre mir sehr recht, wenn ich dann mit Ihnen reden könnte. Ich habe da nämlich noch ein

kleines Anliegen."
„Ja?" Herr Mathausch reagierte etwas einsilbig.
„Es hat nichts mit ihrem Auto zu tun. Es ist vielmehr…künstlerischer Natur!"
Er wusste nicht so recht, wie er seine Frage formulieren sollte.
„Künstlerischer Natur?" Herr Mathausch schien nicht zu verstehen.
Wolfgang zog in einer plötzlichen Anwandlung von nervöser Verlegenheit den Telefonapparat nahe an sich heran.
„Nun, wir veranstalten am vierten Adventswochenende ein Weihnachtskonzert und aus einem ganz bestimmten Grund wollen wir in diesem Jahr dafür einen renommierten Künstler engagieren."
Herr Mathausch hüstelte.
Und weil Wolfgang in diesem Moment, aber ohne jeden konkreten Grund, gerade Miriam einfiel, ergänzte er:
„…oder eine bekannte Künstlerin!"
„Sie wissen, dass das äußerst sehr schwer sein wird. Erstens ist das ziemlich kurzfristig und für eine so kleine Veranstaltung gibt sich ein namhafter Solist kaum her. Ich fürchte daher…" Herr Mathausch klang ziemlich distanziert.
„Nun, ganz so klein ist die Veranstaltung in diesem Jahr nicht! Wir wollen es größer aufziehen. Und deshalb…."
Bevor er weiter sprechen konnte, übernahm Herr Mathausch aber wieder das Wort: „Ist es ihnen recht, wenn ich den Wagen am Montag abhole?"
Verdutzt bejahte Wolfgang diese jetzt so unerwartete Frage.
„Akzeptieren sie einen Scheck?"
Wolfgang bejahte wieder, immer noch etwas irritiert.
„Gut! Ich bin Montag bei Ihnen. Und was ihren Wunsch betrifft, ich werde ich mich darum kümmern." Herr Mathausch klang jetzt ganz geschäftsmäßig.
„Es handelt sich um ein Adventskonzert, sagten sie?"
Wolfgang korrigierte etwas unbeholfen: „Ein Weihnachtskonzert."
„Das ist so ziemlich dasselbe. Und wann genau soll ihre Veranstaltung stattfinden?"
Wolfgang nannte das Datum.
„Und wo findet das Konzert statt?"
„Im Musentempel in Steinstadt"
„Musentempel?" wunderte sich der Agent.

„Das ist nur ein Spitzname- richtig heißt es natürlich Bühnenbau Steinstadt." In Wolfgang stieg so etwas wie ein leichtes Hochgefühl auf. ‚Wenn er so konkret fragt, dann hat er bestimmt auch ein Angebot!' schoss im durch den Kopf und seine Gedanken machten sofort einige Sprünge. ‚Eine ausverkaufte Veranstaltung in Steinstadt, das wäre schon ein Knaller. Überall würden die Plakate hängen -,*Weihnachtskonzert Eintracht Dengenheim mit Gaststar …?*

„Was haben sie gesagt?" Er musste nachfragen, denn er hatte dabei Herrn Mathausch nächste Frage nicht richtig verstanden.

„Ich wollte wissen, mit wie vielen Besuchern sie kalkulieren. Unter dreihundertfünfzig Zuhörern wird keiner der von mir gemanagten Künstlern auftreten."

„Dreihundertfünfzig ? " wiederholte Wolfgang fragend. „Dreihundertfünfzig?"

„Das ist die Mindestzahl!" belehrte ihn Herr Mathausch.

„Nun, in die Halle passen bei entsprechender Konzertbestuhlung etwa bis zu fünfhundertfünfzig Menschen", gab Wolfgang zur Antwort. „ Ob allerdings so viele ….!"

Herr Mathausch unterbrach: „Das ist doch eine Ansage."

Wolfgang wollte noch nachschieben, dass er nicht garantieren könne, wie viele Konzertbesucher wirklich zu erwarten seien, doch Herr Mathausch sprach schon weiter.

„Es wird – wie schon gesagt, - aus den genannten Gründen nicht ganz einfach, aber ich werde mich intensiv darum kümmern. Am Montag weiß ich mehr. Ich komme am besten in der Mittagszeit, dann können wir die weiteren Details abklären. Einverstanden ?"

Und ob Wolfgang einverstanden war.

Herr Mathausch hatte noch eine Bitte.

„Es ist üblich, vor Zustandekommen eines Vertrages keine Verlautbarungen vorzunehmen. Deshalb bitte ich sie, bis auf weiteres mit Niemandem darüber zu sprechen. Ich nehme an, sie verstehen das."

Natürlich verstand das Wolfgang. „Es wäre wirklich sehr schön, wenn sie da etwas machen könnten."

„Wir werden sehen. Dann bis Montag."

„Bis Montag!" wiederholte Wolfgang, aber da hatte der Agent schon aufgelegt.

Für einige Sekunden noch hielt er den Telefonapparat mit beiden Händen fest, dann schob er ihn sehr bedächtig wieder auf der Schreibtischplatte zurück. ‚Ein richtiger Bühnenstar für unsere Veranstaltung!'
Er lehnte sich in seinem Bürostuhl zurück und schloss die Augen.
Wieder tauchten sich in seinem Kopf Bilder von groß gestalteten Plakaten auf, die sich in rascher Folge mit Szenen prächtiger Bühnenauftritte und einem nahezu enthusiastisch klatschenden Publikum abwechselten.
Ein für ihn in den Gesichtszügen unscharf bleibender überlebensgroßer Herr im Frack gab ihm die Hand und gratulierte ihm mit etwas übertrieben akzentuierter Stimmlage zu der phantastischen Veranstaltung. Miriam stand daneben, einen riesigen Blumenstrauß in den Händen und wieder applaudierten die Menschen in der Halle begeistert. Der Mann im Abendanzug verneigte sich mehrmals und eine der Sängerinnen – es war Ingrid – sagte beifällig: „Haben wir es nicht gesagt: Man muss ein Zeichen setzen!"
‚Ja', dachte Wolfgang, ‚das wäre ein Zeichen!'
„Ist Ihnen nicht gut?"
Wolfgang schreckte hoch.
Ein Werkstattmitarbeiter stand direkt vor seinem Schreibtisch und sah ihn mit besorgter Miene an.
„Alles in Ordnung", wiegelte er ab und weil der Mechaniker etwas ungläubig dreinblickte, fügte er, sich dabei räuspernd, hinzu: „Nur eine kleine Entspannungsübung, die ich gerade ausprobiert habe."
„Autogenes Training?" grinste der Mechaniker und legte eine grüne, schon ziemlich abgenutzte Mappe, mit der Aufschrift Rapportliste, auf den Tisch.
„Meine Frau macht das ebenfalls wenn sie glaubt, dass sie Stress hat" erklärte er dabei seine Vermutung mit einem so deutlich erkennbar ironischen Unterton, dass Wolfgang sich im Moment ein wenig darüber ärgerte.
„Ich bevorzuge Hatha Yoga." Zufällig hatte er darüber vor kurzem in einer Frauenzeitschrift, die Dagmar abonniert hatte, gelesen. Und den darauf fragenden Blick des Monteurs beantwortete er ziemlich lässig: „Indisches Yoga-Training! Sollten sie unbedingt ihrer Frau empfehlen."
Damit nahm er die abgewetzte Mappe und öffnete sie.

Den kommenden Montag erwartete er mit großer innerer Anspannung. Er hatte nochmals mit der örtlichen Gemeindeverwaltung telefoniert und auch einige Male mit Ulli und Friedrich gesprochen. Die Veranstaltungshalle würde auf jeden Fall bis in das neue Jahr hinein für Veranstaltungen gesperrt bleiben.
Dass ihn dieser wohl endgültige Bescheid offensichtlich nicht mehr so sonderlich belastete, verwunderte die Sängerfreunde schon ein wenig und Dagmar schien das ebenfalls zu bemerken.
So hatte sie auch beim sonntäglichen Mittagessen, ihre Eltern waren wie verabredet gekommen, beim Gespräch über die Vereinsarbeit im Allgemeinen und die Hallensituation und deren Konsequenzen im Besonderen, angemerkt, dass ihr ‚Wolfilein mit den Jahren anscheinend etwas ruhiger geworden sei, denn sonst hätte er deswegen doch schon längst eine Krisensitzung einberufen und den Gemeinderat alarmiert'.
Diese und andere Äußerungen ähnlicher Art hatte er mit sichtlicher Gelassenheit aufgenommen, ebenso das sofort danach einsetzende Lob seiner Schwiegermutter über seine vermeintlich neue Haltung.
„Das kommt dann sicher auch der Familie zugute!" bekundete sie ihre Einstellung. Ihr ging „Familienleben' eben über alles.
Dass er ausgerechnet heute Nachmittag, also am heiligen Sonntag, noch an einer wichtigen Verbandssitzung teilnehmen müsse, sei aber hoffentlich eine Ausnahme, ließ sie vernehmen.
Sein Schwiegervater war mehr über die eigene Einschätzung verdrossen, dass, da Beate nun am heutigen Nachmittag seine Spielpartnerin für das Canastaspiel sein würde, die Niederlagen wohl vorhersehbar seien. Er liebte, ja er vergötterte seine Enkeltochter, beim Kartenspiel aber zeigte er einen ganz speziellen Eifer und großen Ehrgeiz.
Nun, Beate hatte damit kein Problem. Sie war sogar froh, wenn sie nicht mitspielen musste und dass Edgar an Stelle ihres Vaters mitmachen würde. Das allerdings sollte noch nicht verraten werden und deshalb hatte sie, mit schelmischem Augenzwinkern hin zu ihren Eltern, ihrem Großvater erklärt:
„Wenn du heute verlierst, wird das bestimmt nicht an mir liegen!"
Dagmars Vater quittierte das mit einem sehr ungläubigen Lachen.
Edgar traf ein, gerade als Wolfgang sich anschickte, die Wohnung zu verlassen. Er war schon etwas knapp in der Zeit und überließ deshalb die

Vorstellung des jungen Mannes und die notwendigen Erläuterungen seiner Frau.

...

Es war üblich, dass die Vereinsvorstände der regionalen Gesangsvereine sich in regelmäßigen Abständen zu einem Gedanken- und Informationsaustausch verabredeten..
Sie kannten sich untereinander. Nicht nur von derartigen Sitzungen, man traf sich je nach Anlass zu gemeinsamen Konzerten oder bei anderen Veranstaltungen.
Die Männer schüttelten sich beim Eintreffen freundschaftlich die Hände, besonders aber wurde Wolfgang an diesem Tag mit neugieriger Herzlichkeit begrüßt.
Auch der Vorstand der Steinstadter Liedertafel, er hieß Adolf Sehling, war anwesend. Wolfgang sah, dass der Stuhl neben ihm noch frei war und nahm gezielt dort Platz.
Es war fast immer schwierig, einen für Alle passenden Termin für diese Besprechungen zu finden und dieses Mal hatte man sich -ausnahmsweise - , wie der Tagungsvorsitzende zu Beginn auch betonte, auf den Sonntag geeinigt. Die geplanten Besprechungspunkte wurden vorgestellt und ganz oben auf der Tagesordnung stand das Thema ‚Mitgliederentwicklung'. Es war ja eine ganze Reihe von Vereinen, die Nachwuchssorgen plagten und so hatte man Wolfgang gebeten, von der erfolgreichen Neuausrichtung in Dengenheim zu berichten. Er beschrieb in einigen Sätzen, wie es zu dem Entschluss gekommen war und stellte dann - durchaus nicht ohne Stolz - die augenblickliche Situation vor. Die lebhafte Debatte, die sich seinem kleinen Vortrag anschloss wurde nach einiger Zeit, ohne dass man zu einer einheitlichen Meinung gekommen war, beendet. Allgemein aber spendete man der Eintracht Dengenheim für die gelungene Umstellung viel Lob und einen ganz besonderen Beifall für den ersten öffentlichen Auftritt.
Als man anschließend, wie üblich, die Termine für die geplanten Konzerten der Vereine in den kommenden Monaten untereinander austauschte, stellte er mit einigem Erstaunen fest, dass sich die Nachricht von dem maroden Hallendach schon herumgesprochen hatte und auf die Frage, ob somit das Weihnachtskonzert ausfiele, antwortete er so ausweichend,

dass sein Steinstadter Nachbar scherzhaft in die Runde rief: „Vielleicht machen die ihr Konzert ja in unserem Musentempel!" was allgemeine Heiterkeit auslöste. Wolfgang lachte mit.

Nachdem der offizielle Teil der Sitzung beendet war, suchte er nochmals das Gespräch, denn er wollte bei seinem Vorstandskollegen aus dem Nachbarort die Angelegenheit mit Edgar Gerber endgültig klarzustellen.
„Natürlich kann Jeder singen, wo er will. Auch Edgar Gerber. "
Herr Sehling gab sich völlig entspannt.
„Aber ist es doch eigentlich selbstverständlich, dass er das in seinem Gemeindeverein - also eben in unserer Liedertafel – tut. Das ist unsere Meinung und nichts anderes haben wir Edgars Vater gesagt. Und wir haben auch gar nicht unterstellt, dass die Dengenheimer einen offensiven Abwerbeversuch unternommen haben."
Wolfgang kam es so vor, als ob Sehlings Gesicht dabei einen leicht spöttischen Ausdruck bekam und als dieser hinzufügte:
„Obwohl man es sogar verstehen könnte, schließlich könnt ihr auch als Gemischter Chor auf keinen Sänger verzichten, zumal ja gerade deswegen …" wusste Wolfgang sofort, dass er damit auf Marcus Langer anspielte, der zur Liedertafel nach Steinstadt gewechselt hatte, weil er nur in einem Männerchor singen wollte und ehe Adolf Sehling weiter sprechen konnte, ergänzte er von sich aus den Satz: „.. dass deswegen ein guter Bassist nach Steinstadt abgewandert ist."

‚Ich hoffe, Marcus Langer fühlt sich bei euch wohl' wollte er noch, teils resignierend, teils ironisch, hinzufügen. Exakt in diesem Moment aber verabschiedeten sich gerade einige der Tagungs-Teilnehmer und so überging er seine Bemerkung. Und während er noch mit einer schwungvollen Handbewegung zurückgrüßte, schob sich der letzte Satz nochmals in seine Gedanken und erkannte, dass hier doch genau der richtige Ansatzpunkt für seine weitere Argumentation lag. Er nahm den Dialog wieder auf:
„So profitiert halt jeder von der Situation des Anderen!" Nun lächelte Wolfgang.
„Ihr hattet einen Vorteil dadurch, dass Marcus Langer nur in einem Männerchor, auch wenn das eben nicht sein Gemeindeverein ist, singen will. Was wir natürlich aber auch vollkommen respektieren."
Den letzten Satz sagte er mit besonderem Nachdruck.

„Und unser Vorteil besteht in diesem Fall darin, dass bei der Dengenheimer Eintracht ein hübsches Mädchen singt, das einem stimmbegabten Stein Städter ziemlich gut gefällt und …"
Er machte dabei eine Kunstpause und setzte dann fort:
„…und es in Steinstadt eben keinen Gemischten Chor gibt."
Adolf Sehling rührte sehr konzentriert in seiner Kaffeetasse.
„Ich glaube, es steht Eins zu Eins", stellte er nach einer kleinen Weile fest.
Wolfgang nickte aufmerksam.
„Dann könntest du ja vielleicht mal Herrn Gerber anrufen", schlug er in betont gelassenem Ton seinem Nachbarkollegen vor.

In ausgesprochen guter Laune stieg er in sein Auto. Die allgemeine Zustimmung und Anerkennung für seinen Verein tat gut und die Aussicht, dass Edgar doch noch nach Dengenheim käme, würde auch Beate bestimmt außerordentlich freuen.
Der Steinstadter Chorvorstand hatte sogar noch vorgeschlagen, für das Frühjahr ein gemeinsames Konzert der beiden Vereine zu planen.
„Zusammen bekommen wir vielleicht den Musentempel voll", hatte er gefeixt.
‚Ob er von meiner Terminreservierung doch etwas weiß?' war es Wolfgang durch den Kopf geschossen. Es war ja heute schon das zweite Mal, dass sein Nachbar auf den Stein Städter Bühnenbau anspielte. Bei den folgenden Sätzen aber zerstreute sich sein Verdacht wieder.
Adolf Sehling hatte ganz offensichtlich diese Bemerkung nur spaßig gemeint und schien ernsthaft einem gemeinsamen Konzert interessiert. Sie hatten deshalb verabredet, zu Beginn des neuen Jahres gemeinsam mit den Dirigenten an einer ersten Konzeption für eine solche Veranstaltung zu arbeiten und Wolfgang war beruhigt.
Jetzt auf der Rückfahrt stellten sich bei ihm aber doch leise Zweifel ein. Wie werden die Stein Städter reagieren, wenn sie erfahren, dass wir in ihrem Bühnenbau auftreten?
‚Die haben ja bis zum Januar keine Veranstaltung geplant, also sind wir auch keine Konkurrenz!' beruhigte er sich. ‚Außerdem treten wir mit einem richtigen Bühnenstar auf, da braucht man eben den passenden Rahmen.'
„Oh Täler weit, oh Höhen…" Er drehte am Lautstärkenknopf seines Autoradios. Wie jeden Sonntag um diese Zeit strahlte der Sender ein

Wunschkonzert mit den unterschiedlichsten Musikwünschen aus. Das Mendelsohnlied füllte den Innenraum seines Wagens und er lauschte für ein paar Takte den harmonischen Chorklängen, summte erst einige Töne in seiner Stimmlage dazu und sang dann den Rest des Liedes mit. Schließlich führten sie dieses Stück bereits schon seit einigen Jahren in ihrem Repertoire. Er fühlte sich wieder gut.
‚Erst mal sehen, was Herr Mathausch morgen anzubieten hat', damit schob er seine Skrupel wieder beiseite.

Das Lied vom Abschied vom Walde – so hatte Mendelsohn dieses Lied überschrieben – blieb irgendwie in seinem Gehör hängen und er summte es wieder, als er seine Wohnungstür aufschloss. Aus dem Wohnzimmer drang mehrstimmiges Gelächter und sein Schwiegervater kam gerade mit seltsam verkniffenem Gesicht in den Flur.
„Schon zurück?" fragte er etwas mürrisch im Vorbeigehen und öffnete die Toilettentür.
Wolfgang nickte. „Ist alles in Ordnung?" entgegnete er, leicht verunsichert.
„Doch, doch!" knurrte sein Schwiegervater, „alles bestens. Wenn man davon absieht, dass wir heute kein einziges Spiel gewonnen haben! Aber ich hatte es ja schon geahnt."
Daher wehte der Wind. Dagmars Vater konnte nur schlecht verlieren.
„Hattet ihr nur miese Karten oder spielt Edgar so schlecht" wollte Wolfgang wissen.
Sein Schwiegervater drückte einige Male die Klinke der Klo-Tür.
„Im Gegenteil, der Bursche ist ein ganz ausgekochter Canastaspieler!"
Er machte dabei einen halben Schritt in die Toilette.
„ Oma hat es vermasselt!"
Ohne eine weitere Reaktion abzuwarten betrat er mit einem weiten Schritt den kleinen Raum und schloss die Tür hinter sich. Ziemlich heftig, aber das war es nicht, was Wolfgang irritierte.
Er ging ins Wohnzimmer. Dort hockte Beate auf dem Fußboden, relativ dicht vor dem Fernsehgerät, am Esstisch saß Dagmar neben ihrer Mutter, Edgar gegenüber. Die Drei sahen ihn mit vergnügtem Blick an. Die Spielkarten lagen in einem unordentlichen Haufen mitten auf dem Tisch. Das Spiel schien wohl zu Ende.

Obwohl Wolfgang gerne sofort von seinem erfolgreichen Gespräch in Sachen Edgar mit dem Steinstädter Vorsitzenden berichtet hätte, erkun-

digte er sich zuerst bei den Dreien über den Verlauf des Nachmittags.
„Dein Vater ist nicht gerade gut gelaunt", stupste er Dagmar und schaute Edgar dabei fragend an. Dabei fiel ihm auf, dass an der Sitzordnung etwas nicht stimmte.
Denn, falls Edgar mit seinem Schwiegervater im Canasta-Duo gespielt hätte, müsste dieser auf der anderen Seite sitzen.
Dagmars Mutter gab die Erklärung. Ihr Mann hatte sofort beträchtliche Zweifel an Edgars Spielerfähigkeiten geäußert, zumal dieser offen zugegeben hatte, dass er sich erst diese Woche mit den Regeln beschäftigt habe und heute das erste Mal spielen würde. Er hätte sogar noch ein Duo mit Beate in Erwägung gezogen. Beate aber war nicht zum Mitmachen zu bewegen und so hatten sie beschlossen, für heute ausnahmsweise einmal die Paarungen zu tauschen. Dagmar spielte deshalb mit Edgar gegen ihre Eltern. Es stellte sich aber rasch heraus, dass Edgar nicht nur die Regeln für dieses Spiel beherrschte, sondern ganz offenbar auch rasch die taktischen Varianten erfasst hatte.
Dazu kam dann auch noch das sprichwörtliche ‚Kartenglück eines Anfängers', wie Dagmars Vater es mehrmals benannte und das ihn schon fast an den Rand der Verzweiflung brachte.
Dafür musste seine Frau die eine oder andere Belehrung einstecken, die sie aber zum Glück nicht allzu ernst nahm, sondern mit einem geduldigen Lächeln quittierte.
„Wenn er sich beruhigt hat, entschuldigt er sich wieder."
Wolfgang spitzte leicht den Mund.
„Und das nächste Mal wird Opa bestimmt dann mit dir zusammenspielen" meinte er amüsiert zu Edgar, der ebenfalls verschmitzt dreinblickte.
„Das nächste Mal spielen Wolfgang und ich wieder zusammen!" tönte sein Schwiegervater aus dem Flur. Er kam ins Zimmer und setzte sich wieder neben Edgar.
„Immerhin ist das doch unsere normale Einteilung, " begründete er seinen Anspruch.
„Er wird ja nicht an jedem Sonntag ein Seminar oder eine Sitzung haben!"
„Das fehlte noch!" Der Familiensinn von Dagmars Mutter machte sich wieder bemerkbar.
„Das Wochenende gehört schließlich der Familie!" Wolfgang nickte ihr einsichtig zu.
Dagmar fasste ihn am Arm und lachte: „Manchmal ist der Gesangverein auch so etwas wie eine Familie! Nicht wahr mein Wolflilein?" und ehe der

so Angesprochene oder ein Anderer dazu noch eine Bemerkung machen konnte, wechselte sie das Thema: „Willst du noch ein Stück Kuchen? Kaffee ist leider schon alle!"
Wolfgang sah, wie sein Schwiegervater die Spielkarten zusammen schob und zu mischen begann. Offensichtlich wollte dieser noch eine Partie spielen.
„Wenn ihr noch weiterspielen wollt, esse ich den Kuchen in der Küche", erklärte er.
Er klopfte seinem Schwiegervater auf die Schulter und deutete auf Dagmar und Edgar.
„Gib den Beiden noch eine Chance!" beantwortete er den ratlosen Blick des Mannes, der erkennbar damit gerechnet hatte, dass sein Schwiegersohn heute zumindest doch noch einen Spieldurchgang mit ihm bestreiten würde. Er wurde vertröstet: „Und das nächste Mal sind wir ganz sicher wieder die Tagessieger!"

Beim Hinausgehen berührte er seine Tochter am Rücken. „Wenn es dir hier zu unbequem oder zu laut ist, komm mit mir in die Küche!"
Beate ließ sich anscheinend sich nicht vom Bildschirm ablenken. Er beugte sich etwas herab: „Es gibt Neuigkeiten!" flüsterte er geheimnisvoll. Das Mädel sah zu ihrem Vater hoch. Der zwinkerte ihr zu: „Neuigkeiten zu Edgar!"

Er schlief ausgesprochen schlecht. Das zunächst noch gute Gefühl über die Freude seiner Tochter zu der Aussicht, dass ihr Freund nun vielleicht doch wieder im Chor dabei sein würde, wurde bald abgelöst durch den erneut auftauchenden Gedanken, dass eine unabgestimmte Veranstaltung in Steinstadt möglicherweise doch als Affront gesehen würde. Wie sauer würde er reagieren, wenn plötzlich Plakate der Liedertafel Steinstadt für eine Veranstaltung in Dengenheim werben würden. Dieser Gedanke war allerdings sehr theoretisch, wie er sich selbst eingestand.

Was ihn aber immer mehr beschäftigte, waren ganz andere Fragen: Welchen Gesangsstar würde der Künstleragent Mathausch ihm Morgen in seinem Büro vorschlagen. Ob er überhaupt ein Angebot hatte? Und plötzlich waren da noch die Ungewissheiten über die üblichen Auftrittsbedingungen. Vielleicht sind die Ansprüche viel zu hoch. Man weiß ja, wie empfindlich diese Stars sind. Und welche Rolle würde der Chor spielen. Eine reine Statistenrolle, ein lebendiges Bühnenbild, nein – das würden sie nicht mitmachen!

Er versuchte abzuschalten und zu schlafen, doch je mehr er sich bemühte, umso stärker kreisten seine Gedanken und so drehte er sich abwechslungsweise von einer Seite auf die andere. Irgendwann schlich er sich im Dunkeln in die Küche, trank einen Schluck Mineralwasser und als er endlich eingeschlafen war, schepperte der Wecker. Wolfgang sprang aus dem Bett.

Heute wirkten sie alle beim Frühstück alle irgendwie ein wenig fahrig. Beate klagte, dass eine Arbeit in Physik angesagt war, einem Fach, für das sie recht wenig Begeisterung entwickelt hatte. Dagmar erwartete im Amt ein Personalgespräch über beabsichtigte interne Umstrukturierungen, die möglicherweise auch nachteilige Auswirkungen auf ihre Arbeitsbedingungen haben könnten.
„Und was liegt bei dir heute so an?" wollte sie von ihrem Mann wissen. Der hatte gerade in sein Brot gebissen, kaute darauf herum und murmelte etwas, das sich wie ‚nichts Besonderes' anhörte.
„Dann kannst du ja wenigstens mir beide Daumen drücken!" Beate nahm ihre Tasche und mit einem „Bis heute Abend!" war sie aus der Tür.
„Wenn es hilft", seufzte Dagmar mit dünnem Lächeln ihr hinterher. Und zu Wolfgang: „Dann drückst du aber für jede von uns einen Daumen!"

„In Ordnung. Und du drückst die Daumen für mich!" Wolfgang hatte sein Brot hinuntergeschluckt.
„Gerne, aber wozu ! Dass kein Auto von der Hebebühne fällt?" Es klang jetzt fast ein wenig vorwurfsvoll. Er gab keine Antwort, faltete die Zeitung zusammen und trank im Stehen den letzten Schluck Kaffee.
„Viel Glück!" sagte er dann und gab ihr im Vorbeigehen einen leichten Kuss. „Ich drück´ die Daumen, ganz fest!" versprach er im Gehen.
„Und ich dir auch, " rief sie ihm nach. „ Für irgendetwas wird es ja gut sein!"

„Hallo Herr Freidank!" Der Künstleragent war am Telefon.
„Klappt etwa unser heutiger Termin nicht?" erkundigte sich Wolfgang angespannt.
„Ich bin selbstverständlich wie vereinbart bei Ihnen. Aber ich muss ihnen dazu noch vorher eine Mitteilung machen."
Was könnte das sein? Wolfgang überlegte.
„Es ist mir gelungen, einen wirklich sehr bekannten Künstler für ihr Konzert zu interessieren." Wolfgangs Herzschlag erhöhte sich rasant.
„Grandios!" Ein besserer Kommentar fiel ihm nicht ein.
„Nennen wir es einen glücklichen Zufall, dem ich etwas nachgeholfen habe!"
Herr Mathausch klang sehr selbstgefällig.
„Und wer ist es?" Es war fast ein Ruf durch das Telefon.
„Das möchte ich ihnen erst heute Mittag sagen. Aber ich weiß, dass sie begeistert sein werden."
„Und weshalb rufen sie jetzt an?" Sein Puls sank wieder auf normales Niveau und er wunderte sich jetzt etwas über diese überraschende Voranmeldung.
„Nun, die Sache ist folgende. Ich bin etwas in Zeitdruck. Für ihren Termin liegt dem Herrn…" Er räusperte sich, „… liegt meinem Künstler noch ein weiteres Angebot vor. Dafür muss er sich aber in der nächsten Stunde entscheiden. Wenn er dort absagt und sie heute Mittag auch nicht zusagen, bin ich als Agent in der Haftung. Das will ich ausschließen."
„Was bedeutet das konkret?"
„Dass sie mir innerhalb der nächsten 60 Minuten eine grundsätzliche Zusage geben müssen, sonst…!"
„In einer Stunde ?" Wolfgangs Frage kam irgendwie automatisch.
„… sonst können sie ihr Konzert vergessen!"
‚Ruhig bleiben' sagte sich Wolfgang, ‚vielleicht gehören solche Methoden zu den branchenüblichen Ritualen.'
„Hören sie", begann er, bemüht, möglichst gelassen zu klingen.
„Eine Zusage binnen einer Stunde und ich kenne weder Namen noch die anderweitigen Bedingungen. Ist das nicht ein bisschen zu viel verlangt?"
Herr Mathausch lachte etwas schnarrend in das Telefon. Zugleich klickte es hörbar in der Leitung.

‚Er wirft Münzen in den Apparat' schloss Wolfgang aus den metallisch klingenden Geräuschen. Der Agent meldete sich wieder:
„Ich verstehe sie ja. Wir haben ja auch noch nie zusammen gearbeitet. Die Veranstalter, die ich sonst bediene, aber wissen, dass ich immer faire Bedingungen für beide Seiten aushandele. Und in ihrem Fall wird es sich für sie besonders lohnen. Schließlich haben sie mich auch mit der Autoreparatur bevorzugt behandelt. Da bin ich ihnen vielleicht sogar etwas schuldig."
Wolfgang fühlte sich irgendwie geschmeichelt.
„Man tut was man kann", wiegelte er bescheiden ab.
„Aber so ganz die Katze im Sack kaufen…?"
„Nun als Katze würde ich Herrn…, also den Künstler gewiss nicht bezeichnen. Von diesem Konzert werden die Leute noch recht lange mit Begeisterung sprechen. Vom Zulauf für ihren Verein ganz zu schweigen."
Wolfgang fühlte sich unbehaglich und Herr Mathausch schien das irgendwie zu spüren.
„Ich denke, für sie ist das ja alles Neuland. Ich muss aber unter allen Umständen vermeiden, dass unsere Vereinbarung vorzeitig publik wird. Wenn sie mir versprechen, es vorerst noch für sich zu behalten, dann verrate ich ihnen, wer Stargast ihres Weihnachtskonzertes sein wird."
„Ich werde selbstverständlich mit keiner Menschenseele darüber reden," versprach Wolfgang und war selbst überrascht über den feierlichen Ton, den er dabei anschlug.
„Nicht mal im engsten Familienkreis?" vergewisserte sich der Agent eindringlich.
„Auch da nicht. Sie können sich auf mich verlassen!" beruhigte ihn Wolfgang ungeduldig.
„Nun gut…." Wolfgang drückte den Hörer unwillkürlich fester ans Ohr. Er lauschte förmlich in den Apparat und beinahe hätte er mitgeschrieben. Er hatte in den letzten Tagen immer wieder an die verschiedensten Künstler gedacht und mit einigen Namen gedanklich spekuliert. Trotzdem traf ihn die Antwort nun doch völlig unvorbereitet.

„Ludwig M. Sutorius!" Er wiederholte den Namen, so als müsse er das soeben gehörte sich selbst bestätigen: „Der Ludwig M. Sutorius? Einer der besten Liedsänger unserer Zeit." So hatte er es auf den Plakaten gelesen.
Für einen Augenblick fühlte er sich beinahe etwas benommen.

„Ich denke, dieser Star wird ihren Gemeindesaal sicher füllen." hörte er den Agenten sagen.
Die Benommenheit schwand und er versuchte, seine Gedanken zu sortieren. „Der Stein Städter Bühnenbau ist keine Gemeindehalle" korrigierte er steif. Der Andere schien die Berichtigung zu überhören.
„Wollen sie nun diese einmalige Chance ergreifen oder doch lieber verzichten?"
Das war doch nicht die Frage. Mit einem der derzeit angesagtesten Baritone der deutschen Bühnen aufzutreten, wer würde schon ein solches Angebot ablehnen. Aber es gab immerhin noch viele offene Fragen.
„Ich denke schon, dass wir…" Er unterbrach sich selbst. Auf keinen Fall jetzt voreilig handeln, mahnte er sich.
„Da gibt es aber doch noch einiges zu klären, Ich weiß nicht ob wir das finanzieren können und …!" Weiter kam er nicht.
„Hören sie, lieber Herr Freidank. Das dürfte nun wirklich kein Problem sein. Bei vernünftig kalkulierten Eintrittspreisen werden sie ordentlich daran verdienen."
„Ich ?" - „Ich meine natürlich ‚ihr Verein'!"
Ein wirkliches Risiko dürfte es tatsächlich nicht sein?
Ein Ludwig M. Sutorius würde jede Halle bis auf den letzten Platz füllen. Aber trotzdem!.
„Zumindest die die ungefähre Gagenhöhe müsste doch bekannt sein."
Er hörte den Agenten lachen.
„Die Gagenhöhe liegt für solche Veranstaltungen fest. Mit zweitausendfünfhundert D-Mark sind sie dabei."
„Zweitausendfünfhundert ?"
Wolfgang versuchte zu rechnen. Bei einen Eintrittspreis von mindesten zehn D-Mark und einem vollen Haus…!"
Seine Gedanken wurden unterbrochen: „Ein absoluter Vorzugspreis!" klang es durch den Hörer.
„Aber es gibt ja bereits einen interessierten Veranstalter. Dieses Angebot habe ich ja auch nur auf ihren Wunsch so ganz außer der Reihe gemacht. Wenn sie sich das nicht zutrauen, tritt Herr Sutorius eben wo anders auf."
Es klickte wieder am Ende der Leitung und Wolfgang befürchtete schon, der Andere könnte aufgelegt haben. „Herr Mathausch ?"
„ Ja, ich bin noch dran!" Er hatte doch wohl nur eine Münze nachgeworfen

„Herr Mathausch, wir können das ja nachher, wenn sie ihren Wagen abholen, klären."

„Sicher. Den Vertrag mit allen relevanten Details bringe ich selbstverständlich mit." Wolfgang atmete durch.

„Nur, ihre generelle Zusage, die brauche ich jetzt."

„Ich dachte, innerhalb der nächsten Stunde?"

Wolfgang kämpfte mit sich. Könnte er das Risiko eingehen? So ganz ohne Rücksprache mit den Vereinsmitgliedern! Nicht einmal mit Ulli?

Herr Mathausch wurde ungeduldig.

„In einer knappen Stunde muss ich dem anderen Veranstalter die konkrete Antwort geben, denn dessen Zusage habe ich bereits, und wenn sie nicht können…"

„Doch ich kann. Das heißt, wir sagen zu. Wir machen das Konzert!"

Wolfgangs Entschluss stand fest und jetzt wollte er auch sofort alles klarmachen.

„Gut, dann ist das fest vereinbart." Die Antwort kam des Agenten kam rasch: „Und alles Weitere besprechen wir dann bei Ihnen, wenn ich meinen Wagen abhole."

In den folgenden zweieinhalb Stunden hatte Wolfgang einige Schwierigkeiten, sich auf die Arbeit zu konzentrieren. Mehrmals musste er fällige Reparaturaufträge neu schreiben, weil er fehlerhafte Einträge in den jeweiligen Rubriken machte. So setzte er zum Beispiel statt der Fahrgestellnummer das amtliche Kennzeichen ein oder kreuzte einen völlig anderen Wartungsumfang an.

Als er später dann noch in der Werkstatt bei einem Reparaturfahrzeug versehentlich den Kofferraumdeckel öffnete, obwohl er nach dem Motor sehen wollte, rief das verständnisloses Kopfschütteln der beiden daneben stehenden Monteure hervor und Einer fragte etwas spöttisch, ob der Meister jetzt etwa auf ein Konkurrenzfabrikat umgestiegen sei.

Er spürte, dass er im Augenblick keine passende Antwort auf diese Bemerkung und das sich daran anschließende Gelächter fand und reagierte deshalb nur mit einem vernichtenden Blick. An den Mienen der beiden Mechaniker konnte er aber ablesen, dass auch der misslungen war.

Hastig ging er zurück in sein Büro. In einer Stunde würde der Künstleragent hier sein. Dann würde er sich alle Informationen geben lassen. Er riss einen Zettel aus seinem Notizblock, um darauf einige Stichworte zu notieren. Schließlich wollte er keine Frage vergessen. *Gage?* schrieb er zuerst und spürte augenblicklich, wie sein Pulsschlag im Moment in die Höhe ging. Er hatte ja nicht den blassesten Schimmer von den Kosten für einen solchen Auftritt. Er schimpfte sich selbst einen Esel, dass er eine solche Entscheidung ganz alleine und ohne weitere Informationen getroffen hatte, bemerkte aber dann, dass er so nicht weiterkam und begann eine kleine Kalkulation aufzustellen.

‚Die Kernfrage ist, wie viel Zuhörer kommen werden' sagte er zu sich selbst und beantwortete sich auch gleich die Frage: ‚Dreihundert bestimmt'.

Dabei fiel ihm ein, dass der Agent im Telefongespräch letzte Woche eine Mindestzuhörerzahl genannt hatte. Er kramte in seinem Gedächtnis.

‚Dreihundertfünfzig müssen es mindestens sein', erinnerte er sich wieder.‚Das macht bei einem Eintrittspreis von 10,--D-Mark eine Mindesteinnahme von…' begann er zu rechnen, unterbrach sich jedoch mit einem herzhaften Lachen.

‚10.-- D-Mark – Eintrittsgeld für Ludwig M. Sutorius? Das wäre dann wohl ein Witz und zwar ein sehr schlechter! Eine Kinokarte kostet ja schon mehr, setzte er sein Selbstgespräch fort.

Für einen Platz für das Konzert am Sonntag in der Kreisstadt zahlte man zwischen 22,00, und 35,00 D-Mark. Und das Konzert war seit Wochen ausverkauft!

Wolfgangs Nervosität schwand und machte einem starken Optimismus Platz.

So wie die Sache stand, würde der Bühnenbau in Steinstadt bis auf den letzten Platz besetzt sein und bei angemessenen Eintrittsgeldern war eine finanzielle Pleite auszuschließen. Zuversichtlich und wieder völlig beruhigt vermerkte er noch die anderen Punkte, die für ihn wichtig schienen.

Es ging vor allem darum, abzuklären, welche Lieder und wie viele der Star-Bariton singen würde, ob der Chor an bestimmten Stücken beteiligt sein würde und einige organisatorische Fragen.

Gerade ging er noch mal seine kleine Liste durch, als das Telefon klingelte. Er sah auf die Uhr. Es war kurz vor Zwölf. Ob dieser Herr Mathausch nochmals anrief. Unsicher nahm er ab. Zu seiner Erleichterung fragte ein Stammkunde nach einem möglichst raschen Termin, da seine Heckscheibenheizung nicht mehr funktionierte. Sie verabredeten sich für fünfzehn Uhr.

…

Es verunsicherte Wolfgang etwas, dass Herr Mathausch sich ausschließlich für seinen Wagen zu interessieren schien. Nach der Rückgabe des Leihwagens hatte er sich ohne Umschweife in die Werkstatthalle führen lassen, in das Fahrzeug gesetzt, den Motor gestartet, so wolle er gleich eine Probefahrt machen und dann in aller Ausführlichkeit nach dem Reparaturumfang gefragt. Schließlich bat der den irritierten Werkstattmeister um die Rechnung.
„Die liegt in meinem Büro", erklärte Wolfgang und dämpfte dann die Stimme. „Ich denke, es ist sowieso besser, wenn wir die andere Sache dort besprechen."
Herr Mathausch setzte ein sehr geschmeidiges Lächeln auf.
„Selbstredend" bestätigte er und dabei zog er ein Scheckbuch aus der Tasche.
„Ich habe nur gedacht, wir regeln zuerst die geschäftliche Angelegenheit, bevor wir uns den schönen Künsten zuwenden."
‚Vorerst ist das doch auch nur ein geschäftlicher Vorgang', dachte Wolfgang angespannt kritisch, sagte aber betont locker: „Das machen wir doch in einem Aufwasch."
Er ließ Herr Mathausch den Vortritt, zog die Bürotür hinter sich zu und rückte den Kundenstuhl ziemlich dicht an seinen Schreibtisch.
„Konnten sie alles wie besprochen regeln?"
Seine innere Unruhe nur mühsam verbergend, schob er bei dieser Frage einen Aktenstapel zur Seite und fischte den Notizzettel aus dem Ablagekorb.
Der Agent nickte selbstzufrieden. „Was denken sie denn? Wir haben doch eine Vereinbarung!"
„Gewiss" beeilte sich Wolfgang zuzustimmen. „Aber es hätte ja auch etwas dazwischen kommen können."
Statt einer Antwort lächelte Alfred Mathausch in so lässiger Weise, als wolle er seinem Gegenüber zeigen, dass das doch wohl außerhalb jeder Realität sei. Dabei hielt er wieder das Scheckbuch in der Hand, legte es jetzt auf den Schreibtisch und räusperte sich: „Kann ich bitte die Rechnung haben!"

Wolfgang nahm diese aus dem Akten-Korb, addierte noch den Leihwagenpreis und gab die Kostenaufstellung an Herr Mathausch. Der überflog kurz die aufgeführten Positionen, zog ein Scheckformular aus der Hülle und füllte es sorgfältig aus.
„Wir haben doch Scheckzahlung vereinbart?"
Bei dieser Frage schob er die Zahlungsanweisung ein wenig über den Tisch zu Wolfgang, ließ sie aber nicht los, sondern fragte:
„Soll ich damit nicht besser gleich zu Kasse gehen?"
Wolfgang schüttelte den Kopf und griff nach dem Papier:
„Nicht nötig. Ich mache das schon. Später. Hier auf der Rechnung ist ja bereits Zahlung per Scheck vermerkt. Also überhaupt kein Problem." Er klammerte den Scheck zu der Rechnungskopie und legte alles in den Korb. Dann nahm er wieder seinen Notizzettel und schielte dabei auf die Aktentasche des Agenten.
„Nachdem dieser geschäftliche Teil wohl endgültig erledigt ist, können wir jetzt auch über unser künstlerisches Arrangement sprechen. Wie geht es jetzt weiter?"
Herr Mathausch lehnte sich etwas zurück.
„Lieber Herr Freidank, sie haben da schon sehr bemerkenswertes Glück! Einen Sutorius, so ganz außer der Reihe, das hätte sogar ich selbst vor ein paar Tagen nicht einmal geglaubt."
Er machte eine Pause, als erwartete er, dass sein Gesprächspartner applaudierte. Wolfgang rührte sich nicht. Er schaute den Künstlervermittler erwartungsvoll an.
Der öffnete jetzt seine Aktentasche und zog einen dünnen Papierumschlag hervor. „Der Vertrag!" verkündete er, sich erneut dabei räuspernd. „Um es gleich vorweg zu sagen. Das Ganze war nur möglich, weil Herr Sutorius ein besonderes Verhältnis zur allgemeinen Förderung der Gesangskultur hat und dies entsprechend unterstützt."

Herr Mathausch erklärte dem sehr aufmerksam zuhörenden Vereinsvorstand in etwas steifen Sätzen, dass der gefeierte Bühnenstar alljährlich außerhalb seines Tourneeplanes zwei bis drei kleine Konzerte in der Provinz' mit einem Gastauftritt förderte - Mathausch dehnte das Wort Provinz ziemlich stark - und es nur einem außerordentlich glücklichen Zufall und natürlich professionellem Geschick - auch das wurde besonders betont - zu verdanken sei, dass genau dieser Termin dafür zur Auswahl stand.

„… und auch dem besonderen Umstand, dass sie, lieber Herr Freidank den Mut hatten, mich anzusprechen. Das zeigt doch, das ihr Verein mit ihnen genau den richtigen Vorsitzenden hat!"

Wolfgangs Gefühlsebene pendelte zwischen Stolz und Verlegenheit. Er spielte nervös mit seinem Notizzettel. Der Agent lobte indessen weiter: „Auch wenn sie vielleicht noch etwas unsicher waren, sie werden sehen, ihre Entscheidung war richtig und bringt ihrem Verein viel mehr als nur lokale Anerkennung."

Wolfgang dachte, dass diese lokale Anerkennung bereits genügen würde und er ja im Grunde nur ein anspruchsvolles Konzert mit seinem Chor veranstalten wollte. Ein Konzert das die Mitglieder begeistert mittragen könnte und besonders auch zur weiteren Stabilität des Vereins beitrüge.

Aber vielleicht war das alles doch eine Nummer zu groß. Bevor er jedoch seinen Zweifel in vollem Umfang zu Ende denken konnte, hatte der Agent das Kuvert geöffnet und schwungvoll einige Papierseiten auf den Schreibtisch geblättert. Der leichte Luftzug, den sie dabei verursachten, hätte beinahe den Notizzettel vom Tisch geweht.

„Und wie sie es gewünscht haben, sind alle Details hier geregelt." Er stupste dabei mit seinem Zeigefinger auf die einzelnen Bogen.

Wolfgang warf einen Blick auf die, auf dem Kopf stehenden, engen Zeilen und legte dann sein Notizblatt darauf.

„Meine Fragen habe ich hier notiert." erläuterte er und bemühte sich, möglichst selbstbewusst wirken.

Der Agent drehte den Zettel zu sich, las, nickte mehrmals leicht und sagte mit einer leutseligen Miene; „Kompliment, sie haben sich ja richtig Gedanken gemacht."

Dabei nahm er die Vertragsunterlagen, zog eine Seite nach oben und zitierte mit halblauter Stimme:

„Ziffer Drei der Auftrittsvereinbarung…", hüstelte nochmals leicht und las dann den Text.

Die Regelungen besagten, dass Herr Sutorius sich verpflichtete, mindestens sechs mehrstrophige Lieder aus seinem Repertoire vorzutragen, eventuelle Zugaben waren kostenfrei mit eingeplant. Weitere Punkte der Vereinbarung betrafen die ungestörte Bühnenprobe für den Solisten vor Veranstaltungsbeginn, die Beschaffung des geeigneten Begleitinstrumentes sowie die Bereitstellung einer separaten Garderobe.

Wolfgang nickte zustimmend.
„Besonders wichtig ist hier noch Ziffer Vier."
„Das wird die Höhe der Gage sein", dachte Wolfgang und rieb sich die etwas feucht gewordenen Handflächen.
„Ziffer Vier regelt Ablauf und Umfang der Werbemaßnahmen"
Damit konnte er nun beim besten Willen nichts anfangen und zeigte das wohl auch in seiner Mimik, denn der Agent legte das Blatt aus der Hand und erläuterte ihm den fraglichen Absatz mit eigenen Worten.
„Ihre Veranstaltung ist eine Aufführung außerhalb der regulären Konzert-Termine. Das heißt, wir sind verpflichtet, die seit langem geplanten Veranstaltungen damit nicht zu beeinträchtigen. Herr Sutorius würde sich ja selbst Konkurrenz machen. Das ist doch verständlich?"
„Das ist verständlich", wiederholte Wolfgang, obwohl er noch nicht so recht verstand, worauf das jetzt hinaus laufen sollte. Schließlich hatte er seinen Vereinstermin doch mitgeteilt und Herr Sutorius hatte diesen auch akzeptiert.
Der Agent erklärte weiter, dass solche Sonderauftritte von den Veranstaltern der offiziellen Konzerte natürlich nicht gerne gesehen würden, da die Gefahr bestünde, dass Zuschauer möglicherweise auf diese außerplanmäßigen Konzerte ausweichen würden, zumal hier die Eintrittspreise vermutlich viel geringer seien. Jetzt begriff Wolfgang den Zusammenhang.

„Bei solchen Veranstaltungen müssen wir daher eine Verpflichtungserklärung abgeben, ‚erst am Tage nach der regulären Veranstaltung andere Personen in Kenntnis zu setzen und nicht vorher Werbemaßnahmen einzuleiten.'" Den letzten Teil der Verpflichtung las der Agent jetzt wortwörtlich aus den Vertragstexten.
Es folgten noch einige Hinweise, wie und in welcher Weise Werbetexte und Plakate zu erstellen seien, aber Wolfgang hörte nur noch sehr oberflächlich hin.
Er hatte sich nämlich jetzt seinen Terminkalender aus dem kleinen, rechts auf dem Schreibtisch liegenden Stapel gezogen und blätterte nebenbei einige Seiten durch, abwechslungsweise in das Buch und Herrn Mathausch ansehend. Das Konzert in der Kreisstadt fand in zwei Wochen statt und damit –so hatte er rasch festgestellt - blieben noch fünf Wochen für das Weihnachtskonzert in Steinstadt. Das müsste für eine erfolgreiche Werbung ausreichen, wie er mit Befriedigung feststellte.

„Wenn es so sein muss, damit kann ich leben!"
Er sagte das gewollt geschäftsmäßig und fügte salopp hinzu:
„Und es bleibt bei der Gage von Zweitausendfünfhundert?"
Wolfgang hoffte inständig, dass es nicht noch eine Überraschung gab.
Der Agent zog die Mundwinkel etwas nach oben. Wieder räusperte er sich und zog mit zwei Fingern ein weiteres Blatt aus dem kleinen Papierstapel und drehte es in Wolfgangs Richtung.
„Wirklich, ein echter Vorzugspreis!" Er wählte dieselben Worte wie heute am Telefon.
„Zweitausendfünfhundert Deutsche Mark?" Wolfgangs Puls machte sich wieder bemerkbar.
„Denn das ist deutlich unter der Normalgage!" Er hörte den etwas belehrenden Ton in der Antwort.

Er lehnte sich zurück und dachte dabei an seine vormittägliche Eintrittspreis-Kalkulation. Es würde ein ziemlich satter Betrag in der Vereinskasse bleiben. Unmittelbar spürte er, wie ein warmes Gefühl der Beruhigung und innerer Genugtuung ihn durchflutete. Die Spannung fiel von ihm ab. Er hatte alles richtig gemacht.
„Viel Geld für einen kleinen Verein", kokettierte er, um seine Zufriedenheit zu überspielen, wollte aber jetzt nicht mehr weitere Zeit unnötig vertun und fragte deshalb: „Wo muss ich unterschreiben?"

Herr Mathausch deutete mit dem Finger auf eine freie Rubrik in dem Formular und Wolfgang setzte schwungvoll seinen Namenszug ein.
„Bekomme ich eine Kopie?" wollte er wissen. Der Agent nickte, heftete mit einer Büroklammer einige der Seiten zusammen und schob sie über den Tisch. Wolfgang überlegte. Sollte er jetzt alles durchlesen? Eigentlich interessierte ihn jetzt noch, wann die Zahlung erfolgen solle. Er betrachtete unschlüssig die Papiere.
„Sie können das gerne alles jetzt durchlesen", sprach der Agent, als könnte er seine Gedanken sehen.
„Die für sie wichtigsten Punkte haben wir aber schon geklärt." „Bis auf die Zahlungsmodalitäten" warf Wolfgang ein.
„Bekommt Herr Sutorius seine Gage sofort am Veranstaltungstag oder wird das Geld überwiesen?"
Erneut räusperte sich Agent Mathausch. „Die Gage wird in diesem Falle sofort in bar fällig."

Wolfgang nickte zufrieden. „Gut, dann werde ich den Kassenwart entsprechend informieren, dass er den Betrag aus der Eintrittskasse gleich passend abgezählt bereithält."
„Sofort fällig heißt bei Vertragsabschluss. Also Heute ! "
Wolfgang verstand nicht sofort. „Heute?"
Mathausch drehte das oben aufliegende Blatt des Vertrags halb zu sich und deutete auf eine Zeile, direkt neben dem Gagenbetrag.
‚Fällig am Tage des Vertragsabschlusses' stand da und weiter:
‚Bei Gastkonzerten, die außerhalb von den geplanten Tourneen stattfinden und die nicht von einem professionellen Konzertveranstalter durchgeführt werden, ist es üblich die Gage vorschüssig zu zahlen.'
„Die Quittung habe ich bereits vorbereitet."
Mit einem Schlag zerbrach Wolfgangs Selbstzufriedenheit und die noch soeben vorhandene innere Sicherheit wich einem ihn nahezu lähmenden Gedankensog.

Damit hatte er keinesfalls gerechnet. Seine größte Sorge war gewesen, dass Herr Mathausch ihm eine Gagenforderung präsentieren könnte, die alle Vereinsmöglichkeiten überstieg. An eine Vorschusszahlung hatte er nicht im Geringsten gedacht. Was sollt er jetzt nur tun. Auf dem Vereinskonto waren nur ein paar hundert D-Mark angelegt. Dieses Geld war für allgemein anfallende Kosten gedacht und darüber konnte er auch nur in Abstimmung mit dem Schatzmeister verfügen.
Er hatte doch wohl viel zu voreilig seine Zusage gegeben, der Agent hatte einen jetzt auch noch einen gültigen Vertrag und falls es überhaupt ein Rücktrittsrecht gab, würde damit auch diese einmalige Chance vertan sein. So dicht am Erfolg und dann doch noch verloren!
Er bemühte sich um Fassung.
„Das konnte ich nicht wissen und somit habe ich auch damit nicht gerechnet", rechtfertigte er sich kopfschüttelnd und es klang mehr wie eine Selbstanklage.
„Was machen wir jetzt?" Er sah den Agenten an. Dessen Miene hatte sich verfinstert. „Heißt das, sie können nicht bezahlen?"
„Zumindest jetzt nicht, es sei denn, sie gewähren mir einen entsprechenden Zahlungsaufschub."
Vielleicht war das ja die Lösung, hoffte er, aber das heftige Kopfschütteln des Agenten belehrte ihn augenblicklich eines Besseren.

„Ich bin sofort nach diesem Gespräch hier wieder auf Dienstreise und musste mich verpflichten, die von ihrem Verein zu zahlende Gage unverzüglich an das Büro von Herrn Sutorius weiterzuleiten."
Und nach einer sehr kurzen Pause:
„Könnten sie das Geld denn heute noch beschaffen?"
Wolfgang schilderte ihm die Kassenlage des Vereins und schlug vor, ausnahmsweise die Gage am Veranstaltungstage zu zahlen. Etwas hilflos setzte er hinzu: „Wir könnten ja die Zinsen dafür noch übernehmen."
Abermals schüttelte der Agent, sichtlich verärgert, den Kopf und stieß dabei einen kurzen, sauren Lacher aus.
„So geht das nicht. Ich werde am besten versuchen, den anderen Veranstalter zu erreichen. Falls dieser noch Interesse hat, sind sie raus aus dem Geschäft." Er stand auf.
„… raus aus dem Geschäft !"
Die letzten vier Worte dröhnten förmlich in Wolfgangs Ohren.
Dafür hatte er nicht in den letzten Tagen seine Nerven strapaziert.
Kampflos aufgeben? Nein, das war nicht sein Ding!
„ Und wenn ich den Betrag morgen an sie überweise?" startete er einen erneuten Versuch.
Herr Mathausch stellte seine Aktentasche auf den Besucherstuhl.
„Wie wollen sie den Betrag aufbringen? Etwa aus privaten Mitteln?"
Wolfgang nickte. „Ihnen kann es doch egal sein, von wem das Geld kommt."
Der Agent nahm die Aktenmappe hoch und setzte sich wieder.
„Sie sind ja richtig für ihren Verein engagiert. Das findet man selten!"
Nachdenklich stellte er seine Mappe neben sich auf den Fußboden, dabei sachlich feststellend:
„Eine Überweisung dauert aber mehrere Tage. Und ich habe außerdem keinerlei Sicherheiten. "
Für einen langen Moment saßen sich die beiden Männer stumm gegenüber. Wolfgangs Hände waren wieder feucht geworden und auch die Glatze des Agenten glänzte noch stärker.
„Wenn das mit ihnen jetzt nicht klappt und der andere Veranstalter nicht zusagt, und ich fürchte das fast…" doch statt seinen halblaut gesprochenen Satz zu beenden, beugte er sich unvermittelt nach vorne und fragte:
„Haben sie denn keinen Scheck?"
Für unvorhersehbare Zahlungsvorgänge besaß Wolfgang natürlich ein Scheckheft. Allerdings waren es diese Euroschecks, die nur für eine An-

weisung bis zu dreihundert D-Mark eingelöst wurden.
Herr Mathausch griff wieder nach seiner Tasche. „Das war's dann wohl." Dabei lächelte er Wolfgang schief an: „Zum Glück ist mein Scheck wenigstens nicht limitiert, " und stemmte sich etwas schwerfällig aus dem Stuhl.
„Ihr Scheck?"
Für den Moment konnte Wolfgang keinen Zusammenhang herstellen, doch dann begriff er was Herr Mathausch meinte und blitzartig erkannte er, dass dies die Möglichkeit für einen Ausweg war. Er griff in den Ablagekorb und zog die Reparaturrechnung hervor.
„Genau!" rief er „Ihr Scheck!"
Der Rechnungsbetrag war nur um knappe einhundert D-Mark geringer, als die zu fällige Gage.
„Das ist ihre Sicherheit!"
Er wedelte mit dem Papier vor Herrn Mathausch Gesicht. Der sank zurück auf den Stuhl und sah dabei ziemlich begriffsstutzig drein.
„Was hat mein Scheck mit ihrer Veranstaltung zu tun?"
„Verstehen sie denn nicht, wenn ihr Scheck nicht eingelöst wird, ist das genauso, als wenn ich ihnen das Geld gebe." Wolfgangs Stimme klang nahezu enthusiastisch.
„Darauf muss man erst kommen", kommentierte der Agent zögerlich, dabei schien es so, dass er die Angelegenheit noch nicht so recht durchschaute.
Für Wolfgang aber war die Sache völlig klar. Der Sutorius - Auftritt würde alle Unkosten der Veranstaltung decken und sogar Gewinn abwerfen. Daher war es für ihn auch keinerlei Risiko, den Vorschuss von seinem persönlichen Konto vorab zu bezahlen. Spätestens am Veranstaltungsabend hatte er sein Geld wieder. Wenn er jetzt den Scheck zerreißen würde, müsste er nur den Betrag bei seiner Bank abheben und hier einzahlen. Damit wäre alles zur gegenseitigen Zufriedenheit erledigt.
Richtig begeistert erklärte er dem Agenten seine Idee.
„Damit sind wir doch beide aus dem Schneider!"
„Ich weiß nicht…? Schließlich gehen sie ja dabei privat in Vorleistung."
Wolfgang fand es beinahe rührend, dass der Agent sich jetzt noch um seine Finanzen Gedanken machte.
„Bekomme ich die Quittung?"
Er hatte den Scheck mit beiden Händen an der oberen Seite gefasst, so als würde er ihn augenblicklich zerreißen wollen.

„Die Differenz gebe ich ihnen in Bar."
„Nein!" antwortete Herr Mathausch und Wolfgang ließ enttäuscht den Scheck sinken.
„Aber wieso? Für sie ist das doch auch die Lösung! Oder wollen sie etwa, dass unser Vertrag nicht zustande kommt?"
„Selbstverständlich nicht und ich glaube jetzt auch, dass ihr Vorschlag mit dem Scheck für uns beide in Ordnung geht, wenn er auch ein bisschen verrückt erscheint. Nur die Differenz, lieber Herr Freidank, die können sie mir gerne auch noch nach ihrer Veranstaltung zukommen lassen."
„Das heißt, wir sind im Geschäft?"
Noch war Wolfgang skeptisch.
„Sie haben es so gewollt. Hier ist ihre Quittung!"

Es schien ihm fast ein feierlicher Akt, als der den Beleg entgegennahm und dann vor den Augen des Agenten den Scheck zerriss. Die Schnipsel wischte er mit einer einzigen Bewegung der linken Hand seinen Papierkorb und im Eifer schupste er dazu auch noch seine Vertragskopien hinterher. Beide lachten herzhaft über dieses Versehen, der Agent stand auf und streckte ihm die rechte Hand entgegen. Doch wie schon bei ersten Treffen, zog er sie aber unvermittelt wieder zurück, dabei prüfend zur Tür sehend.

„Wie gesagt, keine Verlautbarung zu Dritten, bis nach dem offiziellen Konzert. Sie erhalten dann sofort danach einen Brief von Herrn Sutorius mit den Vorlagen für ihre Werbeplakate und Anzeigen."
Er versprach dann noch, bei Fragen „jederzeit zur vollsten Verfügung" zu stehen, was Wolfgang mit Befriedigung zur Kenntnis nahm und sich innerlich nur etwas über die gespreizte Ausdrucksweise amüsierte - und wünschte dem Vereinsvorstand recht viel Glück.

Schon wandte er sich zur Tür, aber Wolfgang hielt ihn noch kurz zurück.
„In zwei Wochen findet ja das erste Konzert statt. Werden sie denn auch da sein?" wollte er wissen.
„Leider nicht", bekam er knapp zur Antwort.
„Es ist nicht üblich, dass die Agenten zu den Konzerten kommen. Außerdem bin ich auf Dienstreise."
„Schade, aber Dienst ist eben Dienst!" kommentierte Wolfgang mit leichtem Bedauern. Der Agent blieb noch einen Augenblick im Türrahmen stehen.

"Sie brauchen übrigens an dem Abend nicht um ein Autogramm anstehen", zwinkerte er ihm zu.
"Bei ihrer eigenen Veranstaltung sind sie dann ja direkt an der Quelle."

KAPITEL 13

Die Freidanks hatten ihr Konto bei einer regionalen Bank, die auch mit einer kleinen Filiale in Dengenheim vertreten war. Jetzt, um die Mittagszeit, waren die Schalter dort geschlossen, aber ab Fünfzehn Uhr würden sie wieder geöffnet und er konnte sich dann sofort um die notwendige Geldbeschaffung kümmern.

Mit dem Gefühl sehr großer Befriedigung packte Wolfgang den Vertrag in seine Aktentasche. Später würde er in aller Ruhe nochmals alles durchlesen. Am liebsten hätte er jetzt auf der Stelle seinen Freund Ulli angerufen und ihm alles erzählt und natürlich vor allem auch seine Frau. Bei dem Gedanken an Dagmar aber meldete sich in ihm mit einem Male so etwas wie ein schlechtes Gewissen.

Zweieinhalbtausend Mark ! Ohne seine Frau zu fragen. Vermutlich müsste er sogar das Konto etwas überziehen. Die Sparbuchreserve würde er aber auf keinen Fall antasten. Aber immerhin ging er dabei ja auch kein Risiko ein. Und im Grunde hatte er doch gar keine andere Wahl. Es ging ja schließlich um den Verein.

Er sah auf die Uhr – seine offizielle Mittagszeit war bereits beendet und bis zur Schalteröffnung war noch viel Zeit. Seine zwiespältigen Gedanken verdrängend, nahm er von dem Aktenstapel einen Arbeitsvorgang und ging damit in den Werkstattbereich.

Vor einem der Fahrzeuge blieb er stehen.

„Wie sieht´s aus? Haben sie den Fehler gefunden?" wollte er von dem Monteur wissen. Der wischte sich gerade die Hände an einem großen grauen Lappen ab.

„Es lag am Verteiler", bekam er zur Antwort.

„Und wenn sie nachsehen wollen Meister", feixte er, „der Motor ist vorne!"

Wolfgang hatte es irgendwie befürchtet, seine vormittägliche Zerstreutheit hatte bereits die Runde gemacht.

Trocken gab er zurück: „Und ich dachte schon, bei diesem Modell wäre er im Handschuhfach."

Ohne eine weitere Reaktion abzuwarten, wedelte er mit dem Arbeitsauftrag in seiner Hand.

„Um Fünfzehn Uhr kommt dieser Kunde. Defekte Scheibenheizung. Ich muss leider nachher rasch mal weg und es wäre mir recht, wenn sie das regeln könnten. Ich sage vorne Bescheid."
Der Monteur warf einen Blick auf den Reparaturschein.
„Geht in Ordnung. Den Kunden kenne ich!" bestätigte er.
„Fein", sagte Wolfgang ziemlich laut, „dann brauche ich ja nicht zu erklären, dass bei diesem Fahrzeug die Scheibenheizung hinten ist!"
Er konnte sich diese Retourkutsche nicht verkneifen, obwohl er keinesfalls nachtragend war und durchaus Spaß verstand, zumal er auch selbst gerne je nach Situation und Laune flachste.

In aufgeräumter Stimmung verließ er die Werkstatt, brachte den offenen Arbeitsauftrag für die Heckscheibe in das Büro seines Meister-Kollegen und rief anschließend bei Herrn Bläser an. Er bat um Genehmigung, den Betrieb für eine Stunde verlassen zu dürfen. „Aus rein privaten Gründen", wie er erklärte und Herr Bläser fragte auch nicht weiter nach.
Während er noch einige der offenen Vorgänge abarbeitete, fiel ihm ein, dass es wohl besser wäre, vor seinem Besuch bei der Bank dort anzurufen, um bereits alles abzuklären.

Den Filialleiter kannte er ziemlich gut und er hatte sogar schon mal versucht, ihn als Sänger zu gewinnen, allerdings hatte dieser sich als völlig unmusikalisch bezeichnet und dankend abgelehnt. Immerhin war er dann doch als förderndes Mitglied der Eintracht beigetreten.
Zu seiner Beruhigung erklärte der Bankangestellte, dass es kein Problem gäbe und er selbstverständlich über den gewünschten Betrag verfügen könne.

Der kleine Bankraum war leer und er ging sofort an einen der beiden Schalter, um die notwendigen Formalitäten zu erledigen. Außer dem Zweigstellenleiter gab es noch eine jüngere Bankangestellte, die ihn jetzt auch bediente. Er war gerade dabei, den Auszahlungsschein zu unterschreiben, als Margret Höfer, die Frau des Metzgermeisters, an den Nebenschalter trat. Sie nickte ihm freundlich und zugleich fragend zu. Das machte ihn etwas verlegen und so grüßte er ebenfalls nur mit einem Kopfnicken und ging eilig dann zur Kasse.

Die Bankangestellte kam von der anderen Seite des massiven Holztresens zu dem, vorne mit einer dicken Glasscheibe abgeschirmten, Kassenschalter, zählte den gewünschten Betrag, „…Zweitausendvierhundert, zweitausendvierhundertfünfzig. Zweitauschendfünfhundert" vor seinen Augen auf ein Tablett und schob das Geldbündel dann durch den Glasausschnitt auf seine Seite. „Möchten sie ein Kuvert?"
Wolfgang bejahte, drückte die Scheine in den Umschlag, faltete diesen und verstaute ihn sorgfältig in der Innentasche seines Jacketts.
Dann dankte er freundlich, drehte sich um und schritt geradewegs zum Ausgang, dabei winkte er grüßend dem Filialleiter, der sich am Schalter soeben von Frau Höfer verabschiedete. Sie kam jetzt auf Wolfgang zu.
„Ich habe nur unsere Auszüge geholt", erklärte sie ungefragt, aber mit einem Blick, als erwartete sie von ihm jetzt eine Begründung, weshalb er hier sei.
„Es ist immer gut, zu wissen, was man auf dem Konto hat", überspielte er die Situation. Margret Höfer lächelte. „ Es ist ja ganz ungewohnt, dich am Nachmittag hier im Ort zu treffen. Hast du heute frei?" wollte sie wissen. Er schüttelte den Kopf. „Ich musste hier nur schnell was erledigen und bin gleich wieder in der Firma", beschied er knapp. Zu knapp, wie er selbst befand, denn er wollte keinesfalls unhöflich sein.
Wie er Margret kannte, fragte sie vermutlich nicht aus purer Neugierde, sondern aus einem sehr natürlichen und verständlichen Interesse heraus. Außerdem fand er sie wirklich sehr sympathisch.
"Und du?", fragte er deshalb zurück. "Hast du dich für die Botengänge freiwillig gemeldet?"
Er schmunzelte etwas und Margret schüttelte, ebenfalls lächelnd, den Kopf. „So ganz freiwillig sicher nicht, aber einer muss es ja machen. Und Walter hat im Augenblick viel um die Ohren. Unter anderem auch wegen der Schadens am Dach der Gemeindehalle. Er ist ja jetzt auch noch in den Bauausschuss der Gemeinde gewählt worden."
Sie zog eine Augenbraue hoch und mit deutlich gedämpfter Stimme setzte sie hinzu: „Er vermutet, dass damals bei der Baugenehmigung gepfuscht wurde."
Wolfgangs Mienenspiel drückte so etwas wie Verblüffung aus, ohne dass er im Grunde wirklich erstaunt war.
Denn eigentlich war das typisch für Walter Höfer. Nicht nur dass dieser jede übertragene Aufgabe engagiert und zuverlässig ausführte, was ihn gewiss allerorts zu einem beliebten und vor allem anerkannten Mitmen-

schen machte, er suchte dabei oft auch das Bedeutende, das Spezielle in einer Sache und hatte dann seine außerordentliche Freude, wenn er dabei zumindest eine mit entscheidende Rolle spielen konnte.
„Aber", ergänzte sie, „er macht sich dafür stark, dass das Hallendach wieder rechtzeitig zu eurem Weihnachtskonzert fertig gestellt ist. Schließlich ist man das der Tradition schuldig".
Jetzt war Wolfgang wirklich überrascht und Frau Höfer schien es zu bemerken.
„Du siehst aus, als hättest du gar nicht mehr damit gerechnet. Aber schließlich probt ihr doch schon dafür!"
„Aber die Gemeindeverwaltung war der Meinung, dass auf keinen Fall in diesem Jahr..."
„Da hatte wohl der Bauausschuss auch noch nicht getagt. Genaues genau kann ich dir natürlich nicht sagen. Ich weiß bloß, dass Walter vehement darauf dringt, dass alle erforderlichen Arbeiten so rasch wie möglich durchgeführt werden. Er sagte etwas von ‚höchster Priorität' und ‚Einschaltung aller Gremien. Aber das wird er bestimmt morgen in der Chorprobe bekannt geben."

Er war völlig perplex über diese rundweg unerwartete Nachricht und vergaß sogar bei der Verabschiedung, wie sonst üblich, die Grußbestellung an Walter. Das Kuvert in der Jacke drückte plötzlich auf seine Brust. Auf dem Weg zurück in den Betrieb versuchte er sich wieder zu sammeln. Auch ein Walter Höfer würde das Ausmaß der Dachbeschädigung nicht kleiner machen als es war und offenbar hatten ja die Fachleute bereits vorher schon eine sehr konkrete Begutachtung vorgenommen. Auf alle Fälle sollte er nochmals mit der Gemeinde sprechen. Doch was wäre, wenn die Reparatur wirklich rechtzeitig ausgeführt werden könnte?
In die Dengenheimer Halle passten gerade mal zweihundertfünfzig Personen. Viel zu klein für einen großen Star! Gut, bei einem angemessenen Eintrittspreis würde sich womöglich die Künstlergage einspielen, aber er hätte sich zum Gespött der Leute gemacht. Als ‚Großmannsüchtig' würde man es belächeln, als Profilneurotiker ihn hinter seinem Rücken bezeichnen. Ganz abgesehen davon, war noch nicht mal sicher, ob Herr Sutorius in einer so kleinen Halle überhaupt auftreten würde. Schließlich hatte der Agent ja eine Mindestzahl von dreihundertfünfzig Konzertbesuchern als vereinbart genannt.

Kaum hatte er wieder an seinem Schreibtisch Platz genommen, klingelte das Telefon. Der Anruf kam von der Kassenabteilung des Autohauses.
„Hallo, Herr Freidank, haben sie noch die Abrechnung und den Scheck für die Reparatur Mathausch?"
„Liegt bei mir noch", beantwortete er die Frage mehr mechanisch.
„Soll ich den Scheck abholen", wollte die Buchhalterin wissen.
„Nicht nötig, ich bringe ihn gleich vorbei." Seine Gedanken waren immer noch bei dem Hallendach.
„Das heißt, ich habe keinen Scheck."
„Keinen Scheck?"
„Nein, der Kunde hat nun doch bar bezahlt und ich hatte noch keine Gelegenheit, es bei ihnen abzugeben."
„Sie wissen aber schon, dass Barzahlungen aus Sicherheitsgründen ausschließlich gleich an der Kasse abgewickelt werden."
Die Buchhalterin war hörbar ungehalten.
„Der Kunde hat jetzt gewiss doch nur die Scheckquittung?" unterstellte sie.
Berechtigterweise, wie Wolfgang zugeben musste, um sich dann belehren zu lassen, dass in besonders gelagerten Fällen eine solche Vorgehensweise zu Nachteilen für die Firma führen könnte. Er hörte nur oberflächlich hin und murmelte, als er den Hörer auflegte:
„Typisch Buchhaltung. Alles nach Vorschrift und bloß keine Flexibilität."
Dabei wurde ihm aber wieder schlagartig bewusst, in welches Dilemma ihn seine eigene Flexibilität führen könnte, wenn das Hallendach doch noch rechtzeitig fertig würde.
Bevor er zur Kasse ging, rief er bei seinem Chef an und meldete sich wieder zurück, dann nahm er das Kuvert aus seiner Jackentasche. Dabei schien es ihm, als wöge es einige Kilogramm.
Mach dich jetzt nicht nochmals verrückt, sagte er zu sich. Du hast es so gewollt und jetzt ziehst du das durch. Sobald das Konzert in der Kreisstadt vorbei ist, wirst du dem Verein deinen Plan vorlegen, unabhängig davon, wie lange es mit der Dachsanierung tatsächlich dauert.
Er wiederholte für sich nochmals alle Argumente der letzten Tage und fand dabei noch sogar noch einen ganz neuen, positiven Aspekt.

Nach dem jetzigen offiziell bekannten Stand der Dinge würde das Konzert ausfallen müssen, es sei denn das Hallendach wird doch noch rechtzeitig fertig. Wenn nun Walter Höfer dies in Aussicht stellte, wäre auch die erforderliche Motivation für die kommenden Proben vorhanden und

die Chormitglieder bräuchten sich nicht zu fragen, weshalb man überhaupt noch für dieses Konzert probte. Hier war die Lösung.
Seine Zuversicht wuchs wieder und fühlbar zufriedener wiegte er sein Geldkuvert in der Hand. Mit der anderen suchte er nach dem entsprechenden Rechnungsbeleg.
Erneut klingelte das Telefon. Es war wieder die Buchhalterin.
„Herr Freidank, wo bleibt denn bloß das Geld?" Wolfgang beeilte sich.

„Danke! Dein Daumendrücken hat geholfen!"
Wolfgang konnte im ersten Augenblick mit Dagmars eigenwilligem Zuruf aus der Küche mit Moment nichts anfangen. Noch viel zu sehr beschäftigten ihn die Ereignisse des heutigen Tages.
Er verschwand mit einem knappen, „Das ist schön für dich", in seinem Arbeitszimmer, drückte, wie im Reflex, die Tür zu und öffnete seine Aktentasche. Rasch zog er den Vertrag heraus und klemmte ihn in einen Ordner, auf dessen Rücken ‚Vereinsarbeit' stand. Dann ging er ins Badezimmer und wusch sich die Hände. Daumendrücken? Wofür?
Jetzt erinnerte er sich. Seine Frau hatte ja heute das Personalgespräch in der Dienststelle. In der Aufregung des Tages hatte er das doch völlig vergessen. Und noch etwas hatten sie heute Morgen besprochen. Während er sich die Hände cremte, überlegte er, was es wohl war, aber es wollte ihm nicht einfallen. Draußen hörte er Beates Stimme und es fiel wieder ihm wieder ein. Natürlich, seine Tochter hatte heute in der Schule eine schwierige schriftliche Arbeit. Doch in welchem Fach ? Chemie oder doch Physik ? So ganz konkret konnte sich nicht erinnern und irgendwie schämte er sich sogar etwas dafür.
Er strich noch kurz mit Kamm durch die Haare, warf noch einen prüfenden Blick in den Spiegel und ging wieder auf den Flur.
Beate kam gerade aus der Küche.
„Na mein Mädchen, wie war die Chemie-Arbeit. Hat mein Daumendrücken bei dir auch gewirkt? Beate zog ihren Mund schief.
„ Papa! Klar doch, du hast für das falsche Fach gedrückt, ich hatte nämlich die Arbeit in Physik. Kein Wunder, wenn es nicht klappt. Zeitlich war es schon ziemlich eng und die Fragen…na ja!" Sie machte mit den Händen dabei eine schraubende Bewegung.

Ohne weiteren Kommentar trollte sie sich in ihr Zimmer und Wolfgang fragte sich, wie es wohl gewesen wäre, wenn er tatsächlich die Daumen

gedrückt hätte? Ob die Fragen dann leichter gewesen wären.
Er ging in Küche, umarmte Dagmar und unwillkürlich musste er dabei an seinen heutigen Besuch bei der Bank denken.
Sie aßen in der Küche. Beate hatte ihren Teller mit ins Zimmer genommen, um dort für eine weitere Schularbeit zu lernen - „Die nächste Arbeit ist übrigens in Geschichte, Papa!"
Dagmar schilderte ihr Gespräch mit dem Abteilungsleiter und dem Personalrat und dass es ‚wirklich prima' gelaufen sei.
„Die Umstrukturierung wird in unserer Abteilung nur positive Veränderungen bringen."
Sie schwärmte sogar und freute sich sichtlich auf die künftigen Aufgaben.
„Mehr Geld gibt's allerdings leider nicht."
Bei diesem Satz fiel Wolfgang sofort wieder seine Vorschusszahlung für das Konzert ein. Er bemühte sich, aufmerksam zuzuhören. Dagmar redete munter weiter.
Besonders angetan war sie von der Aussicht auf eine verbesserte technische Ausstattung am Arbeitsplatz.
„Wir werden schon ab Anfang des Jahres mit mikroverfilmten Akten und speziell dafür konstruierten Lesegeräten arbeiten", berichtete sie.
„So ähnliche Geräte habt ihr doch auch schon in der Firma."
Wolfgang hob die Schultern.
„Welche Geräte? Ach so, ja also…im Ersatzteilbereich ist das wirklich eine echte Erleichterung. Wie das allerdings bei einer Kreisbehörde ablaufen wird, kann ich mir im Augenblick nicht vorstellen. Auf alle Fälle ist es schon erstaunlich, wie weit uns der technische Fortschritt mittlerweile gebracht hat."
Dagmar erzählte auch noch von den anderen Organisationsplänen im Amt und was im Kollegenkreis dazu gesagt wurde.
„Und bei dir", wollte sie dann wissen, „ sind denn alle Autos auf der Hebebühne geblieben?"
Nun erinnerte er sich auch wieder an alle Details des heutigen Frühstücksgespräches und lachte. Es klang ein wenig gekünstelt.
„Alles ganz normal."
Er schob den Teller zur Mitte des Tisches. Ganz normal ist aber etwas anderes, dachte er und spürte ein leichtes Unbehagen. Er fühlte sich hin und her gerissen. Am liebsten hätte er ihr jetzt sofort alles haarklein geschildert. Natürlich zuerst und ganz besonders seinen Triumph, einen echten Bühnenstar zu einer sehr akzeptablen Gage verpflichtet zu haben.

Das würde sie sicher begeistern. Aber dann müsste er auch von seiner heimlichen Bargeldabhebung berichten. Gewiss, Dagmar würde ihn, sobald sich die erste Aufregung gelegt haben würde, verstehen und ihn – nach einer vermutlich saftigen Gardinenpredigt - sogar unterstützen. Und bestimmt sie würde auch mit keinem anderen darüber sprechen. Trotzdem, er fand nicht den Mut, ihr alles zu erzählen.

„Wolfgang? Alles in Ordnung?" Dagmar klopfte energisch mit ihrem Löffel gegen das Geschirr.
„Zum zweiten Mal: kann ich abräumen?"
Er nickte. „Natürlich, ich bin fertig... und satt."
„Wo warst du denn bloß mit deinen Gedanken?" wunderte sie sich. Er ging nicht darauf ein.
„Wollen wir uns noch einen Tee machen?" fragte er stattdessen.
Sie räumten gemeinsam den Tisch ab und während er Wasser für den Tee in den Stahlkessel einfüllte verspürte er in sich ein stärker steigendes Bedürfnis, mit ihr zu reden.
„Mein Tag war heute sehr anstrengend und deshalb war ich vorhin wohl noch mit Kopf woanders. Unter anderem hatte ich heute einen sehr interessanten Kunden." Er sah sie an.

„Das muss ja ein wirklich aufregender Termin gewesen sein, wenn man abends der eigenen Frau nicht Mal mehr zuhört" befand Dagmar spaßhaft und schob die schmutzigen Teller in den Geschirrspülautomaten.
„Er ist Agent und hatte einen Getriebeschaden."
„Das klingt wirklich aufregend", spottete sie und da Wolfgang nicht auf den bereits schon überlaufenden Teekessel geachtet hatte, schob sie energisch ihre Hand an ihm vorbei und drehte den Wasserhahn zu.
„Sonst haben wir hier vielleicht noch einen Wasserschaden."
Er blickte etwas abwesend auf den Kessel in seiner Hand.
Sie schmunzelte: „Dein Geheim-Agent scheint dich ja wirklich angestrengt zu haben."
„Kein Geheim-Agent, er ist Kunstagent, präziser gesagt Künstlervermittler und vertritt unter anderen sogar Ludwig M. Sutorius."
Dabei sah er sie besonders aufmerksam an.
„Stell dir vor Ludwig M. Sutorius!"
„Und der hatte einen Getriebeschaden?"
Nun, so überwältigt, wie er gehofft hatte, reagierte seine Frau nun aber nicht gerade.

„Nein, nicht der Sutorius. Der Mathausch, so heißt der Agent, der hatte was am Getriebe."
Dagmar nahm ihm den Kessel aus der Hand, goss das überschüssige Wasser ab und stellte ihn auf die Herdplatte.
„Ist denn ein Getriebeschaden so etwas ausgefallenes? Das kommt doch sicher häufiger vor."
Es wurmte ihn schon etwas, dass sie so gar nicht beeindruckt war.
„Hör doch, der Mann kennt die namhaften Musiker und Sänger in Deutschland", und weil Dagmar das immer noch nicht zu imponieren schien, platzte er heraus: „Und er würde uns sogar einen angesehenen Sänger vermitteln!"
„Hat er das gesagt? Am Ende vielleicht sogar den Sutorius!"
Jetzt hatte er das Gefühl, Dagmar nahm ihn überhaupt nicht ernst.
„Ja!" erklärte er in fast schon triumphalem Ton, „genau den!"
„Wenn man genügend Geld dafür hinlegt, kann man vermutlich doch jeden Prominenten bekommen."
Dagmar konstatierte das mit einer Sachlichkeit, die Wolfgang frustrierte. Er überlegte, was er sagen sollte. Am liebsten wäre er jetzt mit der Wahrheit herausgerückt. „So teuer ist der gar nicht!" entgegnete er trotzig.

„Na ja, vielleicht kommt er nach Dengenheim zum Freundschaftspreis". Dagmars kühle Nüchternheit paarte sich jetzt auch noch mit einem Schuss Ironie. In diesem Moment begann der Wasserkessel zu pfeifen und prompt griffen Beide zum Herd. Ihre Hände berührten sich und unwillkürlich mussten sie lachen. Dagmar nahm den Kessel von der heißen Platte. Irgendwie schien sie die Enttäuschung ihres Mannes zu spüren.
„Wenn der Sutorius wirklich käme, dann müsstest du einfach nur den Steinstadter Bühnenbau anmieten!" scherzte sie deshalb ausgleichend.
Wolfgang schaute sie prüfend an: „Das habe ich schon getan!"
Dann lächelte er, Dagmar stutzte kurz, dann lachte sie laut: „und bei dem Weihnachtskonzert begleiten uns die Berliner Philharmoniker."

...

Sie trafen sich vor der Tür zum Probenraum. Walter Höfer hatte Wolfgang schon von weitem zugewinkt und bedeutet, dass er auf ihn warten solle. Also blieb er stehen, Dagmar und Beate gingen voraus.

Eilig kam Höfer auf ihn zu.
„Meine Frau hat dir ja gestern schon eine Andeutung gemacht. Es muss alles getan werden, dass das Hallendach noch bis zu unserem Weihnachtskonzert fertig gestellt sein muss." Wolfgang nickte.
„Und du meinst, das klappt?" fragte er den Gemeinderat, der immer noch etwas außer Atem war. Der nickte heftig zurück.
„Ich habe das Bauamt schon entsprechend hingewiesen und ganz deutlich gemacht, wie ich die Sache sehe."
„Pfusch?"
Wolfgang sagte das ziemlich laut und sein Sängerkamerad nickte wieder, legte aber zugleich einen Finger an seine Lippen.
„Natürlich muss man das erst beweisen, aber ich bin sicher, dass…."
Gerade kamen die beiden Schwestern aus dem Sopran auf sie zu und er hielt es für angeraten, nichts weiter dazu zu sagen.
Die beiden Damen grüßten im Vorbeigehen und Sybille meinte, als sie die Türe zum Probenlokal öffnete: „Funktionäre haben eben immer etwas zu besprechen!"
Die Männer lachten etwas verlegen und die Schwestern schlossen die Tür hinter sich. Wolfgang zog den Metzgermeister leicht an seiner Lederjacke.
„Ich fände es gut, wenn du das jetzt noch vor Beginn der Probe unseren Mitgliedern kurz bekannt geben könntest"
Den abwehrenden Augenaufschlag seines Sängerfreundes beantwortend, fügte er sofort hinzu: „Natürlich ohne das böse Wort vom Pfusch."
Höfer schien nachzudenken und Wolfgang bestärkte ihn nochmals:
„Die Sänger möchten doch wissen, ob das Konzert stattfinden kann und Informationen aus erster Hand sind immer am besten!"
Zustimmendes Kopfnicken von Walter Höfer beendete die kleine Bordsteinkonferenz.

Im Übungsraum wartete bereits Anne Hartung. Mit einfachen, aber bewegenden Sätzen dankte sie dem Chor für den überraschenden musikalischen Besuch. „Das wird meinem Mann helfen, rasch wieder gesund zu werden!"
Nachdem sie geendet hatte, übernahm Höfer das Wort.
Starker Beifall belohnte den sehr überzeugend wirkenden Ortspolitiker, als er mit schwungvollen Sätzen bekannt gab, wie sehr der Gemeinderat – auf seine, also Höfers, eindringlichen Ermahnungen hin – sich um die

rechtzeitige Dachfertigstellung einsetzen werde.
Friedrich Fröhlich, der als ehemaliger Gemeindeangestellter den Sachverhalt wohl etwas konkreter als die meisten Mitglieder einzuschätzen konnte, stellte aber dann doch noch die Frage, wo man denn das Konzert veranstalten wolle, falls die Halle doch nicht rechtzeitig freigegeben werden könne.
„Das werde ich, wenn es irgendwie geht, verhindern", antwortete Walter Höfer in bester Politik-Rhetorik und in den dabei wieder aufkeimenden Beifall hinein rief Gerhard Krieger in die Runde: „Dann singen wir eben im Steinstadter Musentempel."
Breites Gelächter löste den Applaus ab.

Mit dem Verlauf des gestrigen Übungsabends waren Alle sehr zufrieden. Miriam hatte das vorläufige Programm vorgestellt, darunter auch – sehr zur Freude der beiden Schwestern – drei kleine Spirituals Die von der Dirigentin ausgesuchten Chorsätze waren allesamt ziemlich anspruchsvoll, einer davon sogar achtstimmig und verlangten entsprechende Konzentration von den Chormitgliedern. Aber die gaben sich Alle große Mühe und Stimmbegabteren unter ihnen zogen, gerade auch bei den schwierigeren Passagen, die Anderen mit, so dass die Dirigentin am Ende der Chorstunde mit großer Befriedigung feststellen konnte, dass man heute wieder gutes Stück weitergekommen sei und es ihr viel Spaß und Freude mache, mit dem Chor zusammen zu arbeiten.
„Wir sind auf dem richtigen Weg, auch für eine größere Herausforderung!"
Das tat allen richtig gut und besonders für Wolfgang war dies reinster Seelenbalsam. Durch seine erfolgreichen Bemühungen würde sich ja tatsächlich der Verein sehr bald einer ‚größeren' Herausforderung stellen. Denn bei allen gelungenen organisatorischen Vorbereitungen, es war schließlich doch das wichtigste, dass der Chor mit einer ansprechenden musikalischen Leistung glänzte. Und nach dem Verlauf der Chorstunde zu schließen, konnte das erreicht werden.

Diese aufbauende Erkenntnis begleitete ihn dann auch während des ganzen nächsten Tages und gab ihm viel von seiner gewohnten Ausgeglichenheit und seiner Geschäftigkeit zurück.

So rief er dann in seiner Frühstückspause bei der Gemeindeverwaltung Dengenheim an, um sich sicherheitshalber im Bauamt über die neueste Entwicklung in Sachen Hallendachsanierung zu erkundigen. Hier war man sich ziemlich sicher, dass trotz aller Anstrengungen eine Hallennutzung in diesem Jahr nicht mehr möglich sein werde.

„Auch wenn unser Gemeinderat auf eine rasche Lösung drängt, planen sie besser für ihr Konzert eine andere Lokalität", wurde ihm abschließend geraten.

Wolfgang war sehr zufrieden.

Völlig verblüfft schaute er auf den bunten Faltprospekt, der vor ihm auf dem Küchentisch lag.

LIEDERABEND MIT LUDWIG M SUTORIUS.

„Hast du das da hingelegt?" wollte er von Dagmar wissen.
Sie nickte amüsiert: „Wer denn sonst?"
„Und wo hast du das her?"
Dagmars Lachen klang jetzt etwas irritiert, als sie zurückfragte: „Was machst du denn für ein Gesicht?"

In der Tat, Wolfgangs Miene hatte sich in schlagartig verfinstert. Er fühlte sich völlig überrumpelt. Was hatte dieser Prospekt hier zu suchen? Wusste Dagmar etwa Bescheid? Allerdings passte ihr Lachen nicht so ganz dazu.
„Die Prospekte lagen heute im Informationsständer bei uns in der Kreisverwaltung. Ich dachte, da haben wir doch schon eine Vorinformation über das Konzert am übernächsten Sonntag."
Sie zog das Papier auseinander.
„Hier, das komplette Programm. Das wird bestimmt ein traumhafter Abend." Wolfgangs Gesichtsausdruck entspannte sich wieder.
‚Das kommt davon, wenn man Geheimnisse hat, überall sieht man Gespenster. Was bin ich froh, wenn ich endlich darüber sprechen kann'. Erleichtert nahm er Dagmar den Hochglanzpapierbogen aus der Hand, warf aber keinen Blick darauf, sondern gab eine, freilich ziemlich holprige Erklärung für sein absurd unwirsches Verhalten. Er habe da wohl etwas verwechselt und sei nicht so ganz bei der Sache gewesen, aber es wäre doch eine schöne, kleine Überraschung, stammelte er verlegen.

„Ich glaube auch, dass das ein großartiger Abend wird", stimmte er dann in Dagmars Erwartung ein, froh, langsam seine Fassung wieder zurück gewinnend. Er wollte sich den Prospekt näher ansehen, doch da geriet seine Selbstsicherheit erneut ins Wanken, denn Dagmar erinnerte ihn jetzt ein wenig spöttisch an ihren kleinen Disput vom Montag.
„Gib es zu. Du hast doch gedacht, dieser Agent von neulich, der hätte dir diese Information geschickt, und du hast zuerst geglaubt, dass der große Sutorius hier in Dengenheim auftreten wird."

Wolfgang starrte auf den Prospekt, ohne auch nur eine einzige Silbe zu lesen und überlegte. Es war die reinste Folter.

Wie antwortete man am unverfänglichsten?

Ironisch? Zum Beispiel mit: ‚Und morgen kommt dann auch noch das Heft zu den Berliner Philharmonikern.'

Oder vielleicht doch besser auf die rein sachliche Tour: ‚Unmöglich, denn er hat meine Adresse nicht!'

Noch passender wäre: ‚aber nur, wenn das Hallendach repariert ist'.

Er zögerte. Dagmar schien aus seiner stummen Haltung zu schließen, dass er keine Antwort geben wolle und ging aus der Küche.

Jetzt sah er sich den Prospekt genauer an.

LIEDERABEND MIT LUDWIG. M. SUTORIUS

Unter dieser Überschrift und einem Foto des Sängers waren das Datum und der Veranstaltungsort aufgeführt. Es war genau das Konzert, für die er von seinem Chef die Karten bekommen hatte. Weiter konnte er lesen, dass der bekannte Künstler mit seinem Liederabend im Rahmen einer Gastspiel –Tournee, in dieser Region nur an diesem einen Abend auftritt. Wolfgang lächelte in sich hinein. Er wusste es besser.

Die Innenseite des Werbedrucks war voll von Informationen über die Konzertagentur und enthielt auch eine Übersicht der Lieder, die Herr Sutorius an diesem Abend singen würde. Er studierte aufmerksam die einzelnen Stücke. Es war eine Mischung aus klassischen und populären Stücken Nicht alle Titel und Komponisten waren Wolfgang bekannt. Am Ende der Aufzählung stand:

Ausführende: Ludwig M. Sutorius – Bariton

Liedbegleitung: Hartmut Kirscheisen – Klavier

Erst beim zweiten Lesen fiel es ihm auf.
Herr Mathausch hatte, soweit er sich erinnerte, bei der Erläuterung der Vertragsklauseln wohl etwas von einem Begleitinstrument vorgelesen, aber von einer Liedbegleitung, also einem Pianisten, war seines Wissens keine Rede gewesen. Das müsste aber doch im Vertrag geregelt sein. Er ging schleunigst in sein Arbeitszimmer. So sehr er auch suchte, in keinem Absatz des Vertrages konnte er etwas darüber finden. Unter der Ziffer drei war lediglich festgelegt, dass der Veranstalter das erforderliche Begleitinstrument, - Klavier oder Konzertflügel -sorgfältig durch einen qualifizierten Fachmann gestimmt – am Veranstaltungstag zur Verfügung zur Verfügung zu stellen hat, aber keine Rede davon, wer das Klavier spielen würde. Eigentlich, so folgerte Wolfgang, müsste das bedeuten, dass Sutorius seinen Pianisten mitbringt. Doch so richtig sicher war er sich nicht. Am liebsten hätte er auf der Stelle Herrn Mathausch angerufen, doch es bestand die Gefahr, dass Dagmar das Gespräch mitbekommen würde. In diesem Augenblick rief sie aus der Küche:
„Wolfgang! Beate! Wenn ihr Abendbrot wollt, wäre es schön, wenn ihr kommt. Ich könnte schon ein bisschen Hilfe gebrauchen!"
Er würde morgen vom Büro aus anrufen.
Beate und er traten gleichzeitig aus ihren Zimmern in den Flur.
„Hast du gehört? Mama braucht deine Hilfe", neckte er seine Tochter.
„Unsere Hilfe!" korrigierte sie. Er legte den Arm über ihre Schulter.
„Hat Edgar schon etwas verlauten lassen?" wollte er wissen. Ein wenig hatte er damit gerechnet, dass der Freund seiner Tochter bei der gestrigen Chorprobe wieder auftauchen würde. Beate verneinte. "Vielleicht hat sein Vater noch keinen Anruf bekommen."

Im Werkstattbereich war richtig etwas los und so gelang es Wolfgang erst gegen zehn Uhr, das Büro von Herrn Mathausch anzurufen.
‚Wenn bloß nicht wieder der blöde Anrufbeantworter eingeschaltet ist, " hoffte er, als er wählte.
„Kein Anschluss unter dieser Nummer." Hatte er sich verwählt?
Er zog die Visitenkarte des Agenten etwas näher zu sich und wählte erneut. Langsam und mit Bedacht.

Ein kurzes Freizeichen, na also, doch dann erneut die Ansage:
„Kein Anschluss unter dieser Nummer."
Wie war das zu verstehen?
Ein Kunde betrat das Büro, er legte auf.
Später versuchte er es erneut, wieder hörte er die bekannte Ansage. Jetzt wäre er schon zufrieden gewesen, wenn sich wenigstens der Anrufbeantworter zugeschaltet hätte.
„Kein Anschluss unter dieser Nummer."
Die Unruhe in ihm wuchs und er überlegte. Ob die Telefon-Auskunft weiterhelfen konnte.
Er rief an. Eine freundliche Damenstimme bestätigte zwar den Eintrag, gab ihm aber einen Rat: „Vielleicht kann ihnen die Störungsstelle weiterhelfen."
Da auf dem Terminplan weitere Kunden eingetragen waren, verschob er diesen Anruf in die Mittagspause. Ungeduldig suchte er die passende Nummer, wählte und wartete. Es dauerte eine geraume Zeit, bis sich Jemand meldete. Wolfgang schilderte das Problem. Wieder musste er warten.
„Dieser Anschluss ist bereits abgemeldet." Dieser knappe Hinweis erstaunte ihn ziemlich.
„Das kann nicht sein", widersprach er. „Ich habe noch heute Vormittag die Nummer von der Auskunft erhalten."
„Bei kurzfristigen Abmeldungen kommt es schon mal zu zeitlichen Korrekturverzögerung in den zentralen Datenlisten", bekam er zur Antwort.
„Kurzfristige Abmeldungen..?" Was zum Teufel sollte das jetzt wieder bedeuten?
„In der Regel sind das Sperrungen wegen Nichtzahlung!" Wolfgang saß wie vom Donner gerührt vor dem Telefon.
Nichtzahlung? Abmeldung? Sperrung! Das konnte alles doch nicht wahr sein. In einem Anflug von Verzweiflung wählte er nochmals die Nummer des Agenten.
Dieselbe Nachricht. Er legte nicht auf. Immer wieder hörte er die monotone Ansage, nur unterbrochen durch einen dünnen Signalton. „Kein Anschluss unter dieser Nummer!"
Schließlich drückte er die Gabel herunter. Mit einem Male kam ihm die ganze Situation unwirklich vor. Er musste herausfinden, was dahinter steckte. Vermutlich war das alles nur ein ganz großes Missverständnis, aber wie sollte das aufgelöst werden? Seine Nerven lagen ziemlich blank,

aber er bemühte sich, nach außen vollkommen stabil zu wirken. Er holte sich einen Kaffee, die Brote, die ihm Dagmar, wie jeden Morgen in die Aktentasche gesteckt hatte, ließ er unberührt.

Kurz vor Dienstschluss rief er bei Ulli an. Einen Plan, wie sich alles klären konnte, hatte er nicht, er rauchte jetzt einen Verbündeten.
„Komm einfach vorbei", lud ihn sein Freund sofort und ohne Umschweife ein. Wolfgang zögerte. Ein sehr vertrauliches Gespräch wäre es und daher: „…unter vier Augen. Nur wir beide!" Ulli war etwas perplex „So geheimnistuerisch kenne ich dich ja gar nicht. Aber du wirst deine Gründe haben."
Ohne weiter zu fragen, schlug er vor, sich gleich anschließend bei ihm treffen. „Anneliese" – das war seine Frau – „geht jetzt gleich zum Frauenturnen und ist bestimmt nicht vor zwanzig Uhr zurück."
Wolfgang dankte und rief rasch zu Hause an.
Am Apparat war Beate. „Und hier ist Papa."
Doch bevor er weiter sprechen konnte, hatte sie schon eine Neuigkeit parat: „Edgar ist hier. Er kommt wieder, warte, das soll er dir gleich selber sagen."
Wolfgang wollte einwerfen, dass er so gar keine Zeit habe, aber seine Tochter hatte den Hörer schon weitergereicht.
„Guten Abend Herr Freidank, hier ist Edgar."
Er berichtete kurz von einem Gespräch mit seinem Vater, der nun nichts mehr gegen seine Mitgliedschaft bei der Eintracht in Dengenheim habe.
„Wenn sie einverstanden sind, komme ich wieder am Dienstag zur Chorprobe."
Bevor Wolfgang antworten konnte, hatte Beate sich schon wieder den Hörer genommen.
„Papa, natürlich bist du einverstanden. Und er könnte sogar schon bei unserem Weihnachtskonzert mitsingen. Ist das nicht toll?"
Ihre gute Laune war hörbar ansteckend und doch konnte er sich im Augenblick nicht wirklich mit seiner Tochter freuen. Dann fragte sie: „Warum rufst du eigentlich an?"

Gelegentlich kam es vor, dass er nach Feierabend nicht sofort nach Hause kam, sagte aber in den meisten Fällen bereits am Morgen Bescheid. Er hatte vorher überlegt, welchen Grund er heute angeben sollte und sich entschlossen, keine große Ausrede zu benutzen und so antwortete er kurz, aber wahrheitsgemäß :„Ich muss noch rasch bei Ulli vorbei."

Und statt einer näheren Begründung fügte er hinzu: „Es wird aber nicht spät werden."
Da fiel ihm noch etwas ein. „Edgar kann mich ja heute beim Abendessen vertreten."

Ullis Haus lag am Ortsrand, genau auf der anderen Seite von Dengenheim. Um dorthin zu kommen, benötigte er aber mit dem Fahrrad nur etwa dieselbe Zeit, wie auf seinem üblichen Nachhauseweg. Allerdings gab es eine kleine Steigung, die ihm aber keine Probleme bereitete.

Sein Freund begrüßte ihn mit einem fragenden Blick. „Es muss ja wirklich etwas besonders Rätselhaftes und Dringendes sein, sogar unter Ausschluss der Öffentlichkeit." An der kargen Reaktion seines Freundes bemerkte Ulli, dass es wohl wirklich um etwas Ernstes ging.
„Du hast doch nicht etwa Krach mit Dagmar?" erkundigte er sich besorgt. "Oder Ärger im Betrieb?"
Sie hatten sich auf die breite Eckbank in der Küche gesetzt und Ulli holte zwei Bierflaschen aus dem Kühlschrank. Wolfgang schüttelte den Kopf.
„Kein Bier?" wunderte sich Ulli.
„Kein Krach mit Dagmar und keinen Ärger im Betrieb, " stellte Wolfgang klar. Ulli nahm das erleichtert zur Kenntnis. „Also doch ein Bier?" hakte er nach.
Wolfgang zögerte, da er den ganzen Tag noch nichts gegessen hatte und sein Freund öffnete abermals die Kühlschranktür. „Wir haben immer etwas im Haus, Nicht nur für den Hunger zwischendurch."
Da erinnerte sich Wolfgang an die Brote in seiner Tasche. „Die sollte ich essen, sonst ist Dagmar sauer."
Seit er in Ullis Küche saß, verspürte er seine dumpfe Besorgnis nicht mehr ganz so heftig. Gemeinsam würde eine Klärung leichter zu erreichen sein.
Je länger er erzählte, umso leichter fiel es ihm. Zwischendurch biss er in das Brot, trank ab und zu einen Schluck Bier und Ulli hörte einfach nur zu.
„Und jetzt habe ich das Gefühl, der ist einfach abgehauen?" Wolfgangs Kummer schlug in Wut um und Ulli blickte ziemlich nachdenklich drein.
„Wir sollten bei dem Sutorius nachfragen. Wenn er seine Gage erhalten hat, dann ist das andere doch relativ wurscht."
Das klang vernünftig und in Wolfgang keimte Hoffnung. Dass er daran nicht gedacht hatte. Ulli war schon ein Gedanken weiter.

„Du gehst am Sonntag bei dem Konzert zu ihm und klärst das persönlich." Das schien eine gute Lösung und Wolfgang war etwas erleichtert, doch dann überlegte er: laut: „Und wenn er kein Geld erhalten hat und sich an den Vertrag nicht halten will?"
Die beiden Männer bedachten die Folgen. Den Termin im Bühnenbau Steinstadt abzusagen, war das kleinste Problem.
„Und wegen deiner Vorfinanzierung…" Ulli streckte Wolfgang seine geöffnete Hand entgegen.
„Da sollten wir dann eine vereinsinterne Lösung finden. Schließlich hast du das ganze ja nur für das Vereinswohl durchgezogen. "
„Du spinnst." Wolfgang wies das Angebot aufrichtig empört zurück.
„Ich habe eigenmächtig gehandelt und bin deshalb auch ganz allein verantwortlich. Mit allen Folgen!"
„Vielleicht singt der Sutorius ja doch!" beruhigte ihn Ulli.
Wolfgang nickte. „Bis Sonntag warte ich jedoch keinesfalls. Ich rufe gleich morgen an."
Aber wie kam man an die Adresse? Sie rätselten herum, bis Wolfgang eine passend scheinende Idee hatte.
Auf dem Prospekt, den Dagmar mitgebracht hatte, stand doch auch der Firmeneindruck des verantwortlichen Konzertbüros. Und es war sicher auch eine Telefonnummer angegeben. Damit würde man weiterkommen.

Als er sich verabschiedete, fühlte er sich ein wenig besser. Er war froh, mit Ulli alles besprochen zu haben und dass dieser Verständnis gezeigt hatte. Kein Wort des Vorwurfes und der Belehrung: ‚Wie kann man nur…? , Das weiß man doch…!' Nein, Ulli hatte, ohne Vorhaltungen, die er ja als berechtigt angesehen hätte, nach Möglichkeiten gesucht, wie sich der Knäuel lösen könnte. Jetzt hoffte Wolfgang, dass sich alles als ein einziger großer Irrtum herausstellte und Sutorius zu dem Vertrag stehen würde. Und wenn nicht ? „Dann wird uns schon etwas einfallen", hatte Ulli ihn aufgemuntert. Außerdem hatte er ihm geraten, Dagmar umgehend alles zu beichten.

Er trat leicht die Rücktrittbremse, denn hier auf der abschüssigen Strecke seines Heimweges lief das Fahrrad von alleine und die vor ihm liegende Kreuzung war, trotz der zentral angebrachten Straßenbeleuchtung, nicht besonders gut einsehbar.

Die Drei saßen einträchtig auf der Couch. Der Fernsehapparat war eingeschaltet. Zeit für die Tagesschau. Gerade gab ein hochrangiger Politiker sein Statement direkt vor laufender Kamera ab: „…Daher bestand auch niemals die Absicht, etwas zu vertuschen. Ich habe mich immer korrekt und ganz im Sinne und Auftrag meines Mandates verhalten." Bild und Thema wechselten. Der Tagesschausprecher verlas eine neue Nachricht. Wolfgang hörte nicht mehr weiter hin.

Niemals die Absicht, etwas zu vertuschen. Das traf es. Immer im Sinne meines Auftrages verhalten. Genau. Er wusste nicht, worum es bei diesem Politiker und seiner Erklärung ging, aber die Formulierung, die könnte er genauso übernehmen.

Die Wetterkarte wurde eingeblendet. Trübes Herbstwetter weiterhin. Das hatte er schon vorhin auf dem Fahrrad deutlich gespürt. Nachts von Norden aufziehender Regen. Dann bleibt das Rad im Keller.
Dagmar stand auf. „Ich werde morgen den Bus nehmen und du fährst mit dem Auto!" So handhabten sie es immer bei schlechtem Wetter.
Er küsste sie auf die Wange.
„Was gab es denn so dringendes?"
Wolfgang haspelte etwas von irgendwelchen Vereinsangelegenheiten, die er gleich geklärt haben wollte. Das war bestimmt nicht gelogen.
„Abendessen?"
„Nein! Habe schon bei Ulli was gegessen."
Wörtlich genommen war das ebenfalls die Wahrheit. Dass er dort seine Pausenbrote verzehrt hatte, musste er ja nicht sagen.

Weil er es Edgar gegenüber als geboten betrachtete und auch um weiteren Fragen von Dagmar auszuweichen, setzte er sich neben den jungen Mann.
„Schön, dass du jetzt wieder zu uns kommst. Dein Vater ist also einverstanden."
Edgar strahlte, beinahe so sehr, wie Beate neben ihm.
„Ich glaube, er hat nochmals mit dem Vorstand der Liedertafel gesprochen." Sein Blick wurde etwas ernster. „Meinen sie, ich kann beim Weihnachtskonzert mitsingen?"
„Bestimmt!" Es war Beate, die das Zögern ihres Vaters nutzte und vorlaut die Frage beantwortete. Wolfgang musste nun doch unwillkürlich lächeln.
„Eigentlich entscheidet das die Dirigentin."

...

Der angeratenen Aussprache war er gestern Abend doch ausgewichen. Als Dagmar später Mal seine auffallende Wortkargheit bemängelte und wissen wollte, ob etwas vorgefallen sei, hatte er das einfach nur abgewiegelt. Heute würde er auf alle Fälle versuchen, Sutorius zu erreichen und dann weitersehen.
Er brachte Dagmar und Beate zur Bushaltestelle und fuhr weiter zur Arbeit. Den Prospekt über das Konzert hatte er vorsorglich schon am Abend in die Aktentasche gesteckt und Dagmar hatte ihn dort entdeckt, als sie ihm die Pausenbrote hineinlegte. Ihre Frage nach dem Grund, beantwortete er mit der schlüssigen Erklärung, dass er ihn Herrn Bläser zeigen wollte. „Schließlich sind die Karten ja von ihm!"
Zum Glück hatte er noch nicht den Vertrag dazugelegt. Den durfte er aber auf keinen Fall vergessen. Gerade noch mal die Kurve gekriegt, dachte er etwas erleichtert, als er die gehefteten Seiten einpackte.

Die Busse gingen relativ früh und so hatte er noch genügend Zeit. Ob das Konzertbüro zu dieser Morgenstunde schon erreichbar ist, fragte er sich und dabei machte sich wieder die innere Anspannung bemerkbar, die er bis eben noch einigermaßen unter Kontrolle gehabt hatte. An der nächsten Telefonzelle hielt er an. Genügend Kleingeld hatte er eingesteckt. Ohnehin fand er es besser, dieses Telefonat nicht vom Büro aus zu führen.
Es läutete ziemlich lange und schon wollte er auflegen, als sich das Konzertbüro meldete.
Zunächst etwas umständlich erklärte er, dass er aus einem sehr persönlichen und dringenden Grund, Herrn Sutorius erreichen müsse und er daher, weil es wirklich eilig sei, die Telefonnummer benötige.
„Wir geben Ihnen gerne die Autogrammadresse", wurde freundlich erklärt, aber Wolfgang, der darin keine Chance zur Lösung seines Problems sah, gab sich nicht zufrieden. Er schob weitere Argumente nach, aber wie sehr er sich auch bemühte, er bekam immer die gleiche Antwort.
Schließlich startete er einen letzten, verzweifelten Versuch:
„Hören sie, es ist äußerst wichtig, nicht so sehr für mich, sondern ganz besonders für Herrn Sutorius. Ich muss ihn dringend heute noch erreichen, sonst könnte es zu einer riesigen Blamage für ihn kommen. Wollen sie das verantworten?"

Er konnte nicht abschätzen, welche Wirkung seine Drohung am anderen Ende der Leitung hinterlassen hatte, aber er nahm das anhaltende Schweigen als günstiges Zeichen und hielt es für besser, ebenfalls nichts weiter zu sagen. Die Anzeige am Telefonkasten blinkte. Er warf eine Mark in den Schlitz.
„Würde es helfen, wenn wir Ihnen die Telefonnummer seines Managers geben würden?"
In Wolfgangs Innerem tanzten Ärger und Freude für einen Moment zusammen Tango. Er ärgerte sich darüber, dass es erst so vieler Worte bedurfte, um diese simple Lösung zu finden und gleichzeitig freute er sich unheimlich über diese überraschend positive Wendung.
So brachte er zunächst nur ein stimmloses „ Das wäre doch schon ganz hilfreich!" heraus. Doch im selben Augenblick schoss ein schrecklicher Gedanke durch seinen Kopf.
Zögernd, beinahe bang – so wie man den Arzt bei Erhalt einer schweren Diagnose fragt, wie lange man noch zu leben habe - erkundigte er sich: „Der Manager, wie heißt der?" Mit höchster Anspannung wartete er auf die Antwort.
„Bitte geben sie uns ihre Telefonnummer, wir rufen sie innerhalb der nächsten zwei Stunden zurück."
Wäre die Telefonzelle nicht so eng, Wolfgang wäre wahrscheinlich umgefallen.
„Hören sie, ich muss jetzt zur Arbeit. Warum kann ich nicht sofort Namen und Nummer haben?
Mit einem, nun doch leicht ungeduldigem Ton erklärte man, dass diese Unterlagen in einer anderen Abteilung geführt würden und er deshalb erst nachher die Informationen bekommen könne. Immer noch besser als nichts, tröstete sich Wolfgang etwas und gab seine Büro-Nummer durch. Für den Fall, dass er zum Zeitpunkt des Anrufes im Werkstattbereich wäre, hinterließ er zur Sicherheit auch noch „die Nummer der Telefonzentrale Autohaus Bläser". Er buchstabierte das sogar.
Eines wollte er dann aber doch noch wissen: „Der Manager, heißt der vielleicht Alfred Mathausch?"
Man könne das nicht sagen, eben weil…! Wolfgang hörte gar nicht weiter hin, seine Stimmung verschlechterte sich zusehends. Alles bloß das nicht, dachte er, bevor er sich bedankte. Er bat dabei aber nochmals sehr eindringlich um einen möglichst raschen Rückruf, „…denn es geht hier wirklich um die Karriere von Herrn Sutorius!"

Das Gespräch hatte länger gedauert, als gedacht und so kam er mit leichter Verspätung zur Arbeit. Es war überhaupt das erste Mal in all den Jahren.
Alles gestaltete sich so schwierig. Nervös und gereizt reagierte er auf die kleinsten Abweichungen und am liebsten hätte er das Büro von innen verschlossen und nur auf den ersehnten Anruf gewartet.
Alle Augenblicke sah er zur Uhr, obwohl er wusste, dass das völlig sinnlos war. Einmal unternahm er sogar den törichten Versuch, die Nummer von Herrn Mathausch zu anzuwählen.
„Kein Anschluss unter dieser Nummer. „ Idiot", beschimpfte er zu sich selbst und schmiss den Hörer hin.

KAPITEL 14

„Herr Freidank, ich muss sie dringend sprechen!"
Herrn Bläsers Stimme klang selbst durch das Telefon ernster als sonst.
„Jetzt sofort?"
„Wenn es geht - jetzt sofort!"
Das fehlte noch. Die angekündigten zwei Stunden waren bereits vorüber und die Konzertagentur hatte immer noch nicht angerufen.

Was wollte nur sein Chef. Hatte die Buchhalterin wegen der verspäteten Bareinzahlung und der Scheckquittung gemeckert? Aber eigentlich würde Herr Bläser in diesem Fall den eventuell erforderlichen Rüffel am Telefon erteilen. Wolfgang stand auf, stellte sein Telefon auf ‚Zentrale" um und ging hinüber zu den Verwaltungsbüros.

Die Tür zu Herrn Bläsers Büro war angelehnt, Wolfgang klopfte und wartete auf eine Aufforderung. „Herein"
Der Chef des Autohauses saß hinter seinem Schreibtisch. Mit einer knappen Handbewegung forderte er seinen Kfz-Meister auf, Platz zu nehmen. Vor ihm lag ein schmaler Aktenordner.
„Ist es wegen der Rechnung von diesem Getriebeschaden?" erkundigte sich Wolfgang, seine Unruhe nur mühsam verbergend.
„Einen solchen Vorgang kenne ich nicht", sagte Herr Bläser und es klang so, als ob es ihn auch nicht interessieren würde.
Wolfgangs Anspannung stieg. Seine Nerven waren heute wirklich nicht die besten und nach weiteren zusätzlichen Belastungen hatte er wirklich kein Verlangen. Und das konnte man ihm sogar ansehen.
„Irgendwie wirken sie ziemlich abgespannt!" Herr Bläser stellte das sehr sachlich fest.
Wolfgang hob etwas die Schultern doch bevor er noch eine Erklärung abgeben konnte, traf ihn die Frage seines Chefs. Direkt und völlig unvorbereitet!
„Was wollen sie so dringend von Ludwig M. Sutorius?"
Wie vom Donner gerührt, saß Wolfgang da und starrte Herrn Bläser an? Was hatte er da gefragt? Woher wusste er...? Aber vor allem, warum interessierte es ihn? Völlig fassungslos suchte Wolfgang nach einer Antwort.
„Warum wollen sie...?" Sein Mund war ziemlich trocken.
„Sie haben doch heute früh mit der Konzertagentur telefoniert?"

Wolfgang nickte. Jetzt glaubte er, den Zusammenhang zu erkennen. Bestimmt hatte die Konzertagentur heute Vormittag die zentrale Rufnummer gewählt und war, wohl versehentlich, zu Herrn Bläser durchgestellt worden. Und deshalb hatte er auch vergebens auf diesen Anruf gewartet.
„Ich wollte nur die Telefonnummer seines Managers."
Ein wenig ärgerte er sich, dass sein Chef ganz offensichtlich eine ausführliche Erklärung erwartete. Schließlich war das ganze doch eine rein private Angelegenheit. Aber warum sich deshalb Gedanken machen. Wichtig war eigentlich nur, ob Herr Bläser die Telefonnummer hatte.
Er fragte Herrn Bläser danach.
Der stellte eine Gegenfrage. „Darf man wissen, um was es hier geht?"
„Es ist eine Sache zwischen Herrn Sutorius und mir", reagierte er betont abweisend, was ihm jedoch ziemlich schwer fiel. Diese Geheimniskrämerei ging ihm immer mehr auf die Nerven. Aber sobald er mit dem Manager gesprochen hatte, würde er alles erklären können. Zumindest hoffte er das.
Er fragte Herrn Bläser erneut: „Haben sie von der Konzertagentur die Telefonnummer erhalten?"
Der schüttelte leicht den Kopf und sah Wolfgang dabei nachdenklich an.
„Nein, die Konzertagentur hat mir keine Telefonnummer gegeben."
Wolfgangs verbarg seine Enttäuschung nicht.
„Aber was wollte sie dann?" fragte er nervös.
Der Autohausbesitzer klappte mehrmals sacht den Deckel des Aktenordners auf und ab. „Das ist nun wiederum eine Sache zwischen der Agentur und mir!"

Herr Bläser sagte das in einem seltsam leichten Ton, der Wolfgang jetzt völlig aus der Fassung brachte. Sein Chef schien offensichtlich von dieser Angelegenheit viel stärker berührt, als er sich das vorstellte. Was aber könnte Herr Bläser damit zu tun haben? Wolfgang rätselte. Vielleicht sollte er doch in die Offensive gehen.
Was hatte er denn noch zu verlieren? Mitten in diese Überlegungen hinein sagte Herr Bläser: „Das hier ist die gewünschte Telefon-Nummer" und notierte dabei eine Zahlenreihe auf einen kleinen Zettel.
Wolfgang verstand jetzt gar nichts mehr. Hatte Herr Bläser nicht soeben behauptet, keine Telefonnummer bekommen zu haben? Das Papier mit der Rufnummer lag vor ihm. Mit einem Blick auf die Vorwahl erkannte er, dass es keinesfalls die Nummer von diesem Mathausch sein konnte.

Das ist wenigstens schon mal gut, stellte er mit einiger Erleichterung fest. Aber woher hatte sein Arbeitgeber diese Nummer. Ratlos schaute er ihn an. Aus der Ratlosigkeit wurde Verlegenheit. Es war wohl angebracht, mit der Wahrheit heraus zu rücken. Und nur so konnte er auch herausbekommen, weshalb sein Chef sich so seltsam interessiert und zugleich geheimnisvoll verhielt.

„Wir haben da beide wohl ein Geheimnis", begann er vorsichtig abtastend mit ziemlich trockener Stimme, ein schwaches Schulterzucken bei Herrn Bläser war die Reaktion.

„Vielleicht ist es jetzt angebracht, wenn ich ihnen erzähle, weshalb ich den Manager, besser noch Herrn Sutorius selbst, sprechen muss."

Herr Bläser nickte ihm ermunternd zu. „Vielleicht ist es sogar hilfreich!"

„Herrn Sutorius hat einen Vertrag mit mir!" Wolfgang würgte das förmlich heraus.

Der Autohausbesitzer zog die Stirn in dicke Falten. „Einen Vertrag? Mit Ihnen?" Er schüttelte ungläubig den Kopf.

Wolfgang erzählte. Zuerst noch etwas konfus, doch da Herr Bläser dabei offenbar nicht so ganz folgen konnte, hielt er es für besser, ganz von vorne zu beginnen. Sein Chef hörte zu, schüttelte zwischendurch mal leicht den Kopf, schwieg aber und erst als Wolfgang geendet hatte, sagte er:

„Und jetzt wollen sie natürlich klären, ob sich Herr Sutorius auch an die Vereinbarung hält."

„Und zwar ganz rasch. Schließlich hängt ja davon ab, ob und wie wir unser Weihnachtskonzert veranstalten."

„Und wie sie wieder zu ihrem Geld kommen", sagte Herr Bläser mit ernster Miene.

Richtig, das Geld! Das hatte er im Augenblick nahezu verdrängt. Sein Blick fiel wieder auf den Zettel mit der Telefonnummer.

„Woher...?"

Das Telefon klingelte. Herr Bläser schaute den Apparat zuerst nur mit einem kritischem Blick an, nahm aber dann endlich doch den Hörer auf.

„Nein, das geht jetzt leider nicht, Herr Freidank und ich haben eine sehr wichtige Besprechung. Bitte übernehmen sie doch den Kunden!"

Herr Bläser lächelte ihn an. „Man vermisst sie schon!" Wolfgang lächelte schief zurück.

„Sie wundern sich, dass ich die Telefonnummer des Managers habe. Sie werden sich gleich noch mehr wundern. Ich habe nämlich auch die Telefonnummer von Herrn Sutorius."

Und wie Herr Bläser Recht hatte. Wolfgang wunderte sich, er war sprachlos. Damit hatte er beim besten Willen nicht gerechnet.
„Und jetzt möchten sie natürlich wissen, wie ich dazu komme?" Wolfgang konnte nur nicken.
„Vielleicht erinnern sie sich noch, als ich ihnen die Konzertkarten gegeben habe. Sie waren überrascht, denn das Konzert ist seit längerem ausverkauft. Und ich habe ihnen erklärt, dass ich eben Beziehungen habe. Und was ich ihnen jetzt erzähle, ist nur für uns beide hier bestimmt."
Herr Bläser schaute einen Moment zur Decke, so als müsse er seine Gedanken sammeln.
„Mein Vater und der Vater von Ludwig Sutorius waren Kriegskameraden…"

…

Sie waren zusammen in Kriegsgefangenschaft geraten und hatten nach ihrer Entlassung, obwohl sie in verschiedenen Regionen der Bundesrepublik lebten, nie den Kontakt verloren. Die gemeinsamen Erfahrungen während des Krieges hatten die beiden Männer zu Freunden werden lassen. Zudem teilten sie auch die Liebe zur klassischen Musik und der kleine Ludwig Michael (er trug die Vornamen seines Vaters und des Großvaters) ließ schon in frühester Jugend musikalisches Talent erkennen.

„Ich habe leider nur die kaufmännische Veranlagung meines Vaters geerbt", flocht Herr Bläser in einem Anflug von Bedauern ein.

Um die künstlerische Begabung des jungen Sutorius nachhaltig zu fördern, schickte man ihn auf eines der renommiertesten Konservatorien des Landes. Kurz nach Aufnahme des Studiums aber verstarb Vater Sutorius. Eine Fortführung des Studiums schien aus finanziellen Gründen nun nicht mehr möglich.

„In dieser Notlage ist dann eben mein Vater eingesprungen." Herr Bläser sagte das ziemlich bescheiden. „Sein verstorbener Kamerad hat ihm wohl mehr als einmal in sehr bedrohlichen Situationen beigestanden und er wollte das auf diesem Wege wieder gutmachen."

Der Firmeninhaber schwieg und schien sich in die Erinnerung zu vertiefen. Wolfgang wartete eine kleine Weile.
„Es sieht so aus, als ob ohne ihren Vater die Karriere von Herrn Sutorius ins Wasser gefallen wäre."

„So würde ich das nicht beschreiben." Herr Bläser schien über diese Formulierung etwas amüsiert. „Auf alle Fälle konnte Ludwig sein Studium ohne finanziellen Druck weiterführen und was daraus geworden ist, wissen sie ja selbst."
Und Wolfgang wusste jetzt auch, weshalb sein Chef die Telefon-Nummern kannte.
Doch was heute Vormittag abgelaufen war, das wollte er dann doch genauer wissen.
„Ihr Anruf bei der Konzertagentur sorgte dort für ziemlich große Verwirrung und um sicher zu gehen, hat man sich natürlich unverzüglich mit dem Manager von Ludwig in Verbindung gesetzt. Der Mann kennt mich - und als er ‚Autohaus Bläser' hörte, rief er natürlich sofort bei mir an und erkundigte sich."
Wolfgang kratzte sich verlegen am Kopf.
„Was wird nun aus dem Auftritt? Ist der Vertrag gültig?"
„Dazu kann ich nichts sagen. Schließlich weiß ja bist jetzt außer Ihnen und diesem Herrn ...- Wie heißt der noch gleich? Diesem Herrn Mathausch – niemand etwas von dieser dubiosen Vereinbarung."
Wolfgang musste bei dieser Antwort wohl einen sehr sorgenvollen Gesichtsausdruck angenommen haben, denn der Chef beruhigte seinen Meister:
„Überlassen sie die Sache jetzt mal mir. Fürs erste ist es sicher besser, wenn sie jetzt wieder an ihren Arbeitsplatz gehen."
Als Wolfgang aufstand, erkundigte sich Herr Bläser noch: „Wann, sagten sie, findet ihre Veranstaltung statt?"
Wolfgang nannte das Datum.

Die in der Halle herrschende Stille zeigte an, dass bereits Mittagspause war. „Bin wieder zurück!" meldete er kurz dem Werkstatt-Team, das in einer separaten Ecke an einem langen Tisch saß. Diverse Teller und Flaschen standen darauf, einige Männer aßen, andere lasen in der Zeitung. Sie nickten stumm und er wünschte ‚einen guten Appetit'.
Bei seinem Meisterkollegen erkundigte er sich, ob in der vergangenen Stunde etwas Wissenswertes vorgefallen wäre. Der deutete kurz auf eine Registermappe.
„Nur dieser eine Vorgang und den habe ich bereits erledigt, sonst war alles reine Routine" bekam er zu Antwort. „Ach so, und dann hat da noch ein Ulli Haberer hat angerufen. Wollte aber nicht sagen, um was es geht."

Wolfgang war nun doch etwas bewegt. Ulli machte sich eben auch Gedanken und wollte natürlich wissen, ob er schon etwas erreicht habe. Er sollte ihn am besten gleich mal anrufen. Doch was sollte er ihm sagen. Über Herrn Bläsers Verbindung zu dem Gesangsstar durfte er ja nicht sprechen.
„Ich habe die Telefonnummer des Managers bereits erhalten", berichtete er dem Freund.
„Und ich konnte sogar mit Jemandem sprechen, der gute Beziehungen zu Sutorius hat. Weiteres ergibt sich hoffentlich heute Nachmittag."
Er versuchte optimistisch zu klingen und zu seinem Erstaunen fiel ihm das auch gar nicht so schwer.
„Nein, Dagmar habe ich gestern nichts mehr erzählen können. Edgar war da. Ja, Edgar Gerber. Er singt wieder bei uns mit. Sein Vater hat nichts mehr dagegen."
Wenigstens eine gute Nachricht dachte er und versprach seinem Sängerkameraden, sich sofort zu melden, sobald er etwas Neues wüsste.
Er nahm sich die Papiere vor, die sich auf seinem Schreibtisch stapelten. Aber wie schon in den letzten Tagen fiel es ihm auch jetzt wieder schwer, sich darauf zu konzentrieren.
Kurz vor Feierabend meldete sich Herr Bläser. Endlich! Ohne Umschweife erklärte der ihm, dass es leider noch nicht möglich war, ‚Ludwig' persönlich zu sprechen.
Auf Wolfgangs Nachfrage, ob denn der Manager etwas sagen konnte, meinte Herr Bläser, dass er es für besser halte, alles direkt mit ‚Ludwig' zu besprechen.
Wolfgang konnte das verstehen, dennoch verspürte er eine wieder wachsende Enttäuschung. Hatte er sich umsonst Hoffnungen gemacht? Schon wollte er auflegen, da kam sein Chef doch noch mit einer wichtigen Nachricht: „Eines habe ich zumindest schon mal geklärt. Die Tournee-Reise endet bereits eine Woche vorher. Und zu dem von ihnen geplanten Termin hat er keine künstlerischen Verpflichtungen."
Wie war das jetzt zu bewerten? Wolfgang überlegte. Keine Verpflichtung! Das bedeutete, dass der Termin in Steinstadt nicht eingeplant war. Also wusste Herr Sutorius von diesem Vertrag tatsächlich nichts. Das war schon mal sicher. Kein Auftritt! Das bedeutete doch aber auch, der Sänger könnte – zumindest theoretisch – zum Weihnachtskonzert kommen. Sein Optimismus-Pegel stieg im Moment leicht an, wurde aber, kein Wunder nach den Erfahrungen der letzten beiden Tage, sofort wieder gedämpft.

Sutorius und die Eintracht! War das nicht so, als ob der FC Bayern gegen den SC Dengenheim spielte. Er lachte bitter in sich hinein, um sich im selben Augenblick über diesen unangebrachten Vergleich zu ärgern. Schließlich sang man ja nicht gegeneinander, sondern würde gemeinsam musizieren. Und es ging auch nicht um das unbedingte Erreichen von irgendwelchen Spitzenleistungen, sondern ausschließlich darum, dem Publikum einen musikalischen Genuss zu bieten. Und das konnte der Dengenheimer Chor bestimmt leisten.

Er räumte seinen Schreibtisch auf und prüfte nochmals den Werkstatt-Plan für den kommenden Montag. Mit einiger Sorge dachte er an das vor ihm liegende Wochenende. Ob Herr Bläser etwas erreichen konnte? Er hatte seine Privatnummer und würde ihn gewiss anrufen, wenn es etwas Wichtiges gab. Mit einem Ruck zog er seine Aktentasche unter dem Schreibtisch hervor und dabei fiel ihm der sich noch darin befindliche Auftrittsvertrag ein. Ob er diesen Herrn Bläser geben sollte? Etwas unschlüssig stand er da und dachte nach. Das plötzliche Läuten des Telefons störte ihn. Er sah zur Uhr. Um diese Zeit? Er nahm ab.
„Dagmar?"
Er wunderte sich, dass sie jetzt noch anrief. Sie wusste doch, um welche Uhrzeit er freitags nach Hause kam. Also musste etwas passiert sein.
„Was ist denn los?"
„Kommst du heute pünktlich nach Hause?" lautete ihre Gegenfrage.
„Natürlich, aber wieso?" Dagmar antwortete nicht sofort. „Hallo?"
„Ich habe gerade unsere Bankauszüge geholt!"

Er nahm seine Aktentasche gleich mit in die Küche. Die Auszüge lagen dort aufgefächert auf dem Tisch.
„Bevor du mir erklärst, welche Weihnachtsgeschenke du schon jetzt für uns gekauft hast, bring bitte den Müll runter. Der stinkt schon etwas."
Sie drückte ihm einen prallen Plastikbeutel in die Hand. Ohne jeglichen Protest drehte sich Wolfgang um und prallte wieder einmal beinahe mit Beate zusammen.
„Weihnachtsgeschenk? Jetzt schon? Sonst kauft das Papa doch immer auf den letzten Drücker! Was ist es denn?"
Sie stellte sich dabei in gespielter Neugier auf die Zehenspitzen. Wolfgang erfasste die Gelegenheit.

„Mama und ich müssen reden. Sei so gut und lass uns alleine. Und hier. Bring den Müll weg. Der stinkt."
Dabei hielt er seiner Tochter den Beutel so gebieterisch entgegen, dass dieser gar nichts anderes übrig blieb, als die große Tüte zu nehmen.
Er zog die Küchentür nicht ganz zu, sondern lehnte sie nur leicht an und öffnete die Aktentasche. Wortlos zog den Vertrag und den Prospekt heraus. Dagmar schaute sehr ratlos auf die Formulare.
„Dein Mann ist ein Esel!" Wolfgang fand keinen treffenderen Einstieg für seinen Bericht.
Und wie heute bei seinem Chef, erzählte er von Beginn an, wie er Herrn Mathausch das erste Mal getroffen hatte, welche Gedanken er hatte, als er von dem defekten Hallendach und dem drohenden Konzertausfall gehört hatte und was sich daraus entwickelte.

Zweimal wurde er in seinem Bericht unterbrochen. Das erste Mal, als Beate wieder von der Mülltonne zurück kam und ihre Eltern sie erneut baten, sie noch etwas alleine zu lassen.
Und das zweite Mal, als sich Dagmar um den Fisch für das Abendessen kümmerte, der in der Bratröhre schmorte. Gerade noch rechtzeitig, wie sie feststellte. Da war er gerade dabei, zu schildern, wie er das Geld von der Bank abgehoben hatte.
„Was hättest du an meiner Stelle gemacht?" fragte er seine Frau, als diese die Bratröhre wieder schloss. Dagmars Kopf war jetzt ziemlich rot.
‚Bestimmt von der Backofenwärme', hoffte Wolfgang, doch der Tonfall ihrer Antwort wies eindeutig auf eine andere Ursache hin. Sie war aufgebracht.
„Mich einwickeln lassen?" Dagmar schüttelte den Kopf und trocknete ihre Hände ab.
„Für mich war aber doch nicht erkennbar, dass..."
„Weil du eben nur an diese so genannte einmalige Chance gedacht hattest und damit blind warst für die nahe liegenden Dinge."
Der Vorwurf war berechtigt aber so wie ihn Dagmar formulierte, war sie schon wieder dabei, zumindest etwas Verständnis für ihn aufzubringen. Sie nahm ihm den Vertrag aus der Hand.
„Gage und Reparaturkostenhöhe sind fast gleich. Das könnte ja noch ein Zufall sein. Aber Zahlung am Tage des Vertragsabschlusses! Wo gibt es denn so etwas. Schließlich ist Herr Sutorius doch kein mittelloser Student, der sich die Anfahrt nicht leisten kann."

Sie suchte noch nach weiteren Indizien, anhand derer sich ihrer Ansicht nach eindeutig erkennen ließ „dass auch gar nichts an dieser Geschichte stimmig ist."
Diese merkwürdige Geheimhaltung zum Beispiel. „Wo das Konzert doch seit vielen Wochen ausverkauft ist!"
„Es ist aber doch ein phantastisches Angebot und schließlich kam der Vorschlag mit der Scheckvernichtung von mir", versuchte er sich zu rechtfertigen.

Sie debattierten noch eine ganze Weile, streckenweise sogar ziemlich hitzig. Wolfgang führte seinen Bericht zu Ende, dabei immer noch mit dem klitzekleinen Funken Hoffnung, keinem Betrüger aufgesessen, sondern nur das Opfer einiger unglücklicher Umstände zu sein. „Was wäre, wenn ich den Scheck nicht zerrissen hätte? Wie wäre dann die Sache gelaufen?"
„Dann wäre bestimmt der Vorschlag von ihm gekommen. Er hat es ja förmlich darauf angelegt. Sonst wüsste der Sutorius doch von dem Termin!"
Dagmars Argumente waren sachlich und nicht zu widerlegen. Sie gab aber auch zu, dass dieser Agent, „wenn er überhaupt einer ist" die Sache doch recht geschickt eingefädelt und die vermeintliche Notlage des Vereinsvorstandes schamlos ausgenutzt hatte. Wolfgang nickte heftig.
„Schamlos ausgenutzt, das ist es!" Jetzt fühlte er sich beinahe entlastet.
„Du kannst mich also verstehen?" fragte er mit der berechtigten Hoffnung auf sofortige familieninterne Absolution.
„Die Sache mit dem Vertrag vielleicht!"
Dagmars Stimmlage wurde eine Nuance höher und ihre Gesichtsfarbe nahm wieder diesen rötlichen Ton an. Seine Zuversicht, das Thema ausgestanden zu haben, verschwand so rasch, wie sie gekommen war.
„Das Geld?" ahnte er.
„Das Geld!" bestätigte Dagmar in ziemlich scharfem Ton und Wolfgang blieb gar nichts anderes übrig, als schuldbewusst zu nicken.
„Vielleicht haben wir ja eine Chance, es wieder zu bekommen."
Dagmar schüttelte den Kopf.
„Du glaubst nicht daran", stellte er gehemmt fest.

„Um das geht es doch erst in zweiter Linie", platzte sie heraus, zog dabei ihre Augenbrauen hoch und fixierte ihn mit strengem Blick.
Wolfgang kannte diesen Blick und wusste, was er bedeutete. Dagmar fühlte sich höchst ungerecht behandelt und bis ins Innerste gekränkt. Und er

wusste auch weshalb.

„Ich hätte dich fragen sollen", grübelte er kleinlaut, doch zu seiner Überraschung schüttelte seine Frau erneut resolut ihren Kopf.

„Du hättest es mir sagen müssen, gleich am Montagabend." Kein Vorwurf, dass er eigenmächtig über das Bankkonto verfügte, es verletzte sie aber, dass er sie nicht darüber informiert hatte.

„Vermutlich hast du recht" versuchte er einzulenken, doch seine Wortwahl stieß sofort auf Kritik. „Vermutlich?" Sie schnaubte dabei.

„Nein, natürlich, du hast vollkommen Recht".

Er sah seinen Fehler ja ein, aber auch bei vollkommener Einsicht fällt es manchmal schwer, über den eigenen Schatten zu springen.

„Ich wollte dich einfach nicht damit belasten. In manchen Fällen ist wirklich besser, dem Anderen nicht die eigenen Sorgen aufzuladen."

Dagmars Augenbrauen zuckten erneut nach oben. Sie schnaubte nochmals, allerdings klang es nicht mehr ganz so heftig wie vorhin. Während sie ihm nun einen wortreichen Vortrag über Offenheit, Partnerschaft und Vertrauen hielt, saß Wolfgang stumm da, verlegen auf seiner Unterlippe kauend.

„Meinst du denn, ich hätte das nicht verstanden?"

Der jetzt einsetzende weichere Klang in ihrer Stimme zeigte an, dass sie sich ihren Frust von der Seele geredet hatte.

„Na ja, irgendwie kam ich mir schon etwas waghalsig vor", bekannte er aufrichtig. „Und in dieser Stimmung wollte ich einfach keine Diskussion." Dagmar stand auf.

„Und jetzt?" wollte Wolfgang wissen.

„Der Fisch wird kalt", erklärte sie und nahm den Deckel vom Topf.

Hätte Beate nicht pausenlos über Schule, Edgar und viele andere, für Teenager sicher bedeutsame Themen gesprochen, das Abendessen wäre wohl recht schweigsam verlaufen. Auf die Frage ihrer Tochter, was es denn vorhin so geheimnisvolles zu besprechen gegeben hatte, antworteten sie nur ausweichend. „Steckt ihr etwa in einer Krise?" musterte sie besorgt ihre Eltern, lachte aber sofort über diese Vermutung, denn eine solche erschien wirklich mehr als abwegig.

So wortkarg, wie schon beim Essen, blieben sie auch für den Rest des Abends. Eine Mischung aus Befangenheit, Enttäuschung und Unsicherheit beherrschte die feierabendliche Atmosphäre und das gemeinsam gewählte Fernsehprogramm diente nur als reine Verlegenheitslösung. Sogar der übliche Gute-Nacht-Kuss war seltsam dezent, geradezu scheu, so als wären sie sich fremd.

Wolfgang lag rücklings im Bett, die Federdecke bis zur Nasenspitze hochgezogen. Neben ihm Dagmar atmete gleichmäßig, drehte sich aber in kurzen Abständen immer wieder von einer Seite auf die andere. ‚Sie ist auch noch wach', dachte er, zog seine Hand unter der Decke hervor und legte sie sacht auf Dagmars Federbett.

„Wenn du ein Problem hättest, das mich nur belasten aber nur du selbst lösen könntest, würdest du es mir erzählen?"

Seine Frau rührte sich nicht. ‚Sie ist beleidigt', folgerte er.

Für eine kleine Weile verharrte er noch in seiner Position, dann zog er den Arm zurück um sich umzudrehen. Dagmars Decke raschelte, ihre Hand fasste seinen Unterarm.

„Ich würde dich vermutlich auch schonen… Wolfilein."

Nach dem Frühstück fuhr Wolfgang – wie nahezu an jedem Samstag - zum Supermarkt nach Steinstadt, um den notwendigen Vorrat an Lebensmitteln und zwei Kasten Mineralwasser einzukaufen. Solche Versorgungsfahrten – den Begriff hatte er noch aus seiner Militärzeit übernommen - waren ein Teil der häuslichen Arbeit, mit der er seine Frau unterstützte. Auf dem großen Parkplatz und zwischen den Regalen herrschte lebhafter Betrieb und während er, den Einkaufswagen vor sich her schiebend, eine kleine Liste in der Hand, auf der Suche nach den notierten Waren durch die Gänge eilte, begegnete er dem einen oder anderen bekannten Gesicht aus der Gemeinde, dem Betrieb und auch dem Verein. Gelegentlich musste er zu einem kurzen Gespräch stehen bleiben , das dann auch meist aus denselben Floskeln bestand. Die Einleitungs- und Basisphrasen lauteten: „Auch zum Einkaufen hier ?" „Ganz schön was los!" „Wie geht's denn so?"

Bei Leuten, die man näher kannte, bot sich die Frage an: „Was macht…?" und für Kunden des Autohauses erweiterte sich der Fragenkatalog noch um so belanglose Formulierungen wie: „Am Wagen alles in Ordnung?" „Schon Frostschutzmittel geprüft." und Ähnliches.

Traf er ein Ehepaar, kam es vor, dass die Gattin etwas süßlich, dabei einen leicht tadelnden Seitenblick auf den eigenen Mann werfend, bemerkte: „Da freut sich ihre Frau doch sicher, dass sie ihr den Einkauf abnehmen."
Er beeilte sich und hatte auch ziemlich rasch die Liste abgearbeitet. Nur die spezielle Art von Essig, die Dagmar aufgeschrieben hatte, konnte er nicht sogleich finden. Dafür lief er Sybille in die Arme, genauer gesagt, gegen deren Einkaufswagen. Während sie sich nach der üblichen Art begrüßten, sah er sich verstohlen nach Ingrid, ihrer Schwester um, denn bisher hatte er die Beiden immer nur im ‚Doppelpack' gesehen. Sybille war aber offenbar alleine hier.
„Unsere Einkaufsarbeit erledigen wir wechselseitig." erklärte sie ihm.
„…unsere Männer sind eben anderweitig voll ausgelastet."
Das klang beinahe wie ein Vorwurf. Ob diese Bemerkung aber ihm oder ihren Männern galt, war nicht herauszuhören. ‚Ist ja auch egal', dachte er und mit einem kurzen Blick auf die Uhr bedeutete er, dass er es etwas eilig habe, aber Sybille wollte unbedingt noch was loswerden.
„Es gibt da ein Gerücht?" verkündete sie mit bedeutungsvoller Miene und schob ihren Einkaufswagen hinter sich gegen das Regal.
„Ein Gerücht? Über was und wen?" Er bemühte sich, ganz abgeklärt zu wirken, obwohl er fast befürchtete, dass es ihn selbst betreffen könnte.
„Unsere Gemeindehalle soll komplette Pfuscharbeit sein und vollständig abgerissen werden. Wusstest du das?"
„Von einem Abriss ist mir nichts bekannt", antwortete er wahrheitsgemäß und erleichtert, dass es nur darum ging.
„Das würde damit auch bedeuten, dass unser Weihnachtskonzert definitiv nicht stattfinden könnte."
Sybille schien sich an dem Gerücht festzuhalten. „Zumindest nicht in unserer Gemeindehalle", setzte sie mit einem schlauen Lächeln hinzu.
Wolfgang wurde wieder hellhörig.
„Du weißt scheinbar mehr als ich", entgegnete er trocken.
„Es ist ja wie gesagt bloß ein Gerücht! Aber es wie es heißt, soll unsere Gemeindeverwaltung – gewissermaßen als Ausgleich für unseren Termin eine passende Alternative gefunden haben. Und weißt du welche?"
Sie wartete erst gar nicht auf Wolfgangs Reaktion:
„Den Steinstadter Bühnenbau!"
Glücklicherweise wollte in diesem Augenblick eine Kundin eine bestimmte Ware exakt aus dem Regalfach holen, vor dem Sybille den Einkaufswa-

gen abgestellt hatte. Das lenkte sie für einen Moment ab und Wolfgang fand so die Möglichkeit, seine vor Überraschung völlig entgleisten Gesichtszüge wieder zu glätten.
„Wer sagt das?" brachte er hervor.
Sybille kannte keine genaue Quelle. Ihre Schwester aber hatte das wohl gestern bei einem Damenkränzchen erfahren, an dem auch eine Sachbearbeiterin der Stein Städter Gemeindeverwaltung teilnahm. Sybille schien ziemlich begeistert zu sein, über diese Auftrittsmöglichkeit.
Wolfgang versuchte, zu beschwichtigen: „An einem solchen Gerede sollte man sich nicht beteiligen. Ich würde jedem raten, weder über Pfusch noch über Abriss zu spekulieren. Du hast doch selbst gehört, was Gemeinderat Höfer durchsetzen will."
Sybille machte ein Gesicht, das ganz offensichtlich große Skepsis ausdrückte und er selbst fand seinen Hinweis genau genommen ebenfalls nicht so ganz einwandfrei. Schließlich hatte Walter Höfer ja selbst diesen Pfusch-Verdacht, wenn auch nur im vertraulichen Gespräch, geäußert.
Er versprach Sybille, diesem Gerücht nachzugehen, in der nächsten Chorprobe alle Mitglieder über den aktuellen und offiziellen Stand zu informieren und gab ihr den Rat, bis dahin am besten zu schweigen.
Als sie sich gerade verabschiedeten, da fiel Wolfgang noch etwas ein.
„Weißt du, wo ich diesen Essig finde?"
Er zeigte mit dem Finger auf seine Liste.

Seine erste Frage war, ob Herr Bläser zwischenzeitlich angerufen hatte. Nein, hatte er nicht. Enttäuscht brachte er die Lebensmittel in die Küche. Rasch stellte er die Bananenkiste, die voll mit Tüten, Paketen und der Essigflasche war, auf den Küchenstuhl.
„Soll ich dir beim Kühlschrank-Einräumen helfen?" rief er Dagmar, die im Wohnzimmer beschäftig war, zu. „Ich müsste nämlich dringend telefonieren."
Dagmar kam um die Ecke und sagte mit Blick auf den Pappkarton: „Ich mach das schon, telefoniere du mal dringend."
Er stürmte in sein Arbeitszimmer.
Ulli war gleich am Telefon. „Gibt es schon etwas Neues?"
„Ja und zwar ein Gerücht." Wolfgang erzählte von seinem Supermarkt-Treffen mit Sybille.

Von dem Gemunkel hatte Ulli bisher noch nichts gehört. „Da will sich doch nur jemand wichtigmachen", versuchte er zu beruhigen. Es gelang nicht wirklich.

„Meinetwegen können die ja über den angeblichen Pfusch und Abriss reden, soviel sie wollen, aber der Termin in Steinstadt- der ist Realität. Nur wurde der eben nicht durch die Gemeinde, sondern durch uns, also von mir, vereinbart."

Auch Friedrich Fröhlich, den er anschließend angerufen hatte, wusste nichts von einem solchen Gerücht, amüsierte sich aber köstlich über die Tatsache, dass jemand glauben konnte, der Steinstadter Bühnenbau wäre für die Eintracht reserviert.

„Bei den Belegungskosten, die dort verlangt werden, müssten wir ja einen Kredit aufnehmen."

Und als wenn das nicht schon genug Salz auf Wolfgangs Seelenwunde gewesen wäre, setzte er noch hinzu:

„Fehlt bloß noch, dass man munkelt, der Vorstand hätte dafür einen persönlichen Vorschuss geleistet!"

Wolfgangs Stimmung war nun wieder völlig auf dem Tiefpunkt. Das kommt davon, wenn man zu ehrgeizig ist, wenn man alles im Alleingang klärt, wenn man immer nur...!" Sein Ärger über sich selbst wurde von Minute immer größer. Zum Glück hatte Dagmar ihm wenigstens sein verheimlichtes Vorgehen verziehen und ihn nicht mit weiteren Vorwürfen überhäuft. Die Tatsache, dass das kleine angesparte Familienguthaben möglicherweise um zirka zweieinhalbtausend Mark schrumpfen könnte, belastete sie Beide natürlich ganz erheblich, aber die drohende Vertrauenskrise war nicht eingetreten. Dagmar hatte eben ein großes Herz und viel Verständnis. Deswegen habe ich sie ja auch geheiratet, resümierte er mit einem warmen Gefühl und für eine kleine Zeit vergaß er darüber seinen ganzen Verdruss.

Er ging wieder zurück in die Küche. Der Karton stand jetzt auf dem Fußboden, nahezu leer, nur noch einige Pakete befanden sich darin. „Das gehört in den Keller", erklärte ihm Dagmar und das kam einer Aufforderung gleich. Er bückte sich. Es klingelte. Wolfgang ließ den Karton, den er gerade angehoben hatte, einfach fallen und hastete an die Tür. Es war der Paketbote. Das Päckchen war für die Familie, die in der Etage darunter wohnte, offenbar aber nicht zuhause war, Er unterschrieb den Empfangsschein und nahm das Paket entgegen. Wieder zurück in der Küche

griff er erneut nach dem Karton, aber Dagmar zog ihn zur Seite und drückte ihn behutsam auf einen der Stühle.
"Hör zu, mein Lieber. Du hast einen, vielleicht sogar zwei oder drei Fehler gemacht. Aber das ist kein Grund, deswegen jetzt dein Nervenkostüm zu ruinieren. Sollte Herr Bläser etwas erreichen, wäre das großes Glück. Und wenn nicht, dann stehst du die Sache auch so durch. Ulli hatte heute, während du beim Einkaufen warst, angerufen. Nein, er hat nicht gepetzt, ich habe ihm gesagt, dass ich alles weiß. Er macht sich ebenfalls Sorgen um dich. Und er wird dich unterstützen. Und ich ebenfalls. Was auch kommt. Aber das weißt du ja."
Dankbar schaute er sie an, stand dann ganz langsam auf und umarmte sie. Während er sie festhielt, stammelte er unbeholfen: "Mit dir an meiner Seite kann ich alles erreichen!"
Dagmar löste sich etwas aus seiner Umarmung: "Ich möchte aber immer vorher Bescheid wissen!"
Er nickte nur. Bei der Chorprobe am Dienstag würde er den Verein über seine vorsorgliche Buchung in Steinstadt informieren. Die fehlgeschlagene Verpflichtung des Gesangsstars durfte ruhig weiter sein Geheimnis bleiben.
Als er aus dem Keller wieder zurückkam, hatte er die Idee bei Anne Hartung anzurufen und sich nach Dieters augenblicklichem Gesundheitszustand zu erkundigen. Der befand sich seit einer guten Woche in einer Reha –Klinik, ungefähr einhundert Kilometer von Dengenheim entfernt. Anne bedankte sich die Nachfrage. Froh über die Auskunft, dass es dem Dirigenten langsam wieder besser ginge, bat er sie noch um die genaue Adresse der Kurklinik. "Er wird sich sicher über einen Brief von seinem Chor freuen!"

Etwas positiver gestimmt, nahm er die Wochenendausgabe der Heimatzeitung aus dem Zeitungsständer im Wohnzimmer und ließ sich in den Sessel plumpsen. Unkonzentriert blätterte er die Seiten durch, blieb kurz im Sportteil hängen, überflog die Spalten auf der Lokalseite um dann den Hauptteil des Blattes wieder nach oben zu legen. Sein Blick verfing sich an einer Anzeige: *Liederabend mit Ludwig M. Sutorius!* – Das war das Konzert am darauf folgenden Sonntag. ‚Ausverkauft!' stand darunter und er fragte sich, weshalb man dann trotzdem noch das Geld für ein solches Zeitungsinserat ausgab. ‚Aus reinen Werbezwecken, vielleicht auch nur um den Verkauf der Schallplatten und Musik-Kassetten anzukurbeln. Klar, wer keine Karten bekommt, kauft vielleicht dann doch so eine Scheibe', mut-

maßte er und vertiefte sich darüber gedanklich in die verschiedensten Werbemaßnahmen. Für einige Minuten beschäftigte ihn das sosehr ab, dass er das mehrmalige Läuten des Telefons zunächst gar nicht registrierte und als dann doch das Klingeln sein Ohr irgendwie erreichte, rief er gewohnheitsmäßig: „Geht denn keiner an das Telefon?"
Es war, als habe er sich damit selbst wach gerüttelt. Wie von der Tarantel gestochen sprang er aus dem Sessel, um in wenigen Sätzen am Apparat zu sein. „Freidank!"
Sein Chef hatte sich wirklich viel Mühe gegeben, um Herrn Sutorius zu erreichen. Und es war ihm gelungen. So spannte er Wolfgang auch erst gar nicht auf die Folter. „Ludwig Sutorius ist grundsätzlich zu einem Auftritt bereit!"
Wolfgangs Brust wurde weit, in seinem Kopf drehte sich alles und er hatte Mühe, den Worten von Herrn Bläser zu folgen. „Er singt?" unterbrach er seinen Chef hastig. „Er singt bei uns?"
Diese Frage hatte er wohl ziemlich laut ausgesprochen, denn Dagmar streckte fragend ihren Kopf aus dem Badezimmer, und Herr Bläser meinte: „Ich verstehe sie wirklich ausgezeichnet."
Wolfgang fuchtelte Dagmar mit der freien Hand etwas zu, was nicht zu deuten war. Sollte sie zu ihm kommen oder die Badezimmertür schließen? Dagmar hatte gerade ihre Haare gewaschen und entschloss sich daher zu Letzterem.
Herr Bläser hatte noch einige Informationen. Zu dem Konzerttermin war der angestammte Liedbegleiter des Sängers bereits anderweitig verpflichtet und es war wohl nicht so ganz einfach, einen Ersatzpianisten dafür zu bekommen. Außerdem: „Sutorius möchte sie am kommenden Sonntag schon mal persönlich kennen lernen. Nach dem Konzert."
Wolfgang war überwältigt.
„Übrigens, dieser Herr Mathausch...," Herrn Bläsers Stimme klang jetzt verdrießlich, „er hatte tatsächlich vor einiger Zeit einen Vermittlungsauftrag erhalten, der aber wegen großer Unzuverlässigkeit fristlos gelöst wurde. Ludwig wird nun Strafantrag wegen Betrug stellen und ich rate ihnen, es ebenfalls zu tun."
Natürlich hatte Wolfgang noch viele Fragen, aber Herr Bläser meinte, das könne man getrost auch am Montag abklären und wünschte ihm und seiner Familie „ein jetzt sicher doch harmonisches Wochenende".

Er riss die Badezimmertür regelrecht auf. Dagmar, die gerade sich gerade das Haar föhnte, verstand nicht sofort, was er ihr sagte. Ungeduldig griff er nach dem Föhnkabel und zog kurzerhand den Stecker aus der Dose. „Hast du das eben mit bekommen? Sutorius tritt bei uns auf!"
Er küsste sie auf ihre nackte Schulter und drehte anschließend so etwas wie eine halbe Pirouette. Diese misslang aber und fast wäre er dabei in die Duschkabine gestürzt. An der Heizung fand er gerade noch Halt.
Noch ehe Dagmar, die mit äußerst erstauntem Gesicht dieser seltsamen Darbietung zusah, etwas sagen konnte, steckte er das Kabel wieder ein und war sogleich aus der Tür. „Ich muss das sofort Ulli berichten!"

Insgeheim hatte Wolfgang auf diese erlösende Mitteilung gehofft, jetzt aber, nachdem sie Wirklichkeit geworden war, erschien ihm doch alles wie ein Wunder. Er fühlte sich total befreit und unbeschwert wie schon seit Tagen nicht mehr. Sutorius hat tatsächlich zugesagt! Sicher, es gab noch eine Menge ungeklärter Fragen, aber das zentrale Problem, das war jetzt Gott-sei-Dank gelöst. Alles andere sollte sich finden.

Der Telefonanschluss von Ulli war besetzt. Recht ungeduldig hatte er es in kurzen Abständen mehrmals versucht. Erfolglos. Entweder ein Dauergespräch oder nicht richtig aufgelegt. Beinahe ärgerlich stellte er das fest. Schließlich musste er doch diese freudige Nachricht unbedingt loswerden. Und Ulli sollte sie auch als erster hören. Nach Dagmar natürlich. Wo war sie eigentlich? Immer noch im Bad? Er lauschte. Der Föhn war nicht mehr zu hören.
Dagmar stand vor dem geöffneten Kleiderschrank im Schlafzimmer und zog sich gerade einen leichten Pulli über. Schwungvoll ließ er sich auf das Bett plumpsen. „Hättest du das gedacht?" Er zog Dagmar zu sich. Nahezu euphorisch erzählte ihr von dem Telefongespräch mit Herrn Bläser. „Und Sutorius will mich persönlich kennen lernen. Schon am Sonntag, nach dem Konzert!" Übermütig schubste er sie etwas und sie ließ sich ohne jeden Widerstand rücklings auf das Bett fallen. „Du bist natürlich dabei! " lachte er und beugte sich über sie. „Schließlich bist du ja meine bessere Hälfte!"

Die Eingangstür fiel ins Schloss. „Das kann doch nur Beate sein? " bemerkte er etwas verwirrt und sprang hoch. Dagmar hielt ihn leicht am Hemd. „Wer sonst Wolfilein?"
Er machte sich, über sich selbst lachend, mit einer Hand wieder frei.

„Beate!" rief er. „Wir sind im Schlafzimmer!"
„Dann will ich lieber nicht stören." Das Mädchen konnte ziemlich schlagfertig sein. Und sehr direkt.
Er flitzte in den Flur. „Du wirst es nicht glauben, Sutorius singt!"
„Ach nein. Er singt? Hat er etwa umgeschult? War der nicht vorher beim Ballett!"
Er überhörte ihre Ironie. Schließlich hatte ja seine Tochter bis jetzt von dieser ominösen Geschichte noch kein Sterbenswörtchen gehört.
„Sutorius singt bei uns!" versuchte er sie aufzuklären und lachte dabei über das ganze Gesicht.
Beate war immer noch nicht auf der Höhe des Geschehens? „Bei uns? Hier in Dengenheim?"
„Ja! Also nein. Nicht hier sondern in Steinstadt."
„Schön Papa, aber was ist daran so sensationell?"
"Dein Vater hat ihn für unser Weihnachtskonzert engagiert." Dagmar trat jetzt in den Flur.
Jetzt stand Beates Mund offen: „Wen? Etwa den Sutorius?"
„Genau den!" Wolfgang strahlte selbstbewusst.
Dann sah er seine Frau mit einem etwas abwägenden Blick an.
„Engagiert ist eigentlich nicht der richtige Ausdruck", korrigierte er etwas zurückhaltend. Er wollte sich nicht mit fremden Federn schmücken Trotzdem hielt er es im Augenblick aber für besser, wenn seine Tochter nicht die ganze Wahrheit erfahren würde. Zumindest nicht zum jetzigen Zeitpunkt.
„Du hast doch selbst vorgeschlagen, einen richtigen Bühnenstar zu verpflichten. Und jetzt haben wir einen. Und sogar einen ganz Großen!"
Dabei fühlte er sich jetzt aber ziemlich gut.
„Edgar wird Augen machen, wenn er das erfährt!" Beate fand das alles ‚saustark' und Wolfgang fand das ebenfalls.
„Triffst du ihn heute noch oder willst du ihn gleich anrufen?" erkundigte er sich angeregt.
„Du kannst es ihm selbst erzählen, er holt mich später ab." erwiderte Beate mit einem Lächeln.
„Wenn du unbedingt meinst", gab sich ihr Vater äußerlich ziemlich gelassen, doch in Wahrheit war sein Bedürfnis, diesen Coup öffentlich zu machen, wirklich riesengroß. Gleich würde er es nochmals bei Ulli versuchen. Und Friedrich sollte ebenfalls ganz rasch eingeweiht werden. Und natürlich Miriam. Er überlegte, ob es nicht sinnvoll wäre, alle Mitglieder

telefonisch schon mal zu benachrichtigen, so wie sie das taten, wenn ausnahmsweise Mal eine Chorstunde ausfiel. Wolfgang verwarf diesen Gedanken jedoch wieder sehr rasch. So gerne er es allen Chormitgliedern auch verkündet hätte, bis Dienstag hatte es wirklich noch Zeit. Nur Ulli, Friedrich und Miriam, die sollten es schon jetzt erfahren.
„Edgar wird es ja ganz sicher sofort seinem Vater erzählen", freute er sich diebisch, als er in sein Arbeitszimmer ging. Den Hörer in der Hand, wählte er Ullis Nummer, brach aber mittendrin ab.
„Wenn Edgar es seinem Vater erzählt, dann ..."
Verdammt! In seinem Enthusiasmus hatte er überhaupt nicht mehr daran gedacht, dass in Steinstadt ja noch Keiner etwas über diese Konzertplanung wusste. Die würden bestimmt nicht sofort erfreut sein und schon gar nicht, wenn sie es durch die Hintertür erfahren würden. Und das Gerücht war möglicherweise schon weiter vorgedrungen, als nur bis zu einigen Damen eines geschwätzigen Kaffeekränzchens.
Es half alles nichts, er musste jetzt auf der Stelle den Vorstand des Stein Städter Männer-Gesangvereines anrufen. Er überlegte wie er das heikle Thema möglichst geschmeidig anzugehen könnte und formulierte in Gedanken ein paar passende Einleitungssätze. Dann drehte er die Wählscheibe.
„Welch ein Zufall. Ich wollte dich soeben auch anrufen."
Adolf Sehling, der Steinstadter Vereinsvorsitzende brachte ihn völlig aus dem Konzept
„Es gibt da ein Gerücht und weil in unseren Gemeindeverwaltungen am Wochenende auch keiner arbeitet, wollte ich zuerst von dir wissen, ob da etwas dran ist."
Wolfgang hatte geahnt, dass es schwierig werden würde und er viel Überzeugungskraft aufbringen müsste.
Sehling verstand zwar grundsätzlich die Notlage wegen der Hallenreparatur, wollte aber auf keinen Fall zugestehen, dass die Dengenheimer ihr Mammutkonzert – er verwendete diesen Begriff mehrmals - ein solches Mammutkonzert ganz ohne Absprache mit dem Ortsverein im Musentempel veranstalteten.
„Aber jetzt, wo alles bei uns geklärt ist, jetzt reden wir doch. Vorher hätte ich doch nur über ungelegte Eier gesprochen."
Wolfgang fühlte sich im Recht. Adolf Sehling aber leider auch.
„Das alles wusstest du doch schon letzte Woche bei unserer Vereins - Tagung."

Mit ihren Argumenten drehten sie sich im Kreis.
Der Steinstadter Vereinsvorstand schien mehr als enttäuscht: „Und ich dachte wir handeln gut nachbarschaftlich"
„Tun wir doch auch. Wenn ihr zum Beispiel ebenfalls ein Weihnachtskonzert veranstalten würdet, dann..." Er wurde rau unterbrochen.
„Du weißt genau, dass wir jedes Jahr im Januar dafür ein großes Neujahrssingen durchführen."
„Siehst du, dann ist das doch gar keine Konkurrenz."
„Um das geht es ja auch gar nicht!"
Wolfgang wusste natürlich, worum es ging. Dieses Weihnachtskonzert mit Ludwig M. Sutorius im Mittelpunkt stahl natürlich auf viele Monate hinaus der Stein Stadter-Liedertafel die Schau. Im umgekehrten Fall hätten die Sänger seines Vereins von ihm heftig protestiert und erwartet, dass eine solche Veranstaltung, wenn überhaupt, dann nur mit Beteiligung der Dengenheimer Eintracht...!"
„Ihr habt doch bestimmt auch Weihnachtslieder im Repertoire?"
Ganz bedächtig formulierte Wolfgang diese Frage.
„Natürlich, was soll das denn jetzt."
Wolfgang erläuterte seinen spontanen Gedanken. Es fiel ihm nicht besonders leicht und auch Adolf Sehling hatte anfangs Einwände. Schließlich jedoch zeigte er Sympathie für den Vorschlag.
„Ich muss das aber auf alle Fälle noch mit meinem Verein absprechen."
Das konnte Wolfgang nun sehr gut verstehen. „Ich ebenfalls."

Ulli war hin und her gerissen. Mit einem lauten „Wahnsinn!" hatte er die unerwartete Nachricht über die prinzipielle Zusage des prominenten Künstlers kommentiert und sich dabei auch ganz besonders für Wolfgang gefreut. Weniger gefiel ihm jedoch der Vorschlag, dass bei diesem Konzert der Stein Städter Männergesangverein ebenfalls auftreten sollte. Dabei befürchtete er zum einen, dass durch die geballte Stimmkraft dieses großen Chores die gesangliche Leistung der Dengenheimer in den Hintergrund geraten würde. Zum anderen fühlte er aber dabei auch das lokalpatriotische Ehrgefühl angegriffen. Und er formulierte das auch: „Dann ist es nicht mehr unser Konzert!" Wolfgang sah das teilweise ein, hatte aber noch einen weiteren Grund für seinen Vorschlag: „Wir handeln damit auch im Interesse der Laien-Singbewegung. Ein harmonisches Miteinander wird uns allen mehr bringen, als eine enge Vereinssicht!" Ulli murmelte zur Antwort einige unverständliche Worte ins Telefon.

Wolfgang war bereits ein Schritt weiter. Er hatte sich nach seinem Gespräch mit dem Stein Städter Vorsitzenden gleich ein Konzept zurechtgelegt. Zwar wusste er nicht, welchen Anteil Herr Sutorius am Programm haben würde, doch müsste es möglich sein, den Männergesangverein mit seinen vorzutragenden Chorstücken in das Gesamtprogramm so einzubinden, dass der größere Anteil für den Gemischten Chor verblieb. Und falls es zu dem beabsichtigten gemeinsamen Frühjahrskonzert kommen würde, könnte man das dann wieder ausgleichen. Das müsste man aber noch ausführlich mit Miriam besprechen.

Schließlich stimmte Ulli zu.

Wolfgang hatte zwei weitere Anrufe auf der Liste. Für Friedrich Fröhlich war alles natürlich völlig neu und so musste er doch ganz schön ausführlich werden, bis dieser den gesamten Sachverhalt begriff, doch dann war der Feuer und Flamme. Dass das Weihnachtskonzert mit den Steinstädtern gemeinsam stattfinden sollte, fand er sogar besonders prickelnd.

„Wenn man bedenkt, dass wir vor einigen Wochen sogar noch überlegt haben, uns der Liedertafel anzuschließen", bemerkte er mit einem trockenen Lachen, „und jetzt sind wir es, die zum Konzert einladen."

Miriam, deren Nummer er anschließend anwählte, nahm nicht ab, dafür kam ein Anruf von Ulli.

„Wir sollten jetzt auf alle Fälle Walter Höfer einweihen."

Ulli hatte Recht. Es wäre fatal, wenn der ehrgeizige Metzgermeister erst spät oder gar von dritter Seite die Information erhalten würde. Zumal der sich ja für eine zügige Hallendachreparatur stark machen wollte. Den Einsatz dafür konnte er sich jetzt allerdings schenken.

Wolfgang sah zur Uhr. Um diese Zeit war Höfer bestimmt noch im Geschäft. Vielleicht wäre es besser, ein persönliches Gespräch zu führen.

KAPITEL 15

Die Wurstküche war sicher nicht gerade der ideale Treffpunkt für eine Besprechung. Da Wolfgang aber auf jeden Fall vermeiden wollte, dass Höfer von Jemand anderem, als von ihm von der Sache erfuhr, hatte er es für das Beste gehalten, Höfer sofort aufzusuchen.
Es war kurz vor Ladenschluss und Margret war soeben dabei, mit einer Verkäuferin die Wursttheke aufzuräumen.
„Walter ist hinten, im Schlachthaus. Du gehst am besten über den Hof, " beantwortete sie seine Frage nach ihrem Mann.
Der war ziemlich überrascht über den unerwarteten Besuch. Er hatte gerade den gefliesten Boden mit dem Schlauch abgespritzt und rollte diesen nun zusammen.
„Das muss ja wirklich dringend sein, so ganz ohne Voranmeldung?" argwöhnte er mit gewohnt kräftiger Stimme, die sich durch den Widerhall von den gekachelten Wänden noch deutlich stärker anhörte. Er hängte den Schlauch auf einen großen Haken an der Wand:
„Was gibt es denn so Wichtiges?"
„Was würdest du sagen, wenn wir unser Weihnachtskonzert im Steinstadter Bühnenbau veranstalten?"
Erst sah der Metzger ziemlich verdutzt drein, dann lachte er schallend. In der blanken Wurstküche hörte sich das beinahe unheimlich an.
„Du machst aber jetzt nicht den Vorschlag, die Gemeindekasse soll die Kostendifferenz tragen?" fragte er, rollte dabei mit den Augen, um dann erneut in lautes Gelächter auszubrechen. Wolfgang verzog aber keine Miene.
„Du fragst mich das im vollen Ernst?" Höfer runzelte etwas irritiert die Stirn. Wolfgang nickte entschieden.
„Du glaubst, das Hallendach, das wird nicht rechtzeitig fertig?"
In der Frage des Metzgermeisters schwang, neben seiner offenkundigen Ratlosigkeit auch eine gehörige Portion Misstrauen mit.
„Ich habe keine Zweifel, dass du dich entsprechend dafür einsetzt", beschwichtigte Wolfgang daher diplomatisch, „es gibt aber einen recht zwingenden Grund und bevor wir den Verein informieren, wollte ich alles mit dir besprechen!"
Ohne auf die näheren Umstände einzugehen, informierte er den einflussreichen Sangesbruder über die den geplanten Auftritt des Starbaritons. Höfer hatte zunächst staunend zugehört, fasste sich aber dann doch ziemlich rasch und kam auch sofort auf die kritischen Punkte zu sprechen,

aber bei einer so langjährigen Gemeinderatstätigkeit war Höfer auch in unerwarteten Situationen entsprechend routiniert, wie Wolfgang mit Achtung zugestand.

„Trägt sich das denn finanziell?" Der Metzgermeister nahm er seine Gummischürze ab und hängte sie hinter die Tür und bevor Wolfgang noch antworten konnte, setzte er hinzu: „Wir sollten das im Wohnzimmer besprechen. Oder hast du keine Zeit?"

Höfers Wohnzimmer, das war ein großer Raum mit einer dunklen Holzdecke, vollgestellt mit massiven Eichenmöbeln und einer wuchtigen Polstergarnitur. In der Mitte stand ein schwerer Eichentisch, über dem eine bronzeschimmernde mehrarmige Lampe hing.

„Typisch Eiche radikal." Sofort beim Eintreten fiel ihm die Bemerkung Dagmars wieder ein, mit der sie, nach einem Besuch bei Höfers, die Einrichtung beschrieben hatte.

Die Fenster waren eingerahmt von dicken, bis zum Fußboden reichende Samtgardinen und vor den Scheiben hingen engmaschige Stores, durch die nicht allzu viel Licht in das Zimmer fiel. An einem so trüben Oktobertag wie diesem wirkte deshalb alles auch nahezu düster.

„Ziemlich dunkel schon um diese Zeit!" Höfer knipste das Licht an und der Schein der Hängelampe gab dem Zimmer mit einem mal eine freundlichere Note. Holz und Stoffe strahlten jetzt beinahe so etwas wie behäbige Gemütlichkeit aus.

Sie setzten sich. „Kaffee kann ich dir leider nicht anbieten, Margret ist ja noch im Laden. Aber vielleicht einen Cognac. Oder ist das noch zu früh?" Höfer war wieder aufgestanden und machte sich am großen Schrankfach zu schaffen.

„Viel zu früh," wehrte Wolfgang ab. „Mach dir bloß keine Umstände. Wir wollen doch nur über unser Weihnachtskonzert sprechen."

Höfer nahm ihm gegenüber wieder Platz. „Genau. Und meine Frage war, können wir uns diesen Star finanziell denn überhaupt leisten und wie werden die Steinstadter dazu stehen? Wann willst du sie denn informieren?"

„Ich habe das bereits genauestens durchkalkuliert", beantwortete Wolfgang den ersten Teil der Frage mit gutem Gewissen, „und den Vorstand der Liedertafel habe ich heute Vormittag, nachdem ich die Zusage von Sutorius hatte, schon mal telefonisch verständigt. Er war zunächst nicht sehr erbaut!" Höfer lachte wieder. „Das kann ich mir denken." Er rutschte im Sessel etwas nach vorne.

„Vielleicht soll ich mich hier einschalten. Schließlich ist das undichte Hallendach ja die eigentliche Ursache und das ist nun mal eine Gemeindeangelegenheit."
Der Gemeinderat witterte eine neue Chance, sich öffentlich wirksam zu betätigen.
„Vielen Dank, aber so wie es jetzt aussieht, wird das nicht nötig sein. Sollte dennoch deine Hilfe erforderlich werden, komme ich gerne darauf zurück."
Für Walter Höfer war aber damit die Sache allerdings noch nicht erledigt. Ein gemeinsames Konzert mit einem bedeutenden Solisten schmeichelte ganz erheblich seinem Renommierbestreben, doch legte er, wie er ausdrücklich betonte, allergrößten Wert auf die Feststellung, dass er es mit Sicherheit erreicht hätte, die Dengenheimer Halle rechtzeitig zum Konzert wieder verkehrssicher zu machen.
Wolfgang beruhigte ihn: „In unsere kleine Halle hätten wir den Sutorius nie bekommen", und Höfer schien damit zufrieden. Nicht sehr begeistert war er freilich über die Mitteilung, dass bei diesem Konzert auch der Männerchor aus Steinstadt mitwirken sollte und hatte – geradeso wie Ulli heute Vormittag – auch Vorbehalte. Doch gelang es Wolfgang hier ebenfalls, die Bedenken zu zerstreuen.
„Das ist wie in der Politik- man muss Kompromisse machen."
In diesem Augenblick kam Margret in das Wohnzimmer.
„Stell dir vor…" Höfer erzählte seiner Frau die Neuigkeit in so eindrucksvoller Weise, dass Wolfgang beinahe das Gefühl bekam, dieser habe am Zustandekommen der Verpflichtung mitgewirkt.
„Kannst du uns nicht noch schnell einen Kaffee servieren?"
Und jovial setzte er hinzu: „ Die Ladenkasse hat Zeit, die machen wir später."
Margret lächelte fein und ließ die beiden Männer wieder alleine. Man hörte sie in der Küche hantieren, während die Zwei über weitere Einzelheiten des Konzertes berieten.

Wolfgang hatte sich einen Zettel in die Tasche gesteckt, auf der er seine Einnahmen- und Ausgabenkalkulation notiert hatte. Er zeigte ihn jetzt Höfer und der sah sich die Berechnung interessiert an.

„Bist du sicher, dass es bei dieser Gage bleibt?" wollte er wissen und brachte Wolfgang damit augenblicklich in Verlegenheit. Über Geld hatte er ja heute mit Herrn Bläser überhaupt nicht gesprochen. Er war davon ausgegangen, dass sich an dem Betrag nichts ändern würde. Durch den Betrug aber war die Gage ja zweimal zu bezahlen und vielleicht würde Sutorius selbst sogar noch eine höhere Forderung stellen! Seine aufkommende Unsicherheit verbergend, übersprang er mit einer lockeren Floskel die konkrete Beantwortung der Frage und ging sofort auf die zu erwartenden Einnahmen über.

„Natürlich können wir von einem ausverkauften Haus ausgehen."

Margret brachte den Kaffee und auf einen kleinen Teller hatte sie einige Kekse gelegt.

Sie stellte das Geschirr auf den Tisch.

„Da werden sich die Vereinsmitglieder aber sicher mächtig ins Zeug legen. Mit einem solchen Star aufzutreten…! Das hat es hier noch nicht gegeben."

Das klingt fast so, als würde sie gerne selbst mitsingen, fand Wolfgang und bedankte sich „für den tollen Service!"

Margret lachte ihn an: „Das ist doch selbstverständlich", und setzte sich.

„Habt ihr schon ein Programm?" erkundigte sie sich bei ihm mit sichtlichem Interesse und sofort setzte ihr Mann zu einer weitschweifigen Erklärung an. Nach einigen Sätzen schaltete sich Wolfgang ein. „Wir müssen vermutlich einiges noch umstellen, aber was würdest du denn gerne hören?"

Wolfgang bemerkte mit Erstaunen, dass die Metzgermeistergattin ohne größeres Zögern einige Vorschläge hatte, die so ganz und gar nicht alltäglich waren. Sie nannte nicht nur einige Titel sondern auch die jeweiligen Komponisten: „…und besonders schön finde ich auch ‚Schlaf wohl, du Himmelsknabe' - ich glaube das ist von Carl Loewe."

„Woher kennst du das alles?" fragte Höfer höchst verwundert seine Frau und auch Wolfgang war gespannt auf die Antwort. Etwas zurückhaltend, aber doch auch mit gewissem Stolz schilderte sie, wie sie als junges Mädchen mit ihrer leider viel zu früh verstorbenen Kusine, sie hieß Erna, regelmäßig im Stadttheater in der Kreisstadt Konzerte besuchte und zwei Jahre sogar ein Kartenabonnement hatte.

„Davon weiß ich ja gar nichts", stellte ihr Mann verblüfft fest und Wolfgang konnte eine seltsame Unsicherheit bei ihm beobachten.

Margret Höfers verhaltenes Lächeln aber verriet, wie sehr ihr die Erinnerung gefiel.

„Und du hast dir all diese Stücke gemerkt?" Ihr Mann schien das nicht zu fassen. Er stand auf und ging an das Schrankfach.

Margret sah zu Wolfgang. Etwas verlegen, wie ihm schien. War sie durch seine Anwesenheit gehemmt oder war es ihr vielleicht sogar ganz recht, wenn der jetzt bliebe? So richtig konnte er ihren Blick nicht deuten. Doch bevor er noch überlegen konnte, beantwortete sie selbst seine unausgesprochene Frage: „Nimm doch noch einen Keks, Wolfgang. Zwar nicht selbst gebacken, aber trotzdem gut!"
„Dann werde ich eben bleiben", dachte er und nahm sich eines der Gebäckteilchen.
Margret wandte sich jetzt ihrem Mann zu, der vor dem Bar-Fach des Wohnzimmerschrankes stand und irgendwelche Flaschen sortierte.
„Du weißt doch, dass Ernas Mann Konzertgeiger im städtischen Orchester war."
Höfer schien das nicht zu wissen.
„ Auch egal", fuhr seine Frau fort. „Jedenfalls haben sie sich damals kennen gelernt und wurden wenig später ein Paar. Und er hatte einen guten Freund, Roland. Der studierte noch Gesang, war aber auch schon Mitglied des Theaterchores." Ihr Lächeln hatte jetzt beinahe etwas verklärtes.
Höfer kam an den Tisch zurück, in der Hand eine Flasche haltend.
„Sag bloß, du hattest was mit ihm?"
Für einen Augenblick hatte er wohl vergessen, dass sie nicht alleine im Zimmer waren. Das fiel ihm offensichtlich erst im selben Augenblick, als er die Frage stellte, wieder ein.
Er hielt die Flasche Wolfgang ziemlich dicht vor die Nase.
„Wir sollten auf unser Konzertprojekt jetzt einen trinken", versuchte er rasch abzulenken.
Wolfgang neigte den Kopf nach hinten um das Etikett besser lesen zu können. „Remy Martin ? Eigentlich immer noch ein wenig zu früh, " aber um die für ihn etwas peinliche Situation zu überbrücken, schwenkte er ein. „ Ein kleiner Schluck zum Kaffee kann aber vielleicht nicht schaden."
Margret stand auf. „Ich hole die Gläser", erklärte sie, ging ein paar Schritte zur Vitrine, dann drehte sie sich um. „Roland hatte eine sehr schöne Stimme", erklärte sie und ging wieder auf ihren Mann zu. „Wie du! Das war ja auch ein Grund, weshalb ich mich später dann in dich verliebte."

Walter Höfer hatte in die damals noch dörfliche Fleischerei eingeheiratet. Zunächst war er bei Margrets Vater als Geselle beschäftigt und hatte, nachdem er seinen Meisterbrief besaß, sehr intensiv um ihre Hand geworben. Margrets Eltern waren im Ort sehr angesehen, ihr Vater war – wie Walter Höfer später eben auch – Gemeinderat und nach Kriegsende von den Besatzungstruppen sogar vorübergehend als ehrenamtlicher Ortsvorsteher eingesetzt. Wolfgang wusste von Ulli, der die jüngere Gemeindehistorie ziemlich gut kannte, dass sich der junge Metzgermeister die Wertschätzung seiner Schwiegereltern ziemlich hart erarbeiten musste. Doch ganz nach dem Vorbild des dominanten Schwiegervaters erkämpfte er sich Einfluss und Anerkennung und übernahm nach dessen plötzlichen Tod dann auch den Betrieb. Es war alles nach Wunsch gelaufen. Nur dass sein Sohn nicht „in die Fußstapfen der Väter" getreten, sondern, gegen den ausdrücklichen Willen des sonst so bestimmenden Vaters, nach dem Abitur zur Bundeswehr gegangen war, das hatte er nicht so recht verwunden. Allerdings erzählte Höfer bei sich bietenden Gelegenheiten immer mit gewissem Stolz, dass der Filius es mittlerweile bereits zum Leutnant gebracht hätte.

Margret hatte sich stets mehr im Hintergrund gehalten. Sie beschränkte sich auf das Geschäft und auf die Versorgung der Familie. Und Höfer war es recht.

Jetzt stand er, einigermaßen verdutzt, vor seiner Frau. „Eine schöne Stimme ..." nuschelte er, dabei die Cognacflasche von einer in die andere Hand wechselnd. Margret nickte und ging zur Vitrine. Mit drei geschliffenen Weinbrand-Gläsern kam sie wieder an den Tisch.

„Drei?" stellte Höfer fragend fest.

Seine Frau nahm ihm die Flasche aus der Hand und sah sich um: „Wir sind doch auch Drei!" Damit zog sie mit Schwung den Korken ab und goss ein.

„Margret? Du trinkst doch sonst keinen Cognac." Höfer sagte das mit sehr missbilligendem Tonfall.

Für einen Moment stoppte sie, füllte aber dann auch noch das letzte Glas zu einem guten Drittel und schob es Wolfgang zu.

„Ich freue mich, dass der Gesangverein eine so gute Entwicklung macht und wenn jetzt noch der Sutorius singt, dann ist das ein Grund, auch mal einen Cognac zu trinken."

Damit drückte sie ihrem Mann den Cognac-Schwenker in die Hand.

„Schließlich war ich ja auch mal mit einem Bariton ... befreundet!"

Höfer ließ sich in den Sessel fallen, verschüttete dabei etwas von dem Cognac, ohne dass er es gewahr wurde, denn er ließ jetzt keinen Blick von

seiner Frau.
Wolfgang hielt es nun für angebracht, sich wieder bemerkbar zu machen. „Dann sollten wir auf den Verein trinken ...und eine weiterhin wachsende Mitgliederzahl!" Er hob sein Glas und Walter tat es ihm, aber mehr mechanisch, gleich. Margret lächelte. Nachdem Alle kurz genippt hatten, fragte sie: „Habt ihr denn immer noch Nachwuchssorgen?"
Sofort antwortete ihr Mann.
„Es fehlen noch einige gute Tenöre, aber die Frauenstimmen sind doch schon ganz stabil!"
Er stellte sein Glas ab und beugte sich zu Wolfgang: „ Nicht wahr?"
Wolfgang nickte, im Augenblick nicht so recht wissend, ob und wie er antworten sollte und nahm deshalb noch einen Schluck.
"Manchmal habe ich in den letzten Wochen schon mit dem Gedanken gespielt, dem Chor beizutreten..." Es schien Wolfgang, als ob Höfers Frau das einfach nur laut dachte. Doch ihr Blick, fest auf ihrem Mann gerichtet, bewies, dass sie sich tatsächlich mitteilen wollte.
„Du willst singen?" Höfer schüttelte, nahezu fassungslos, den Kopf: „Im Chor?"
Das klang so, als hätte seine Frau soeben einen ziemlich abenteuerlichen Gedanken ausgesprochen.
„Du hast doch dafür gar nicht die erforderliche Zeit!" Irgendwie sollte das wohl beschwichtigend wirken, doch es klang wie es gemeint war, nach einer Belehrung oder gar nach einer Anweisung.
„Früher, als unser Sohn noch klein war und das Geschäft im Aufbau, da hattest du sicher damit recht. Aber jetzt..!"
Margret Höfer saß aufrecht auf der Couch. Sie nahm die Remy -Martin - Flasche und wandte sich zu Wolfgang. „Noch einen ?" Der verneinte.
„Ein Cognac am helllichten Nachmittag, das ist schon mehr als genug. Und außerdem ist auch schon später als gedacht. Ich glaube, es ist Zeit, dass ich gehe. Ihr wolltet ja sowieso auch noch die Kassenabrechnung erstellen." Er stand auf.

Walter Höfer schoss förmlich aus dem Sessel. Mit einigen sehr steifen Worten bedankte sich bei ihm für den Besuch und dass er ihn sofort über diese ‚doch sehr erfreuliche Wendung' informiert habe. Damit begleitete er Wolfgang zur Tür, „Vielleicht kann ich die Gemeinde ja auch zu einem, und sei es auch nur zu einem kleinen, Zuschuss für die hohe Hallenmiete animieren."
Er war jetzt wieder ganz in die Rolle des Mandatsträgers geschlüpft. Mar-

gret kam ebenfalls an die Tür: „Schöne Grüße auch an Dagmar!" Wolfgang reichte Beiden die Hand.
„Dann bis Dienstag", rief Walter noch nach. Wolfgang drehte sich um: „Bis Dienstag", antwortete er ihm, doch sein Blick streifte dabei Margret.

Vor der Haustür stand Edgar. „Lässt man dich nicht hinein?" fragte er den jungen Mann. In diesem Augenblick aber summte auch schon die Türschließanlage. Edgar drückte die Tür auf und ließ höflicherweise Wolfgang den Vortritt. „Du kommst also am Dienstag in die Chorprobe?" wollte er von dem jungen Mann wissen. Edgar strahlte: „Versteht sich doch. Ich habe mir ja auch schon alle aktuellen Noten aus Beates Mappe kopiert und angesehen. Da kann ich sofort voll einsteigen!" Wolfgang zog anerkennend die Mundwinkel nach oben. „Das Weihnachtskonzert wird bestimmt ein besonderes Ereignis!" schwärmte Edgar weiter, während sie Treppe nach oben gingen. Wolfgang grinste ihn an: „Es wird sogar ein ganz außergewöhnliches Ereignis", versprach er.
Die Wohnungstür stand offen, Beate wartete im Türrahmen. „Hat Papa dir schon alles erzählt?" fragte sie ihren Freund. Der sah Wolfgang fragend an.
„Ich habe ihm gesagt, dass unser Konzert ein außergewöhnliches Ereignis sein wird. Alles andere kannst du ihm ja erklären!"
Wolfgang schob sich an den Beiden vorbei ins Wohnzimmer, wo Dagmar saß. Er erzählte ihr von dem Gespräch mit den Höfers.
„Ich hatte den Eindruck, dass Margret durch den angekündigten Sutorius - Auftritt den Entschluss gefasst hat, in meiner Gegenwart ihren Wunsch zu äußern und durchzusetzen."
Er überdachte die erlebte Situation. ‚Vielleicht hatte sie ja erwartet, dass ich Stellung beziehe und sie unterstütze. Aber ich kann mich beim besten Willen hier doch nicht einmischen." Dagmar gab ihm Recht.

An diesem Nachmittag versuchte er mehrmals, Miriam zu erreichen, zu seinem Bedauern immer vergeblich.

...

Edgars Begeisterung über den Starauftritt allerdings übertraf sogar noch die seiner Tochter: „Wenn ich das meinem Vater erzähle, fällt der glatt um!" kommentierte er unter anderem auch die Aussicht dass bei dieser Veranstaltung auch der Steinstadter-Männerchor auftreten würde.
Auch Wolfgang fand immer mehr Gefallen an diesem Gedanken. Zunächst nur als Friedensangebot gedacht, entwickelte sich diese Idee möglicherweise sogar zu einem zusätzlichen Plus im Veranstaltungsprogramm. Wie das abzulaufen hatte, musste er unbedingt mit Miriam besprechen. Wenn er sie nur erreichen könnte. Er ging wieder in sein Arbeitszimmer. Allerdings...! Er kam etwas ins Grübeln.
Miriam hatte sich ja, zusammen mit ihrem Freund Winfried, bereit erklärt, einige Solo-Partien beizusteuern. Passten diese jetzt überhaupt noch ins Programm?
Und es gab da noch andere ungeklärte Fragen. Zum Beispiel die Sache mit dem Pianisten. War hier etwa noch eine zusätzliche Gage fällig?
Bei dem Gedanken erinnerte er sich schlagartig wieder, dass ja die Gagenfrage für Herrn Sutorius noch völlig offen war. Schließlich hatte ja dieser Agent das Geld nicht weitergeleitet. Schon drohte seine gute Laune, sich drastisch zu verschlechtern.
Doch er hielt sogleich dagegen. Wenn die Gagenforderung von Sutorius nicht allzu üppig ausfallen würde, könnte man mit den Einnahmen vielleicht doch noch ein kleines Kassenplus erwirtschaften, hoffte er. Am Montag würde er Klarheit darüber bekommen. Dabei fiel ihm ein, dass Herr Bläser geraten hatte, Strafanzeige zu erstatten. Ob man das auch am Wochenende tun könnte? Schließlich müsste man so einem Mistkerl doch so rasch wie möglich das Handwerk legen. Kurz entschlossen rief er auf dem Polizeirevier an.

Es hatte tatsächlich länger gedauert, als erwartet. Das war aber nicht so schlimm. Weit schlimmer war das Gefühl der Scham, das ihn zwischendurch bei der notwendigen Frage- und Antwortprozedur beschlichen hatte. Da fühlte er sich doch hin und wieder wie ein ausgemachter Tölpel, der ziemlich leicht reinzulegen war.

Der Wachtmeister, oder welchen Dienstgrad der Beamte auch immer haben mochte, führte ihn in einen kleinen Raum, neben der großen

Wachstube, spannte einen Bogen in die Schreibmaschine und begann Fragen zu stellen. Zuerst zur Person, das ging fix. Danach kam der Tathergang. Der Polizist hörte zunächst aufmerksam zu, dann formulierte er mit eigenen Worten, wie er den Sachverhalt verstanden hatte. Wolfgang musste mehrmals korrigieren, denn es hatte den Anschein, dass der Beamte nicht alles so ganz nachvollziehen konnte. Aber der fragte geduldig nach: „Dann hat er sie also aufgefordert, den Scheck zu zerreißen?"
„Nein, das habe ich ihm angeboten!"
„Und warum?"
„Damit er den Vorschuss bekommt, den ich ihm eben nicht sofort zahlen konnte!"
„Aber damit hat er doch immer noch kein Geld erhalten?"
„… er hatte dafür aber auch keine Belastung auf seinem Konto, verstehen sie?"
Es war, zugegeben, im Detail auch wirklich nicht so ganz einfach zu verstehen. Endlich aber hatte der Beamte eine Version gefunden, die in den wesentlichen Teilen den Sachverhalt wiedergab.
Wolfgang unterschrieb das Protokoll. „Setzen sie den Kerl jetzt auf die Fahndungsliste?" wollte er wissen. Zu seiner Enttäuschung wurde ihm mitgeteilt, dass man die Anzeige erstmal zur Staatsanwaltschaft weiterleiten würde. „Wir sind nur die aufnehmende Stelle!"

„Zum Glück konnte ich aber auch sehr detaillierte Angaben über den Mistkerl machen", berichtete er Dagmar, die genau wissen wollte, wie so eine Anzeigenerstattung ablief, hatte ihm geraten, den Vertrag mit zunehmen. Einmal als Beweisstück und außerdem standen auch die Büroadresse und die Telefon-Nummer der Agentur darauf.
„…und an das Kfz-Kennzeichen konnte ich mich natürlich sofort erinnern", lobte er sich selbst.
„Du bist ja nicht umsonst mit einer Behördenangestellten verheiratet", scherzte Dagmar.
„Wir sind eben zusammen ein unschlagbares Team!"
Wolfgang machte ihnen Beiden das Kompliment und Dagmar ergänzte selbstbewusst: „davon können sich andere eine Scheibe abschneiden!"

„Zum Beispiel die Höfers?" Unwillkürlich war ihm sein heutiger Besuch bei diesen wieder eingefallen.
Sie zuckte leicht die Schultern. „Bisher scheint ja alles bestens zu funktionieren", stellte sie schlicht fest.
„Trotzdem", entgegnete er, „ich hatte heute schon den Eindruck, dass Margret sich bei ihrem Mann nur schwer durchsetzen kann."
„Du meinst, sie würde gerne mit uns singen? Dagmar sah bei dieser Frage etwas nachdenklich drein.

Später, beim gemeinsamen Abendessen sagte sie, als sie eine Scheibe saftigen Schinken vom Brett genommen hatte: „Höfers Schinken ist wirklich einmalig. Ich sollte vielleicht gleich am Montag noch einen Wochenvorrat kaufen." Wolfgang, der sofort den Zusammenhang begriffen hatte, antwortete mit einem Lächeln: „Dann grüß' Margret von mir!"
Sollte Margrets Mann deren Wunsch, im Chor zu singen, nicht akzeptieren, würde sie Dagmar vielleicht darauf ansprechen und bei ihr Rat suchen.

Gleich nach dem Frühstück versuchte er wieder, Miriam anzurufen. Sie meldete sich mit ziemlich verschlafener Stimme.
„Tut mir leid", entschuldigte er sich bei ihr, „aber ich dachte halb zehn ist auch für Studentinnen eine christliche Zeit!"
„Aber nicht unbedingt am Sonntag." Miriam gähnte herzhaft.
„Soll ich später wieder anrufen?"
„Nein, schon okay. Ich denke, es ist sicher wichtig, oder " Er hörte sie wieder gähnen.
„Eigentlich sogar sehr wichtig!"
„Dann schieß los"
Während er etwas zögerlich zu erzählen begann, klapperte es bei Miriam wiederholt im Hintergrund. Etwas irritiert unterbrach er sich. War sie nicht alleine? Sollte etwa Winfried bei ihr sein? Nun, es ging ihn ja nichts an, aber trotzdem…?
„Erzähl doch weiter, Wolfgang. Selbstverständlich hör ich dir zu. Ich setze nur Kaffee auf, damit ich etwas munterer werde!"
Das Mädel wirkte weiter noch ziemlich müde, aber die Nachricht, dass Sutorius der Stargast des Weihnachtskonzertes sein würde, sollte sie sicher gleich putzmunter machen. Und tatsächlich:
„Du machst Witze!" meldete sie sich nach einer Schrecksekunde, dabei schepperte es wieder.

„Verdammt, jetzt ist mir auch noch die Kaffeedose in den Ausguss gefallen", schimpfte sie, hakte aber dann sofort nach. „Kein Witz?"
„Kein Witz!" bestätigte Wolfgang.
Und Miriam wollte natürlich alle näheren Umstände wissen, wieso und weshalb. Ungeduldig bombardierte sie den nun doch völlig überraschten Wolfgang mit ihren Fragen.
Mit so viel Temperament hatte er nicht gerechnet, und schon gar nicht nach der so morgenmatten Begrüßung.
„Weißt du was", stoppte er ihren Schwall von Fragen. „Wir treffen uns heute bei uns und klären alles ab. Wenn du willst, kannst du Winfried mitbringen. Ich habe da sowieso auch noch eine Frage an ihn."

Bei seinen Überlegungen, was alles noch zu klären sei, hatte sich Wolfgang wieder an Herrn Bläsers Hinweis erinnert, dass der Pianist, der Herrn Sutorius üblicherweise bei seinen Konzerten begleitete, für diesen Termin wohl nicht verfügbar war. Und bei der sich dabei aufdrängenden Gagenfrage hatte er die spontane Eingebung, dass vielleicht Winfried Topp hier einspringen könnte. Schließlich war der doch ein ausgebildeter Konzertpianist – oder zumindest auf dem besten Wege dazu. Vielleicht aber war die Idee doch zu gewagt. Miriam und ihr Freund würden das jedenfalls besser beurteilen können. Und Beide hatten, wie Miriam, auf seine Frage hin, sehr spontan bestätigte - heute auch nichts Bestimmtes vor.

Punkt drei Uhr saßen sie in Freidanks Wohnzimmer.
Ideen und Pläne zu dem Konzert hatten sie dabei. Das Meiste im Kopf und dazu noch ein paar Noten in der Mappe. Sie legten die Partituren auf den Tisch und Miriam hatte bereits handschriftlich eine recht übersichtliche Liste über alle Titel, die bis jetzt für das Konzert vorgesehen waren, zusammengestellt.
Zu Wolfgangs positiver Überraschung sah Miriam auch kein Problem, ihre Solis, wie geplant, vorzutragen. Sie freute sich augenscheinlich darauf mit dem großen Star auf einer Bühne zu stehen.
„Wir haben schon etwas geprobt. Winni wird mich vorzüglich begleiten."
Das war Wolfgangs Stichwort.
„Könntest du an diesem Abend auch Herrn Sutorius begleiten?" fragte er ihn und hatte dabei völlig vergessen, dass er sich bis jetzt mit dem jungen Mann ja immer noch sehr förmlich siezte.
Winfried und Miriam sahen sich etwas überrascht an.

Wolfgang erklärte den Zusammenhang und seinen Gedanken. Miriam gefiel die Idee, Winfried war dagegen eher skeptisch. Schließlich fehlte ihm die notwendige Bühnenerfahrung und außerdem war hier doch ein sorgfältiges gemeinsames Einstudieren erforderlich.
„Was haltet ihr davon, wenn wir das gemeinsam mit Herr Sutorius heute in einer Woche besprechen."
Wolfgang war jetzt sehr lösungsorientiert und suchte den direkten Weg.

Bevor er am Montag an seinen Schreibtisch ging, eilte er geradewegs in das Büro von Herrn Bläser. Er wusste, dass dieser so früh kaum anzutreffen war, wollte aber gleich bei dessen Sekretärin klären, wann er den Chef sprechen konnte.
„Herr Bläser hat heute leider nahezu den ganzen Tag mit den Herren des Autowerkes zu verhandeln", beschied ihm die Vorzimmerdame freundlich. „Ich werde aber gerne, sobald er kommt, ihn auf einen passenden Termin ansprechen. Um was geht es denn?"
„Der Chef weiß schon Bescheid." Wolfgang bedankte sich bei der freundlichen Kollegin und wandte sich zum Gehen, doch sie hatte noch eine Frage:
„Stimmt es, dass ihr Verein zusammen mit der Liedertafel im Dezember ein Konzert bei uns ins Steinstadt veranstaltet."
Sie wohnte also im Nachbarort.
„Hat sich das schon herumgesprochen?" Die Buschtrommeln waren ja außerordentlich schnell!
„Herr Sehling ist mein Cousin, und wir hatten am Sonntag eine Familienfeier!"
Wolfgang musste innerlich grinsen. ‚Wenn der Steinstadter Vorstand das schon bei der Verwandtschaft erzählt, ist die Klärung mit seinen Vereinsmitgliedern doch nur noch reine Formsache.'
Er setzte ein verbindliches Lächeln auf. „Dann werden wir uns ja sicher auch auf der Veranstaltung sehen!"

Eine knappe Stunde später rief sie bei ihm an: „Unser Chef hat heute tagsüber leider gar keine Zeit..."
Keine Zeit? Was sollte das nun bedeuten?
Wolfgangs augenblickliche Beunruhigung aber legte sich sofort.
„...deshalb bittet er sie, heute Abend, gleich nach Arbeitsende, zu ihm zu kommen."
Er war wieder erleichtert.

…

Nachdem er sich die Hände gewaschen hatte, machte er sich auf den Weg in das Chefbüro.
Schon im Vorzimmer roch man kalten Rauch, auf dem Schreibtisch von Herrn Bläser türmten sich dicke Prospektstapel und auf dem Besprechungstisch standen noch eine ganze Anzahl von Gläsern, Mineralwasserflaschen und Kaffee-Tassen, dazwischen überquellende Aschenbecher.
„Sieht nach einer intensiven Besprechung aus", bemerkte Wolfgang und rümpfte etwas die Nase.
„Suchen sie sich einfach den bestmöglichen Platz aus." Herr Bläser schob das Geschirr etwas beiseite.
„Die Putzfrau wird später für Ordnung sorgen."
Wolfgang war die Unordnung völlig egal. Wichtig war doch nur, dass die Sache mit Herrn Sutorius geregelt war. Er wartete ab, bis sich sein Chef gesetzt hatte.
„Zuerst, Herr Bläser also ich weiß gar nicht, wie ich ihnen danken soll." Wolfgang war über den Tag immer wieder auf der Suche nach geeigneten Formulierungen, mit denen er seinem Chef auf ganz besondere Weise zeigen wollte, wie dankbar er ihm für dessen unerwartete und überraschend erfolgreiche Unterstützung und Hilfe war.
Doch irgendwie kam ihm das alles zu unecht, zu unnatürlich vor. Schließlich musste er ja nur sein wahres Gefühl zum Ausdruck bringen und das war eben große Dankbarkeit. Er suchte nach weiteren Worten. Herr Bläser winkte ab. „Jetzt setzen sie sich erstmal."

Daran hatte er im Traum nicht gedacht. „
Er will keine Gage für seinen Auftritt?"
Er konnte kaum glauben, was er da von seinen Chef hörte.
Der hatte am Wochenende wohl nochmals mit ‚Ludwig' telefoniert und die weiteren Einzelheiten besprochen. Sutorius wollte aus dieser ominösen Geschichte keinerlei Gewinn schlagen und verzichtete daher auf jedwegliche Vergütung. Wolfgang sträubte sich, schließlich könne er Herrn Sutorius doch nicht, nur wegen seiner eigenen Torheit, einen kostenfreien Auftritt zumuten.
„Aber Dummheit muss doch bestraft werden, finden sie nicht!"Herr Bläser lächelte, schüttelte den Kopf und meinte: „…zumindest muss man sie nicht belohnen!"

Immerhin habe er ja wegen seiner Gutgläubigkeit aber doch schon einiges durchlitten und ‚Ludwig' fühle sich durch den Missbrauch seines ehemaligen Agenten auch etwas in der Pflicht.
„Wenn dieser Mathausch gefasst werden sollte, dann kann er ja vielleicht das ergaunerte Geld an Ludwig zurückgeben."
Wolfgang verzog seinen Mund, was bedeuten sollte, dass er an diese Möglichkeit kaum glaube und berichtete jetzt, dass er „diesen Mistkerl" bereits angezeigt habe. Sein Chef nahm das mit sichtlicher Genugtuung zur Kenntnis.
„Und machen sie sich jetzt auch wegen der Bezahlung wirklich keine großen Gedanken. Ludwigs Unkosten sind gering, er übernachtet bei mir – und es wird dann sozusagen ein familiärer Besuch mit musikalischer Außenwirkung!"
Wolfgang nickte etwas gedankenvoll.
„Braucht ja keiner zu wissen", zwinkerte der Autohauschef seinem Meister zu.
"Schließlich gibt ja doch tatsächlich einen Vertrag. Sie haben den Vorschuss bezahlt und die Vereinskasse erstattet diesen an sie aus den Einnahmen zurück. Ganz so, wie sie es geplant hatten."
Wolfgang gab sich überzeugt. Ein Rest schlechten Gewissens aber blieb.
Er hatte noch einen weiteren offenen Punkt zu klären.
„Herr Sutorius hat doch für diesen Termin keinen Pianisten…."
Das wäre zwar augenblicklich noch ein Problem, denn in den kommenden zwei Wochen würde es bestimmt möglich sein, einen Ersatzpianisten zu bekommen, wollte Herr Bläser beruhigen.
„Das ist nicht mehr nötig, wir haben bereits Ersatz!"
Jetzt war Herr Bläser erstaunt.
Wolfgang erklärte mit ziemlicher Begeisterung, wie er das meinte. Sein Chef war zwar etwas zunächst zurückhaltend, aber den Vorschlag, die Studenten am Sonntag mit Herrn Sutorius bekanntzumachen, fand er dann doch sehr nützlich. Dabei fiel den beiden Herren nahezu gleichzeitig auf, dass für die jungen Leute für diesen Abend bestimmt keine Eintrittskarten mehr zu bekommen waren. Herr Bläser fand aber sofort die passende Lösung: „Es geht auch ohne Karte. Mit Ludwigs Zustimmung kriegen wir die Beiden doch auf jeden Fall über den Bühneneingang ins Theater!"

Ausgesprochen gut gelaunt kam Wolfgang zu Hause an. Während er sich noch die Schuhe auszog, stellte sich Beate neben ihn und wedelte mit einem Blatt Papier.
„Was soll das denn jetzt?" fragte er in aufgeräumter Stimmung.
„Ich habe die Physikarbeit zurück bekommen!" plapperte Beate in ebenso guter Laune. „Und stell dir vor, es ist eine Drei Plus!"
„Das ist jetzt doch nicht gerade ein Grund zu großer Freude", dachte Wolfgang etwas verwundert, um sich im selben Augenblick aber wieder daran zu erinnern, dass Physik ja eines von Beates schwächeren Schulfächern war und er vor einer Woche sogar für diese Arbeit extra den Daumen drücken sollte.
„Das ist ja besser als die letzte Zensur!" Er lächelte jetzt anerkennend und schlüpfte in seine Hausschuhe.
„Und wenn du mir beim nächsten Mal etwas präziser den Daumen drückst, kann ich mich sicher auch noch weiter steigern!"
Beate schwenkte nochmals das Papier und ging wieder zurück in ihr Zimmer.
„Was gibt es Neues?" Dagmar kam in den Flur.
„Einiges!" tat er geheimnisvoll. „Und bei dir? Warst du in der Fleischerei? Dagmar wiegte den Kopf.
„Leider war ständig Kundschaft im Laden. Margret hat nur gefragt, ob du mir ihre Grüße bestellt hast. Aber erzähl doch, was sagt Herr Bläser?"
Wolfgang sah ihr fest in die Augen. „Stell dir vor: Sutorius nimmt kein Geld!"
Gerade wollte er seiner Frau alles haarklein erzählen, als es klingelte.

Ein jüngerer Mann im Anzug und mit Krawatte, eine leichte Aktenmappe unter dem Arm, kam in sportlich großen Schritten die Treppe herauf, blieb vor der Tür stehen und zog eine Karte aus der Brusttasche. Diese hielt er Wolfgang ziemlich dicht vor die Augen.
„Kriminalobermeister Paulik", stellte er sich vor. „Sind sie Herr Freidank?"
Wolfgang sah den Herrn fragend an und nickte erstaunt. Im Moment wusste er mit der Situation überhaupt nichts anzufangen.
„Sie haben Anzeige wegen Eingehungsbetrug erstattet", instruierte ihn der Kripo-Mann.
„Eingehungsbetrug?" fragte Wolfgang und jetzt dämmerte es ihm.
Natürlich, der kommt wegen dem Mistkerl. „Kommen sie doch rein", forderte er den Beamten auf und setzte mit rasch aufkeimender Hoffnung

hinzu: „Haben sie den Kerl etwa schon geschnappt?"
Der Polizist verneinte bedauernd.
„So schnell geht das leider nicht. Wir sind aber auch erst am Anfang unserer Ermittlungen. Und es gibt noch einige Fragen."
Er begrüßte Dagmar und sie meinte:
"Dann gehen wir doch am besten doch ins Wohnzimmer?"
„Nein, bitte, hier entlang!"
Der Kripobeamte hatte sich doch zur falschen Richtung bewegt, da in diesem Moment Beate ihre Zimmertür öffnete.
Er grüßte mit einem Nicken. Beate sah ihn an. „Besuch?"
Sie gab ihm die Hand. „Beate", stellte sie sich freundlich vor, „ich bin die Tochter" und ehe ihr Vater noch etwas sagen konnte, antwortete der Mann:
„Paulik, Kriminalobermeister Paulik."
Wolfgang warf dem Polizeibeamten einen zutiefst erschrockenen Blick zu, schließlich hatte Beate von dieser Sache absolut keinen Schimmer.
„Kriminal…meister?" Die Überraschung war ihr anzusehen. „Mama? Papa? Was ist los?"
„Alles ganz harmlos, wir erklären dir das später", versuchte Dagmar die Bestürzung ihrer Tochter zu mildern, aber die roten Flecken auf den Wangen des Mädchens zeigten an, dass es besser war, ihr sofort eine Erklärung zu geben.
„Ich bin einem Betrüger aufgesessen", gab Wolfgang lakonisch zu, „und dieser Herr hier hat noch ein paar Fragen."
Der Kripomann ergänzte: "Ihr Vater hat eine Betrugsanzeige erstattet und wir müssen alle Details genau überprüfen."
„Einem Betrüger?" Beate war völlig durcheinander. „Papa, ausgerechnet du?" Für sie schien das unglaublich zu sein.
„Und sie sind tatsächlich ein richtiger Kriminaler?" Sie schüttelte ungläubig den Kopf.
Wolfgang legte den Arm auf Beates Schulter. „Nachher erzähle ich dir alles. Okay?"
Sie gingen zusammen ins Wohnzimmer.
Die erste Frage stellte hier allerdings Wolfgang. „Sie sagten etwas von Eingangsbetrug? Was ist das?"
Der Kriminalobermeister klärte auf: „Korrekt heißt es Eingehungsbetrug und bezeichnet bestimmte Betrugsformen, die im Zusammenhang mit unerfüllbaren Verträgen stehen.

Wolfgang verstand das nicht so ganz, ließ es aber dabei bewenden. Schließlich ging es hier ja nicht um eine Definition juristischer Begriffe, sondern ausschließlich darum, den Mistkerl zu fassen.
Nun stellte Herr Paulik eine Reihe von Fragen, einige hatte Wolfgang schon auf der Polizeiwache beantwortet, andere waren neu.
„Der Scheck, den sie dann wieder zerrissen haben, wissen sie von welcher Bank der stammte?"
Es war keines der bekannten Geldinstitute, soviel wusste er. Er kramte in seinem Gedächtnis: „Hallstadter Bankverein oder so ähnlich", glaubte er sich vage zu erinnern.

Als der Beamte gegangen war, bestand Beate natürlich auf einen detaillierten Bericht. Wolfgang musste sich von ihr dabei aber allerhand kritische Töne gefallen lassen. Sie war richtig gehend konsterniert. „Dass dir so etwas passieren kann hätte ich nie im Leben geglaubt!"
„Das hat deine Mutter mir allerdings auch schon gesagt", bestätigte Wolfgang mit einem kleinen selbstironischen Lächeln.
„Ich weiß doch selbst, wie leichtgläubig und voreilig ich gehandelt habe…," drosselte er dann die mit jugendlichem Unverständnis geäußerten Bemerkungen seiner Tochter. Sie nickte ihm zu, mit einer etwas altklugen Miene, wie er etwas belustigt beobachtete.
„Also immerhin, habe ich doch …!" setzte er an, aber weiter kam er nicht.
„Ja Papa, soviel steht ja auch fest. Ohne dich gäbe es mit Sicherheit bei uns hier niemals ein solches Konzert!"
Sie drückte ihm spontan einen anerkennenden Kuss auf seine Wange.
„Den hast du trotz allem verdient. Und du wirst sehen, morgen wird das bei der Chorprobe die dickste Überraschung des Jahres, ach was, des Jahrzehnts!" Wolfgang lächelte geschmeichelt:
„Übrigens, die Sache mit dem Betrug, die bleibt in der Familie. Klar?"

…

Es hatte sich schon herumgesprochen. Als sie kurz vor Probenbeginn den Übungsraum betraten, schlug ihnen ein ziemliches Stimmengewirr entgegen, welches das sonst übliche Geplauder bei weitem übertraf. Edgar wurde sofort mit einem freudig erstaunten Hallo begrüßt. Dagmar und Beate nahmen gleich ihre Plätze ein, wurden aber sogleich von ihren Nachbarinnen mit allerlei Fragen überhäuft. Wolfgang ging zum Klavier, vor dem schon Miriam saß. „Alles wartet auf Dich", grinste sie ihn an und wies dabei auf die unruhig auf ihren Stühlen sitzenden Frauen und Män-

ner. Walter Höfer, offenbar gerade dabei, den hinter ihm sitzenden Sängern einige bedeutende Informationen zu geben, gestikulierte noch etwas impulsiv, aber alle anderen hatten jetzt im Moment die gegenseitige Unterhaltung eingestellt und warteten sichtbar gespannt auf eine Erklärung ihres Vorstandes.
„Wie ich sehe, wisst ihr es schon Alle…!"
Er bemühte sich, den Leuten die interessanten Details möglichst sachlich zu schildern, konnte aber nicht verhindern, dass mitunter sich in seiner Gestik und Mimik ein immer wieder aufkommendes Glücksgefühl widerspiegelte. Mehrmals wurde er mit einer Frage oder einer Bemerkung unterbrochen.
„Hab ich es nicht gesagt! Wir singen im Musentempel!"
Gerhard Krieger war er Erste, der sich mit einem lauten Kommentar äußerte. „Und vielleicht kommen wir sogar noch im Fernsehen!"
Wolfgang bemühte sich, Ruhe in die kleine Schar zu bringen, doch die allseitige Begeisterung war schwer zu dämpfen. Erst allmählich kehrte wieder Ruhe ein und nachdem er alle wesentlichen Aspekte vorgestellt hatte, meinte er, dass es jetzt doch an Zeit wäre, mit der Singprobe zu beginnen. „Schließlich ist es ja der Gesang, auf den es ankommt."

Als er sich auf seinen Stuhl setzte, war ihm natürlich klar, dass er am Ende dieser Chorprobe noch allerhand Fragen zu beantworten hatte. Ulli drückte ihm mit anerkennender Miene einige Notenblätter in die Hand und Miriam gab bekannt, was heute alles auf dem Übungsprogramm stand.

Sie hatte kalkuliert, dass an diesem Abend die Motivation der Leute besonders hoch sein würde und deshalb einige der schwierigeren Partituren ausgewählt. Und sie hatte mit ihrer Einschätzung Recht. Auch komplizierte Passagen wurden äußerst konzentriert, ohne dass es auch nur ein winziges Anzeichen der Ermüdung oder des Überdrusses gab, viele male nacheinander geübt und wenn eine Stimmlage eine Passage besonders sauber und präzise gesungen hatte, applaudierten die Anderen sogar mitunter.

So aufmerksam und diszipliniert wie der Probenabend verlaufen war, so aufgeregt lebhaft wurde die kleine Schar wieder, als Miriam den Klavierdeckel schloss. Zunächst hatte Wolfgang noch seinen vorbereiteten Genesungsbrief für den alten Dirigenten durch die Reihen gehen lassen, damit jedes Chormitglied unterschreiben konnte, doch dann umringte man ihn von allen Seiten und wie es ihm vorkam, wollte keiner das Probenlokal verlassen, ohne nicht über jede Einzelheit gesprochen zu haben. Ulli startete einen Versuch, den Freund zu entlasten und schlug vor, in der Bahnschänke weiter zu diskutieren, doch das herrschende Informations- und Mitteilungsbedürfnis der Meisten im Raum schien um einiges größer als der Durst. Nicht nur Wolfgang, auch Miriam musste Rede und Antwort stehen und selbst um Walter Höfer hatte sich eine kleine Gruppe gebildet. Jeder wollte etwas loswerden, bewundernde Worte, neugierige Fragen und sogar schon weitere Vorschläge. Viele Fragen drehten sich natürlich um den prominenten Gast, aber es gab auch Erkundigungen zu weiteren Details. So wollte unter anderem Gerhard Krieger wissen, wie hoch denn der Programmanteil der Steinstadter sein würde und ob man vorhatte, diese an den Kosten zu beteiligen. Nicht auf alles konnte Wolfgang eine genaue Antwort geben und deshalb bat er um etwas Geduld. Bei der kommenden Chorprobe würden man weitere Einzelheiten erfahren. Schon glaubte er, dass der größte Ansturm vorüber sei und bedeutete Dagmar, die schon in der Nähe der Tür stand, per Handzeichen, dass er gleich mit ihr den Raum verlassen könnte, da steuerte das Schwesternpaar geradewegs auf ihn zu.

„Das hast du fantastisch hingekriegt", begann Sybille mit einem bedeutsamen Lächeln, „aber wie wir auch schon neulich gesagt haben, man muss Zeichen setzen!"

„Man tut was man kann", versuchte er das Ganze herunterzuspielen.

„Nein, nein! Ehre wem Ehre gebührt!"

Und Ingrid ergänzte das Lob ihrer Schwester: „Der richtige Mann am richtigen Platz!"

Wolfgang hob abwehrend die Hand. Er sah zu Dagmar, nickte den Schwestern freundlich zu und wollte an Ihnen vorbei zur Tür gehen, jedoch die Beiden ließen ihn noch nicht so ohne weiteres passieren. „Das mit den geplanten Gospelstücken…" Sybille machte eine kleine Pause.

„…. das wird ja wohl nichts werden, jetzt, wo wir diesen großartigen Solisten und sogar auch noch einen Männerchor einplanen müssen.

Wolfgang musste unwillkürlich schmunzeln. „Das wird Miriam noch entscheiden, bis jetzt gibt es allerdings noch keine Programmänderung. Aber wir können sie ja gleich mal fragen."

Er versuchte jetzt auf die andere Seite zu kommen, an der Miriam, ebenfalls noch im Gespräch mit zwei Sängern stand, aber Sybille hatte noch eine weitere Frage: „Weißt du denn auch schon, ob wir mit Herrn Sutorius gemeinsam auftreten?" Er verstand die Frage nicht sofort und Sybille

musste erläutern: „Wir meinen gemeinsam mit einem Lied?"
Jetzt kapierte er. „Wir treffen Herrn Sutorius ja erst am kommenden Sonntag, da klären wir dann alles", versprach er.
die Beiden hatten immer noch etwas auf dem Herzen: „Die Frage, wie wir uns bei unseren Konzerten aufstellen, ist leider immer noch nicht geklärt", wies ihn Ingrid mit einem schmallippigen Lächeln auf sein Versprechen von Neulich hin.
„Und wir denken, das wird bei diesem großen Konzert doch besonders wichtig sein. Meinst du nicht auch?"
„Natürlich", gab Wolfgang zu, „wir machen das ganz bestimmt in einer der kommenden Singstunden! Leider sind wir bis jetzt ja noch nicht dazu gekommen."
Die beiden Schwestern nickten verständnisvoll: „Ist ja auch kein Wunder bei einem solchen Projekt."

Da die Gespräche im Übungsraum sich doch über eine längere Zeit hingezogen hatten, waren nicht mehr allzu viele Chormitglieder in die Bahnschänke gegangen. Für Diejenigen, die sich dort noch einfanden, gab es allerdings auch kein anderes Thema, als das bevorstehende Weihnachtskonzert. Wolfgang debattierte geduldig und nahm dabei gerne die immer wieder zwischendurch ihm zugesprochene Anerkennung entgegen.
Als er sich die Jacke vom Garderobenhaken nahm, stand zufällig Walter Höfer hinter ihm. Zufällig?
Wolfgang hatte schon den ganzen Abend bemerkt, dass er sich, um einiges intensiver noch als sonst, mit den anderen Sängern unterhalten hatte, seinen Blicken aber war er immer wieder ausgewichen und auch im Augenblick wirkte er ungewohnt unsicher. Er versuchte das zu kaschieren, in dem er Wolfgang etwas unbeholfen in die Jacke half.
„Du hast ja wirklich für eine Sensation gesorgt! Alle sind mit Begeisterung dabei!"
„Ich hoffe, dass alles auch so läuft wie es geplant ist."
Und da Höfer sich nicht weiter äußerte, fügte er hinzu:
„Und finanziell müsste es auch hinhauen."
Walter Höfer hüstelte: „Also, das wollte ich sagen, wegen eines eventuellen Zuschusses, da habe ich leider noch nichts erreichen können."
Und entschuldigend setzte er fort: „Du kennst ja selbst die Kassenlage der Gemeinde."
Wolfgang überlegte. War es das, was seinen Sangesbruder so eigenartig verlegen machte? Aber weshalb? Die Idee von einem Gemeindezuschuss

kam doch sowieso nur von ihm und dass es ihm nicht gelungen war, bedeutete beileibe keinen Beinbruch, zumal der Starauftritt sicher für eine volle Kasse sorgen würde.

„Mach dir keine Gedanken. Wir werden finanziell schon klar kommen!"

Doch Höfers Problem war ein anderes.

„Am Samstag, du weißt schon, als du mir von deinem Plan erzählt hast..." Er stockte ungewohnt gehemmt.

„Ich hatte nicht geahnt, dass Margret sich so viel daraus etwas macht!"

Obwohl Wolfgang augenblicklich im Bilde war, behielt er seinen fragenden Gesichtsausdruck bei.

Ein anderer Gast drängte sich an die Garderobe und suchte nach seinem Mantel.

Die beiden Sänger machten Platz.

„Kann ich dich morgen einmal anrufen?" Walter Höfer schob sich nahe an Wolfgang heran. „Ich würde das gerne mit dir in Ruhe besprechen."

„Du kannst auch gerne bei uns daheim vorbeikommen", lud Wolfgang den mit einem Mal so steif wirkenden Gemeinderat ein. „Ich habe auch einen Cognac im Schrank!"

„Ich habe wirklich nicht gedacht, dass Margret so viel daran liegt."

Sie saßen in dem kleinen Arbeitszimmer, denn Wolfgang hatte den sicheren Eindruck, dass Walter Höfer das Gespräch lieber mit ihm alleine führen wollte. Den angebotenen Cognac hatte der dankend abgelehnt.

„Der Betrieb erfordert einigen Aufwand an zusätzlicher Arbeit. Und da ich durch meine Ehrenämter leider schon zeitlich sehr eingespannt bin, hat Margret eben viel zu tun."

Weitschweifig erklärte er, weshalb seine Frau sich bisher weder für eine Chormitgliedschaft noch für ein anderes Hobby entschlossen hatte.

„Allerdings, seit es den Gemischten Chor gibt...? Zumindest hat sie sich schon des Öfteren nach dem aktuellen Stand erkundigt. Und jetzt, nachdem sie erfahren hat, wie anspruchsvoll unsere Planung ist, überlegt sie doch tatsächlich ganz ernsthaft, ob sie nicht künftig bei uns mitmachen soll."

„Und wo ist das Problem?" wollte Wolfgang wissen.

Höfer beugte sich über den kleinen Schreibtisch und Wolfgang wich unwillkürlich zurück.
„Wenn sie jetzt in den Chor kommt, sieht es doch so aus, als ob sie nur wegen des Starauftrittes mit machen würde!"
„Hat sie das so gesagt?" hakte Wolfgang nach.
„Nein, aber ich bin dieser Meinung." Höfer lehnte sich wieder zurück.
„Wäre es denn dir recht, wenn sie mit singt?"
Walter Höfer sah jetzt recht verdutzt drein. „Wieso?"
Und nach einem tiefen Atemzug: "Warum nicht?"
„Also, wenn du nichts dagegen hast, dann freuen wir uns alle über ein neues Mitglied!"
Und ehe Höfer noch etwas sagen konnte, gab ihm Wolfgang noch einen kleinen Hinweis: „Edgar Gerber ist seit gestern auch wieder im Chor und Niemand ist auf die Idee gekommen, dass er nur wegen Sutorius dabei ist."
Höfer atmete etwas schwer. Wolfgang stand auf. „Ich glaube, Margret ist eine echte Verstärkung für unseren Chor."
Er legte ihm die Hand auf die Schulter. „So wie du."
Und weil Walter Höfer sich nicht rührte, ergänzte er: „Wie wäre es jetzt mit einem Cognac?"

Anfangs war es Wolfgang ziemlich schwer gefallen, sich ganz unbefangen dem Kunstgenuss hinzugeben. Dank Herrn Bläsers Unterstützung war es recht unkompliziert gelungen, Miriam und ihren Freund über den Bühneneingang ins Theater zu schleusen. Dann hatten er und Dagmar ihre Plätze eingenommen. Sie saßen in der gleichen Reihe wie das Ehepaar Bläser. Während sie auf den Beginn des Liederabends warteten, verspürte Wolfgang doch eine nicht zu unterdrückende Unrast. Wie würde wohl das Treffen mit Herrn Sutorius ablaufen? Ob er ihn auf seine Naivität ansprach vielleicht sogar deswegen belächelte und vor allem, würde er Winfried Topp als Pianisten akzeptieren und welche Vorstellungen hatte der Star über seinen Auftritt mit dem Chor. Nervös blätterte er in dem Programmheft.

Beifall rauschte auf. Der Pianist hatte die Bühne betreten und sich an den großen schwarz glänzenden Flügel inmitten der Bühne gesetzt. Jetzt verstärkte sich der Applaus. Ludwig M. Sutorius trat in das Scheinwerferlicht. Wolfgang stellte sich unversehens vor, er säße jetzt im Steinstadter-

Bühnenbau, auf dem Podium hätte der Chor bereits Aufstellung genommen und…

In seine Phantasie mischten sich die ersten Töne des Flügels. Er warf einen Blick auf das Programm. *„Der Mond"* - *Felix Mendelssohn-Bartholdy"*

Aufmerksam lauschte er dem Gesang. Langsam wich seine Nervosität und machte einer angenehm angespannten Gefühlsregung Platz. Er schloss die Augen und bei der letzten Textzeile des Liedes *„…und sieh, dies ungestüme Herz wird stille."* spürte er, wie Dagmar ihre Hand auf die seine legte.

Der Garderobenraum war zwar verhältnismäßig geräumig, aber für sechs weitere Personen reichte der Platz nun wirklich nicht aus. „Wir sollten doch besser gleich alles im Foyer besprechen", schlug Herr Bläser deshalb vor, nachdem sie alle dem Künstler die Hand geschüttelt hatten und nun ziemlich dicht gedrängt um ihn herumstanden. „Jetzt wird bestimmt niemand mehr im Theater sein, der uns stören könnte." Herr Sutorius nickte zustimmend, beinahe etwas erleichtert. Er hatte bereits seinen Abendanzug mit legerer Kleidung getauscht und stand jetzt in Jeans und sportlichem Pullover, über den er locker einen leuchtend roten Schal gelegt hatte in der Ecke des hellen Raumes, umringt von den ihn teils neugierig, teils ehrfurchtsvoll anstarrenden Besuchern. Er nickte nochmals und Herr Bläser drehte sich zur Tür. Die kleine Schar folgte ihm den schmalen Gang entlang. Tatsächlich, alle Theaterbesucher waren gegangen und das Foyer lag bereits im Halbdunkel. Auch von den Servicekräften des Theaters war Niemand zu sehen. Herr Sutorius flüsterte Herrn Bläser gerade etwas zu, als ein Herr aus dem Gang in die Vorhalle trat. Wolfgang erkannte ihn, trotz der spärlichen Beleuchtung sofort, es war der Pianist, der Ludwig M. Sutorius bei seinen Vorträgen begleitet hatte. Herr Kirscheisen, ein schlanker älterer Herr mit schlohweißer Haarpracht stellte sich jetzt zu dem Starbariton und Herrn Bläser und die Drei berieten sich kurz. Dann verließ Herr Sutorius eiligen Schrittes den Theatervorraum. Herr Kirscheisen ging jetzt auf die etwas ratlos dreinblickenden Besucher zu und gab jedem mit einem freundlichen Lächeln die Hand. Gerade begrüßte er Winfried Topp, als sich die Foyerbeleuchtung über ihnen wieder einschaltete. Herr Sutorius kam im selben Augenblick um die Ecke, gefolgt von einem weiteren Mann, den Wolfgang schon in der Konzertpause hinter der Sektbartheke hatte hantieren sehen.

„Alles geklärt", informierte er die Wartenden. „Dieser tüchtige Mann

hier," er deutete auf den Kellner, „wird sich dankenswerterweise darum kümmern, dass wir eine Kleinigkeit zu essen und natürlich auch etwas zu trinken bekommen."
Sie schoben auf seine Aufforderung hin einige der Foyerstühle und Sessel zusammen und setzten sich. Herr Bläser übernahm zu Beginn kurz das Wort und dankte seinem Freund – wie er ihn mit sichtlicher Freude und Respekt nannte – für seine Bereitschaft zu diesem Treffen. Zunächst verlief die Unterhaltung etwas zäh, aber Sutorius übernahm sehr bald das Wort, stellte viele Fragen, wobei er natürlich zunächst auf die Umstände des dreisten Betrugsfalles zu sprechen kam. Doch relativ rasch wechselte er das Thema und interessierte sich lebhaft für den Dengenheimer Chor, die Vereinsarbeit und das Weihnachtskonzert.

„Und sie sind also die Musikstudentin, die den Chor leitet?" Er wandte sich an Miriam. Die war immer noch völlig beeindruckt von der gesanglichen Leistung des Starbaritons und das sagte sie ihm auch. Sutorius schmunzelte beschwichtigend und zwinkerte ihr zu: „Ich hoffe, sie sind auch dann bei ihrem Weihnachtskonzert genauso mit mir zufrieden."
Er bat sie um detaillierte Informationen zu dem geplanten Ablauf des Konzertes und dem Programm.
Dann gab er ihr einen kleinen Umschlag. „Das sind schon mal die Lieder, die ich gerne vortragen würde. Allerdings gibt es das Problem, dass Hartmut, also ich meine Herr Kirscheisen, nicht zur Verfügung steht."
Er legte seinen Arm um den neben ihm sitzenden Pianisten. „Du verbringst die Vorweihnachtszeit und den Jahreswechsel traditionell nicht bei uns im kalten Deutschland, sondern lieber auf den Kanaren."
Kirscheisen nickte vergnügt. "Die Tournee mit dir ist ja auch strapaziös genug. Da gönn´ ich mir eine Pause in sonnigen Gefilden." Er feixte.
Wolfgang mischte sich ein. „Deshalb ist ja auch dieser junge Mann hier." Damit wies er auf Winfried Topp. „Er würde gerne die Klavierbegleitung übernehmen. Nicht wahr, Winfried?" Winfried, der sich gerade eine der belegten Schnitten, die zwischenzeitlich gebracht worden waren, in den Mund geschoben hatte, verschluckte sich bei dem Versuch zu antworten und gab nur ein hustendes Gebell von sich. „Er studiert Klavier", erklärte Miriam und klopfte ihrem Freund dabei energisch zwischen die Schulterblätter. Das Gebell nahm zu. Winfried rang angestrengt nach Luft. Dagmar zog ein Taschentuch hervor und reichte es ihm. Der Student hielt sich das Tuch vors Gesicht und weil der Husten nicht aufhören wollte, stand er auf. „Die Toiletten sind hier", zeigte ihm der Kellner den Weg.

Als er wieder zurückkam, hatte Wolfgang und Miriam mit den beiden Künstlern schon einiges besprochen und bevor er sich setzen konnte, war Herr Kirscheisen aufgestanden: „Geht's wieder?" wollte er wissen. Winfried nickte. Jetzt stand auch Herr Sutorius auf.

Der Bühnentechniker sah etwas ungehalten auf die Uhr. „Wenn Sie uns zeigen, wo der Schalter ist, dann kommen wir auch alleine zurecht", beschwichtigte ihn Herr Sutorius. Seine Stimme war auch in der normalen Sprechlage angenehm beruhigend, wie Wolfgang mit Bewunderung feststellte. Sie hatten sich alle um den Konzertflügel, der mitten auf der Bühne stand, versammelt, Winfried Topp hatte auf dem Klavierstuhl Platz genommen. So ganz unvorbereitet war er nicht hierhergekommen. Er hatte sich gedanklich bereits auf ein Vorspiel eingestellt und deshalb auch entsprechend passende Noten eingesteckt.

Natürlich, mit Kirscheisen würde sich nicht einmal annähernd messen können, aber er wollte sein Bestes geben. Ausgewählt hatte er unter anderem *Mahlers Rheinlegendchen* und dieses Klavierstück zusammen mit einigen anderen Kompositionen auch intensiv während der Woche geprobt. Miriam stellte sich an die rechte Seite des Flügels, bereit, die Noten umzublättern. „Zeig was du kannst", flüsterte sie. Winfried atmete tief durch.

Das Instrument spielte sich großartig. Er hatte das schon während der Vorstellung hören können, aber jetzt, wo er damit arbeitete, jetzt empfand er das mit noch größerer Intensität und nach dem letzten Akkord verharrten seine Finger für Sekunden regungslos über den Tasten.

Miriam hob die Hände, klatschte aber nicht, sondern sah erwartungsvoll zu Herrn Sutorius. Auch die anderen Zuhörer rührten sich nicht.

Der berühmte Sänger behielt den Studenten fest im Blick, als er Kirscheisen fragte: „Nun, Hartmut was meinst du?" Der schaute ernst drein, wiegte den Kopf und weil die Pause ihm wohl zu lange dauerte, hakte Sutorius nach: „Jetzt sag endlich, was du denkst."

„Nun, ich denke, was aus mir hätte werden können, wenn ich in seinem Alter schon so gut gewesen wäre."

Der alte Pianist setzte sein breitestes Grinsen auf und gab Winfried in echter Anerkennung die Hand. „Ich glaube, ich kann beruhigt auf die Kanaren fliegen."

Alle begannen spontan zu klatschen und Wolfgang applaudierte ebenso impulsiv wie vorhin, am Schluss des Konzerts.

Diese Begeisterung hielt an. Am nächsten Morgen, gleich beim Frühstück, musste er selbstverständlich alles seiner Tochter erzählen. Wie großartig das Konzert gewesen war und welch angenehme Person Herr Sutorius sei. „Keine Starallüren, keine Überheblichkeit und stell dir vor, er hat totales Verständnis für mein doch etwas zu leichtgläubiges Verhalten."
„Genauso hat er es bezeichnet." Dagmar bestätigte ihn mit einem leichten Lächeln: „Etwas zu leichtgläubiges Verhalten!"
Und selbstverständlich rief er auch am Abend, sofort nach Dienstschluss, Ulli und später dann auch Friedrich an und berichtete den bereits neugierig wartenden Sängerkameraden ausführlich über den Verlauf des gestrigen Abends.
Mit Miriam hatte er sich bereits für den kommenden Mittwochabend verabredet, um das endgültige Programm und den Ablauf des Weihnachtskonzertes durchzusprechen. Und da es einiges vorzubereiten gab, sollten die Beiden ebenfalls dabei sein.

Nach diesen Telefonaten hatte er noch eine Idee. Es wäre sicher nicht verkehrt, den Vorstand des Männergesangvereins Steinstadt auch zu dieser Besprechung einzuladen. Schließlich waren die Vorträge der Sänger doch auch ein nicht unwesentlicher Programmteil und sie sollten sich auf keinen Fall als Rahmenprogramm fühlen. Und wie gut seine Idee war, spürte er bereits am Telefon. Adolf Sehling freute sich hörbar über die Information und das Angebot: „Ich werde pünktlich sein", versprach er. Befriedigt legte Wolfgang auf. Dagmar rief etwas ungeduldig aus Küche: „Kommst du heute noch zum Abendessen."
Er nahm seinen Schreibblock. „Ich mache mir nur noch rasch ein paar Notizen für die morgige Chorprobe."

KAPITEL 16

Die wenigsten hatten Platz genommen. Meist standen sie in kleinen Grüppchen noch beieinander und unterhielten sich. Miriam sah auf die Uhr. „Ich glaube es wird Zeit, mit der Probe zu beginnen", rief sie mit ihrer klaren Stimme in den Raum. Jetzt gingen die Leute zu ihren Plätzen und bei der Unruhe bemerkte fast niemand, wie sich die Eingangstür des kleinen Saales erneut öffnete. Ulli hatte es zuerst gesehen. Er stupste Wolfgang in die Rippen und deutete zur Tür.

Margret Höfer sah zunächst etwas fragend drein, als sie den Raum betrat. Ihr Mann, der unmittelbar hinter ihr durch die Tür kam, fasste sie leicht an der Taille und deutete auf Miriam. Er lächelte dabei in die Reihen der vor ihm sitzenden Chorsänger, aber keineswegs so selbstsicher, wie es sonst seine Art war. Aus den Sitzreihen kamen jetzt auch schon einige begrüßende Rufe, aber ehe noch Margret oder Walter Höfer eine Erklärung abgeben konnten, meldete sich Gerhard Krieger:
„Sag´ bloß, Walter, deine Frau will nicht immer nur mit dir im Laden, sondern jetzt auch noch auf der Bühne stehen!"
Das Ehepaar lachte, doch wohl mehr aus Verlegenheit, und Walter sagte zu Miriam gewandt, jedoch so, dass es alle hören konnten:
„Es hat zwar lange gedauert, aber meine Frau hat sich entschlossen, eine Sängerin zu werden."
Miriam lächelte freundlich und gab Margret Höfer die Hand. „In welcher Stimmlage?" wollte sie von ihr wissen. Doch ehe diese etwas sagen konnte, gab ihr Mann schon die Antwort: „Sopran!"

Margret stieß leicht ihren Ellenbogen in die Seite ihres Mannes. Sie wiederholte mit festem Ton: „Sopran, ja das ist meine Stimmlage."
Ulli war aufgestanden, um eilig aus der Ecke einen freien Stuhl zu holen. Wolfgang hatte sich ebenfalls erhoben. Er nickte Walter, der jetzt zu seinem Platz ging, beifällig zu. Margret setzte sich jetzt auf den Stuhl in der Sopranreihe, den Ulli direkt neben Sybille gestellt hatte. Das allgemeine Getuschel übertönend, sagte er: „Liebe Margret, wir freuen uns, dich heute als neues Sangesmitglied begrüßen zu können. Ich weiß, dass du schon seit längerem diesen Wunsch hattest, aber aus den verschiedensten Gründen hat es nicht früher geklappt. Und jetzt wollen wir dich mit unserem Sängergruß willkommen heißen."

Er winkte in die Runde und die Männer standen jetzt ebenfalls auf. Wolfgang sah auffordernd zu Miriam, die aber reagierte nur mit einem ziemlich irritierten Blick.

Er brauchte einen kurzen Moment bis ihm einfiel, dass Miriam weder diesen Sängerbrauch noch den Sängergruß kennen konnte.

„Ulli, kannst du das übernehmen?" raunte er seinem Nachbarn zu. Der ging nach vorne. „Darf ich mal?" fragte er leicht verlegen die Dirigentin, die daraufhin mit einem verwunderten Lächeln einen kleinen Schritt zur Seite ging. Ulli konzentrierte sich. Als er die benötigten Anfangs-Töne ansummte, schielte er etwas verlegen zu Miriam. Die hatte nun doch in etwa verstanden, um was es ging und nickte ihm aufmunternd zu. Er summte erneut, jetzt aber deutlich hörbar, die vier Töne und gab mit der Hand den Einsatz: *„Ewig treu und wahr…nicht nur heut, das ganze Jahr!"*

„Damit bist du offiziell in unseren Chor aufgenommen", hatte Wolfgang, nachdem der letzte Akkord des Sängergrußes verklungen war, Margret Höfer zugerufen und dann Miriam gebeten, mit der Probenarbeit zu beginnen.

Am Ende der Singstunde erstattete er dem Chor einen ausführlichen Bericht über sein Treffen mit Sutorius und das Konzert. Natürlich waren alle gespannt, diese Neuigkeiten hören, das spezielle Interesse aber galt doch ganz offensichtlich Margret Höfer. Immer wieder flogen neugierige Blicke in ihre Richtung. Sybille flüsterte ihr etwas zu und in dieser Sekunde fiel Wolfgang ein, dass die Frage, der Aufstellungsordnung immer noch offen war. Er drehte sich zu Miriam. „Könnten wir vielleicht gleich noch kurz klären, wie sich der Chor bei seinen Auftritten am besten…" Er suchte nach Worten. „Also, wie wir uns hinstellen…, ich meine, damit dich auch alle gut sehen können..!" Miriam wusste Bescheid. „Ich denke, das haben wir rasch geklärt."

Sie bat den Chor aufzustehen. Dann gruppierte sie die einzelnen Stimmen. Bei den Männern war das ziemlich einfach. Die Formation war bereits seit Jahren eingespielt und es bedurfte keinerlei Änderung. Etwas umfangreicher erwies sich die Aufstellung der Frauenstimmen.

„Die großen Damen nach hinten und die kleineren in die erste Reihe", lautete Miriams einleuchtende Anordnung. Dagmar und auch Beate hatte sich gleich unaufgefordert in die zweite Reihe der Altistinnen gestellt. Sie hatten einen guten Blick über die vor ihnen stehenden kleineren Sängerinnen. Allerdings verdeckten sie jetzt einige, der sonst in vorderster Front stehenden Männern die Sicht und Miriam musste mehrmals sortieren.

Nach einigem hin und her standen die Altistinnen dann doch zur allgemeinen Zufriedenheit.
Nun nahm sich Miriam den Sopran-Block vor. Ingrid und Sybille standen, obwohl sie relativ groß waren, zunächst wie selbstverständlich in die erste Reihe. Miriam komplimentierte die Beiden mit einer kleinen Anweisung in die zweite Reihe, wie bereits beim dem ersten Auftritt im Autohaus. Das Schwesternpaar stellte sich, wenn auch nur widerwillig, hinter ihre Mitsängerinnen. Sybille beklagte dann aber auch sofort den schlechten Blick und Ingrid nörgelte, dass ihr die Hochsteckfrisur der vor ihr stehenden Sängerin völlig die Sicht nehme.
Auf Miriams Geheiß wechselten daraufhin einige Damen der ersten Reihe die Plätze untereinander, aber die Unzufriedenheit der Schwestern hielt an. „Die wollen eben bei unserem Auftritt in vollem Umfang gesehen werden", bemerkte Ulli leise und grinste vor sich hin. Auch andere Sänger feixten jetzt über die doch so offenkundige Eitelkeit.
„Vielleicht solltet ihr euch gleich in die Bühnenmitte, am besten neben den Herrn Sutorius stellen." Gerhard Krieger konnte sich seine halblaut vorgetragene Anspielung nicht verkneifen.
Das teilweise überspannte Getue verdross Wolfgang allmählich. Während Miriam noch geduldig versuchte, an einem Kompromiss zu basteln, überlegte er, wie die Angelegenheit zweckmäßig zu erledigen sei. Mit einem Machtwort? Schon wollte nach vorne gehen, als Miriam mit Blick zu ihm fragte: „Es gibt doch sicher im Steinstadter Bühnenbau ein Sängerpodest?"
Wolfgang ärgerte sich jetzt, dass er daran nicht gedacht hatte. Der Musentempel war ziemlich gut ausgestattet und verfügte auch über eine sehr stabile und variabel gestaltbare Podestkonstruktion. Die Bedenken der Schwestern dürften sich damit erledigt haben. Er nickte Miriam erleichtert zu und sie erklärte lächelnd: „Damit wäre das Problem gelöst!"

Später, in der Bahnschänke hatte das Thema immer wieder zwischendurch mal kurz die Runde gemacht. Schließlich hatten die Meisten den wahren Beweggrund erkannt. Gesehen werden! Die beiden Schwestern ließen sich allerdings nichts anmerken. Die eine oder andere Anspielung wurde recht locker übergangen, zumal das anstehende Konzert weiterhin für reichlich Gesprächsstoff sorgte, genauso wie die unerwartete Mitgliedschaft von Margret Höfer. Dass sie nicht am selben Tisch saß, an dem ihr Mann Platz genommen hatte, war aber gewiss keine Absicht, sondern purer Zufall.

So war der späte Abend ziemlich harmonisch verlaufen und ebenso harmonisch verliefen auch die folgenden Chorproben. Miriam verlangte viel von den Mitgliedern und die gaben wirklich ihr Bestes. Wolfgang, Ulli und Friedrich kümmerten sich um alle weiteren organisatorischen Fragen und waren mit der Entwicklung der Vorbereitung sehr zufrieden. Auf die Durchführung der traditionellen Tombola hatte man, in Anbetracht des umfangreichen und anspruchsvollen Programms, nach längerem Überlegen verzichtet. Programmhefte und Plakate wurden in Auftrag gegeben und Friedrich las, nachdem er zusammen mit Ulli das erste Exemplar, nahezu triumphierend entrollte, in getragenem Tonfall:

Weihnachtskonzert der Eintracht Dengenheim
Mitwirkende: Miriam May, Sopran
Gemischter Chor Dengenheim, MGV Liederkranz Steinstadt,
Stargast: Ludwig M. Sutorius, Bariton – Klavierbegleitung: Winfried Topp
Bühnenbau Steinstadt

Dieter Hartung hatte aus der Rehabilitationsklinik einen Brief an den Chor geschickt, den Wolfgang bei der nächsten Chorprobe verlas. Darin bedankte sich der alte Dirigent sehr herzlich für die guten Wünsche. Er berichtete, dass seine Genesung weiterhin zufrieden stellend verliefe. Und am Ende der Zeilen stand noch die Frage: „Was macht euer Weihnachtskonzert?"
In dem Brief, den alle Mitglieder unterschrieben hatten, war ja nur erwähnt, dass das Weihnachtskonzert in diesem Jahr in einem besonderen Rahmen geplant war und er demnächst noch eine ausführliche Information bekommen würde. Natürlich hatte man Anne Hartung zwischenzeitlich eingeweiht aber „bis auf weiteres" um Stillschweigen gebeten. So wie es aussah, könnte Dieter nämlich über die Feiertage von der Klinik beurlaubt werden und wäre bei seinem augenblicklichen Gesundheitszustand auch vermutlich in der Lage, das Konzert zu besuchen. Das sollte dann für ihn zur Überraschung werden. Wolfgang hatte da auch schon einen speziellen Vorschlag.

Man konnte wirklich zufrieden sein. Alles lief so ziemlich nach Plan. Gewiss, es gab in der einen oder Probenstunde zwar auch mal Stress, wenn es nicht ganz so lief, wie es Miriams musikalischen Vorstellungen entsprach, doch den weitaus größten Teil der Übungsabende absolvierten Alle mit großem Eifer und mächtiger Vorfreude auf das Konzert. Der Kartenvorverkauf lief noch besser als gehofft und Ulli verkündete knapp zwei Wochen vor dem Konzert mit großer Befriedigung: „Der Musentempel ist ausverkauft!"
„Zum Glück haben wir vorab einige Plätze für besondere Gäste reserviert", schmunzelte Wolfgang erleichtert.
Dass Herr und Frau Bläser eine spezielle Einladung bekamen, war ebenso selbstverständlich, wie die für Anne und Dieter Hartung. Und Wolfgang hatte auch das Ehepaar Gerber nicht vergessen. Schließlich verdankte man Edgars Vater den ausführlichen Zeitungs-Artikel über das Premieren- Konzert im Autohaus.
Ulli aber hatte noch eine Frage: „Wie lautet deine Kontonummer?" Und weil Wolfgang nicht sofort reagierte, setzte er verwundert hinzu: „Der Verein schuldet dir Geld. Die Gage für Sutorius, oder hast du das schon vergessen?"
Natürlich hatte er immer wieder daran gedacht. Eine solche Summe war nicht so einfach zu verschmerzen. Doch irgendwie hatte er sich gescheut, jetzt schon seinen Freund, den Vereinskassierer, darauf anzusprechen. Umso mehr freute er sich, dass dieser jetzt von sich aus ihn daran erinnerte.

...

In wenigen Tagen würde man die erste Probe im großen Bühnenbau abhalten und Wolfgang erging es wie allen anderen Chormitgliedern, er konnte es kaum erwarten. Das Konzert schien wirklich jetzt in aller Munde. Ob im Autohaus – hier hingen sogar zwei Plakate – oder beim Einkauf, überall wurde er angesprochen. Oftmals bekam er dabei auch zu hören: „Ich komme natürlich zum Konzert." Und nicht wenige fügten noch, beinahe entschuldigend, hinzu: „Nicht nur wegen dem Sutorius, wir wollen doch schließlich auch mal den Chor hören!" Wolfgang gefiel das.

Er war Arbeit gewohnt, gewohnt zu organisieren und Verantwortung zu übernehmen. Aber je näher der Konzerttermin rückte, desto nervöser wurde er. Er spürte, diese Veranstaltung war immerhin um einiges aufwändiger vorzubereiten, als er erwartet hatte. So wurde es notwendig, noch zusätzliche Chorproben zu terminieren, denn an einigen der Chorstücke musste doch noch sehr ausführlich gearbeitet und gefeilt werden, um wirklich publikumsreif zu sein. Der Klaviertransport in den Bühnenbau war einzuplanen, genauso wie die Probenabläufe am Tag vor der Veranstaltung und natürlich die Generalprobe. Und es gab, beinahe täglich, immer weitere neue Detailfragen. Hatte er es bisher nahezu nur mit der Planung innerhalb des Vereins und möglicher Gastauftritte zu tun gehabt, galt es jetzt, noch viele weitere Aspekte zu berücksichtigen. Selbstredend, Ulli und Friedrich kümmerten sich engagiert um alle anfallenden Vorbereitungsarbeiten und wenn es notwendig wurde, meldeten sich genügend Freiwillige, wie zum Beispiel für den Aufbau des Sängerpodestes auf der Bühne. Aber Wolfgang war in diesen Tagen jedenfalls immer der zentrale Ansprechpartner. Doch das war es ja gar nicht, was ihn belastete und beunruhigte. So erstaunlich es klingt, er wunderte sich insgeheim, wie glatt und reibungslos alles klappte und wartete förmlich darauf, dass noch irgendetwas schief ging, dass etwas Aufregendes passierte.

Doch nichts dergleichen geschah. Dass sich trotzdem in den letzten Tagen, und zwar bei Allen, die Anspannung merklich steigerte, war nur allzu verständlich. Und in dieses Lampenfieber mischte sich bei den Chormitgliedern auch eine gehörige Portion Neugierde.
Wie würde sich wohl der Bühnenstar geben? Wäre er mit der Gesangsleistung des Chores zufrieden? Und überhaupt: Wie würde man sich in diesem großen Rahmen fühlen und was würde das Publikum sagen? Den ersten atmosphärischen Eindruck hatte man bereits bei der Probe im Musentempel am Donnerstag gewinnen können.

...

Heute, am Tag vor der Aufführung gab es einen festgelegten Plan für die Generalprobe, den Miriam mit dem Dirigenten der Steinstadter Liedertafel abgesprochen hatte und der sah vor, dass die beiden Chöre am späten Nachmittag ihre Vorträge nochmals vollständig durchprobierten.
Die Zeit vorher war für die Proben der Solisten reserviert. Miriam und Winfried benötigten nur eine relativ kurze Zeit, hatten sie doch in den letzten Wochen genügend Gelegenheit gehabt, ihre gemeinsamen Vorträ-

ge einzustudieren. Beinahe fertig, wiederholten sie noch kurz eine Passage des Liedes *„Maria durch ein Dornwald ging…"*, als sie im Schatten der Bühne einen Mann bemerkten, der aufmerksam zuhörte.

„Herr Sutorius?" Miriam ging auf den Mann zu. Tatsächlich, es war der berühmte Sänger und er hatte wohl schon eine ganze Weile am hinteren Bühnenaufgang gestanden. Jetzt machte er einige Schritte auf die Dirigentin zu und begrüßte sie und ihren Freund, er ihm nun auch entgegenkam, mit großer Herzlichkeit. „Bin ich etwa zu früh?" fragte er höflich. Sein Freund, der Autohausbesitzer Bläser hatte ihm seinen Wagen geliehen und da er nichts weiter vorhatte, war er schon ziemlich zeitig hierhergekommen. „Schließlich haben wir doch noch einiges zu tun…" meinte er, „…aber wenn das genauso klappt wie eben bei den Sopranvorträgen, wird das ein reines Vergnügen." Er klopfte Winfried leicht auf die Schulter. Winfried lächelte bescheiden.

Zunächst probten sie vor einem noch völlig leeren Haus. Doch es dauerte nicht allzu lange, bis die ersten Chormitglieder, weit vor der angesetzten Zeit etwas zögernd und bemüht geräuschlos den Zuhörerraum betraten. Und immer häufiger öffnete sich eine der Seitentüren und bald waren etliche Stuhlreihen von neugierigen Sängerinnen und Sängern aus Dengenheim und Steinstadt besetzt. Wolfgang war ziemlich überrascht, als er, zusammen mit Dagmar und Beate, den Saal betrat. Er war ebenfalls etwas früher gekommen, um zumindest noch einen Teil der Solistenprobe mitzuerleben. Mit einem solch zeitigen Andrang hatte er jedoch nicht gerechnet. Oben auf der Bühne schien man den interessierten Andrang nicht zu bemerken und die Zuhörer erlebten, wie intensiv die beiden Akteure sich auf den Auftritt vorbereiteten. Immer wieder und solange wurden einzelne Takte und diffizile Passagen wiederholt, bis sie perfekt klangen und einmal flüsterte Dagmar in Wolfgangs Ohr: „Da dürfen wir uns in Zukunft wohl nicht mehr über Miriams Beharrlichkeit bei den Proben beklagen."

Gerade in den letzten Wochen hatte Miriam doch an so manchen Probenabenden den Chor mit vielen Wiederholungen der problematischen Stellen beträchtlich strapaziert. Wolfgang verzog das Gesicht zu einem bekräftigendem Grinsen.

Der Konzertsaal war bis auf den letzten Platz besetzt. Die Chöre standen noch hinter der festlich geschmückten Bühne. In wenigen Minuten würde der Gemischte Chor Dengenheim das Podium betreten, die entsprechende Reihenfolge dazu hatten sie noch am heutigen Nachmittag festgelegt. Miriam sah zur Uhr und Wolfgang nahm sie zur Seite. Er umarmte sie unvermittelt, zog sie leicht zu sich, drückte seinen Kopf etwas über ihre linke Schulter und ahmte nun mehrmals ein dumpf zischendes Geräusch nach, das sich wie Spucken anhörte. „Toi, toi, toi", raunte er ihr ins Ohr. „Das ist doch bei euch Künstler üblich!" begründete er seine Geste, als Miriam ihn fragend ansah. Sie lachte. „Toi, toi, toi", gab sie zurück, dabei mit einem Blick zur Bühne meinend: „Wir glaube, wir sollten jetzt…"

Wolfgang stellte sich zurück in die Reihe und die Dirigentin gab den Wartenden einen Wink. Die Tenöre voran, kamen sie auf die Bühne. Freundlicher Applaus begleitete den Einmarsch, bis auch die letzte Sängerin an ihrem Platz stand und er verstärkte sich, als Miriam vor den Chor trat. Leicht huschten die Töne, die Winfried auf dem Klavier anschlug durch den Bühnenraum und das Publikum verstummte. *Tochter Zion*, mit diesem Händelwerk begrüßte der Chor die Zuhörer und Miriam meinte später, dass sie bereits bei den ersten Akkorden gespürt habe, wie wundervoll dieses Konzert werden würde.

Es war wirklich großartig. Natürlich, die Solopartien von Ludwig M. Sutorius waren das absolute Glanzlicht und Miriams einfühlsame Liedvorträge entzückten die Besucher.
Und die beiden Chöre standen nicht zurück. Angespornt von der festlichen Atmosphäre und gewiss auch noch zusätzlich inspiriert von dem musikalischen Können der Solisten, erzeugten sie mit ihren Liedern eine intensive musikalische Stimmung, die auch den letzten der Zuhörer ergriff. Und als dann der Schlussakkord des großen gemeinsamen Chores *Stille Nacht, heilige Nacht* verklungen war, brauste begeisterter Beifall auf, Zugaberufe dröhnten und plötzlich stand das Publikum. Immer wieder mussten die Solisten in die Bühnenmitte. Bewundernder Jubel für den Starbariton, das war zu erwarten. Dass es nicht minder starken Applaus für Miriam und ihren Freund Winfried gab, freute Wolfgang ungemein, doch als der Steinstädter Dirigent zusammen mit seiner jungen Kollegin sich vor die beiden Chöre stellten, kamen erneut lautstarke Bravo-Rufe auf und die Zuschauer zeigten ihre Anerkennung durch starkes rhythmi-

sches Klatschen, das erst allmählich sein Ende fand, als Sutorius, das Mikrofon in der Hand haltend, nach vorne kam.

„Meine Damen und Herren"…. Er machte eine kleine Pause und wartete bis endgültig der Beifall verstummte. „Meine Damen und Herren, dieser heutige Abend war und ist für mich in mehrfacher Weise eine ziemliche Überraschung." Wieder eine Pause und Wolfgang hielt für einen Moment die Luft an. Sutorius würde doch nicht etwa hier in aller Öffentlichkeit etwas von der dubiosen Vorgeschichte verlauten lassen? Gespannter als andere anderen im Konzertsaal lauschte er der überraschenden Ansprache.

Der Sänger drehte sich jetzt etwas zu den hinter ihm stehenden beiden jungen Leuten.

„Zum einen hat mich dieser junge Pianist in einer so wunderbaren Art begleitet, dass ich mir gut vorstellen kann, auch in Zukunft wieder mit ihm zusammen aufzutreten. Dann diese junge Dame, die, wie der Beifall gezeigt hat, sich wirklich in die Herzen der Zuhörer singen kann. Ich bin mir sicher, sie Beide werden ihren Weg machen und sie meine Damen und Herren dürfen dann mit Stolz sagen, dass sie Zeuge des ersten größeren Auftrittes waren."

Sutorius wies mit der Hand auf die beiden jungen Künstler und diese verbeugten sich. Wieder gab es lauten Beifall und ganz unvermittelt klatschen jetzt auch die Sängerinnen und Sänger, die auf ihren Podesten standen.

Sutorius wartete geduldig ab, bis sich der Applaus wieder gelegt hatte.

„Eine ganz besondere Überraschung, das gebe ich gerne zu, aber waren für mich die Auftritte dieser beiden Chöre."

Wieder machte er dabei eine ausladende Geste zum rückwärtigen Teil der Bühne.

„Man spürt förmlich, mit welcher Leidenschaft und Hingabe gesungen wird und das Zuhören war eine wirkliche Freude. Sie haben das großartig gemacht."

In diesen letzten Satz hinein, brandete erneut Applaus auf, aber Sutorius unterdrückte ihn jetzt mit einer Handbewegung und sprach weiter.

„Ich meine, irgendwo gehört zu haben, dass die Laiensingbewegung nicht mehr so attraktiv sei. Nach dem was ich hier gehört habe, weiß ich, dass dies nur ein Gerücht sein kann. Das Gegenteil ist er Fall und wir haben es heute alle hier erlebt."

Es dauerte eine ganze Weile bis sich der anschließende stürmische Beifall

wieder legte. Wolfgang und Ulli waren zwischenzeitlich vom Podest geschlichen und in den hintersten Teil der Bühne geeilt.
Dort hatten sie bereits vor der Veranstaltung einen farbenprächtigen, üppigen Blumenstrauß in einem Eimer mit Wasser deponiert. Daneben standen zwei Geschenkkartone und riesiger, reichgefüllter Präsentkorb. Darüber lag ein großes Kuvert. Wolfgang zog sich die Krawatte zurecht und nahm den Blumenstrauß aus dem Eimer. Das Wasser tropfte aus den dicken Stielen und er streckte die Hand weit von sich, um sich nass zu machen. Ulli suchte nach seinem Taschentuch, reichte es ihm um er wickelte es umständlich um die Stiele. Der Beifall aus dem Konzertsaal wurde schwächer, er fasste das Kuvert, klemmte es unter seinen Arm und hastete um das Podest nach vorne.
Während der Applaus verstummte ging er auf Herrn Sutorius zu, der etwas abwartend in der Bühnenmitte stand. Interessiert besah er sich das voluminöse Blumengebinde. Wolfgang streckte ihm seine freie Hand entgegen. „Nein, Herr Sutorius, dieser Strauß ist nicht für sie! Aber ich hätte gerne das Mikrophon."

„Ich habe einige Worte des Dankes zu sagen", rief er in den Saal. Ulli schleppte jetzt den schweren Präsentkorb hinter dem Podest hervor. Zwar hatte sich Wolfgang vorgenommen, zuerst Miriam für ihren Einsatz als Dirigentin und Solistin zu ehren, doch irgendwie kam sein Plan in Unordnung. Sutorius stand vor ihm, Ulli mit dem Geschenkkorb dicht neben ihm und so überreichte er zuerst dem Stargast den Korb.
„Alle hier haben ihre überragende Sangeskunst erlebt, aber ich und Einige andere wissen dazu noch, dass sie nicht nur ein großartiger Sänger, sondern auch ein sehr nobler Mensch sind. Und dafür, dass sie uns für unser Konzert keinen Korb gegeben haben, möchten wir Ihnen diesen Korb überreichen."
Lachen und Applaus honorierte seinen kleinen sprachlichen Gag und als Sutorius das gewichtige Geschenk entgegennahm, verzog er, ob dessen Gewicht, das Gesicht zu einer gespielt schmerzhaften Grimasse, was das Gelächter noch verstärkte.
Der Blumenstrauß war selbstverständlich für Miriam bestimmt und als Wolfgang ihn ihr mit sehr herzlichen Dankesworten übergab, klatschten die Sängerinnen und Sänger des Dengenheimer Chores so kräftig„ dass sie nahezu den Applaus der Zuhörer übertönten.

Winfried und der Dirigent der Liedertafel bekamen jeweils einen der Geschenkkartone, die drei Flaschen einer besonderen Spätlese enthielten.
Fast schien es so, als ob damit der Abend beendet wäre.
Aber Wolfgang hatte noch etwas zu sagen.
Er trat jetzt ganz vorne an den Bühnenrand und bat noch um einen Moment der Aufmerksamkeit.
„Diesen heutigen Abend verdanken wir dem Engagement und dem Verständnis vieler Menschen. Wir, die Sängerinnen und Sänger der beiden Chöre sind von ihnen, sehr geehrte Damen und Herren, durch ihren Applaus reichlich belohnt worden. Dafür sage ich im Namen aller Mitwirkenden die hier auf der Bühne stehen, herzlichen Dank. Leider kann aber ein Mensch heute Abend nicht hier auf der Bühne stehen, obwohl er großen Anteil an der Entwicklung unseres Chores hat. Er ist aber hier im Saal, und zwar hier ganz vorne."
Wolfgang ging jetzt auf die linke Seite der Rampe.
Dort unten, unmittelbar neben der ersten Stuhlreihe, saß ein Mann im Rollstuhl. Geschwächt wirkte er immer noch, aber deutlich stabiler als bei dem Chorbesuch im Krankenhaus. Wolfgang beugte sich jetzt etwas nach vorne.
„Begrüßen sie bitte mit mir unseren langjährigen Dirigenten, Dieter Hartung!"
Der zeigte sich total überrascht über diese unerwartete Ansage und den aufrauschenden Beifall.
Dankend hob er eine Hand in die Höhe.
„Lieber Dieter, dass heute Abend ein gemischter Chor hier auf der Bühne steht, ist nicht zuletzt auch dein Verdienst."
Wolfgang nahm das Kuvert, das er in der Hand hielt, öffnete es und zog eine Urkunde hervor.
„Und darum, lieber Dieter, haben alle Mitglieder einstimmig beschlossen, dich zu unserem Ehrendirigenten zu ernennen."
Dabei hob er die Urkunde für alle sichtbar einige Sekunden in die Höhe und als der Beifall einsetzte, sprang er behände von der Bühne, direkt vor die erste Reihe.
Dieter bemühte sich sichtlich um Fassung. Wolfgang beugte sich zu ihm und zeigte ihm die Urkunde.
„Vielen Dank, das ist wirklich eine außerordentliche Ehre." Mit heiserer Stimme bedankte sich der alte Dirigent.
„Das sind wir dir schuldig!" Wolfgang war selbst etwas gerührt.

Er umarmte nun seinen alten Vereinskameraden. Der fragte etwas verlegen: „Darf ich mir noch etwas wünschen?"
Da Wolfgang dabei das Mikro ziemlich nahe an Dieters Gesicht hielt, kam diese Frage für Alle deutlich hörbar über die Lautsprecher.
„Natürlich!"
„Könnt ihr noch etwas singen?"
Das Publikum wartete eine Antwort gar nicht erst ab. Es klatschte begeistert.

Selbstverständlich bekam Dieter Hartung die von ihm gewünschte und vom Publikum geforderte Zugabe.
Doch dann ging es etwas konfus zu. Zahlreiche Zuhörer und Chormitglieder wollten unbedingt von dem Starbariton ein Autogramm auf dem Programmheft. Bereitwillig gab Sutorius die Unterschrift, manchmal auf Wunsch sogar mit Widmung. Und zur völligen Überraschung baten viele Konzertbesucher auch um eine Signatur von Miriam, einige ebenfalls von Winfried.

Nachdem der größte Ansturm vorüber war und der Konzertsaal weitgehend leer, kam Ingrid, ihre Kamera schwenkend, aus dem seitlichen Bühnenaufgang. Ihre Schwester hatte sich gerade neben Ludwig M. Sutorius gestellt. „Kannst du ein Foto von uns Dreien machen", fragte Ingrid lautstark den gerade neben ihr stehenden Ulli. Der schaute unsicher auf den Sänger und als der nickte, hakten sich die beiden Schwestern kurzerhand bei ihm unter. Jetzt bemerkten das auch andere Chormitglieder und im Nu bildete sich ein kleiner Pulk um den Sänger. „Wie viele Bilder macht denn der Apparat?" wollte Gerhard Krieger wissen. Ehe Ingrid antworten konnte, schaltete sich Wolfgang ein. „Vielleicht reicht es ja für ein paar Gruppenaufnahmen." Er blickte prüfend zu Sutorius. „Natürlich nur, wenn Sie einverstanden sind." Sutorius lächelte zustimmend. Winfried übernahm jetzt die Kamera und drückte mehrmals den Auslöser. „Allerdings kann ich nicht garantieren", verkündet er, „dass die Fotos auch etwas werden." „Nicht schlimm", rief Edgar, der mit Beate an der Seite stand. „Mein Vater hat während des Konzertes bestimmt einige brauchbare Aufnahmen gemacht!" Wolfgang sah sich nach Anne und Dieter um. Vorne im Halbdunkel des Foyereinganges stand ein Mann, der auf etwas zu warten schien.

„Kennst du den?" fragte er Dagmar, die gerade auf ihn zukam. Sie stutzte. „Ist das nicht der Kriminalbeamte von neulich? Paulik oder so ähnlich?

Wolfgang machte einige Schritte an den Reihen vorbei und winkte.
Der Mann kam näher, es war Herr Paulik.
„Herzlichen Glückwunsch zu ihrem brillanten Konzert!" Wolfgang nickte dankend.
„Ich freue mich, dass es ihnen gefallen hat."
„Und was ich ihnen jetzt sage, wird ihnen ebenfalls gefallen: Herr Mathausch wurde heute Nachmittag an der Schweizer Grenze gefasst."
Unvermittelt griff Wolfgang nach Dagmars Hand.
„Es werden ihm noch eine Reihe weiterer Betrugsdelikte vorgeworfen. Näheres können wir ihnen allerdings erst in den nächsten Tagen mitteilen. Aber ich denke, allein diese Nachricht wird ihnen das Weihnachtsfest etwas versüßen."
Er wünschte noch einen schönen Abend und verabschiedete sich.
Immer noch die Hand seiner Frau haltend, betrachtete Wolfgang nachdenklich die fröhliche Schar auf der Bühne, die weiterhin bei Herrn Sutorius stand und für das eine und andere Foto posierten. Gerade stellte sich Uli mit seiner Schwägerin neben den Gesangstar. Beate saß einträchtig mit Edgar an der Bühnenkante und Miriam unterhielt sich angeregt mit Margret Höfer und ihrem Mann.
Dagmar lehnte ihren Kopf an seine Schulter.
„Das sieht ja nach einem richtigen Happy End aus!"
Er fasste sie um die Hüfte: „Vielleicht ist das aber auch erst der Anfang!"
Sie lachten beide: „Na dann. Mein lieber Herr Gesangsverein!